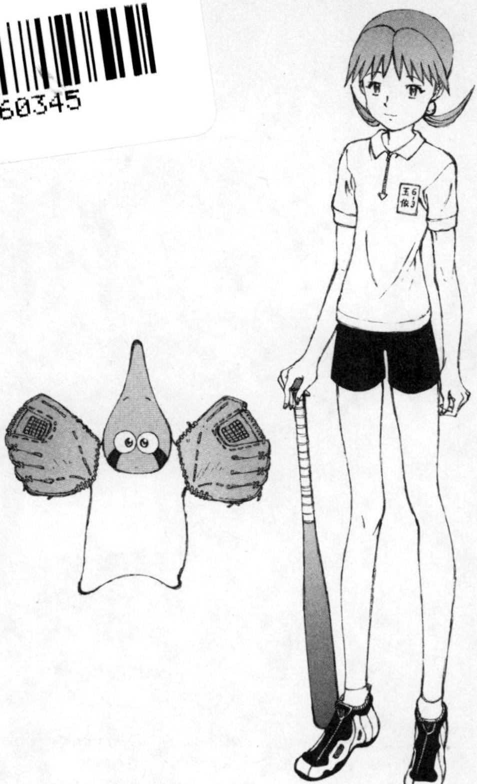

NARUTARU

なるたる

Mohiro Kitoh

6

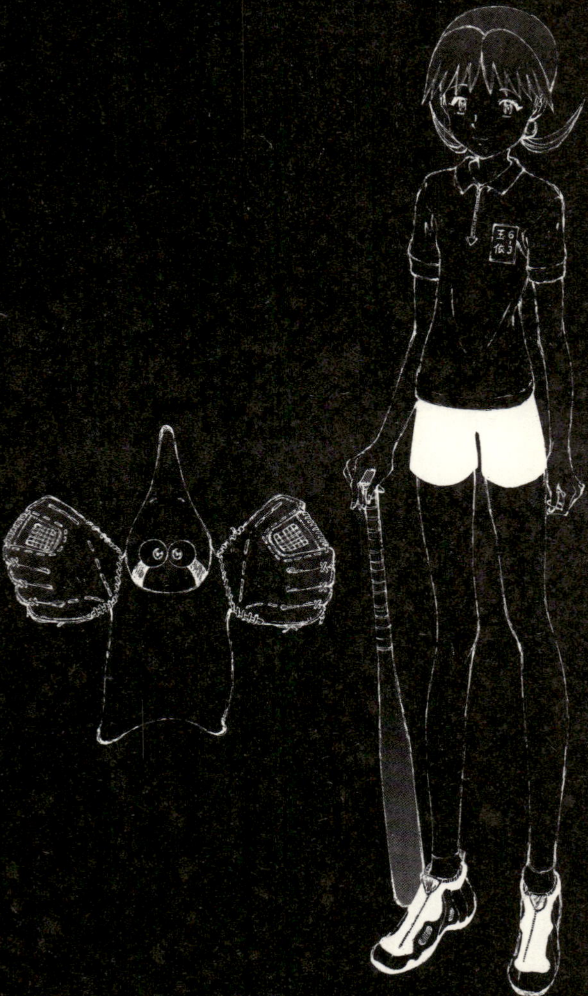

1. Auflage
EGMONT MANGA & ANIME
Wallstr. 59
10179 Berlin
Übersetzung aus dem Japanischen: Burkhard Höfler
Verlagsleitung: Georg F.W. Tempel
Verantwortliche Redakteurin: Helene Hecke
Lettering: LetterFactory
Gestaltung: Claudia V. Villhauer
Koordination: Andrea Reule
Buchherstellung: Uwe Oertel
Originaltitel: „Naru Taru 6"

First published in Japan in 2000 by Kodansha Ltd., Tokyo
German publication rights arranged through Kodansha Ltd.

Druck und Verarbeitung: Nørhaven Paperback A/S, Dänemark
ISBN 3-89885-153-2

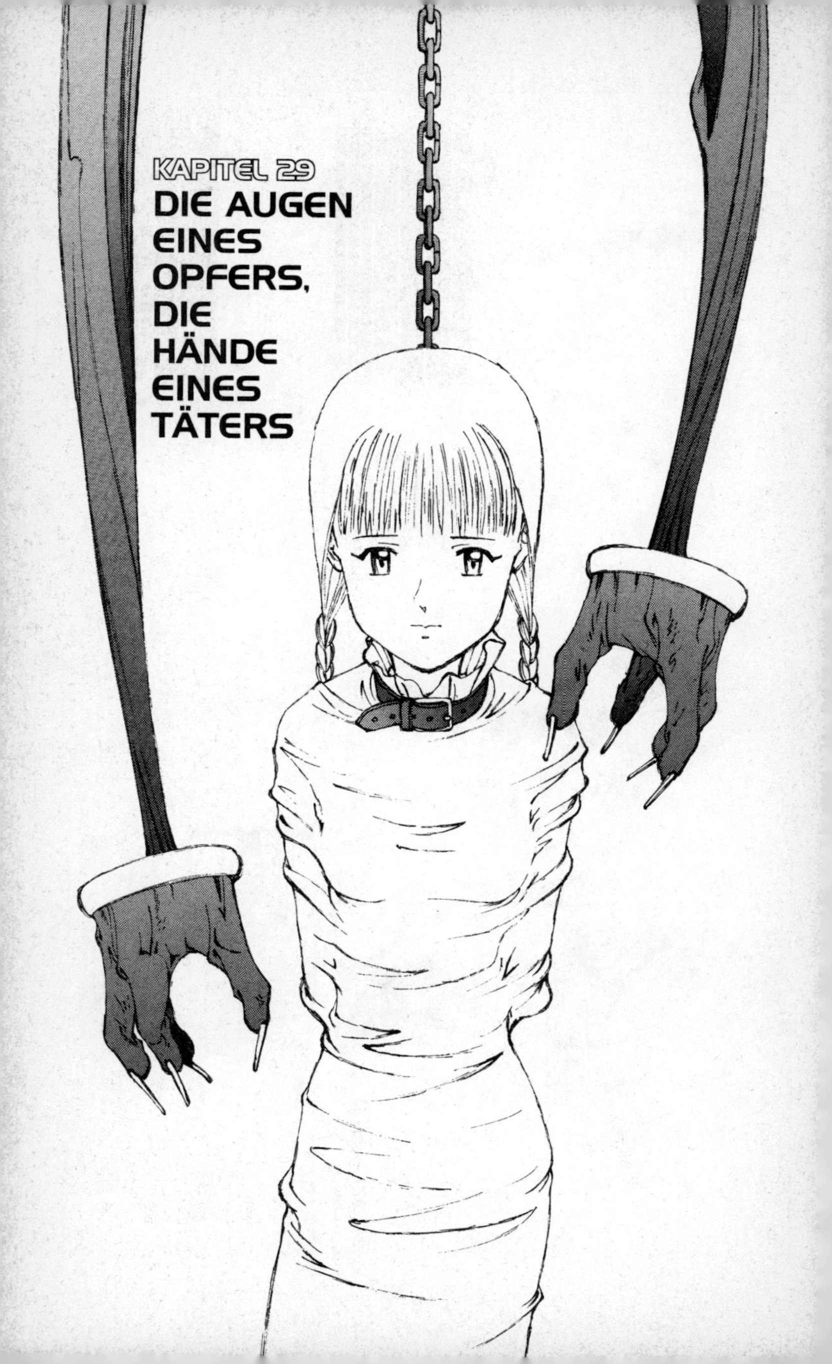
KAPITEL 29
DIE AUGEN EINES OPFERS, DIE HÄNDE EINES TÄTERS

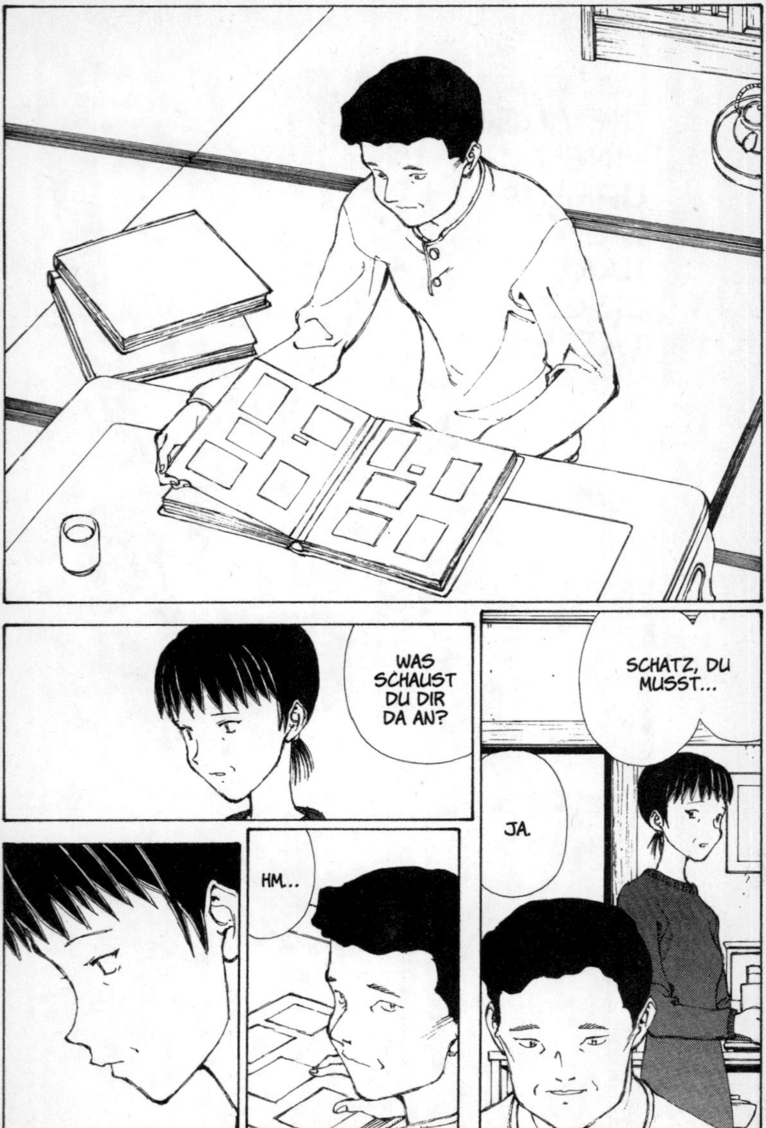
SCHATZ, DU MUSST...
WAS SCHAUST DU DIR DA AN?
JA.
HM...

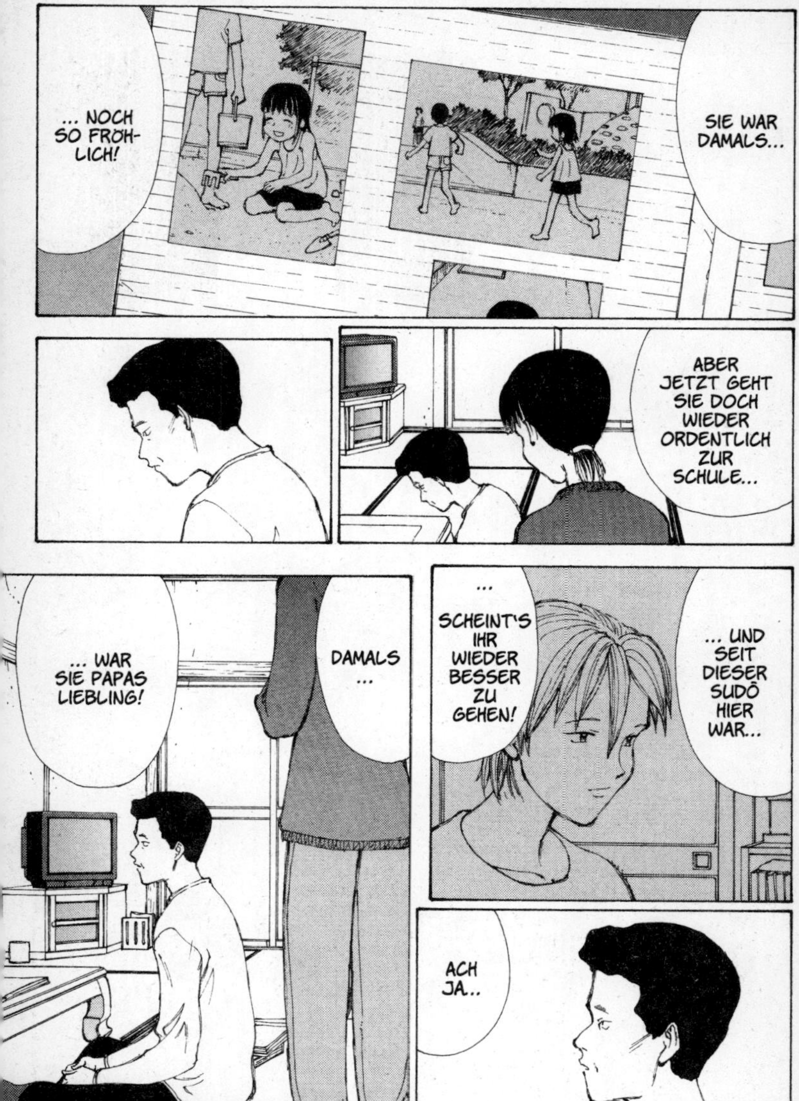
SIE WAR DAMALS...
... NOCH SO FRÖH-LICH!
ABER JETZT GEHT SIE DOCH WIEDER ORDENTLICH ZUR SCHULE...
... UND SEIT DIESER SUDÔ HIER WAR...
...
SCHEINT'S IHR WIEDER BESSER ZU GEHEN!
DAMALS ...
... WAR SIE PAPAS LIEBLING!
ACH JA..

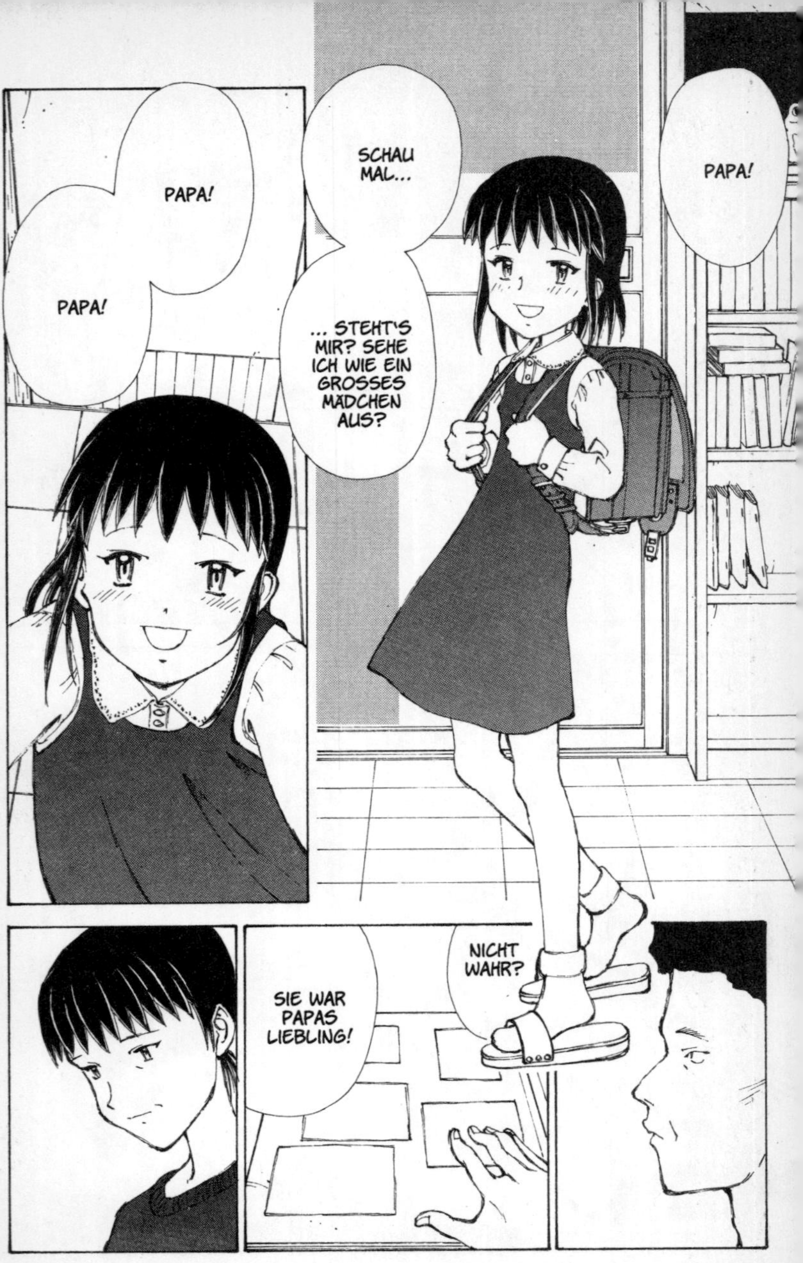
PAPA!
SCHAU MAL...
... STEHT'S MIR? SEHE ICH WIE EIN GROSSES MÄDCHEN AUS?
PAPA!
PAPA!
NICHT WAHR?
SIE WAR PAPAS LIEBLING!

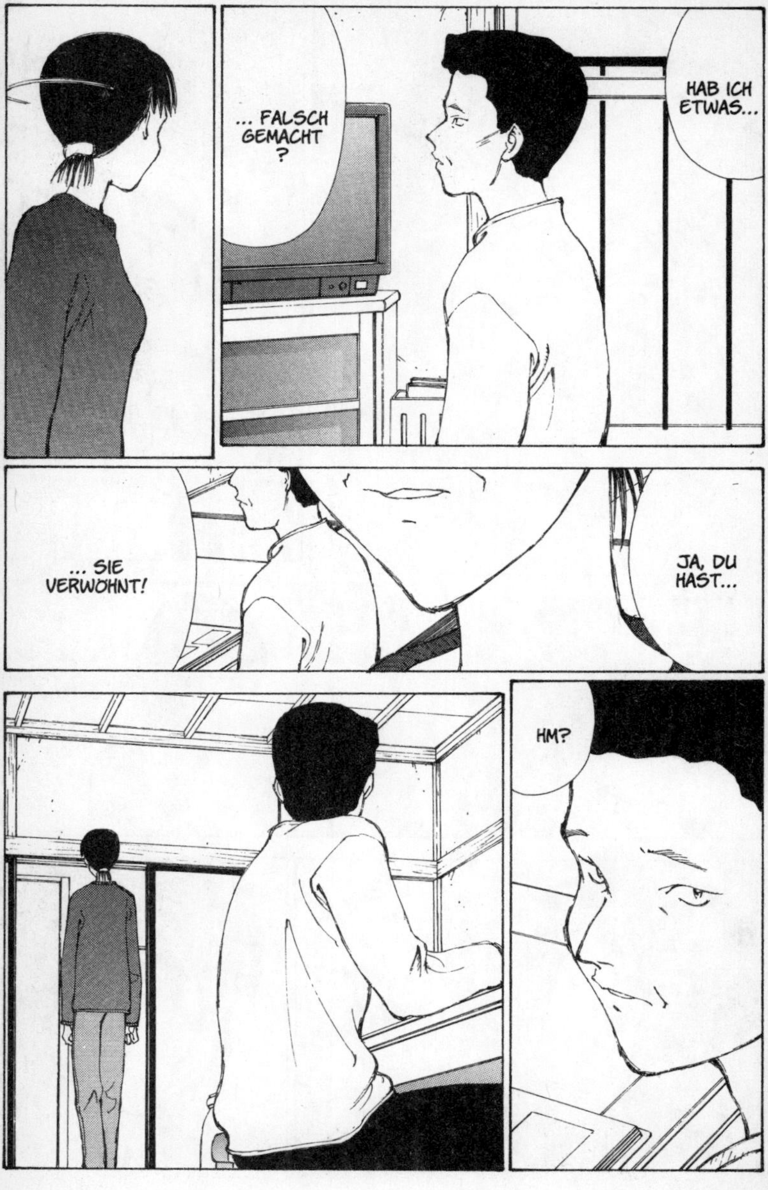
HAB ICH ETWAS...
... FALSCH GEMACHT ?
JA, DU HAST...
... SIE VERWÖHNT!
HM?

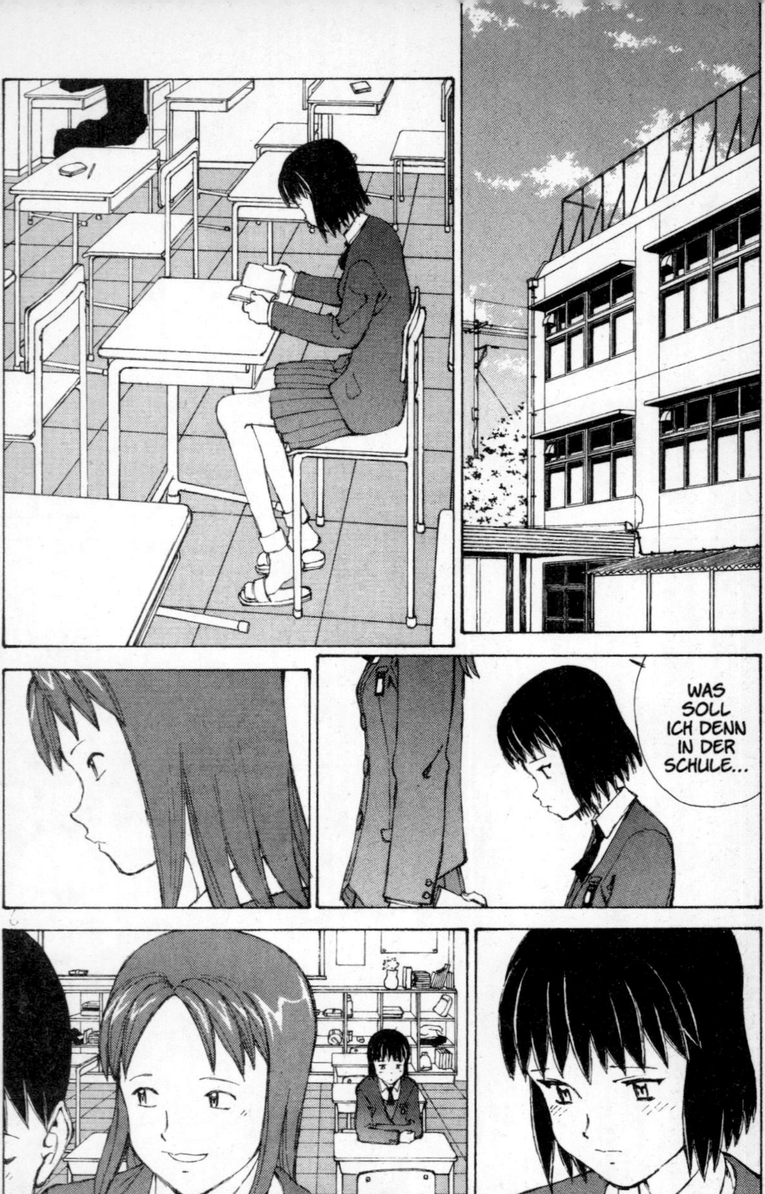
WAS SOLL ICH DENN IN DER SCHULE...

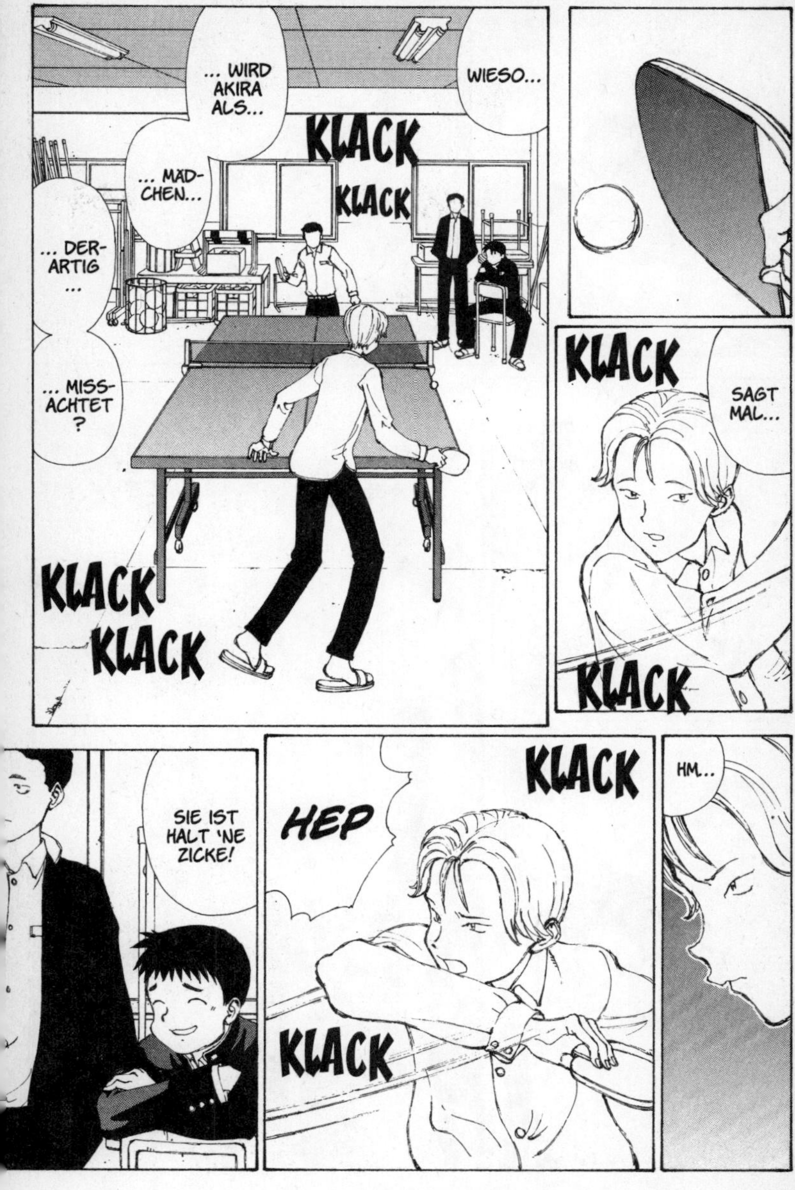

KLACK
SAGT MAL...
KLACK
WIESO...
... WIRD AKIRA ALS...
... MÄD-CHEN...
... DER-ARTIG ...
... MISS-ACHTET ?
KLACK
KLACK
KLACK
KLACK
HM...
KLACK
HEP
KLACK
SIE IST HALT 'NE ZICKE!

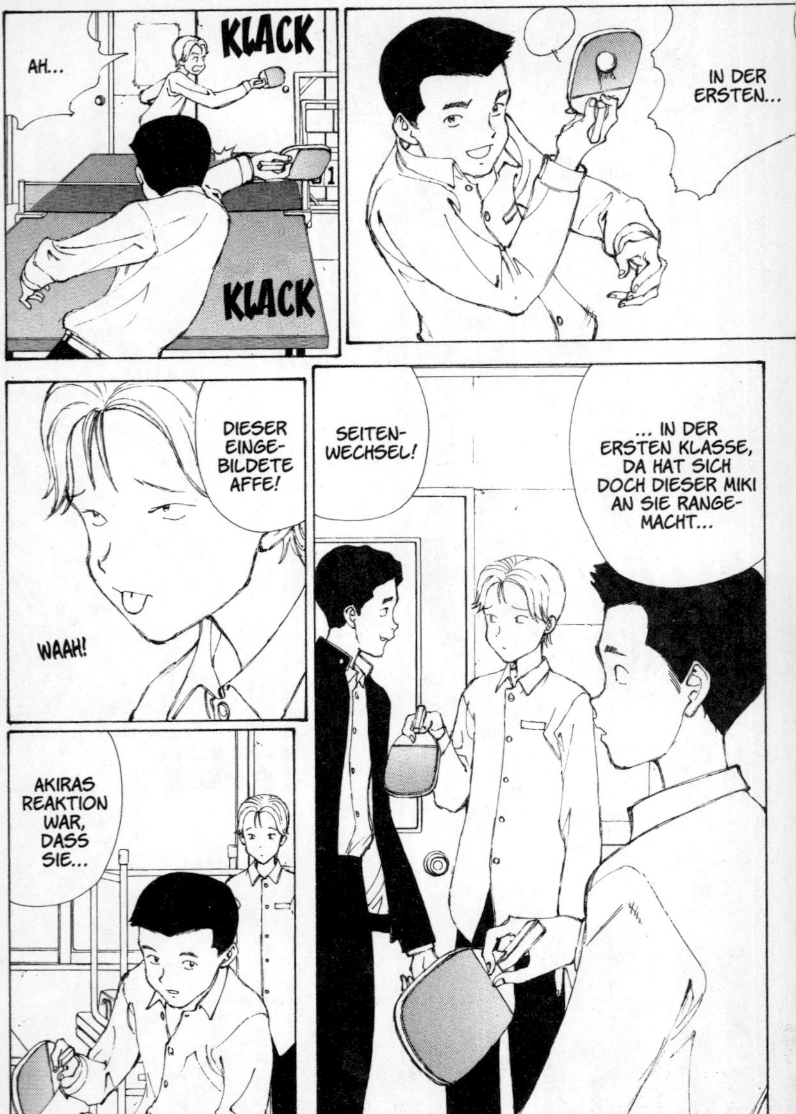
AH...
KLACK
KLACK
IN DER ERSTEN...
DIESER EINGE-BILDETE AFFE!
WAAH!
SEITEN-WECHSEL!
... IN DER ERSTEN KLASSE, DA HAT SICH DOCH DIESER MIKI AN SIE RANGE-MACHT...
AKIRAS REAKTION WAR, DASS SIE...

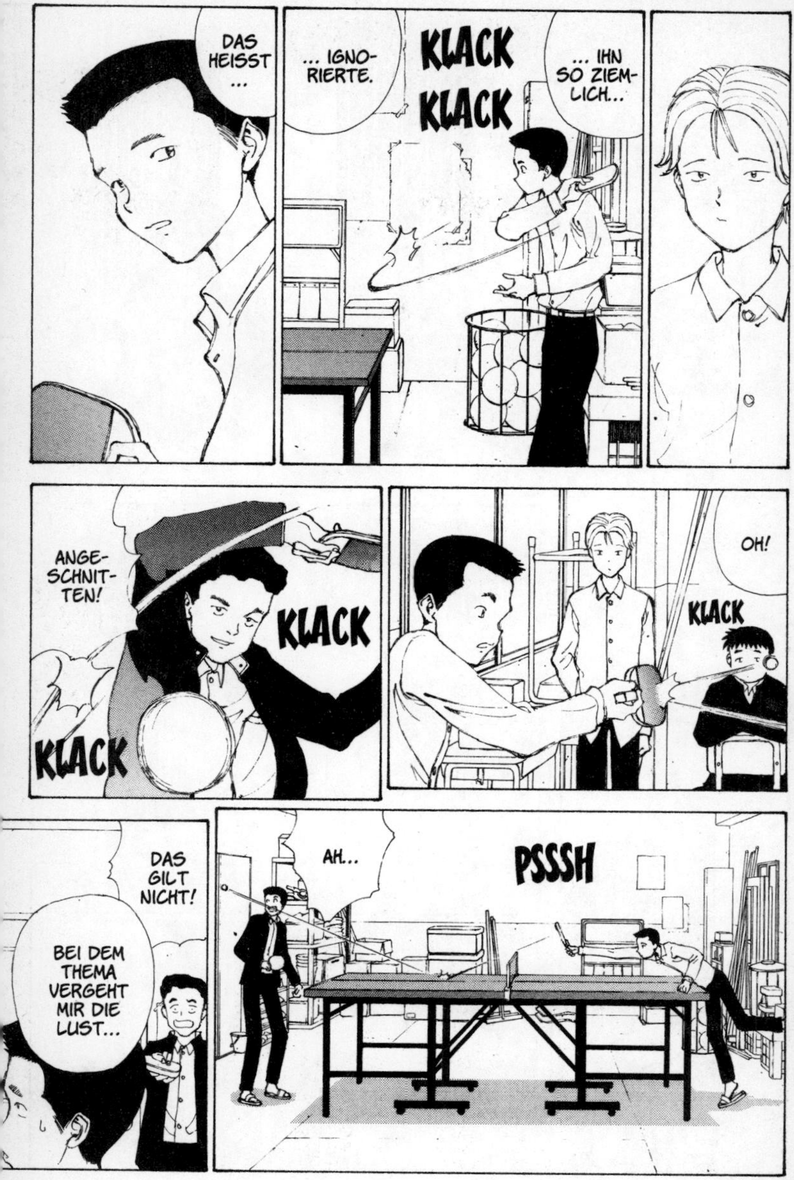
DAS HEISST ...
... IHN SO ZIEMLICH...
KLACK
KLACK
... IGNORIERTE.
ANGESCHNITTEN!
KLACK
KLACK
OH!
KLACK
DAS GILT NICHT!
BEI DEM THEMA VERGEHT MIR DIE LUST...
AH...
PSSSH

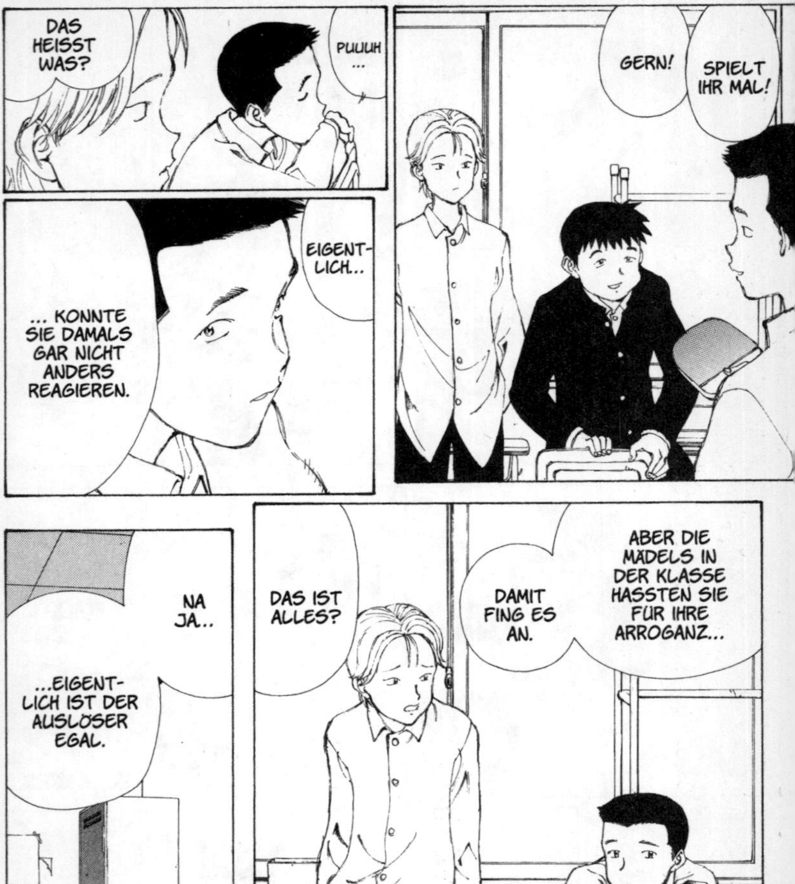

SPIELT IHR MAL!
GERN!
PUUUH ...
DAS HEISST WAS?
EIGENT-LICH...
... KONNTE SIE DAMALS GAR NICHT ANDERS REAGIEREN.
ABER DIE MÄDELS IN DER KLASSE HASSTEN SIE FÜR IHRE ARROGANZ...
DAMIT FING ES AN.
DAS IST ALLES?
KLAR, MIKI IST DOCH BELIEBT BEI DEN MÄDELS!
ABER...
NA JA..
...EIGENT-LICH IST DER AUSLÖSER EGAL.

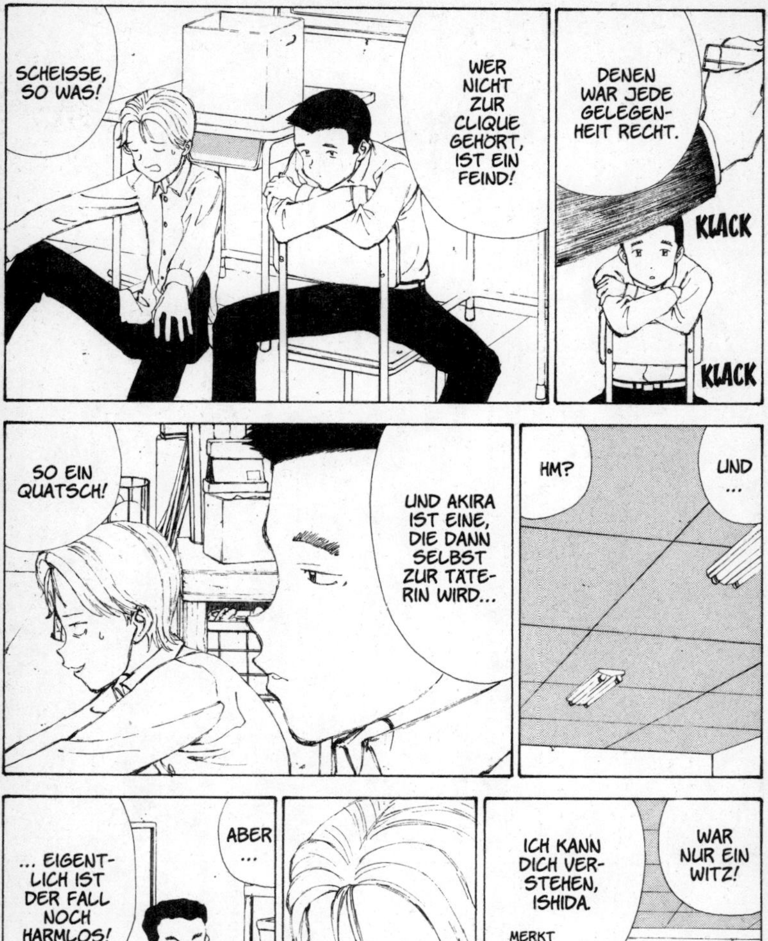
DENEN WAR JEDE GELEGENHEIT RECHT.
KLACK
KLACK
WER NICHT ZUR CLIQUE GEHÖRT, IST EIN FEIND!
SCHEISSE, SO WAS!
UND ...
HM?
UND AKIRA IST EINE, DIE DANN SELBST ZUR TÄTERIN WIRD...
SO EIN QUATSCH!
WAR NUR EIN WITZ!
ICH KANN DICH VERSTEHEN, ISHIDA.
MERKT DOCH JEDER!
KLACK
KLACK
ABER ...
... EIGENTLICH IST DER FALL NOCH HARMLOS!

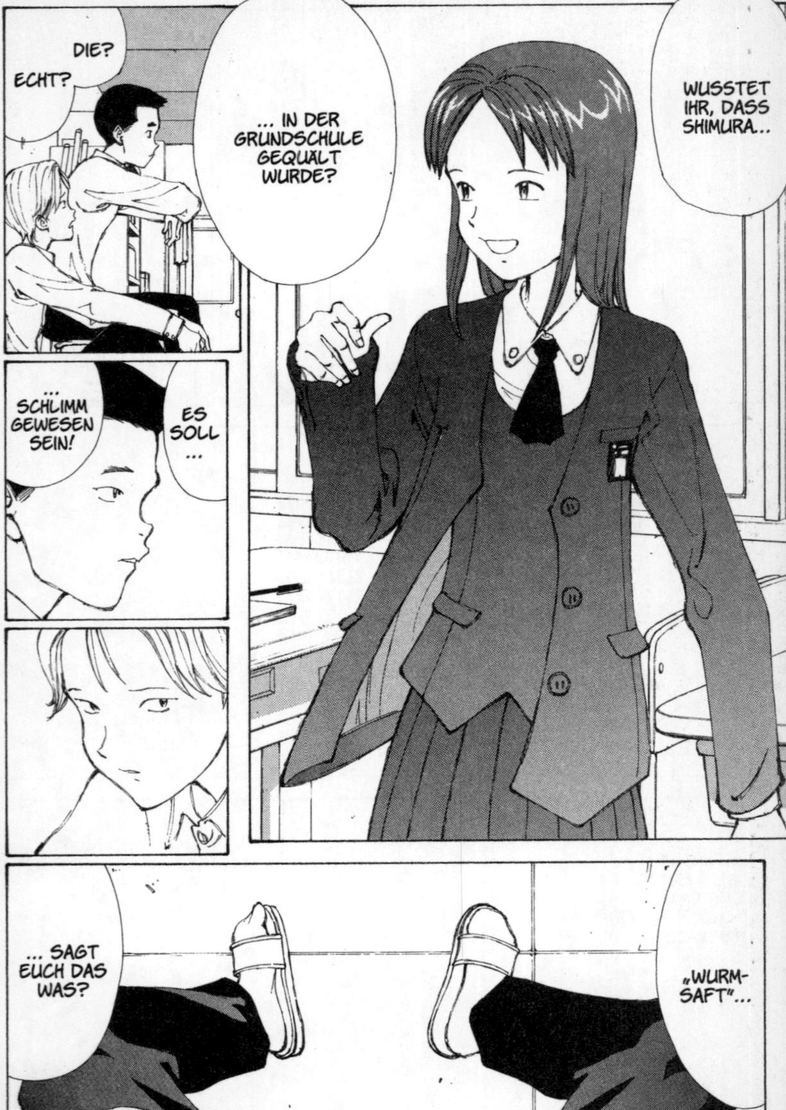
WUSSTET IHR, DASS SHIMURA...
... IN DER GRUNDSCHULE GEQUÄLT WURDE?
DIE?
ECHT?
ES SOLL ...
... SCHLIMM GEWESEN SEIN!
„WURM-SAFT"...
... SAGT EUCH DAS WAS?

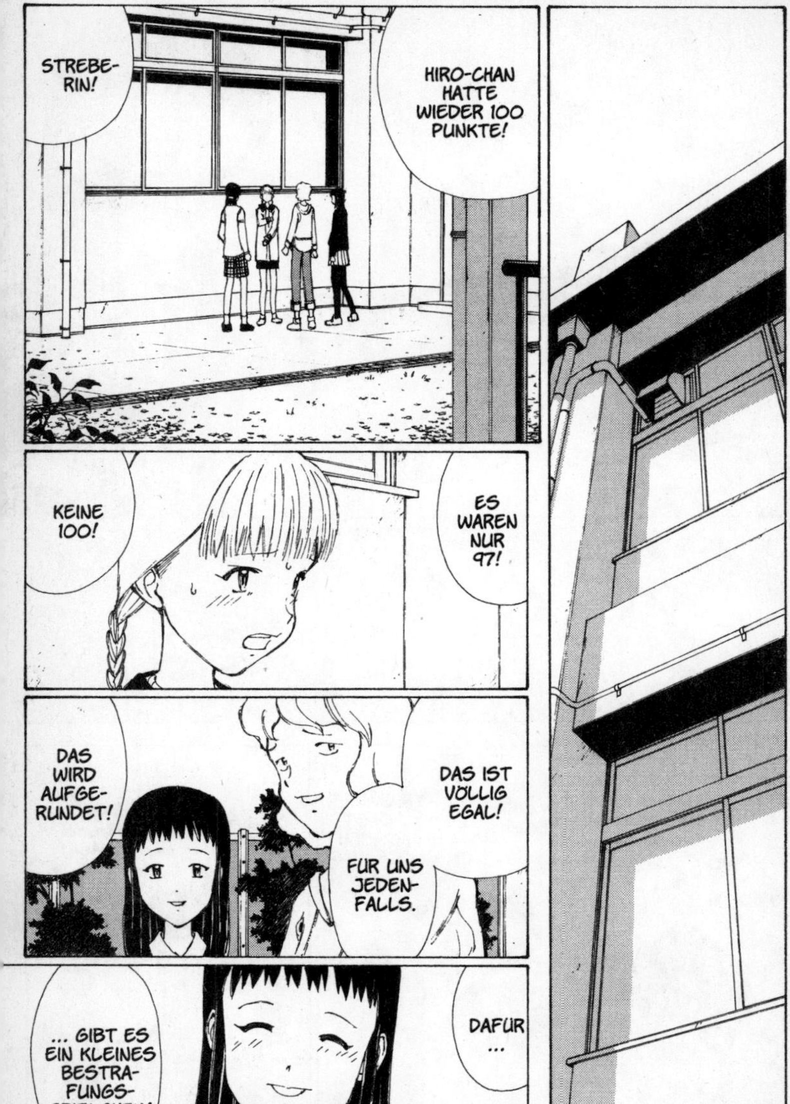
HIRO-CHAN HATTE WIEDER 100 PUNKTE!
STREBERIN!
ES WAREN NUR 97!
KEINE 100!
DAS IST VÖLLIG EGAL!
FÜR UNS JEDENFALLS.
DAS WIRD AUFGERUNDET!
DAFÜR ...
... GIBT ES EIN KLEINES BESTRAFUNGSSPIELCHEN!

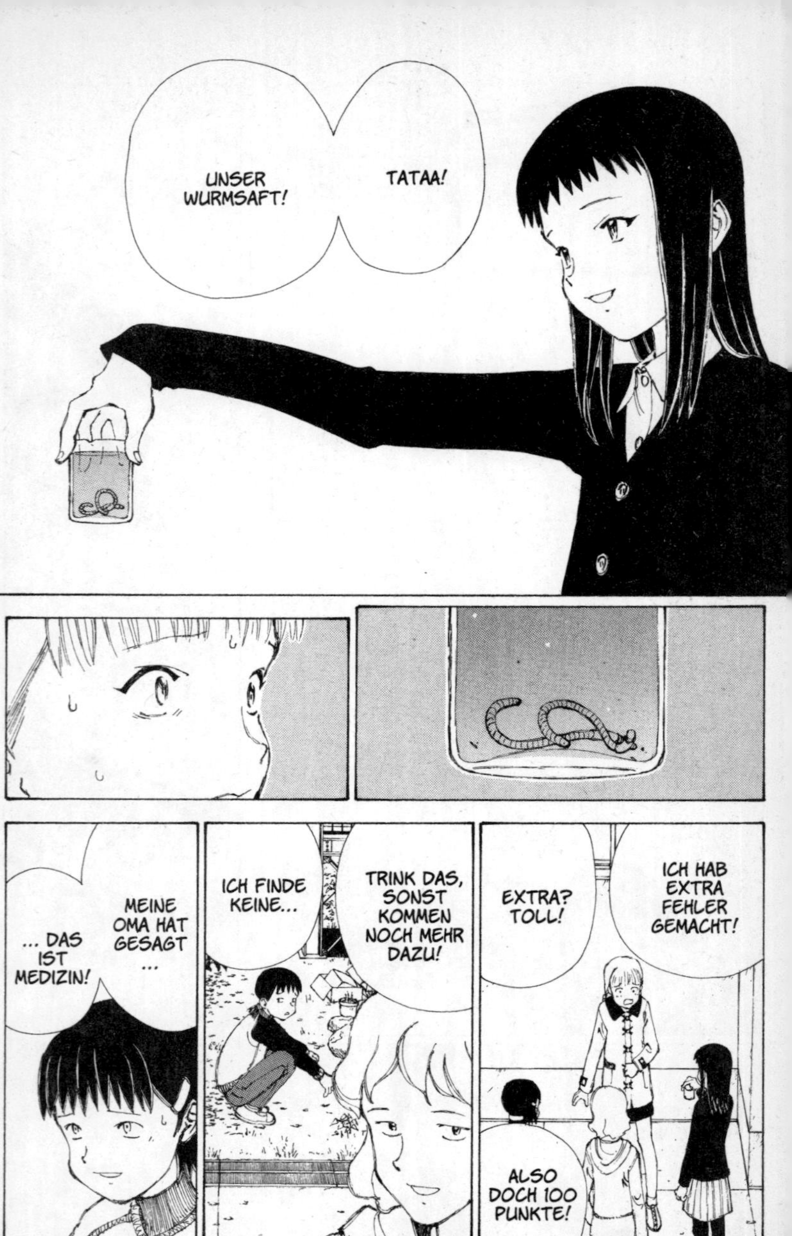
TATAA!
UNSER WURMSAFT!
ICH HAB EXTRA FEHLER GEMACHT!
EXTRA? TOLL!
ALSO DOCH 100 PUNKTE!
TRINK DAS, SONST KOMMEN NOCH MEHR DAZU!
ICH FINDE KEINE...
MEINE OMA HAT GESAGT ...
... DAS IST MEDIZIN!

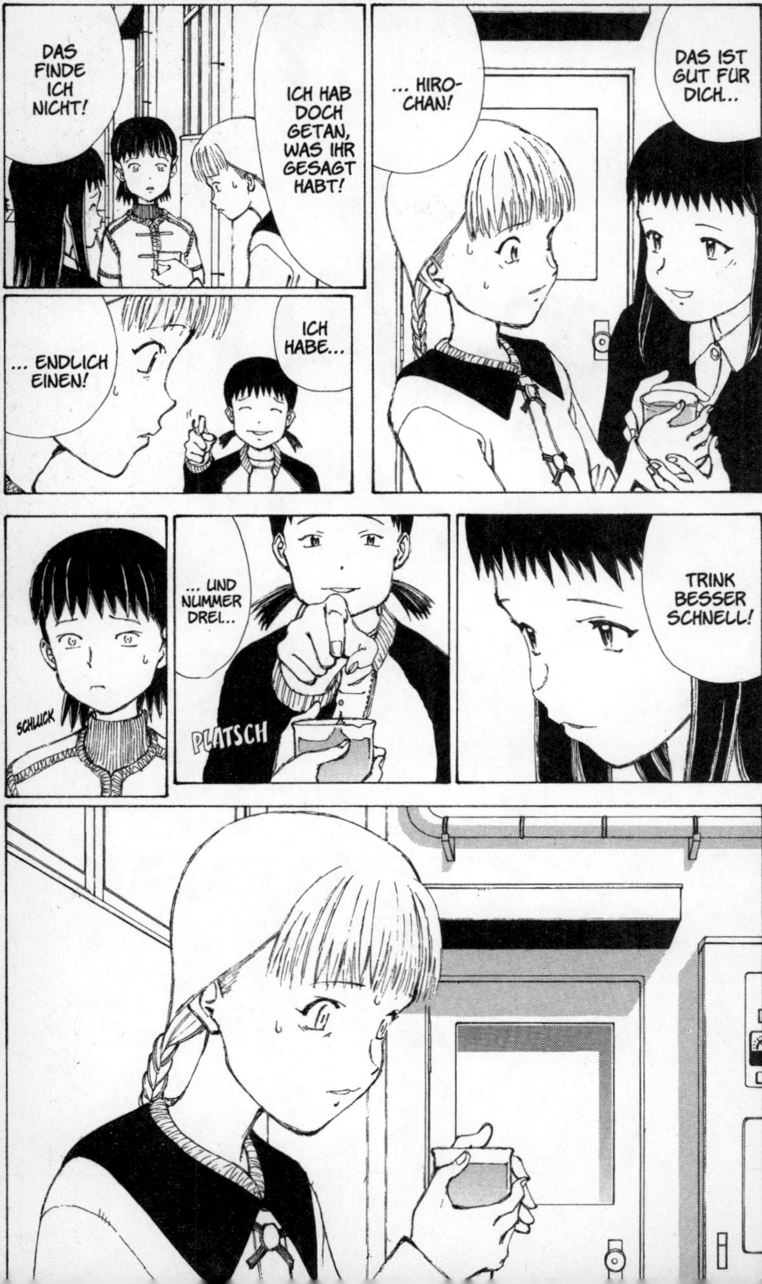
DAS IST GUT FÜR DICH...
... HIRO-CHAN!
ICH HAB DOCH GETAN, WAS IHR GESAGT HABT!
DAS FINDE ICH NICHT!
ICH HABE...
... ENDLICH EINEN!
TRINK BESSER SCHNELL!
... UND NUMMER DREI...
PLATSCH
SCHLUCK

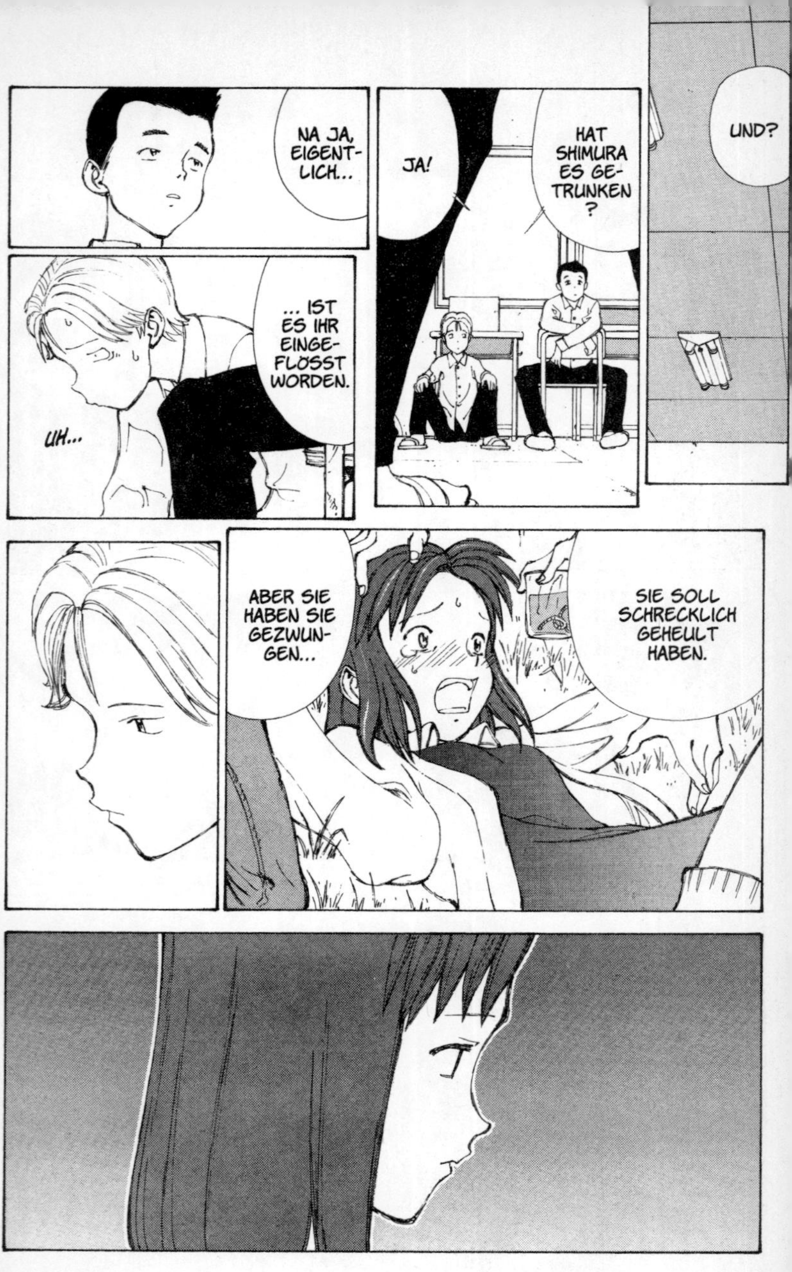
UND?
HAT SHIMURA ES GETRUNKEN?
JA!
NA JA, EIGENTLICH...
... IST ES IHR EINGEFLÖSST WORDEN.
UH...
SIE SOLL SCHRECKLICH GEHEULT HABEN.
ABER SIE HABEN SIE GEZWUNGEN...

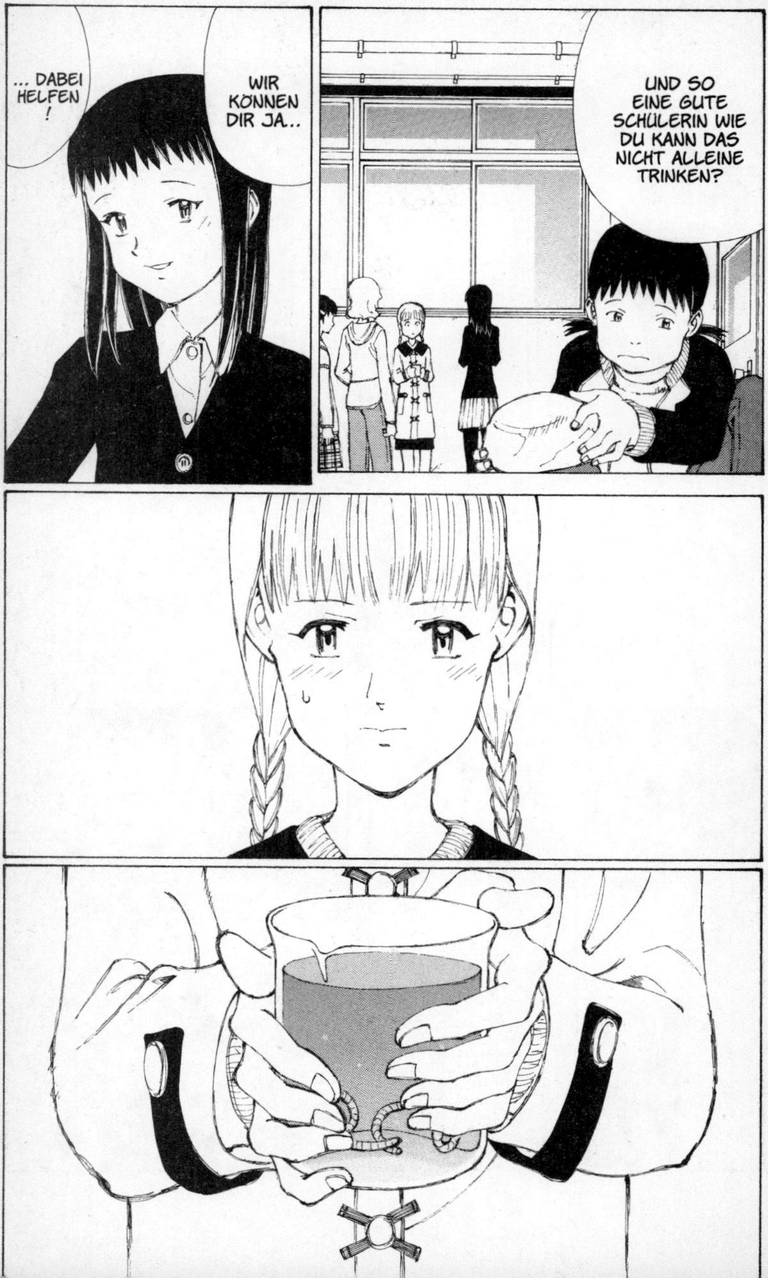
UND SO EINE GUTE SCHÜLERIN WIE DU KANN DAS NICHT ALLEINE TRINKEN?
WIR KÖNNEN DIR JA...
... DABEI HELFEN!

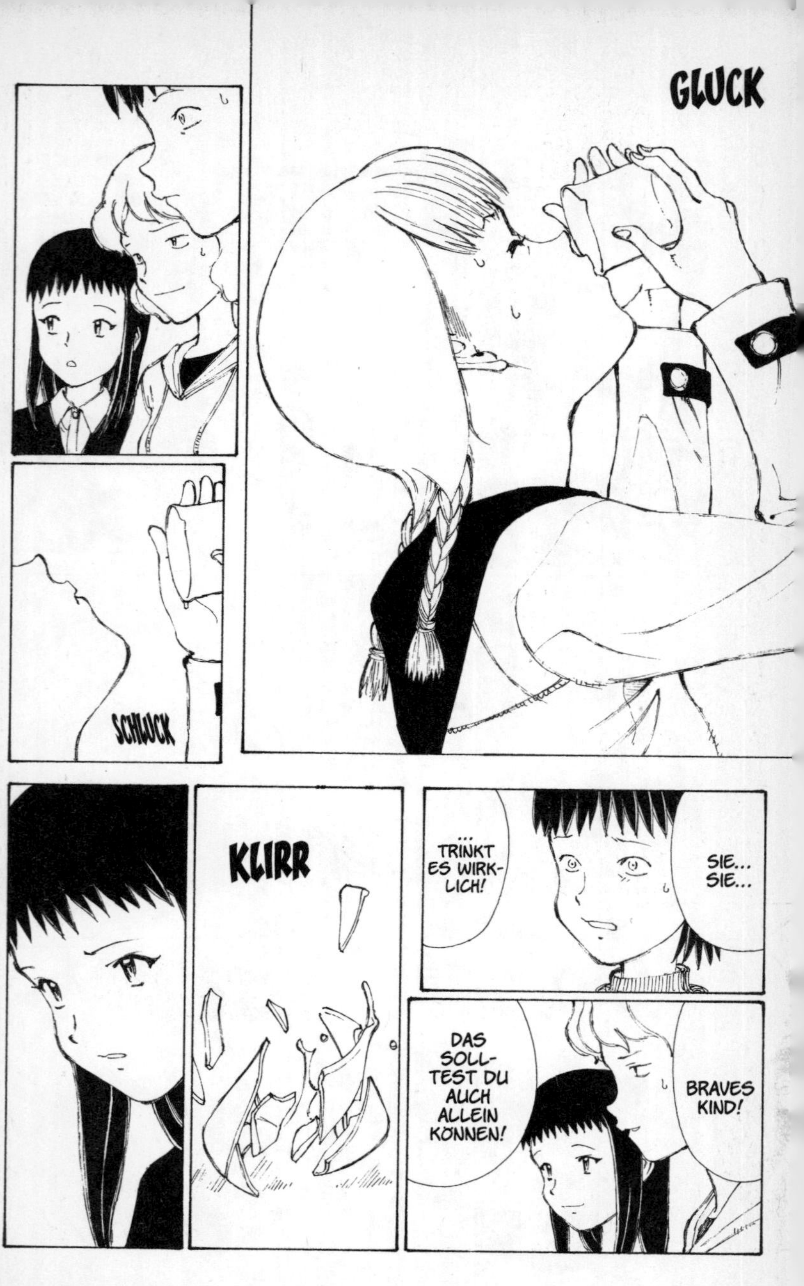
GLUCK
SCHLUCK
SIE... SIE...
... TRINKT ES WIRKLICH!
BRAVES KIND!
DAS SOLLTEST DU AUCH ALLEIN KÖNNEN!
KLIRR

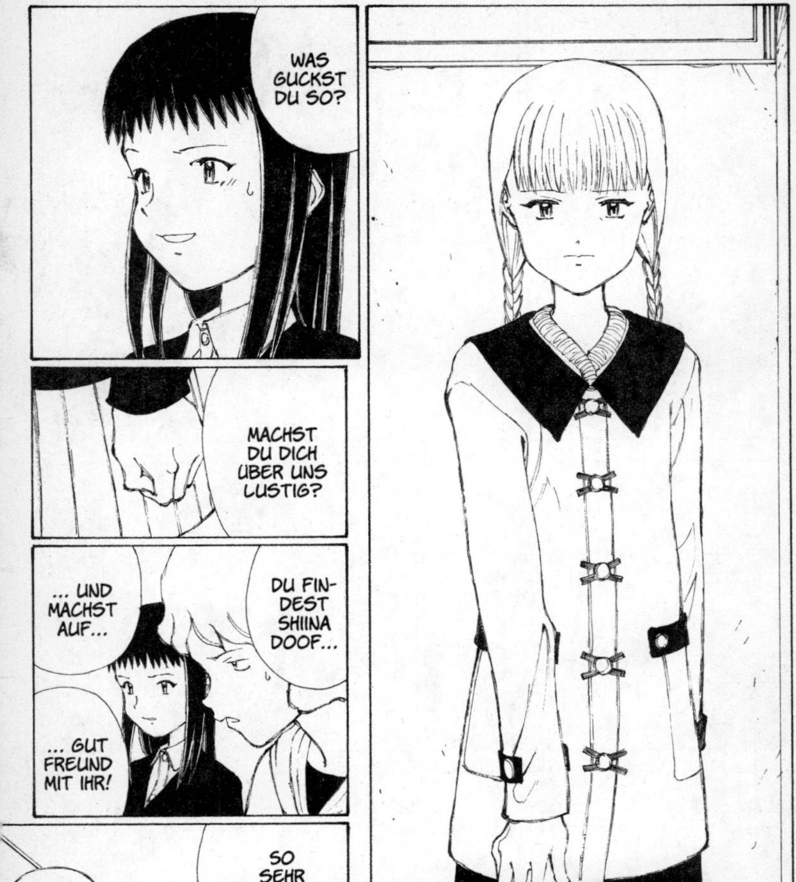
WAS GUCKST DU SO?
MACHST DU DICH ÜBER UNS LUSTIG?
DU FINDEST SHIINA DOOF...
... UND MACHST AUF...
... GUT FREUND MIT IHR!
SO SEHR WILLST DU DEM LEHRER GEFALLEN?

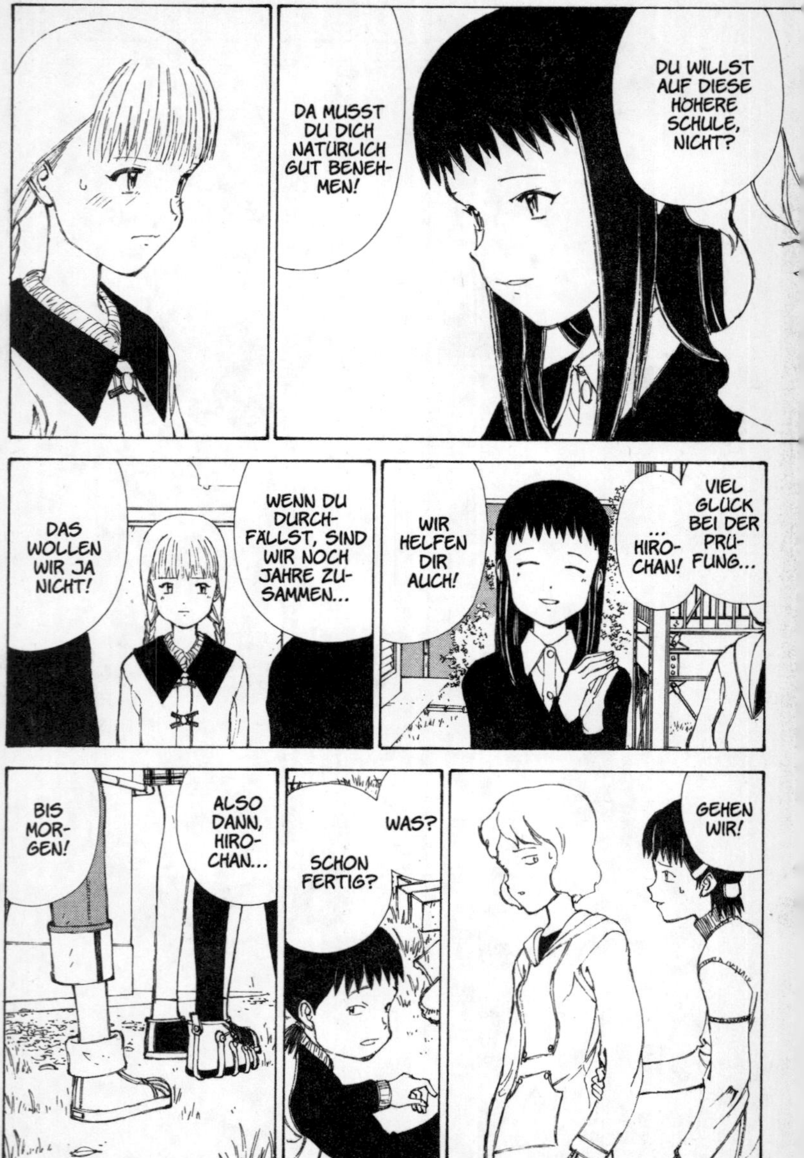
DU WILLST AUF DIESE HÖHERE SCHULE, NICHT?
DA MUSST DU DICH NATURLICH GUT BENEHMEN!
VIEL GLÜCK BEI DER PRÜFUNG...
... HIRO-CHAN!
WIR HELFEN DIR AUCH!
WENN DU DURCHFÄLLST, SIND WIR NOCH JAHRE ZUSAMMEN...
DAS WOLLEN WIR JA NICHT!
GEHEN WIR!
WAS?
SCHON FERTIG?
ALSO DANN, HIRO-CHAN...
BIS MORGEN!

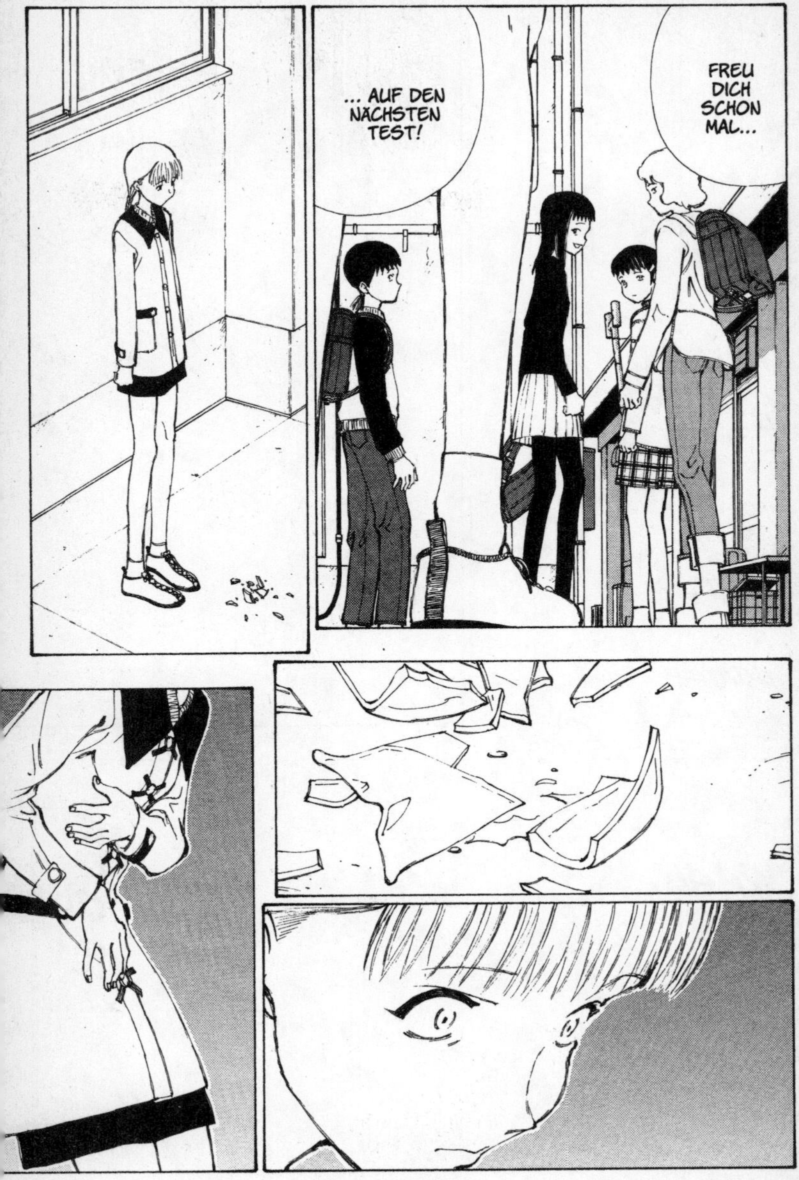
FREU DICH SCHON MAL...
... AUF DEN NÄCHSTEN TEST!

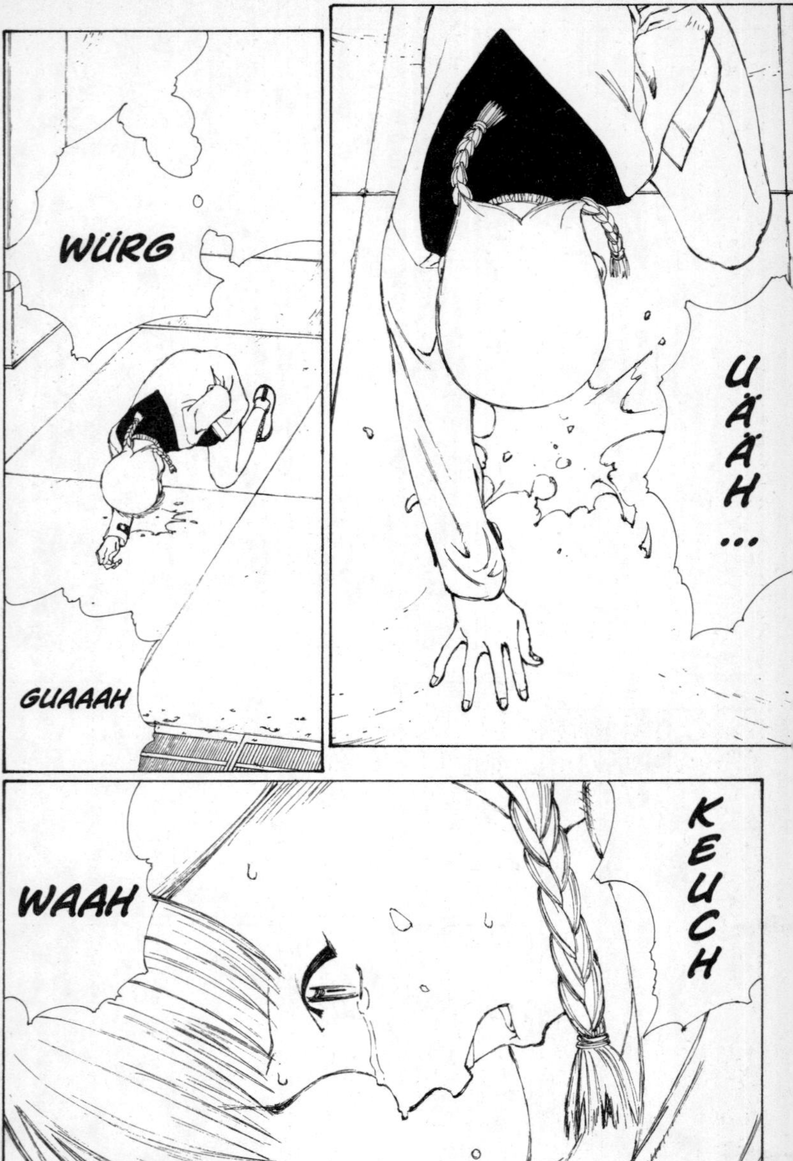
UÄÄH ...
WÜRG
GUAAAH
KEUCH
WAAH

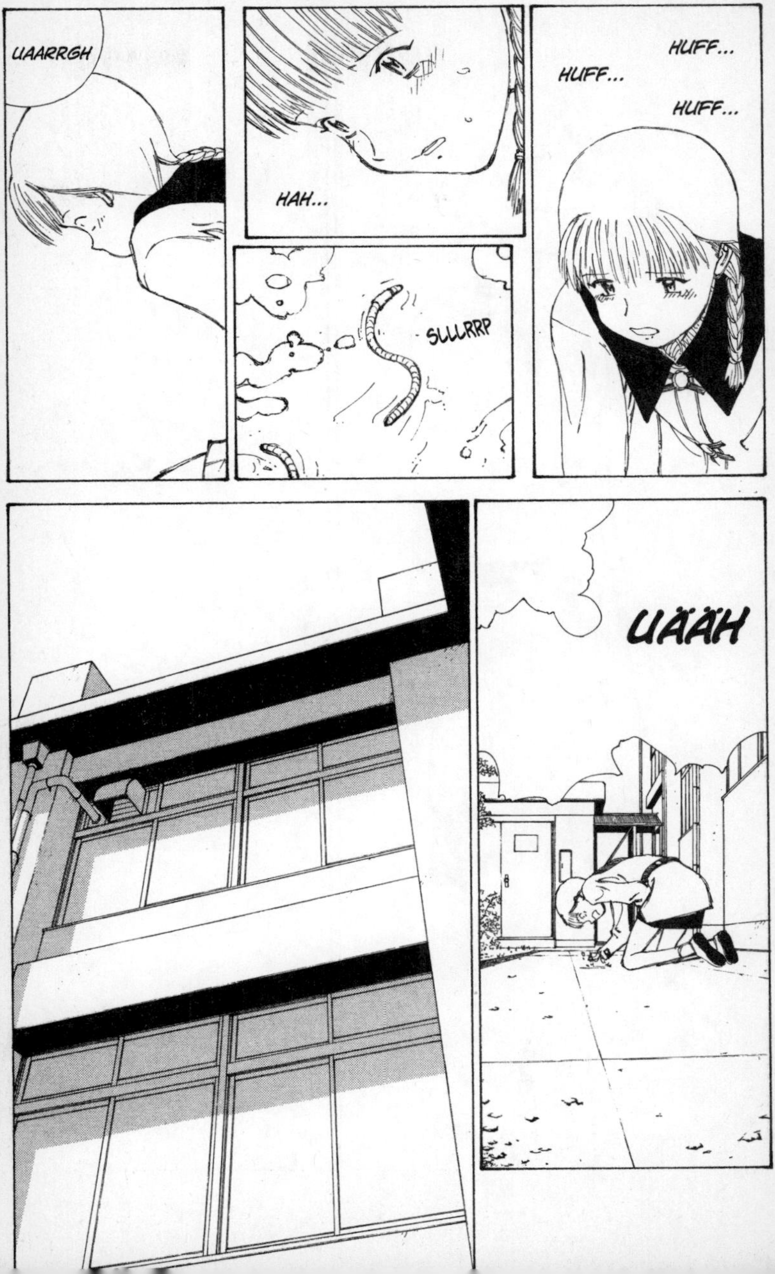
UAARRGH
HAH...
SLLLRRP
HUFF...
HUFF...
HUFF...
UÄÄH

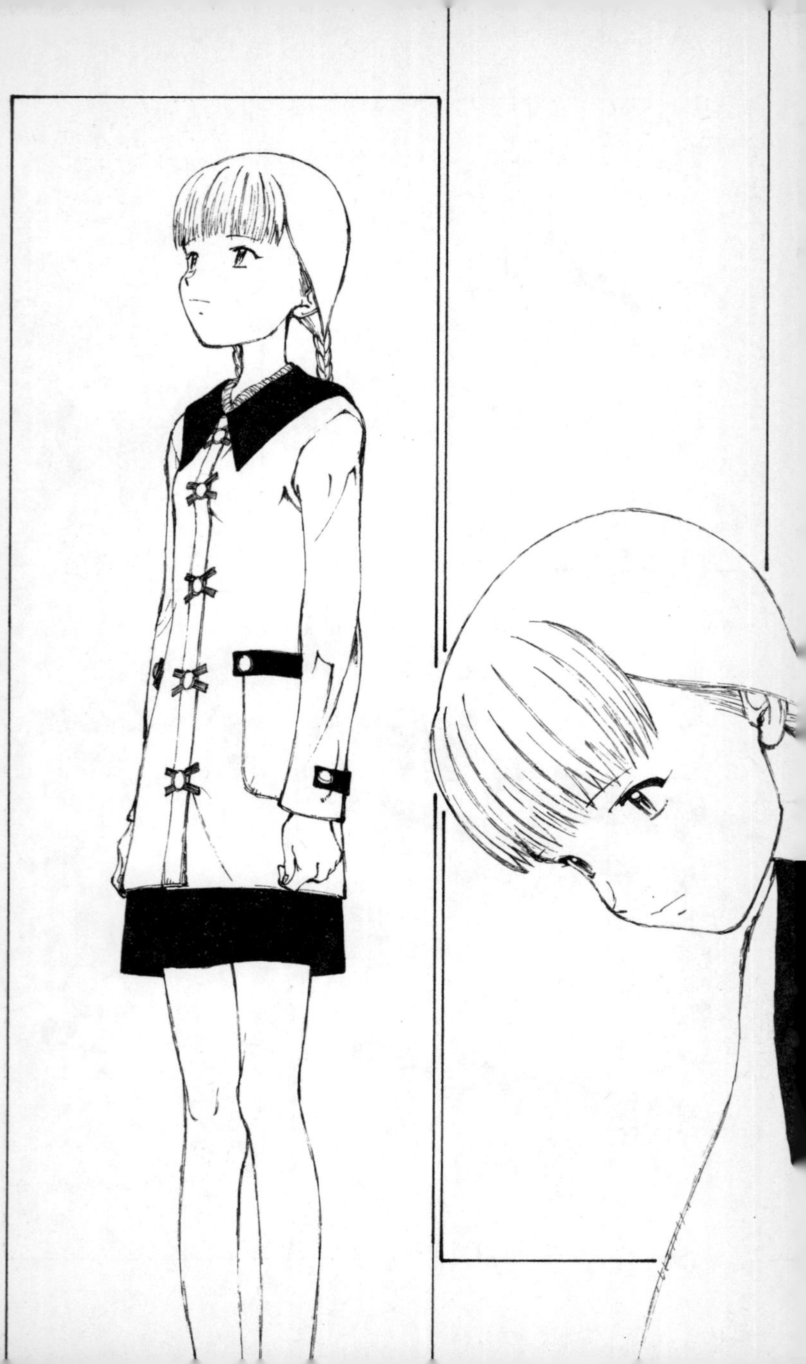

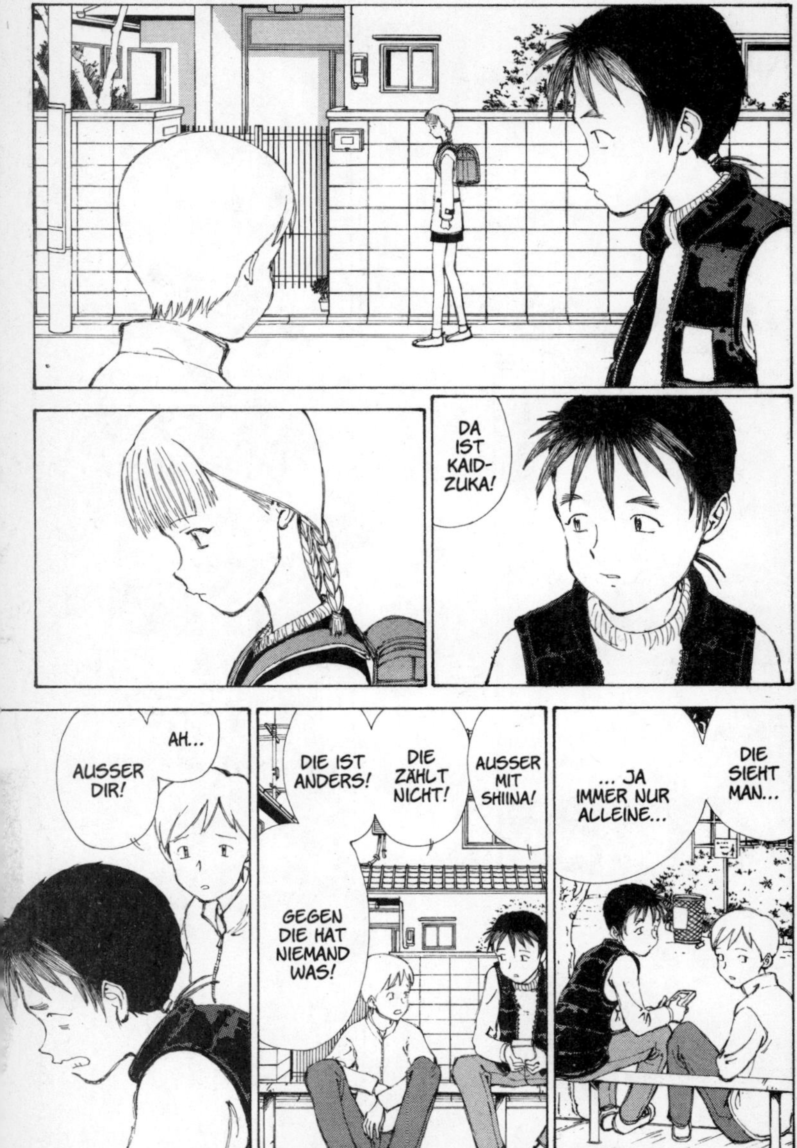
DA IST KAIDZUKA!
DIE SIEHT MAN...
... JA IMMER NUR ALLEINE...
AUSSER MIT SHIINA!
DIE ZÄHLT NICHT!
DIE IST ANDERS!
GEGEN DIE HAT NIEMAND WAS!
AH...
AUSSER DIR!

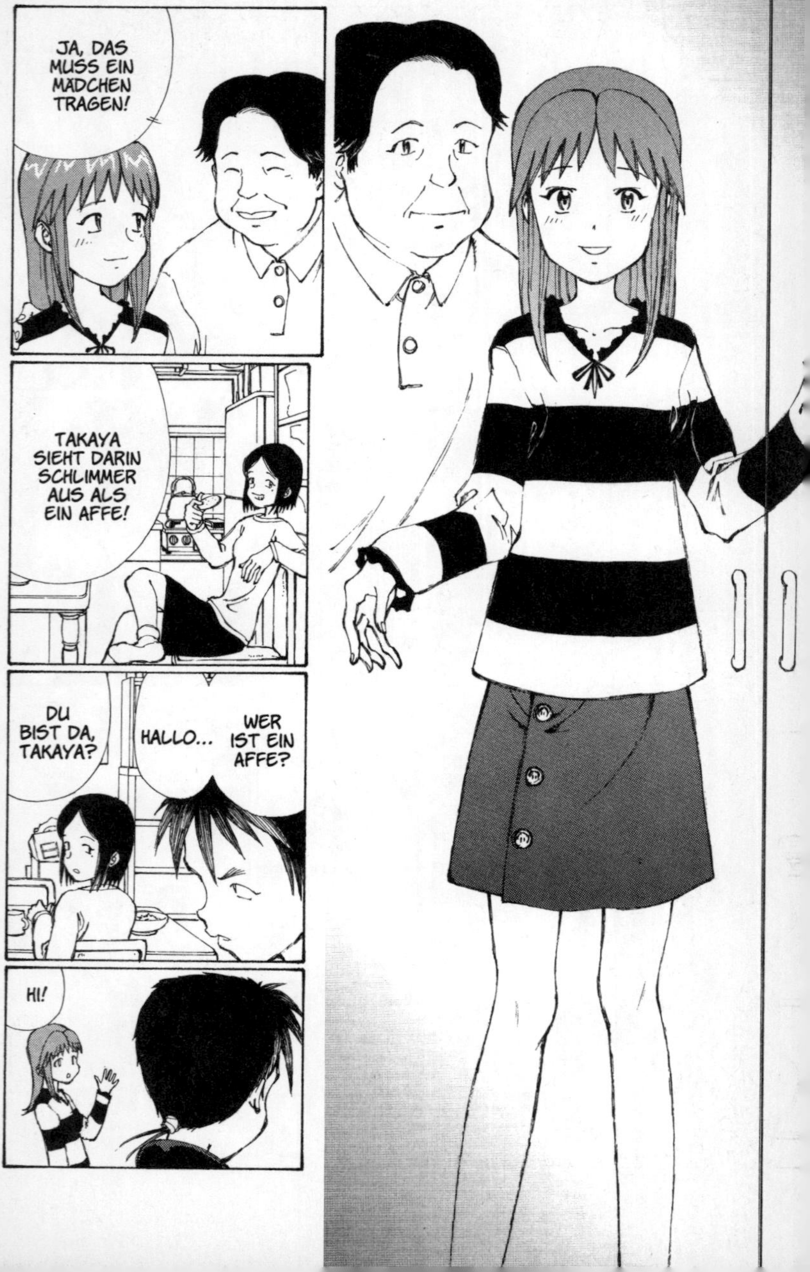
JA, DAS MUSS EIN MÄDCHEN TRAGEN!
TAKAYA SIEHT DARIN SCHLIMMER AUS ALS EIN AFFE!
WER IST EIN AFFE?
HALLO...
DU BIST DA, TAKAYA?
HI!

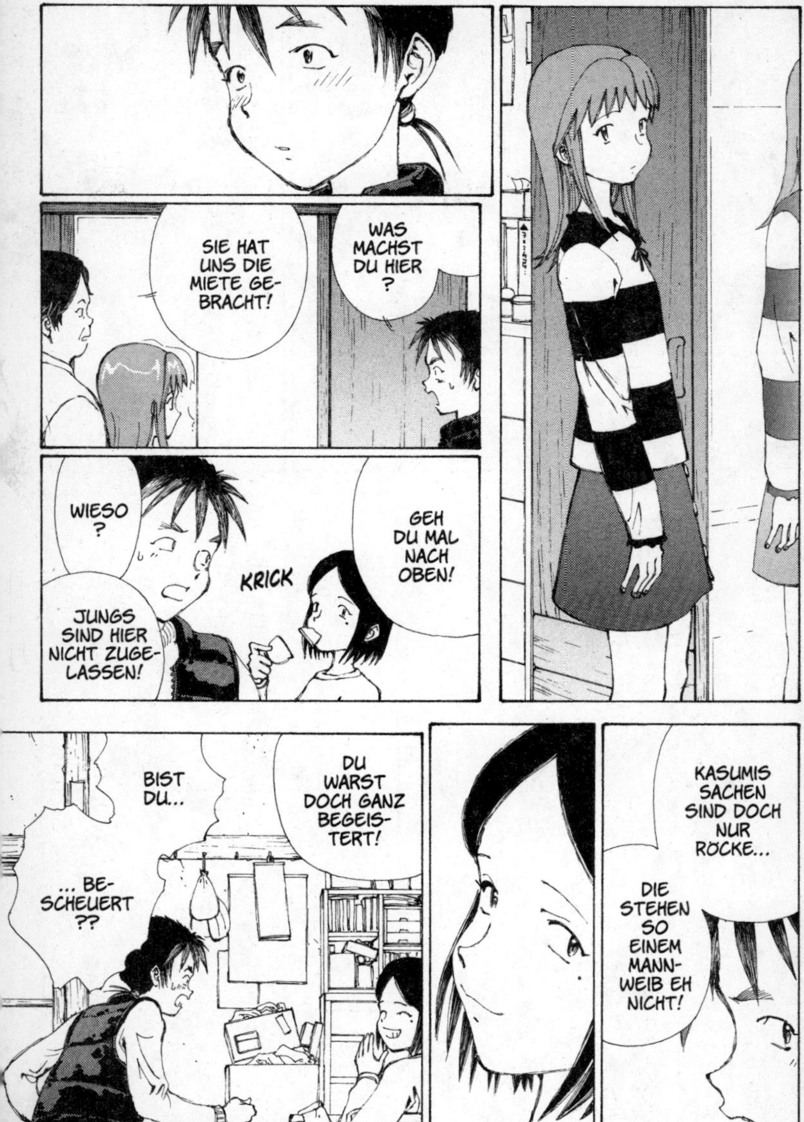
WAS MACHST DU HIER ?
SIE HAT UNS DIE MIETE GEBRACHT!
GEH DU MAL NACH OBEN!
WIESO ?
KRICK
JUNGS SIND HIER NICHT ZUGELASSEN!
KASUMIS SACHEN SIND DOCH NUR RÖCKE...
DIE STEHEN SO EINEM MANNWEIB EH NICHT!
DU WARST DOCH GANZ BEGEISTERT!
BIST DU...
... BESCHEUERT ??

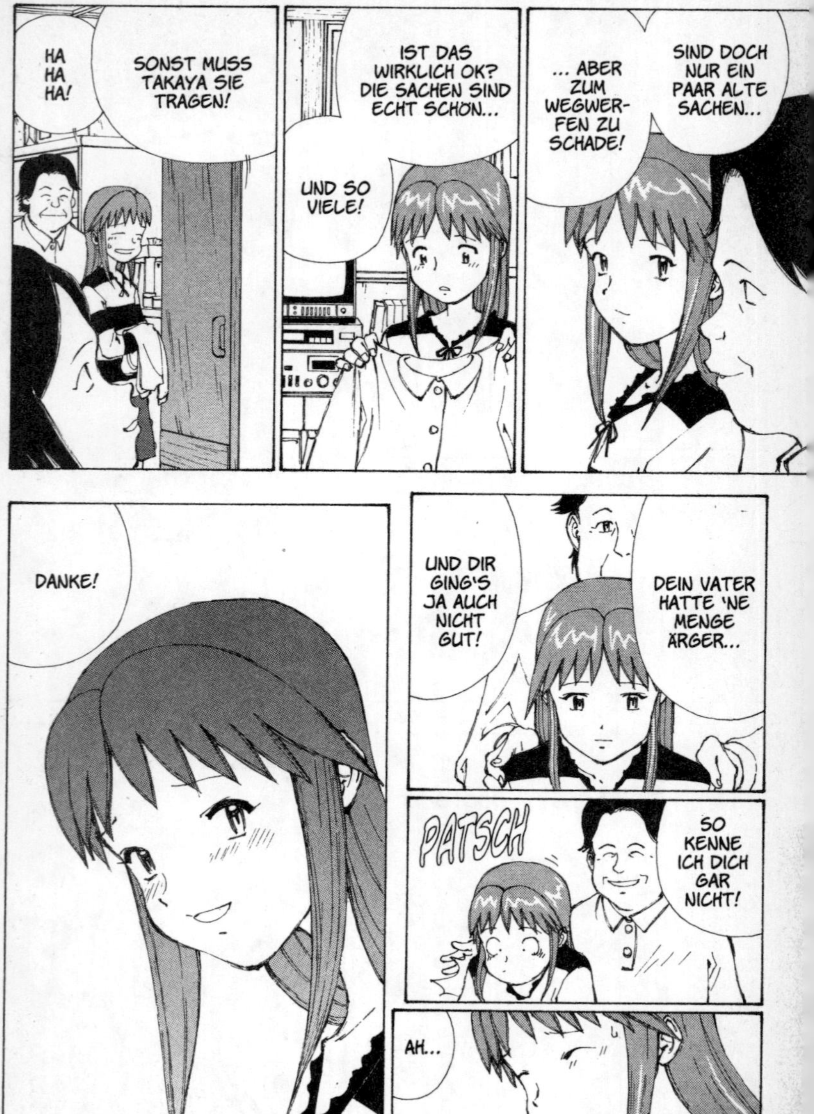
SIND DOCH NUR EIN PAAR ALTE SACHEN...
... ABER ZUM WEGWERFEN ZU SCHADE!
IST DAS WIRKLICH OK? DIE SACHEN SIND ECHT SCHÖN...
UND SO VIELE!
SONST MUSS TAKAYA SIE TRAGEN!
HA HA HA!
DEIN VATER HATTE 'NE MENGE ÄRGER...
UND DIR GING'S JA AUCH NICHT GUT!
SO KENNE ICH DICH GAR NICHT!
PATSCH
AH...
HUST
DANKE!

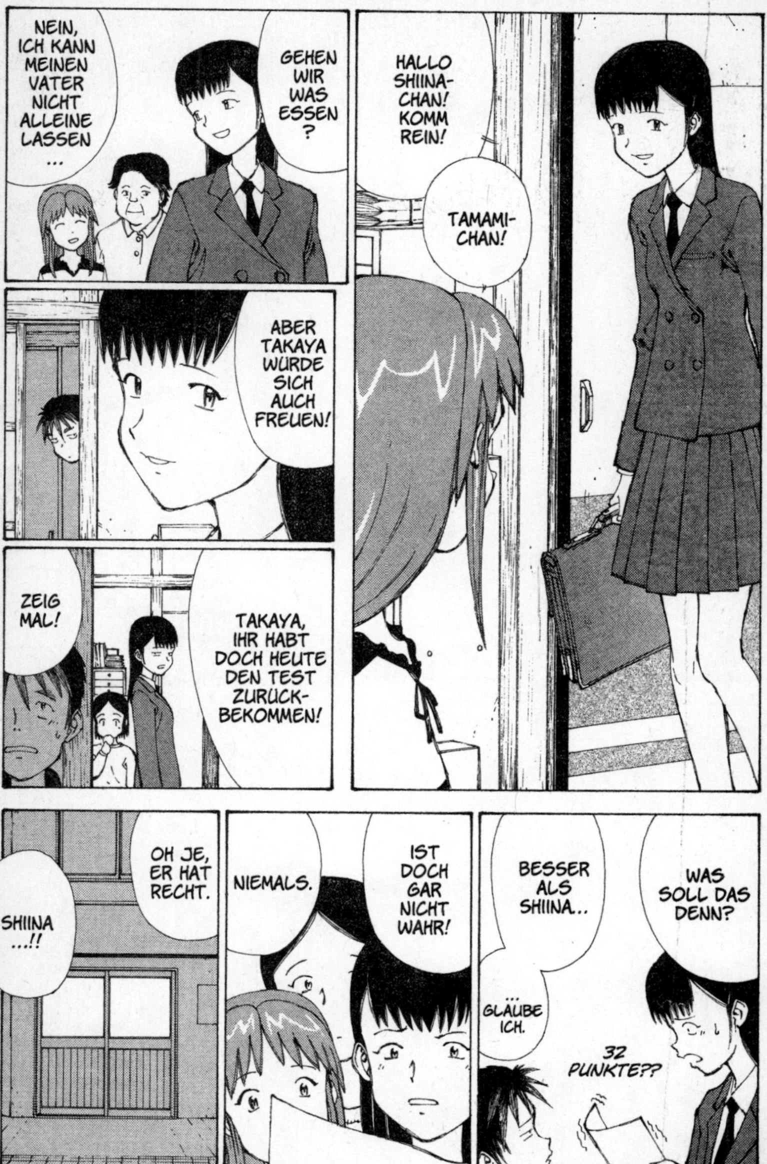
HALLO SHIINA-CHAN! KOMM REIN!
TAMAMI-CHAN!
GEHEN WIR WAS ESSEN ?
NEIN, ICH KANN MEINEN VATER NICHT ALLEINE LASSEN ...
ABER TAKAYA WÜRDE SICH AUCH FREUEN!
TAKAYA, IHR HABT DOCH HEUTE DEN TEST ZURÜCK-BEKOMMEN!
ZEIG MAL!
WAS SOLL DAS DENN?
32 PUNKTE??
BESSER ALS SHIINA...
... GLAUBE ICH.
IST DOCH GAR NICHT WAHR!
NIEMALS.
OH JE, ER HAT RECHT.
SHIINA ...!!

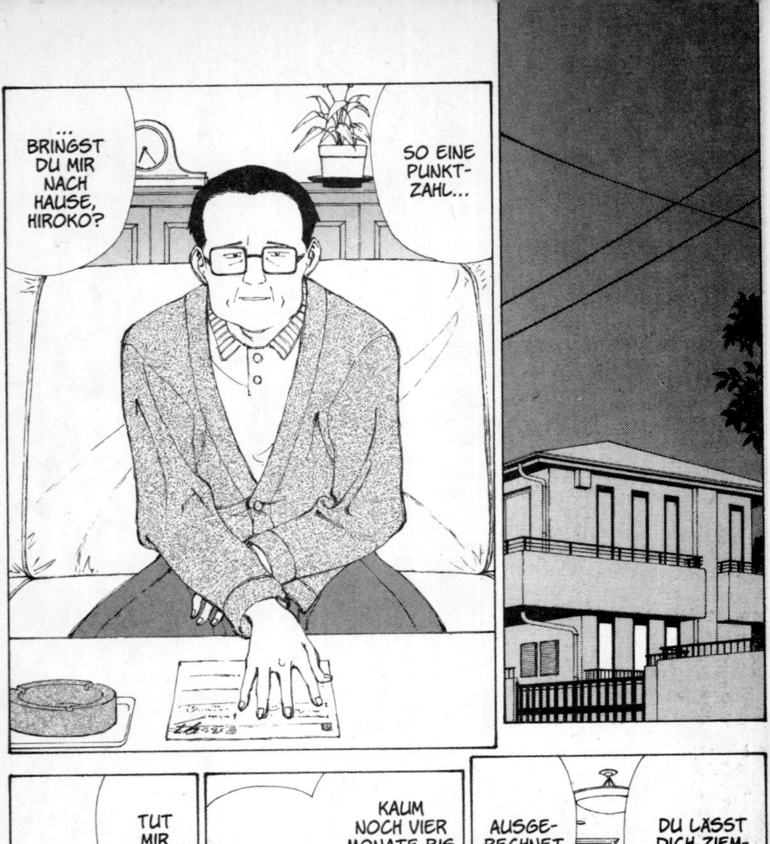
SO EINE PUNKTZAHL...
... BRINGST DU MIR NACH HAUSE, HIROKO?
DU LÄSST DICH ZIEMLICH GEHEN IN LETZTER ZEIT!
AUSGERECHNET JETZT!
KAUM NOCH VIER MONATE BIS ZUR AUFNAHMEPRÜFUNG!
IN SO EINER GRUNDSCHULE NICHT MAL DIE VOLLE PUNKTZAHL ZU SCHAFFEN...
TUT MIR LEID!

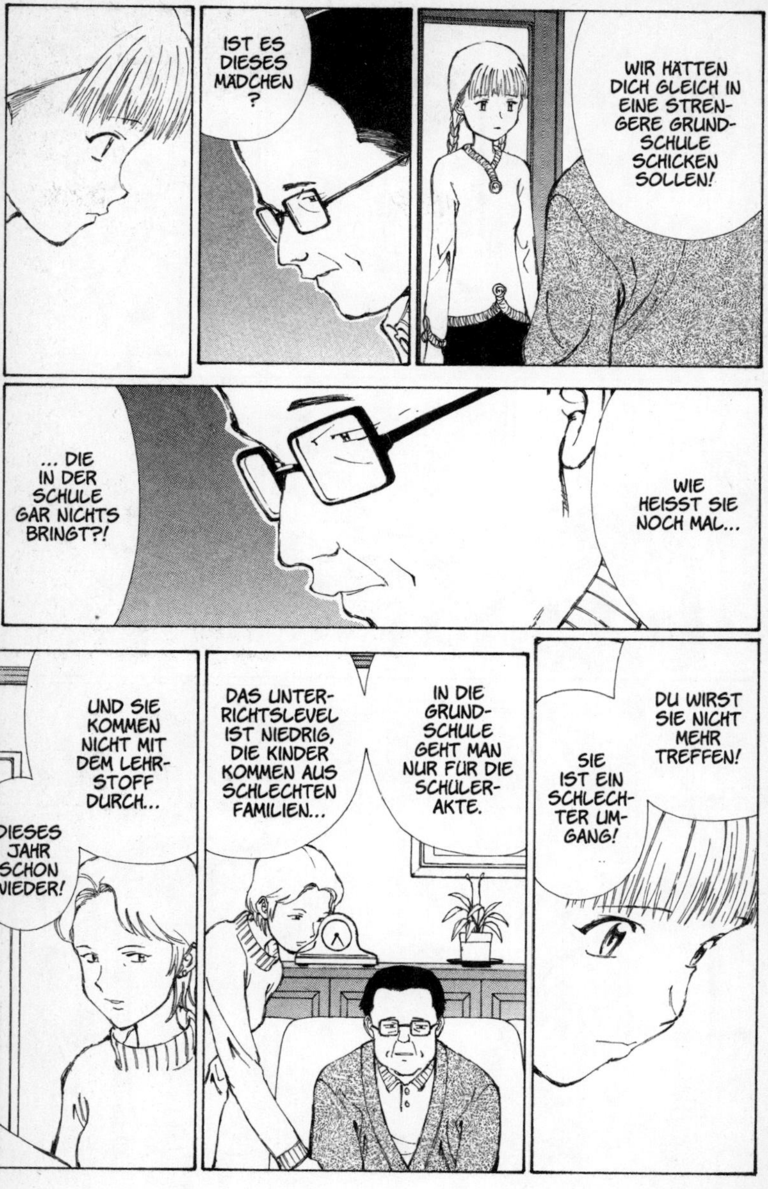
WIR HÄTTEN DICH GLEICH IN EINE STREN-GERE GRUND-SCHULE SCHICKEN SOLLEN!
IST ES DIESES MÄDCHEN ?
WIE HEISST SIE NOCH MAL...
... DIE IN DER SCHULE GAR NICHTS BRINGT?!
DU WIRST SIE NICHT MEHR TREFFEN!
SIE IST EIN SCHLECH-TER UM-GANG!
IN DIE GRUND-SCHULE GEHT MAN NUR FÜR DIE SCHÜLER-AKTE.
DAS UNTER-RICHTSLEVEL IST NIEDRIG, DIE KINDER KOMMEN AUS SCHLECHTEN FAMILIEN...
UND SIE KOMMEN NICHT MIT DEM LEHR-STOFF DURCH...
DIESES JAHR SCHON WIEDER!

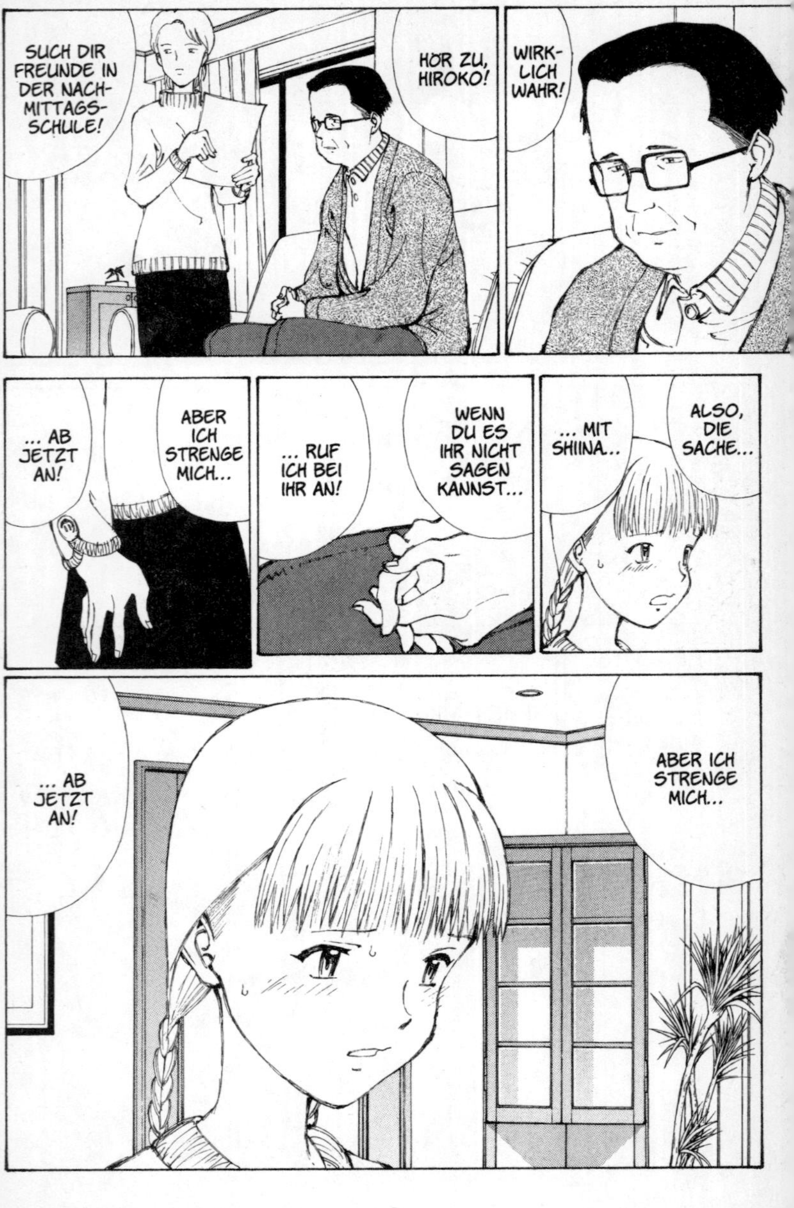
WIRKLICH WAHR!
HÖR ZU, HIROKO!
SUCH DIR FREUNDE IN DER NACHMITTAGSSCHULE!
ALSO, DIE SACHE...
... MIT SHIINA...
WENN DU ES IHR NICHT SAGEN KANNST...
... RUF ICH BEI IHR AN!
ABER ICH STRENGE MICH...
... AB JETZT AN!
ABER ICH STRENGE MICH...
... AB JETZT AN!

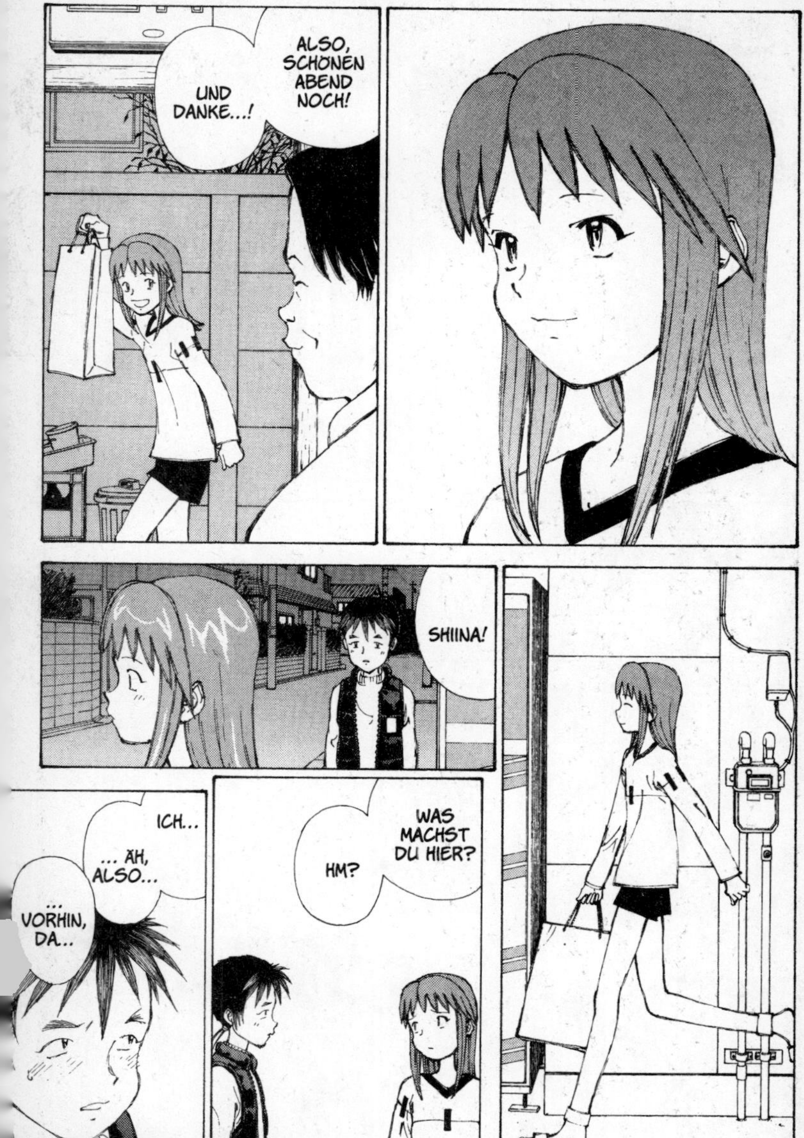
ALSO, SCHÖNEN ABEND NOCH!
UND DANKE...!
SHIINA!
WAS MACHST DU HIER?
HM?
ICH...
... ÄH, ALSO...
... VORHIN, DA...

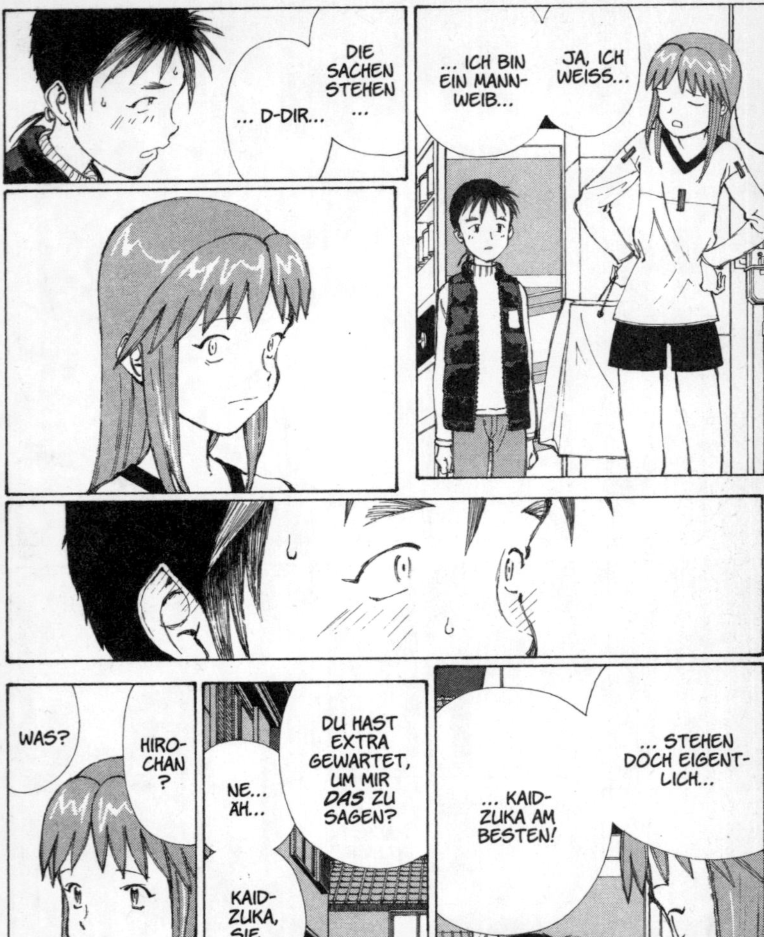
JA, ICH WEISS...
... ICH BIN EIN MANNWEIB...
DIE SACHEN STEHEN ...
... D-DIR...
... STEHEN DOCH EIGENTLICH...
... KAIDZUKA AM BESTEN!
DU HAST EXTRA GEWARTET, UM MIR *DAS* ZU SAGEN?
NE... ÄH...
KAIDZUKA, SIE...
HIRO-CHAN ?
WAS?

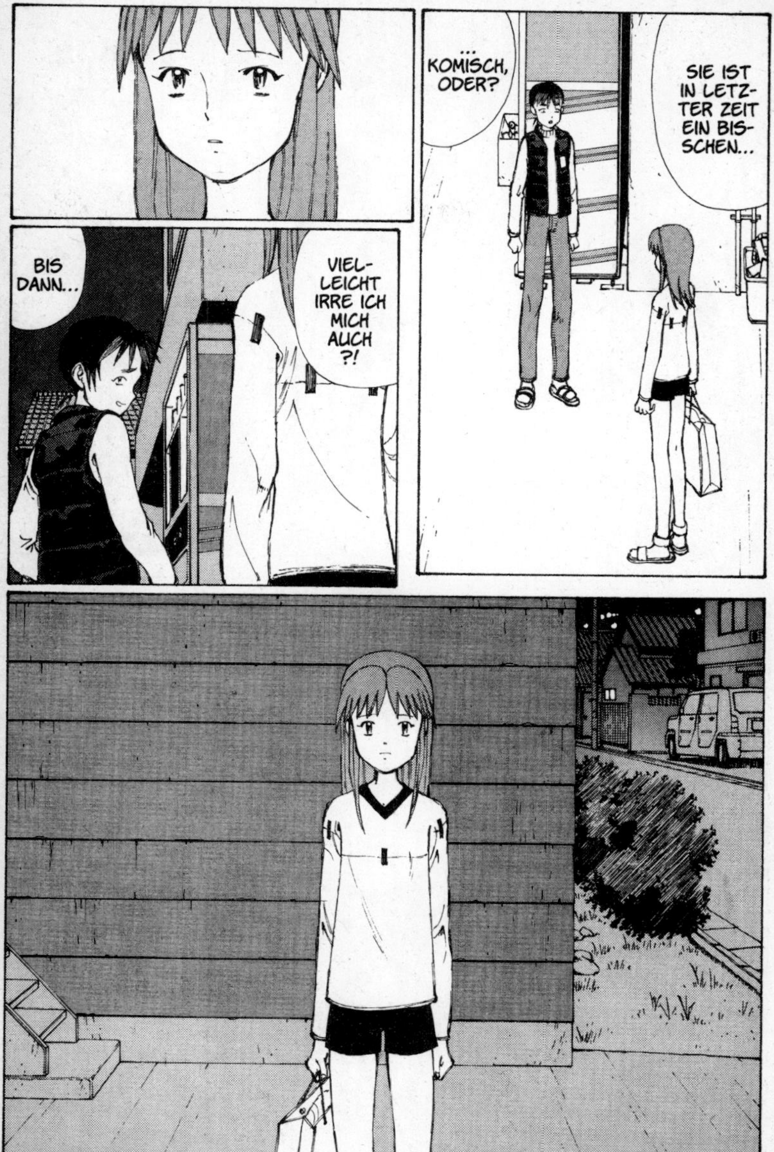
SIE IST IN LETZTER ZEIT EIN BISSCHEN...
... KOMISCH, ODER?
VIELLEICHT IRRE ICH MICH AUCH ?!
BIS DANN...

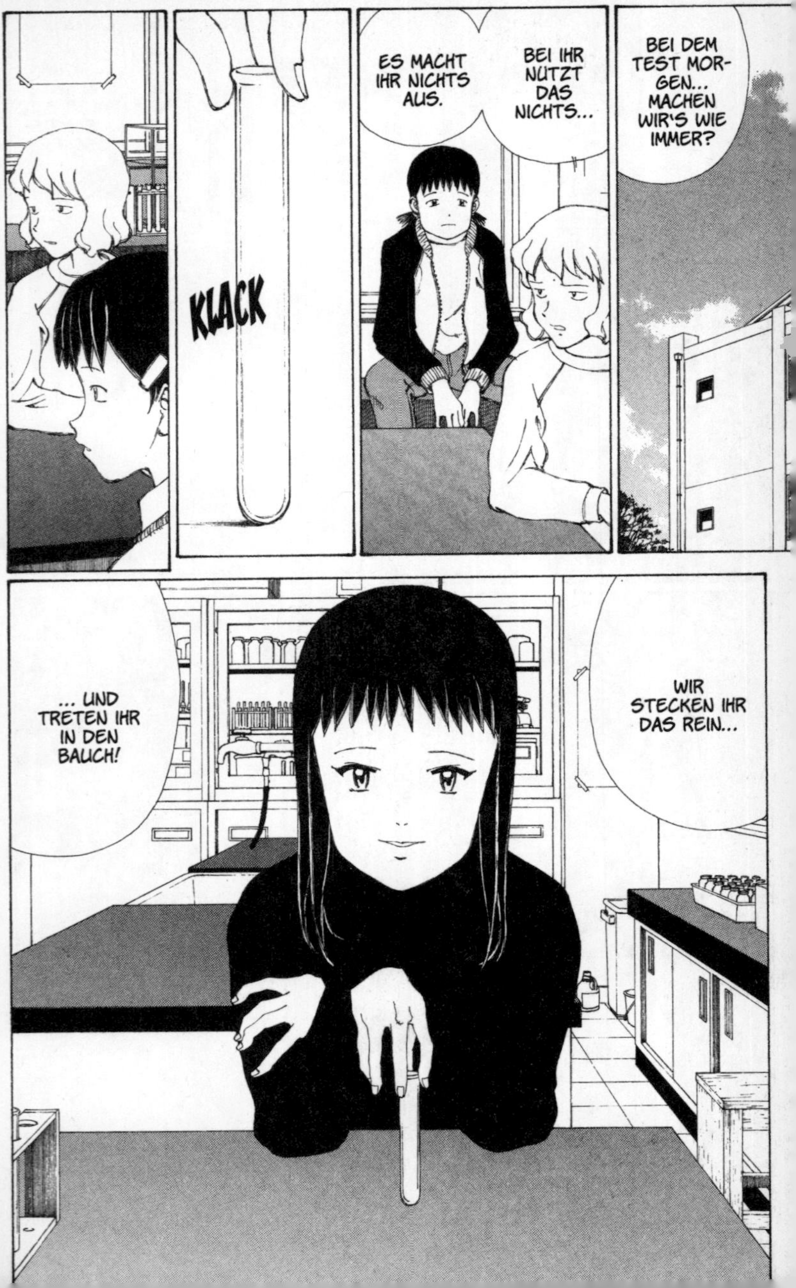
BEI DEM TEST MORGEN... MACHEN WIR'S WIE IMMER?
BEI IHR NÜTZT DAS NICHTS...
ES MACHT IHR NICHTS AUS.
KLACK
WIR STECKEN IHR DAS REIN...
... UND TRETEN IHR IN DEN BAUCH!

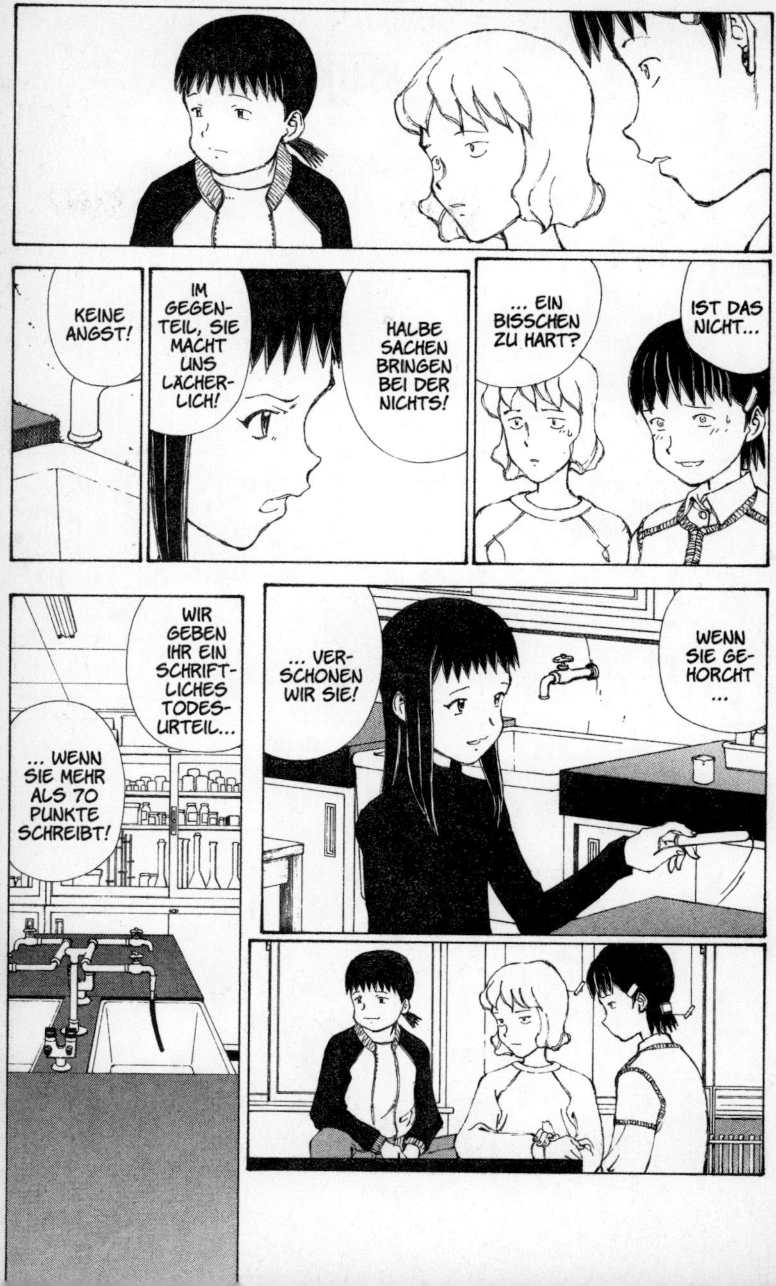
IST DAS NICHT...
... EIN BISSCHEN ZU HART?
HALBE SACHEN BRINGEN BEI DER NICHTS!
IM GEGENTEIL, SIE MACHT UNS LÄCHERLICH!
KEINE ANGST!
WENN SIE GEHORCHT ...
... VERSCHONEN WIR SIE!
WIR GEBEN IHR EIN SCHRIFTLICHES TODESURTEIL...
... WENN SIE MEHR ALS 70 PUNKTE SCHREIBT!

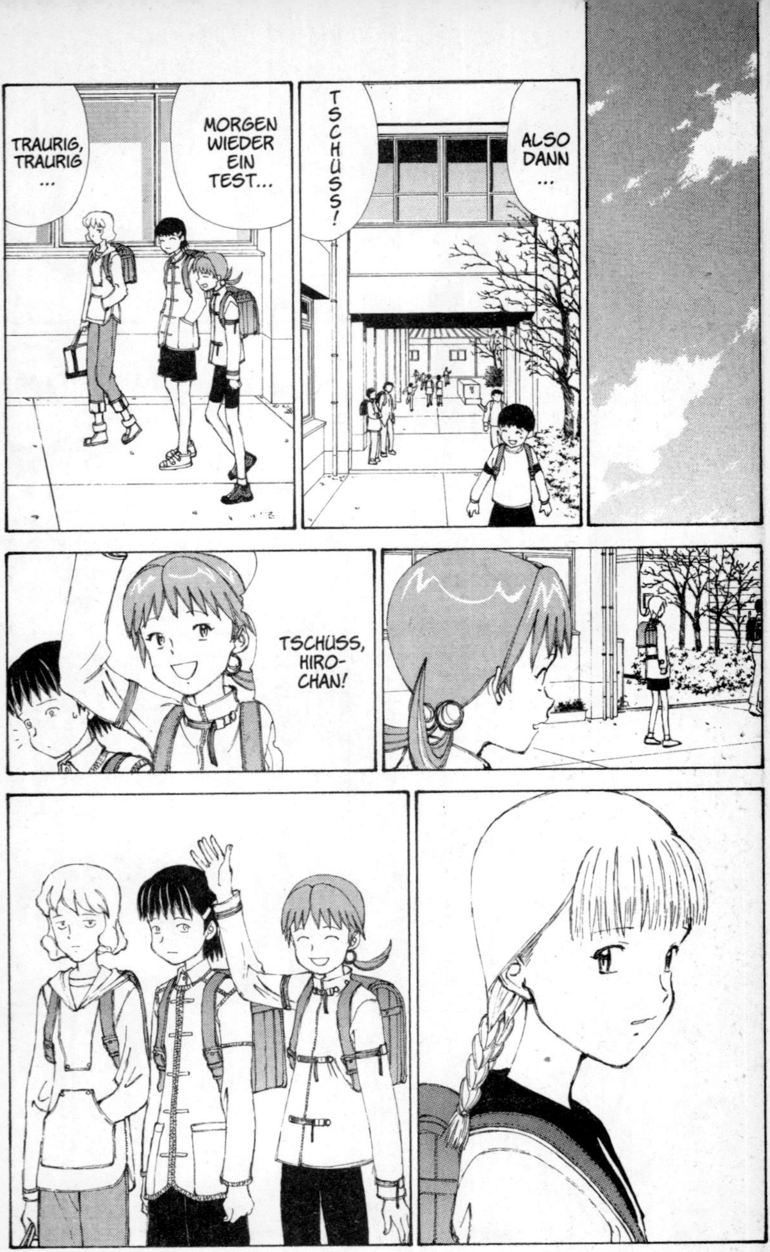
ALSO DANN ...
TSCHÜSS!
MORGEN WIEDER EIN TEST...
TRAURIG, TRAURIG ...
TSCHÜSS, HIRO-CHAN!

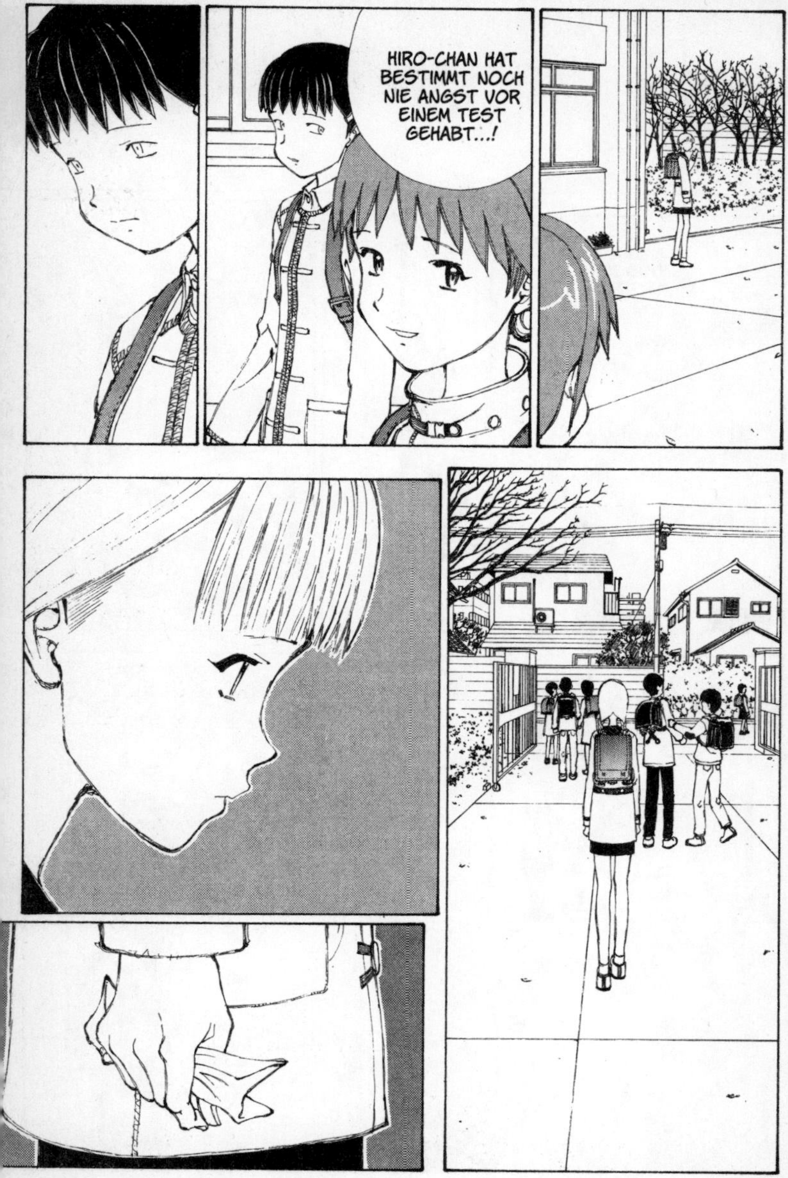
HIRO-CHAN HAT BESTIMMT NOCH NIE ANGST VOR EINEM TEST GEHABT...!

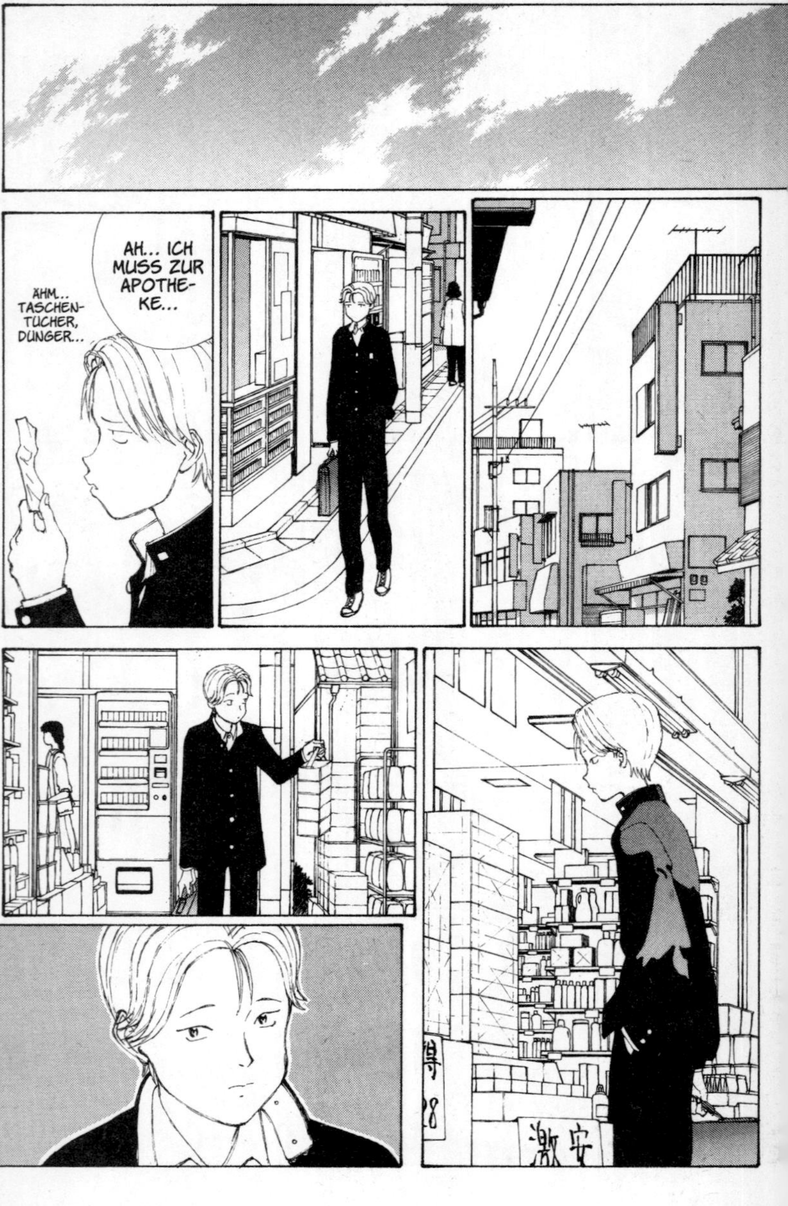
ÄHM... TASCHEN-TUCHER, DUNGER...
AH... ICH MUSS ZUR APOTHE-KE...
激安

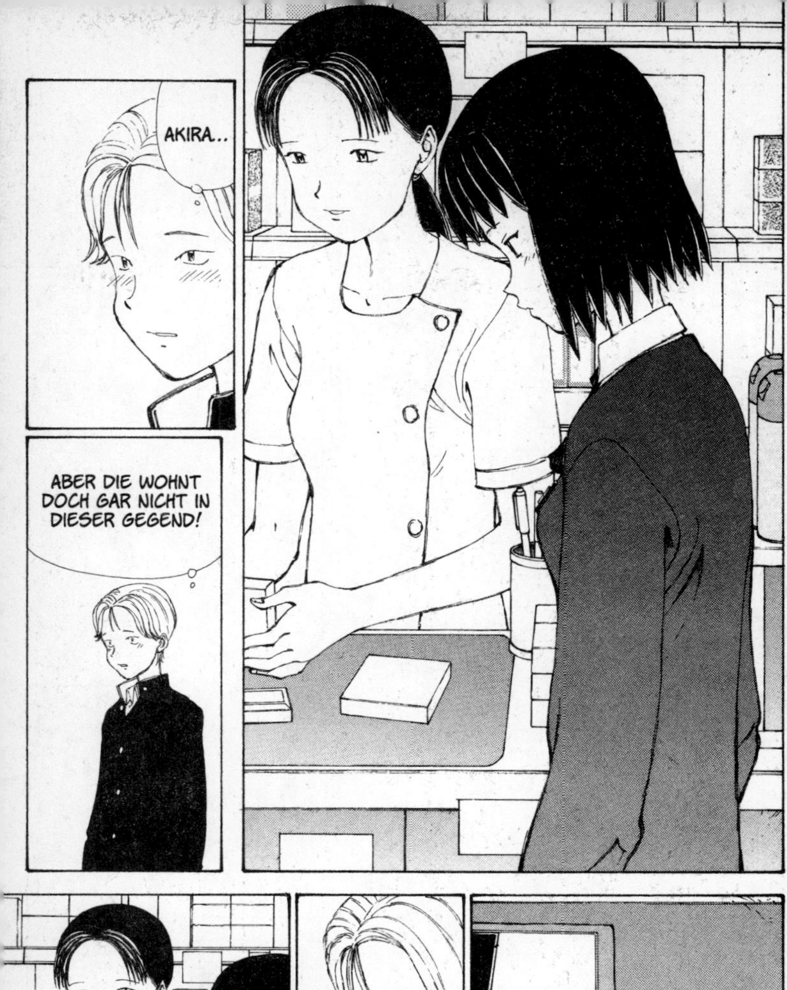
AKIRA...
ABER DIE WOHNT DOCH GAR NICHT IN DIESER GEGEND!
KOPF-SCHMERZ-MITTEL?

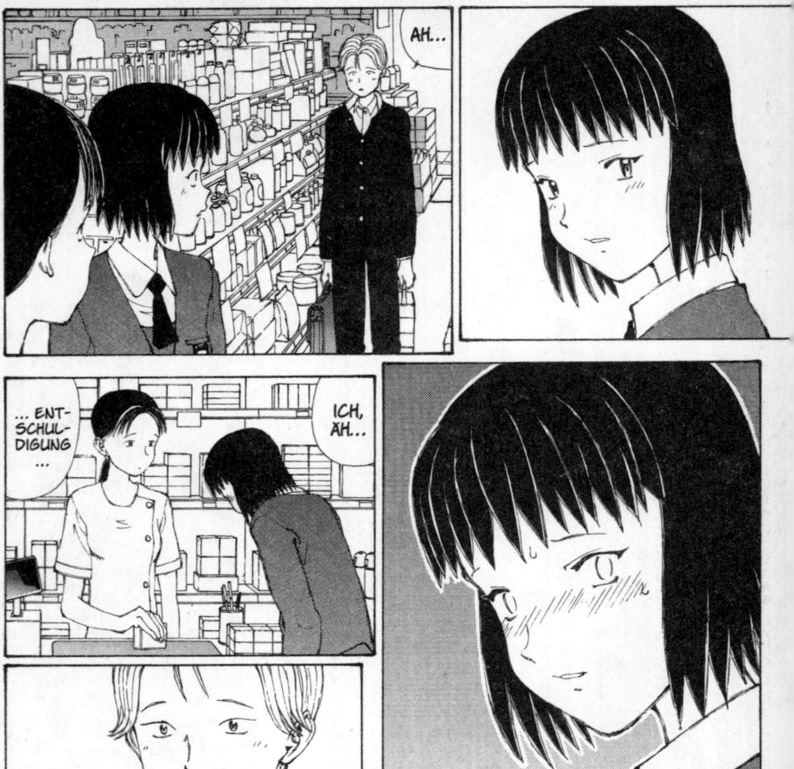
AH...
ICH, ÄH...
... ENT-SCHUL-DIGUNG ...
KENNT IHR EUCH?

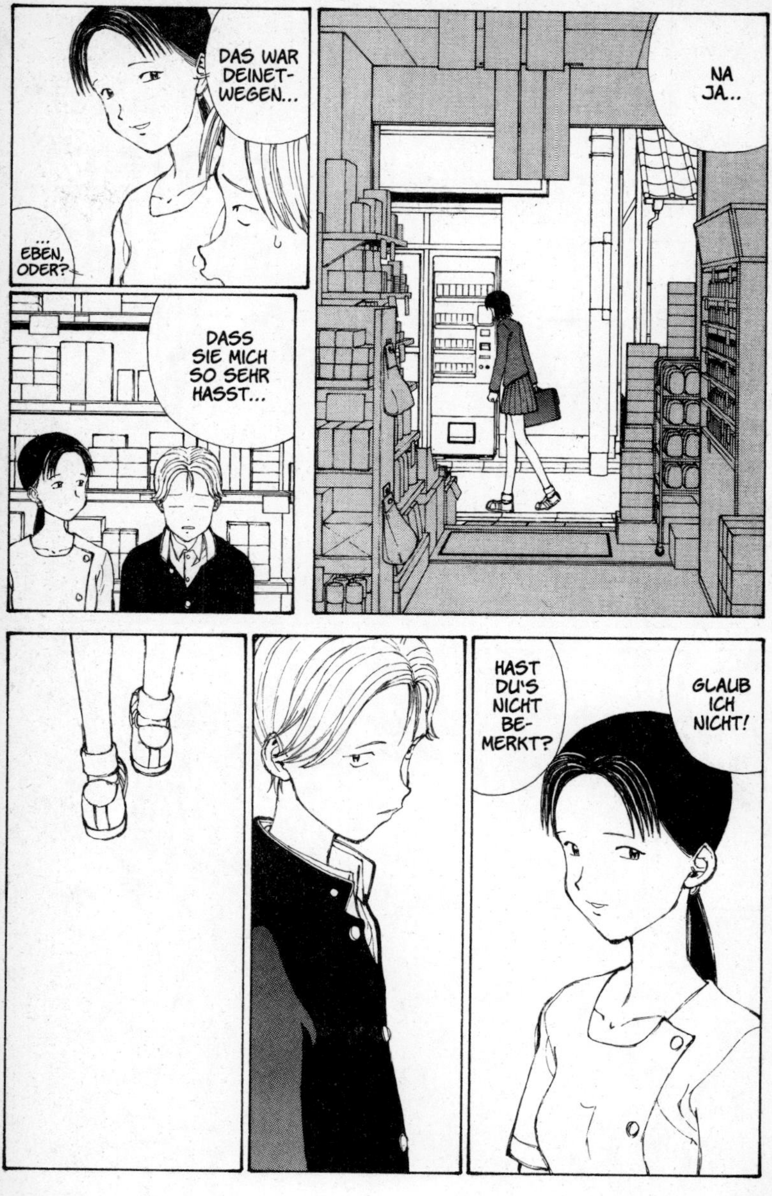
NA JA...
DAS WAR DEINETWEGEN...
... EBEN, ODER?
DASS SIE MICH SO SEHR HASST...
GLAUB ICH NICHT!
HAST DU'S NICHT BEMERKT?

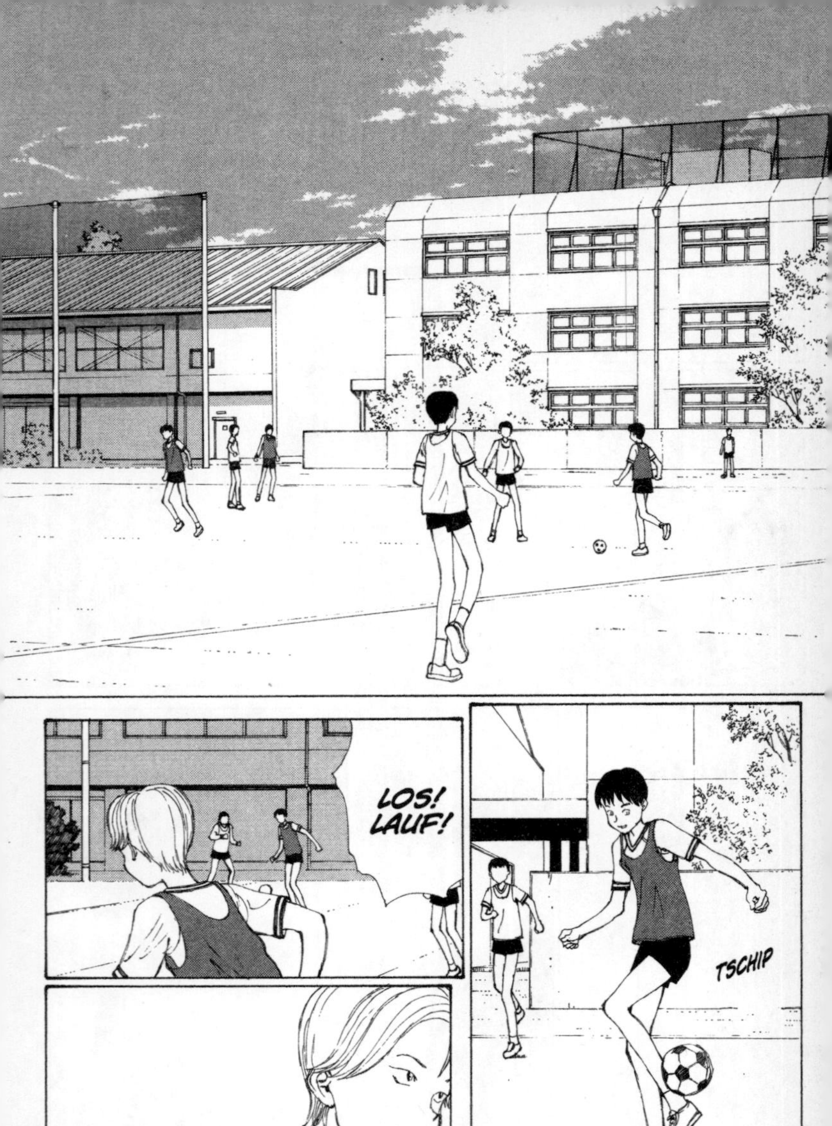
LOS!
LAUF!
TSCHIP

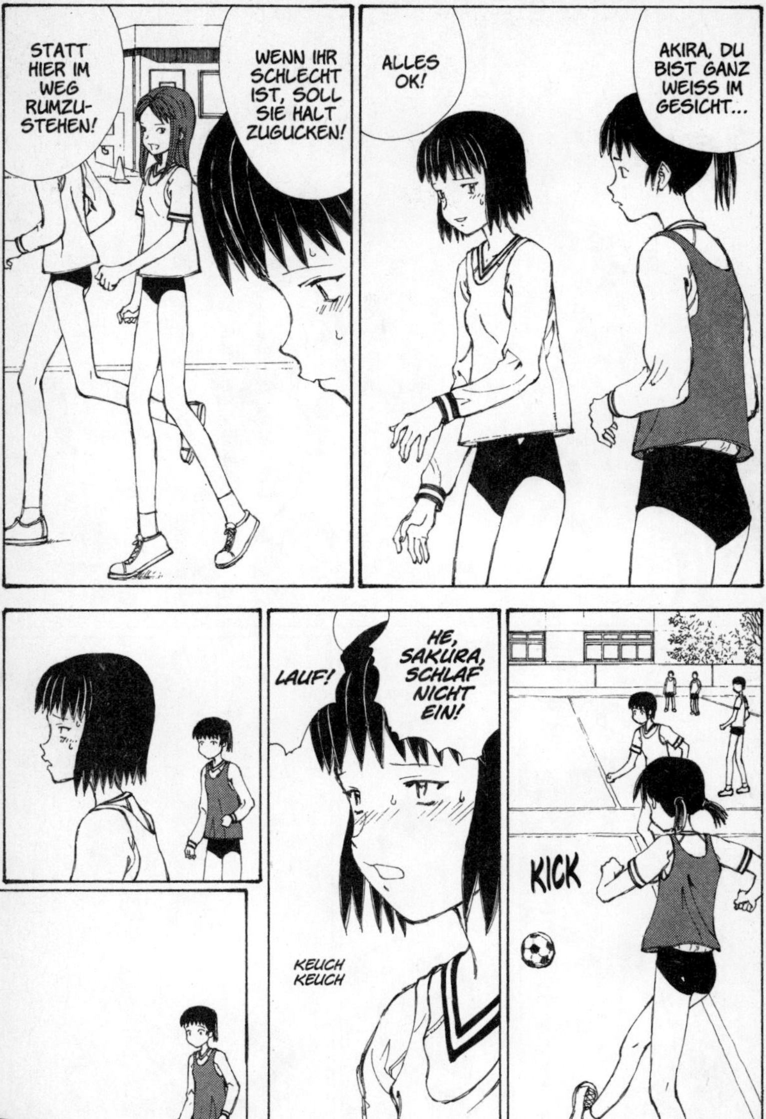
AKIRA, DU BIST GANZ WEISS IM GESICHT...
ALLES OK!
WENN IHR SCHLECHT IST, SOLL SIE HALT ZUGUCKEN!
STATT HIER IM WEG RUMZU-STEHEN!
KICK
HE, SAKURA, SCHLAF NICHT EIN!
LAUF!
KEUCH KEUCH

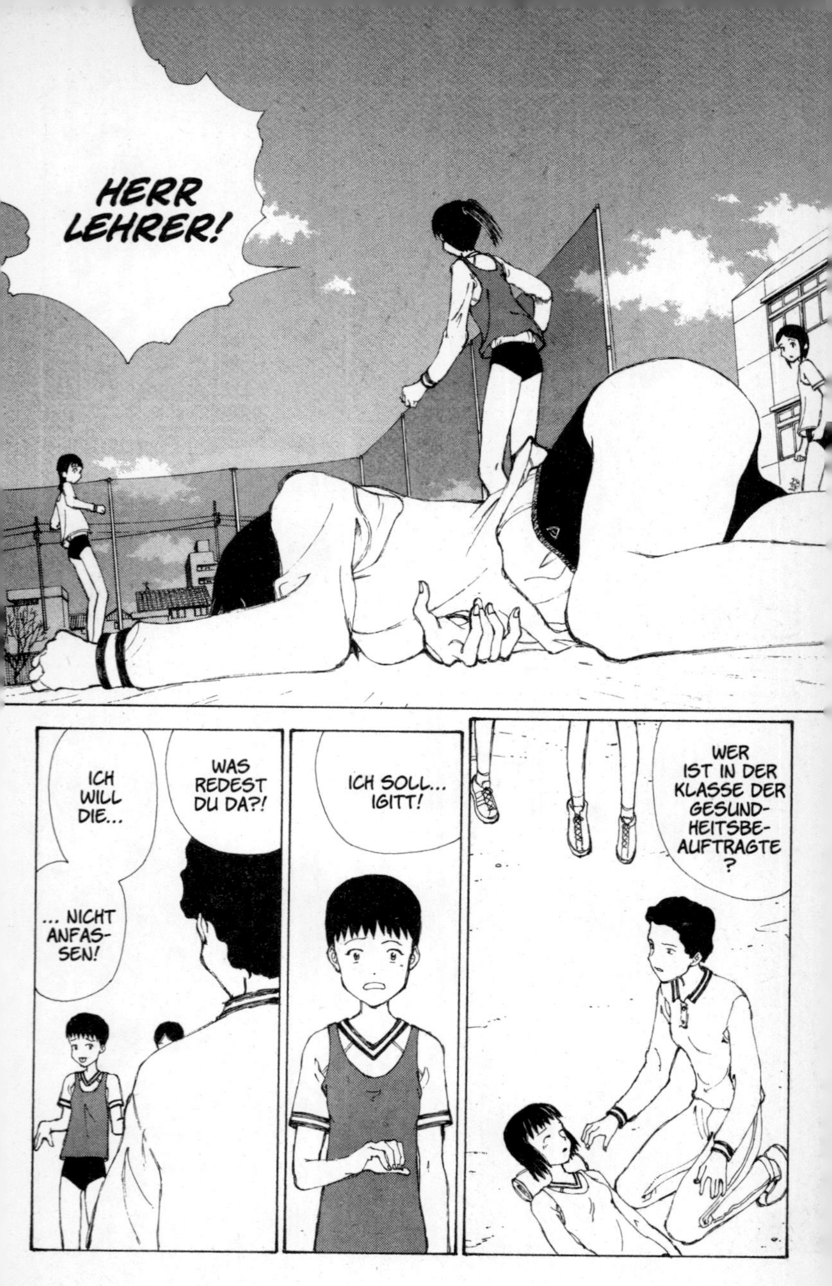
HERR LEHRER!
WER IST IN DER KLASSE DER GESUNDHEITSBEAUFTRAGTE?
ICH SOLL... IGITT!
WAS REDEST DU DA?!
ICH WILL DIE...
... NICHT ANFASSEN!

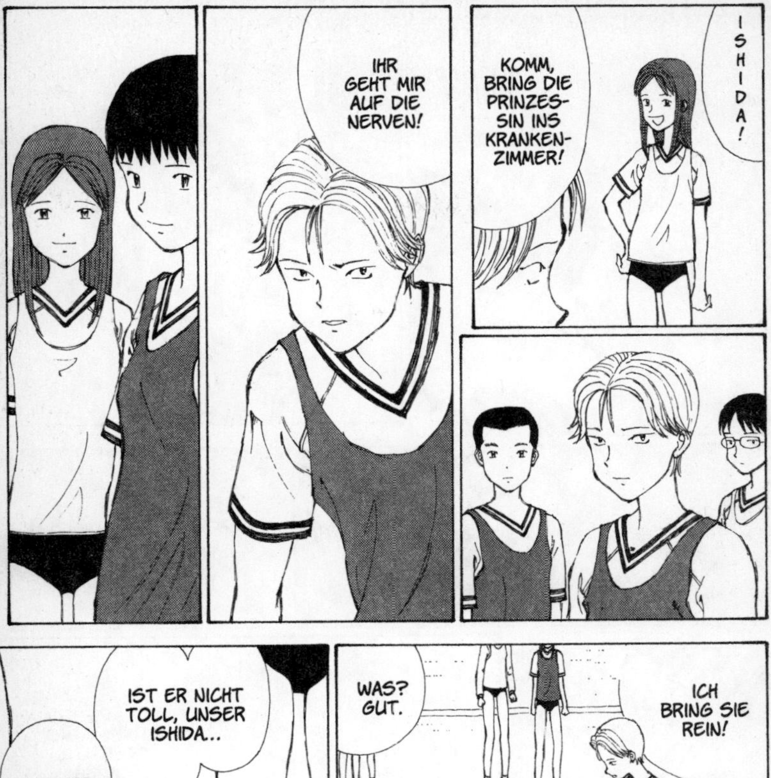
ISHIDA!
KOMM, BRING DIE PRINZESSIN INS KRANKENZIMMER!
IHR GEHT MIR AUF DIE NERVEN!
ICH BRING SIE REIN!
WAS? GUT.
IST ER NICHT TOLL, UNSER ISHIDA..
ZUM VERLIEBEN...!

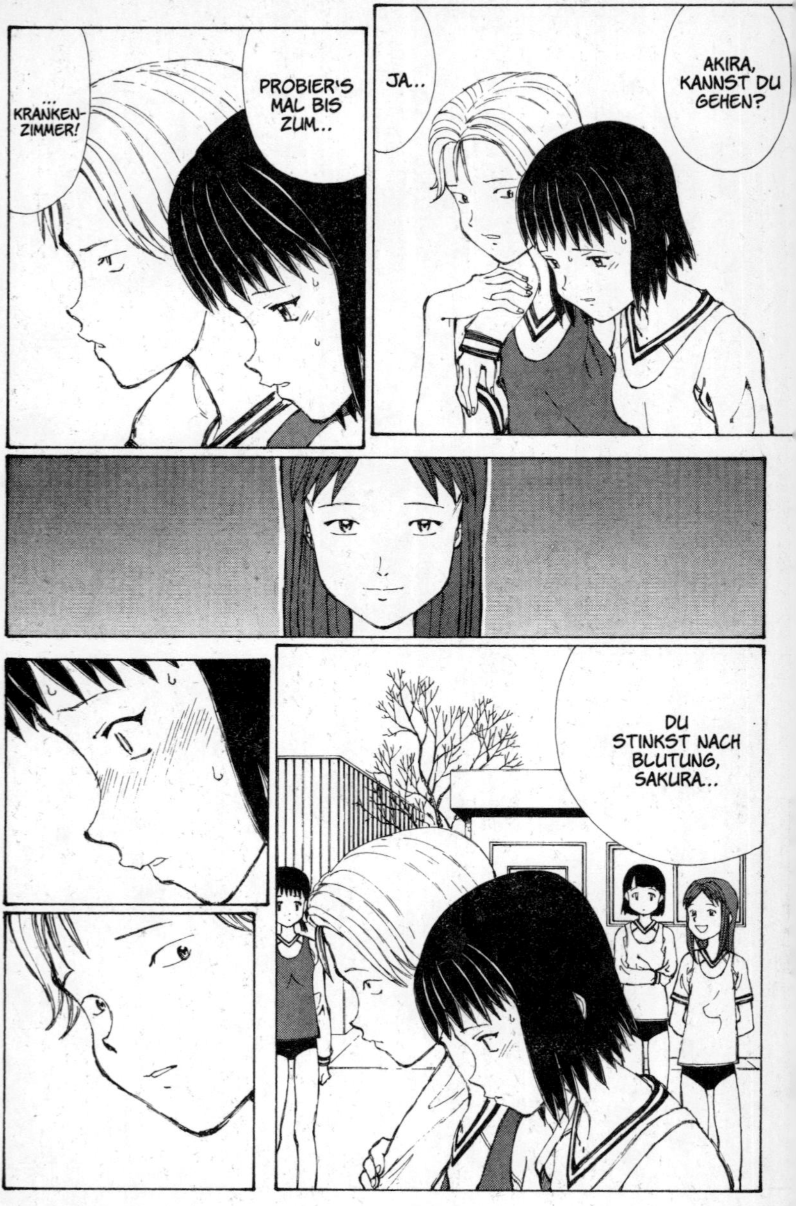
AKIRA, KANNST DU GEHEN?
JA...
PROBIER'S MAL BIS ZUM..
... KRANKEN-ZIMMER!
DU STINKST NACH BLUTUNG, SAKURA..

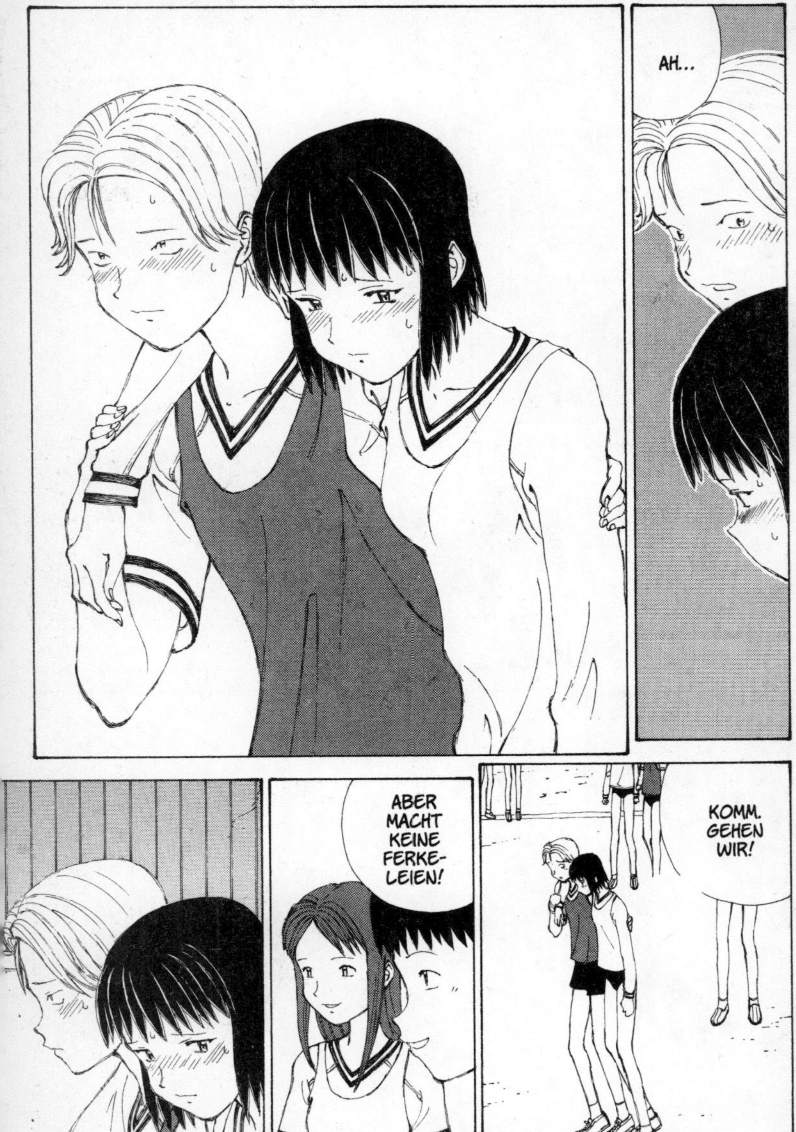
AH...
KOMM. GEHEN WIR!
ABER MACHT KEINE FERKE-LEIEN!

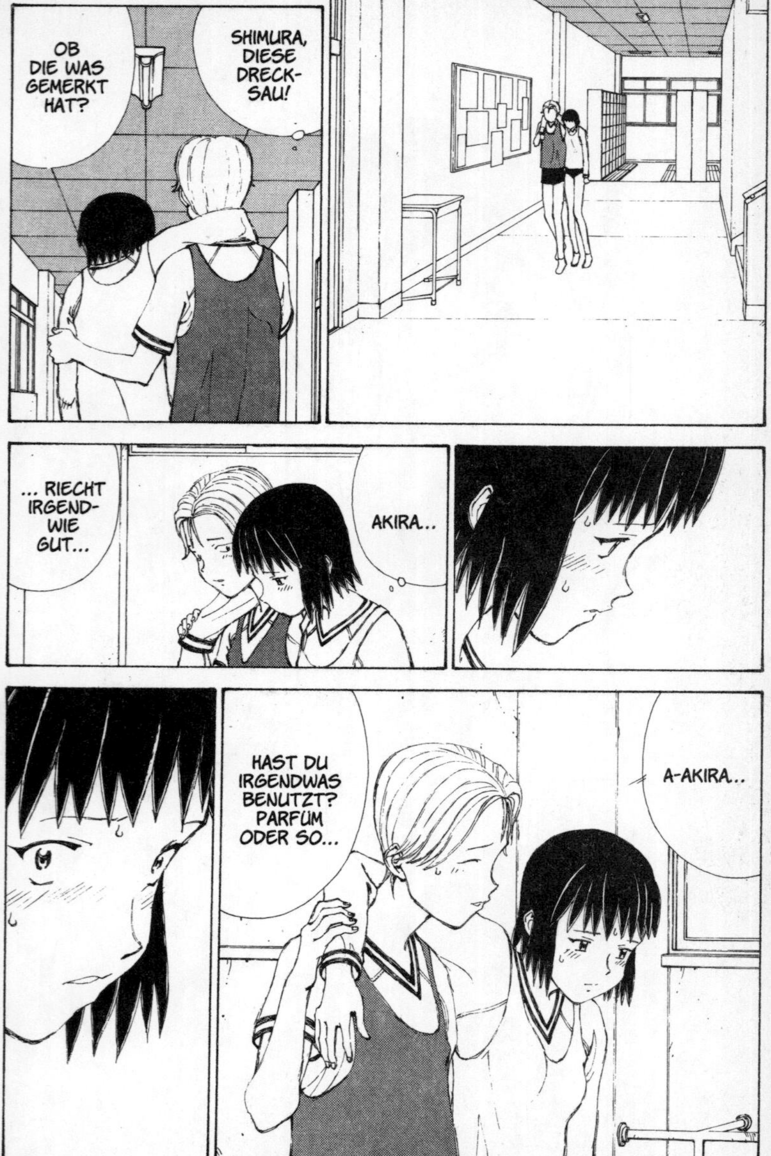
SHIMURA, DIESE DRECK-SAU!
OB DIE WAS GEMERKT HAT?
AKIRA...
... RIECHT IRGEND-WIE GUT...
A-AKIRA...
HAST DU IRGENDWAS BENUTZT? PARFÜM ODER SO...

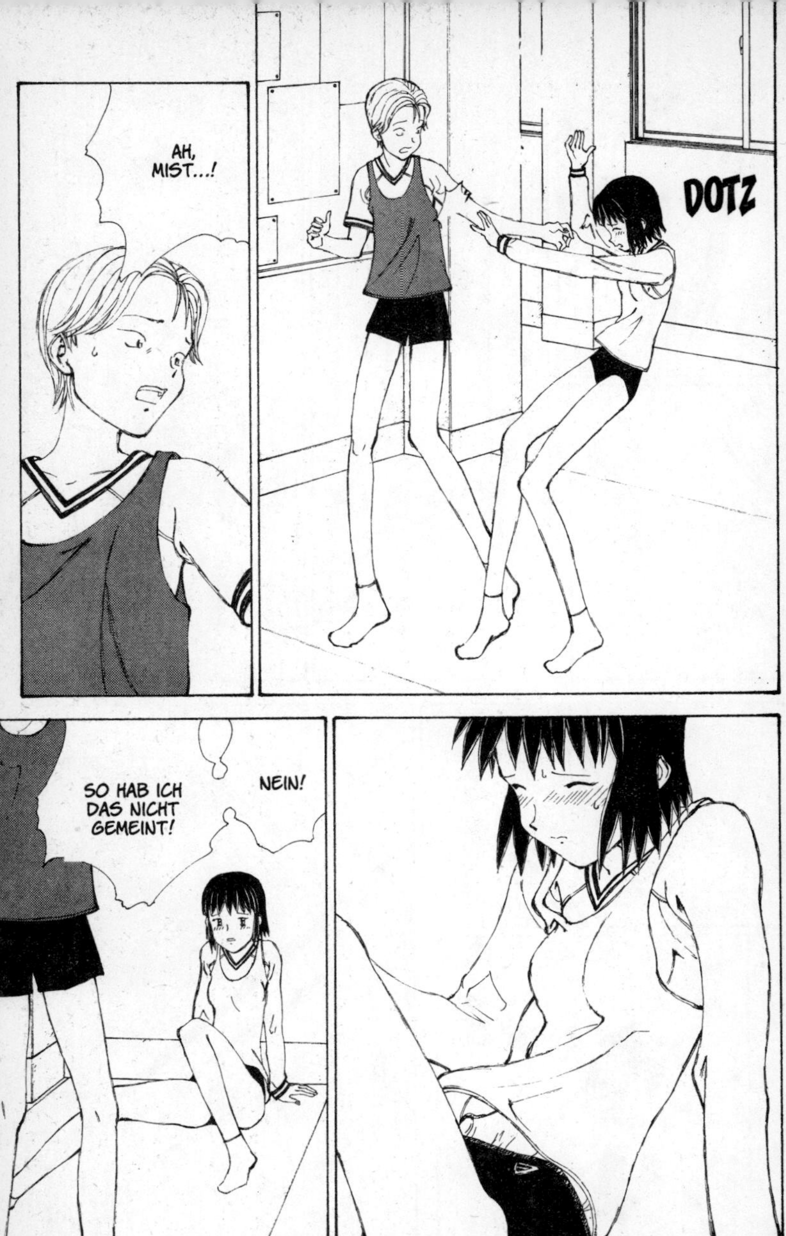
DOTZ
AH, MIST...!
NEIN!
SO HAB ICH DAS NICHT GEMEINT!

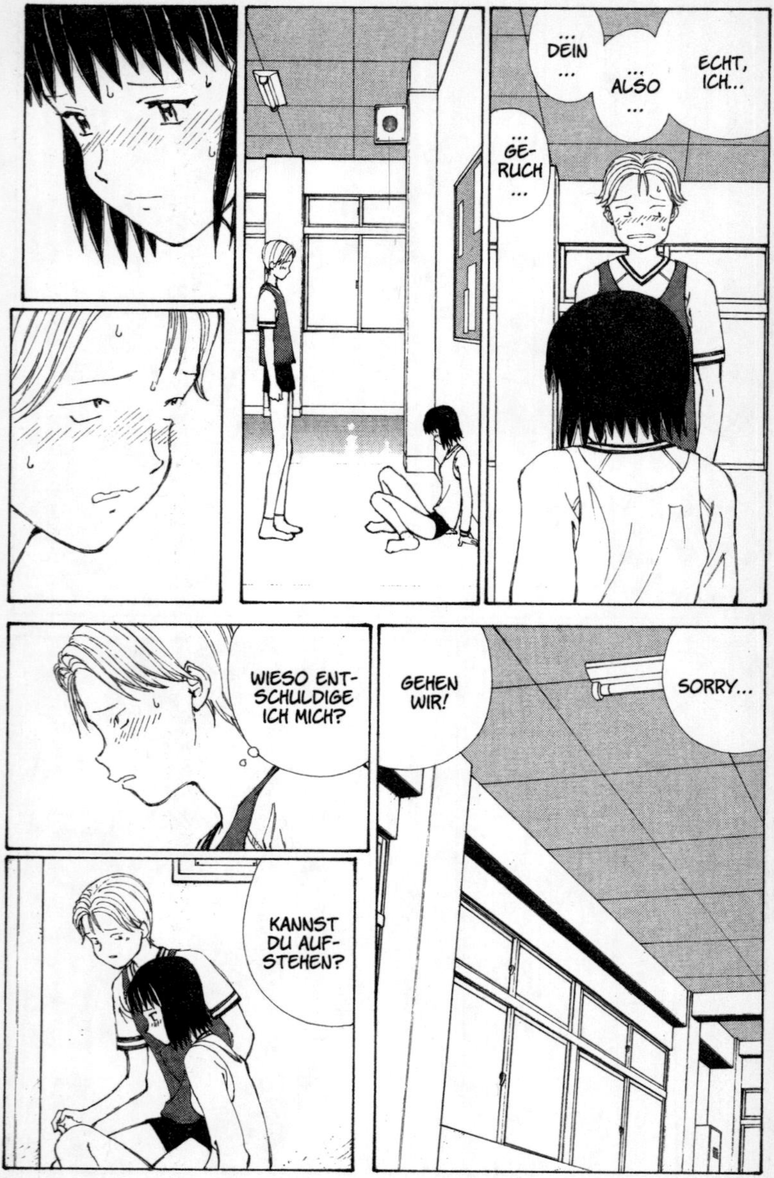
ECHT, ICH...
... ALSO ...
... DEIN ...
... GE-RUCH ...
SORRY...
GEHEN WIR!
WIESO ENT-SCHULDIGE ICH MICH?
KANNST DU AUF-STEHEN?

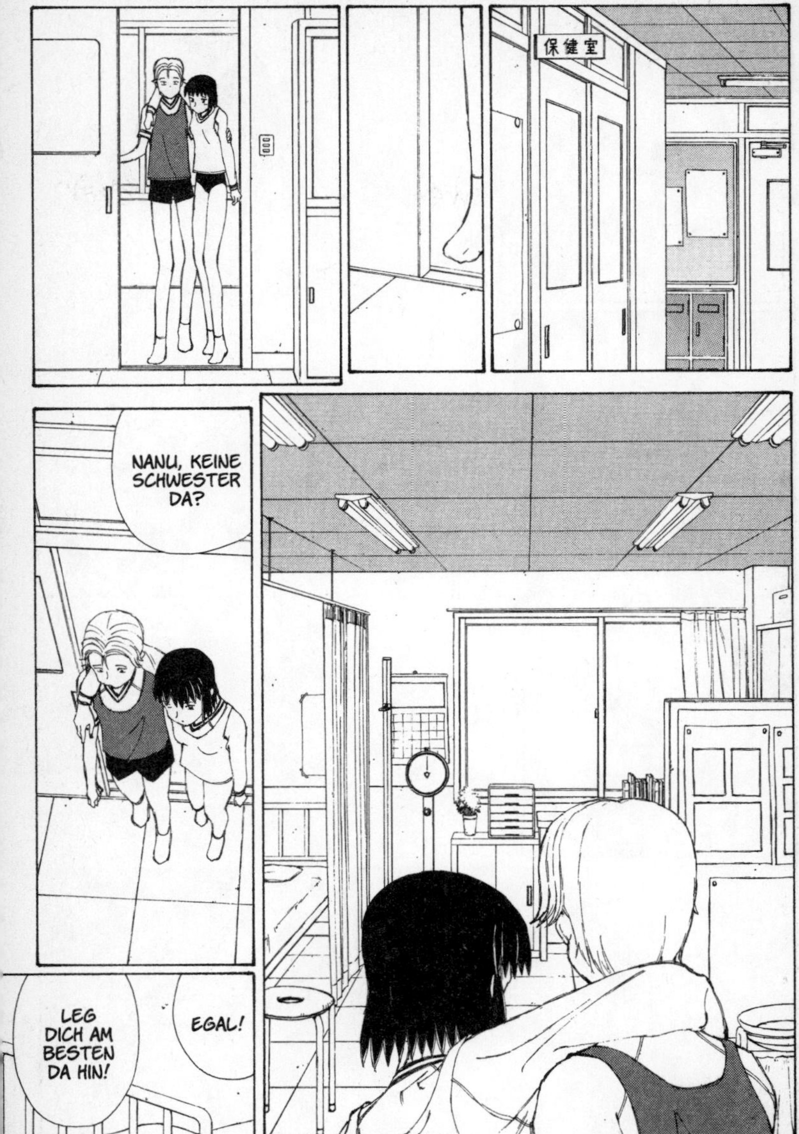
保健室
NANU, KEINE SCHWESTER DA?
EGAL!
LEG DICH AM BESTEN DA HIN!

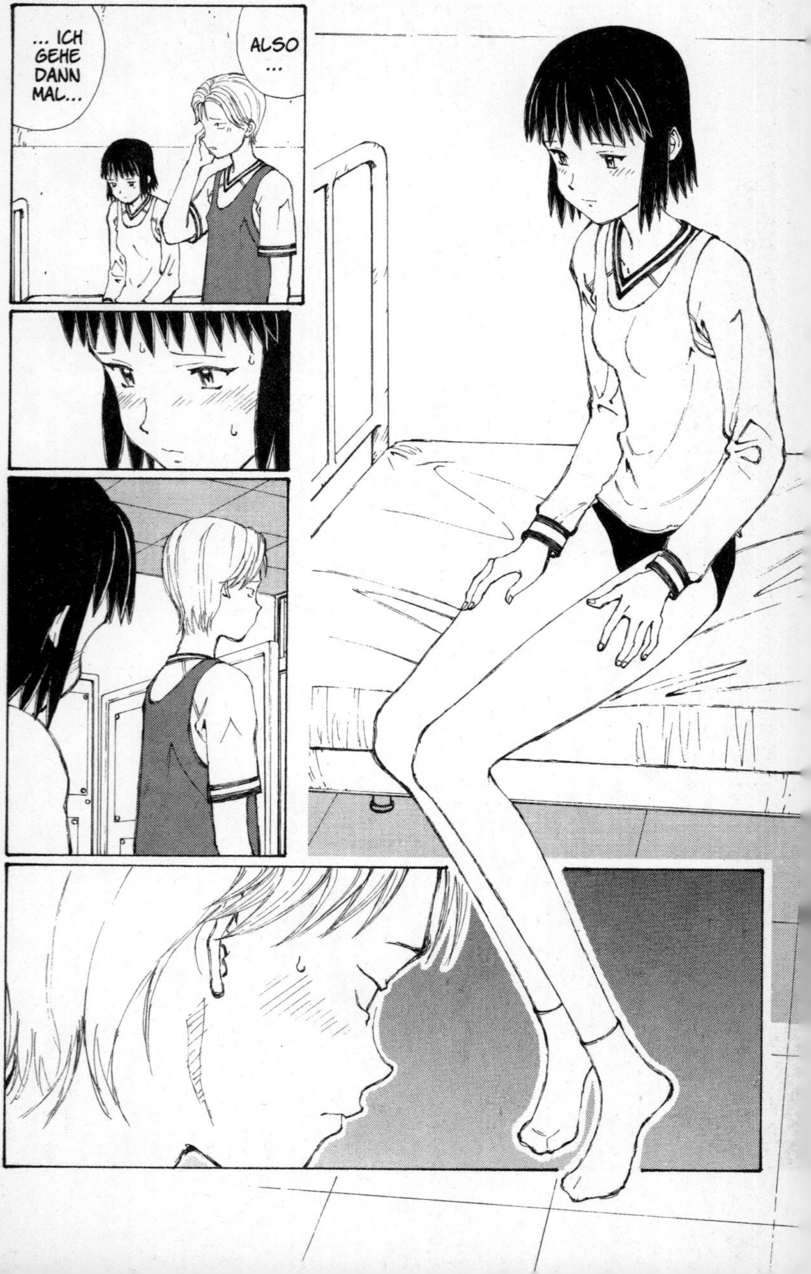
ALSO ...
... ICH GEHE DANN MAL...

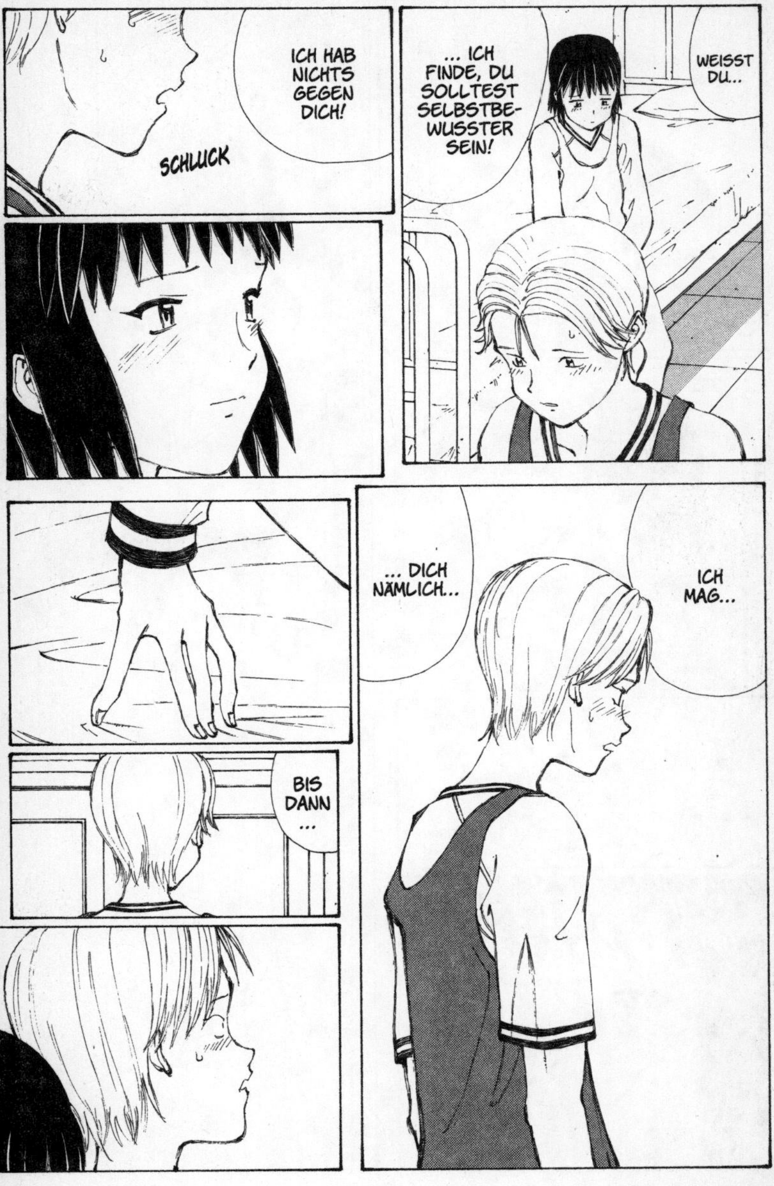
WEISST DU...
... ICH FINDE, DU SOLLTEST SELBSTBEWUSSTER SEIN!
ICH HAB NICHTS GEGEN DICH!
SCHLUCK
ICH MAG...
... DICH NÄMLICH...
BIS DANN ...

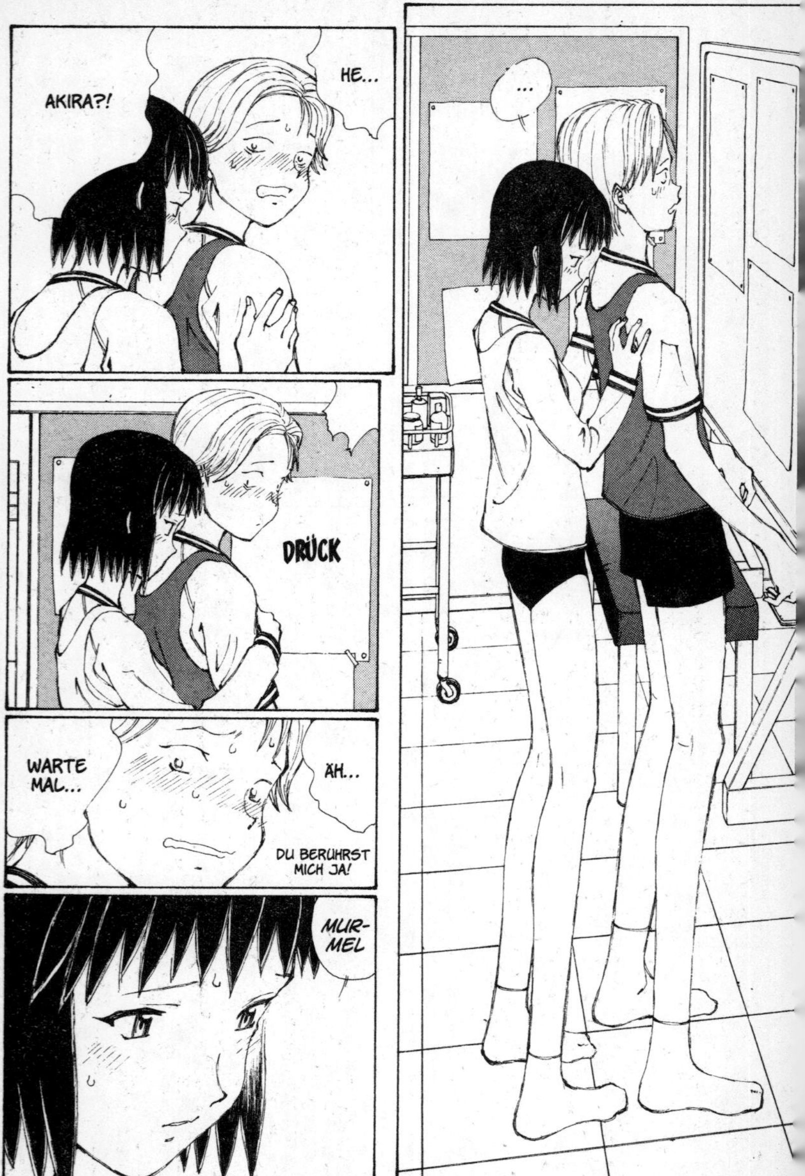
...
HE...
AKIRA?!
DRÜCK
ÄH...
WARTE MAL...
DU BERÜHRST MICH JA!
MUR-MEL

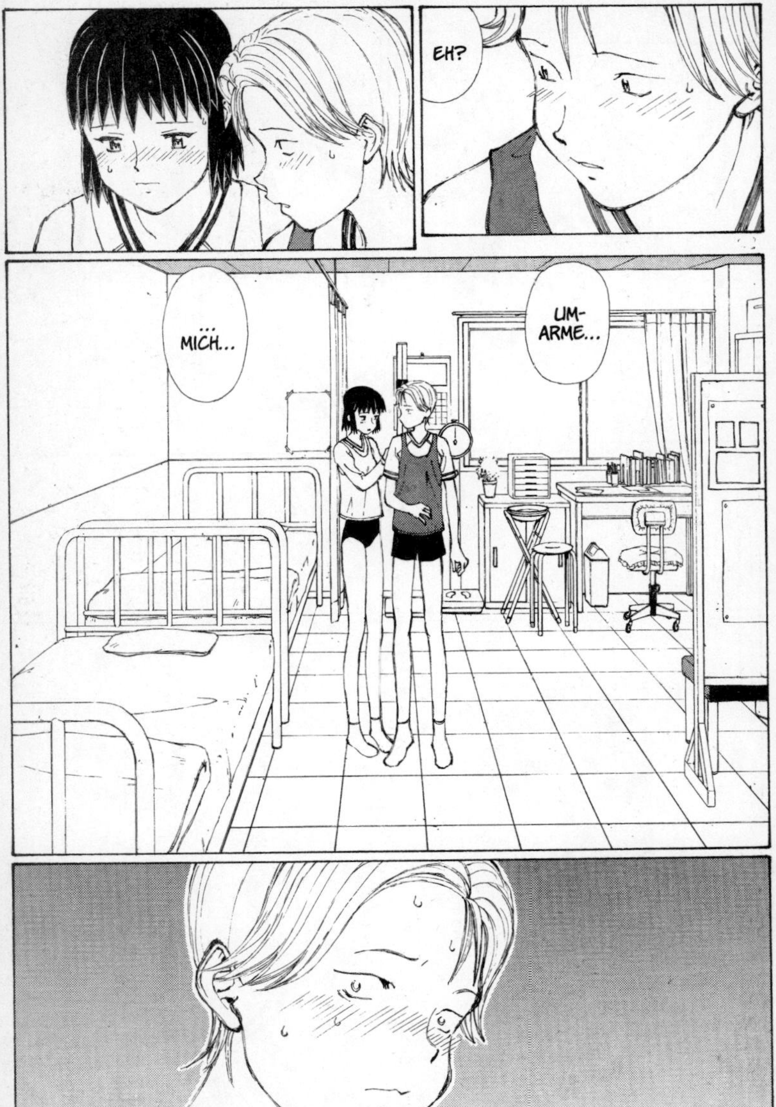
EH?
UM-ARME...
...MICH...

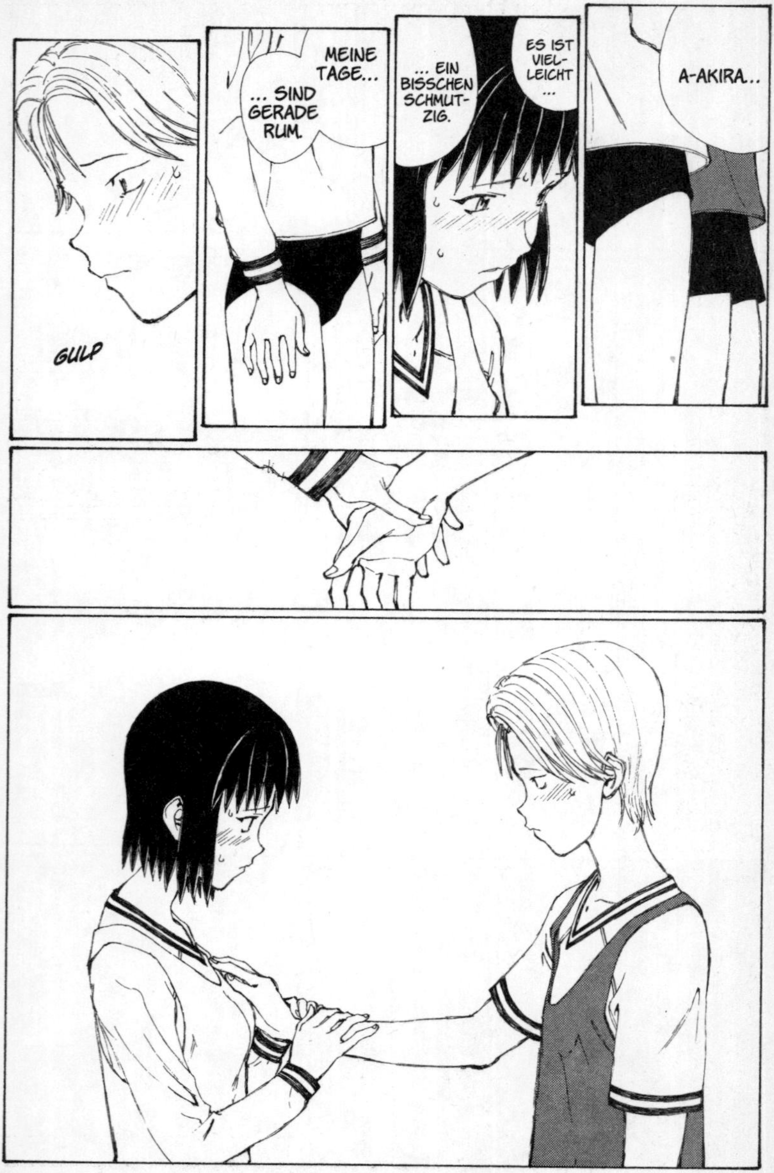
A-AKIRA...
ES IST VIEL-LEICHT ...
... EIN BISSCHEN SCHMUT-ZIG.
MEINE TAGE...
... SIND GERADE RUM.
GULP

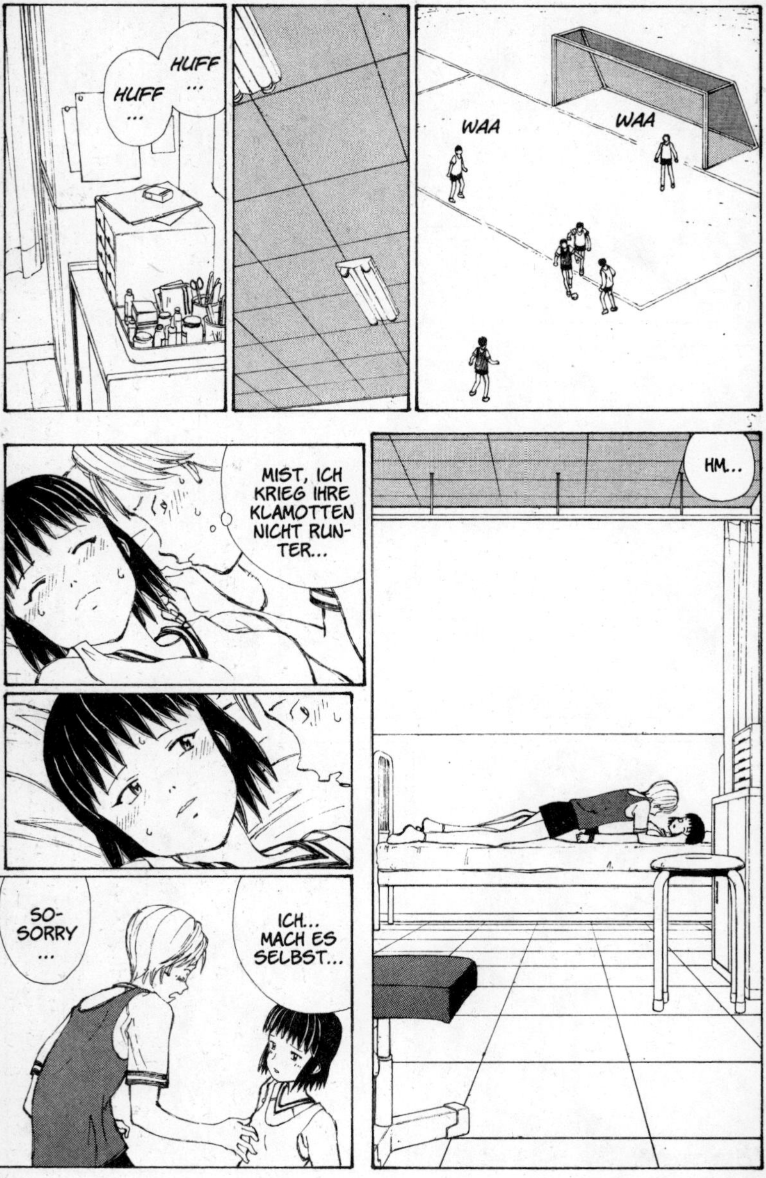
HUFF ...
HUFF ...
WAA
WAA
MIST, ICH KRIEG IHRE KLAMOTTEN NICHT RUN-TER...
HM...
ICH... MACH ES SELBST...
SO-SORRY ...

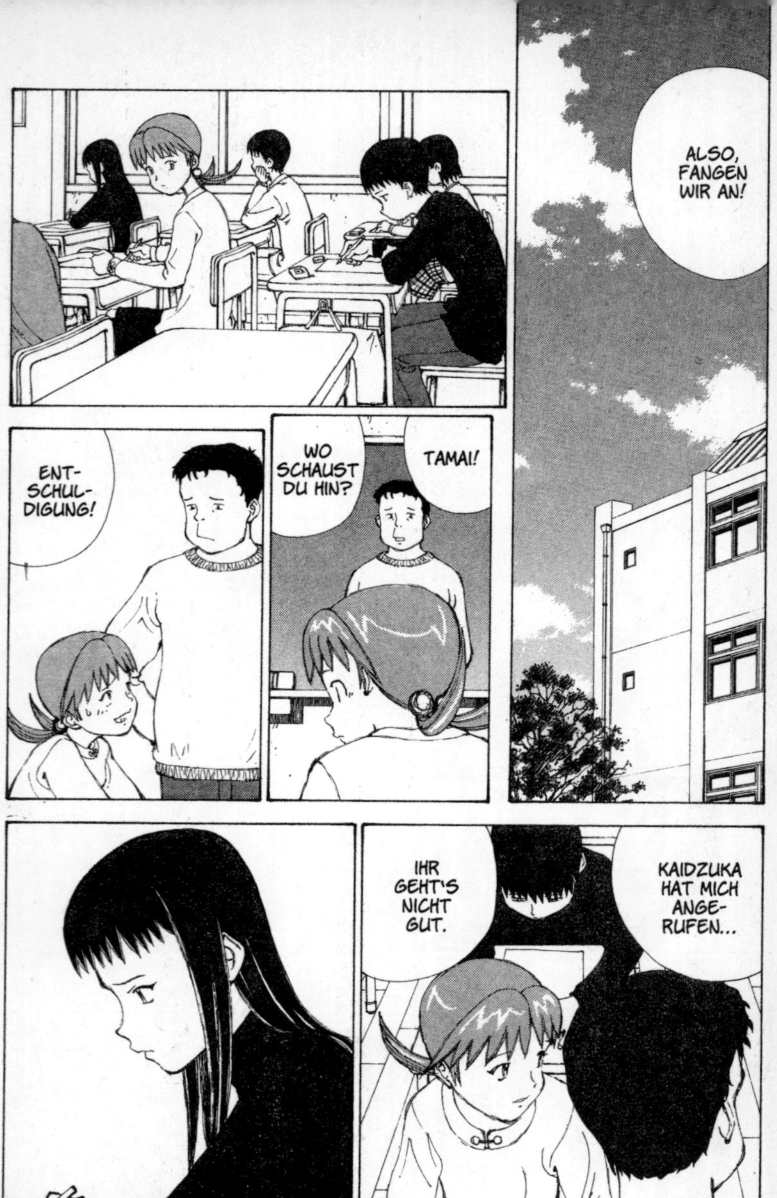
ALSO, FANGEN WIR AN!
TAMAI!
WO SCHAUST DU HIN?
ENT-SCHUL-DIGUNG!
KAIDZUKA HAT MICH ANGE-RUFEN...
IHR GEHT'S NICHT GUT.

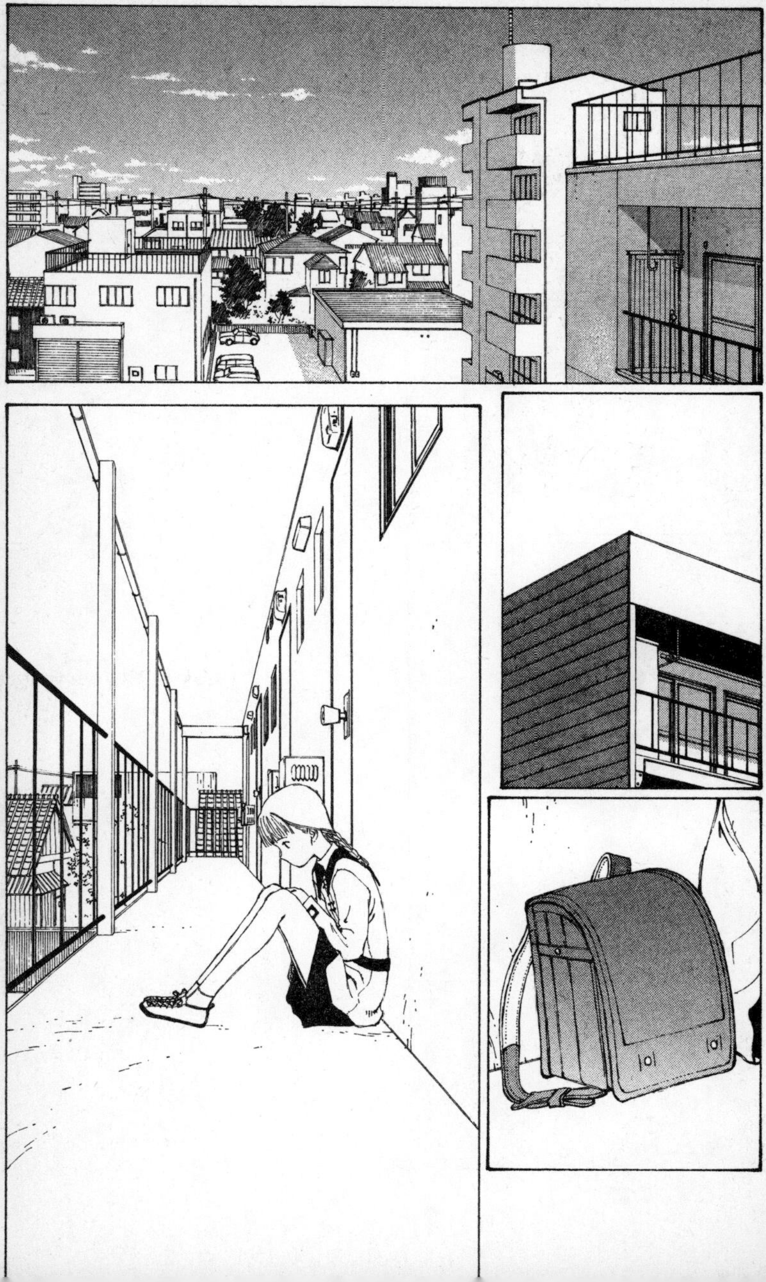

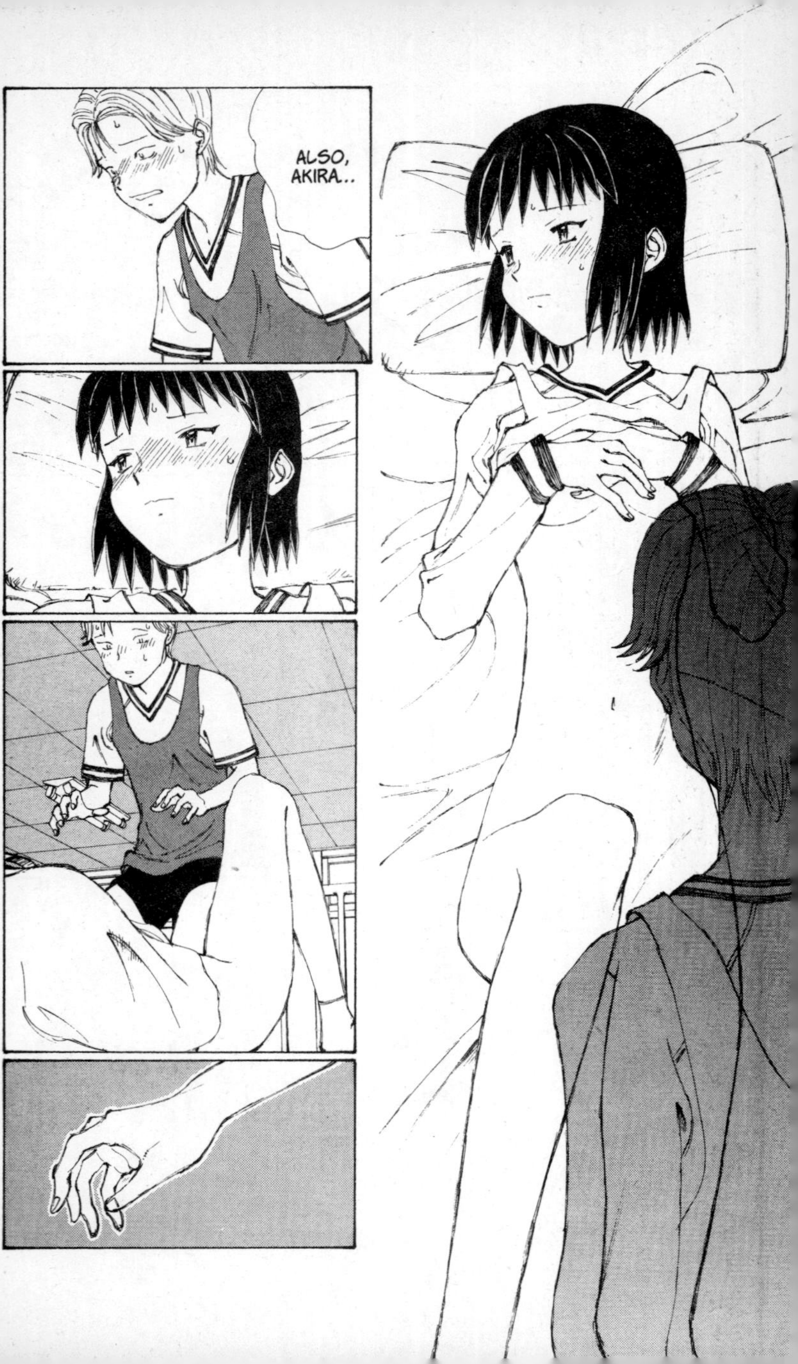
ALSO, AKIRA...

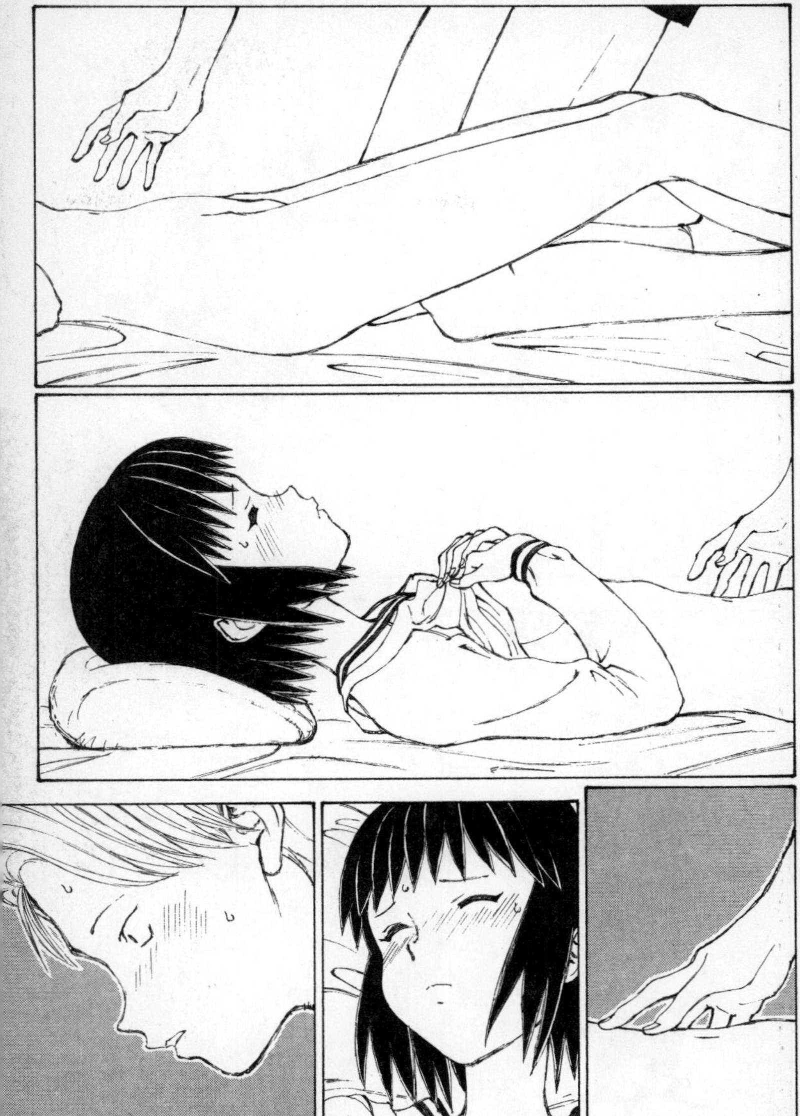

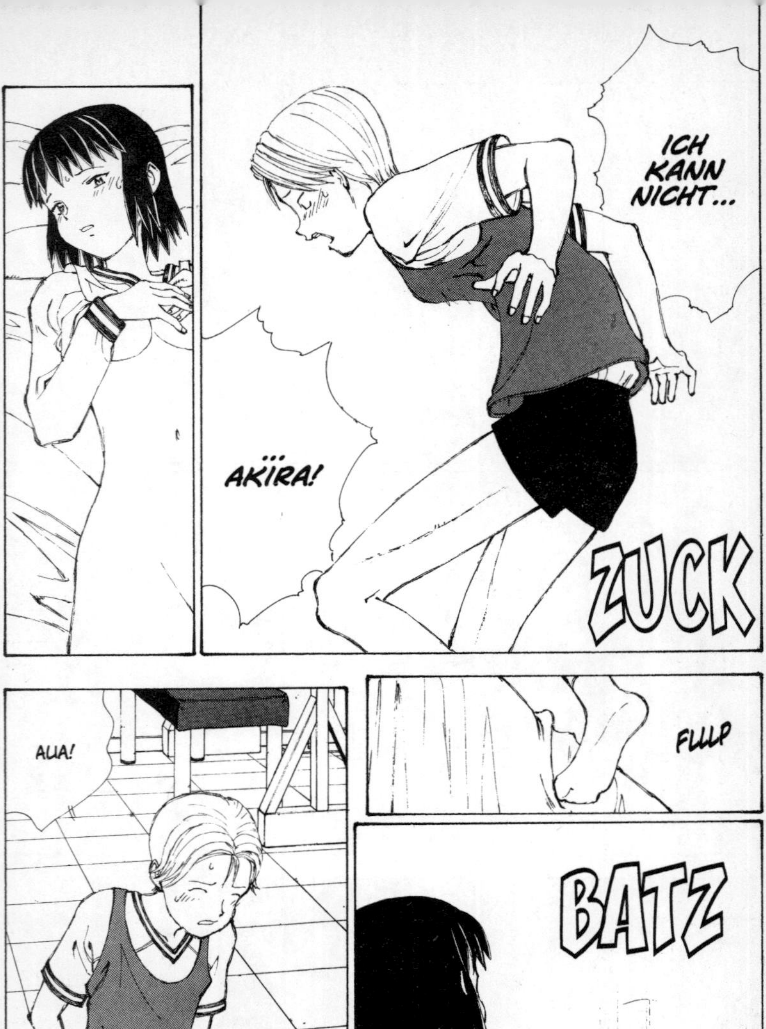
ICH KANN NICHT...
...AKIRA!
ZUCK
FLLLP
BATZ
AUA!

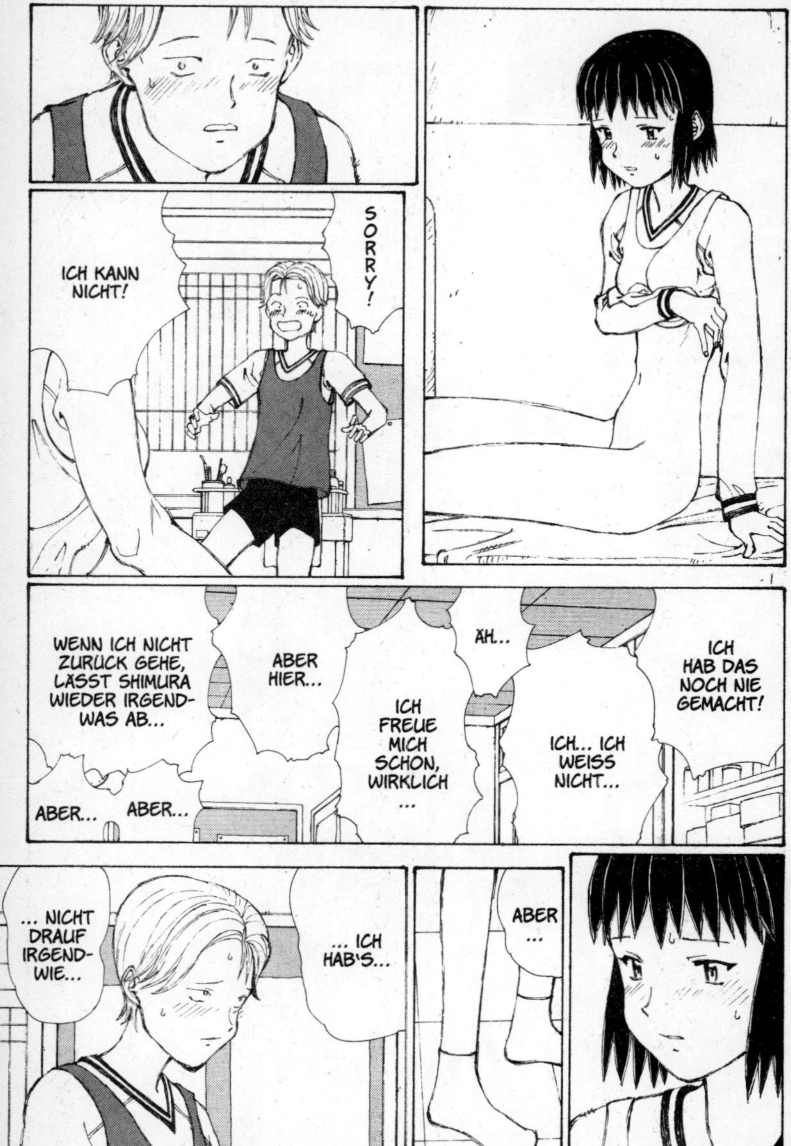
SORRY!
ICH KANN NICHT!
ICH HAB DAS NOCH NIE GEMACHT!
ÄH...
ICH... ICH WEISS NICHT...
ICH FREUE MICH SCHON, WIRKLICH ...
ABER HIER...
WENN ICH NICHT ZURÜCK GEHE, LÄSST SHIMURA WIEDER IRGEND-WAS AB...
ABER...
ABER...
ABER ...
... ICH HAB'S...
... NICHT DRAUF IRGEND-WIE...

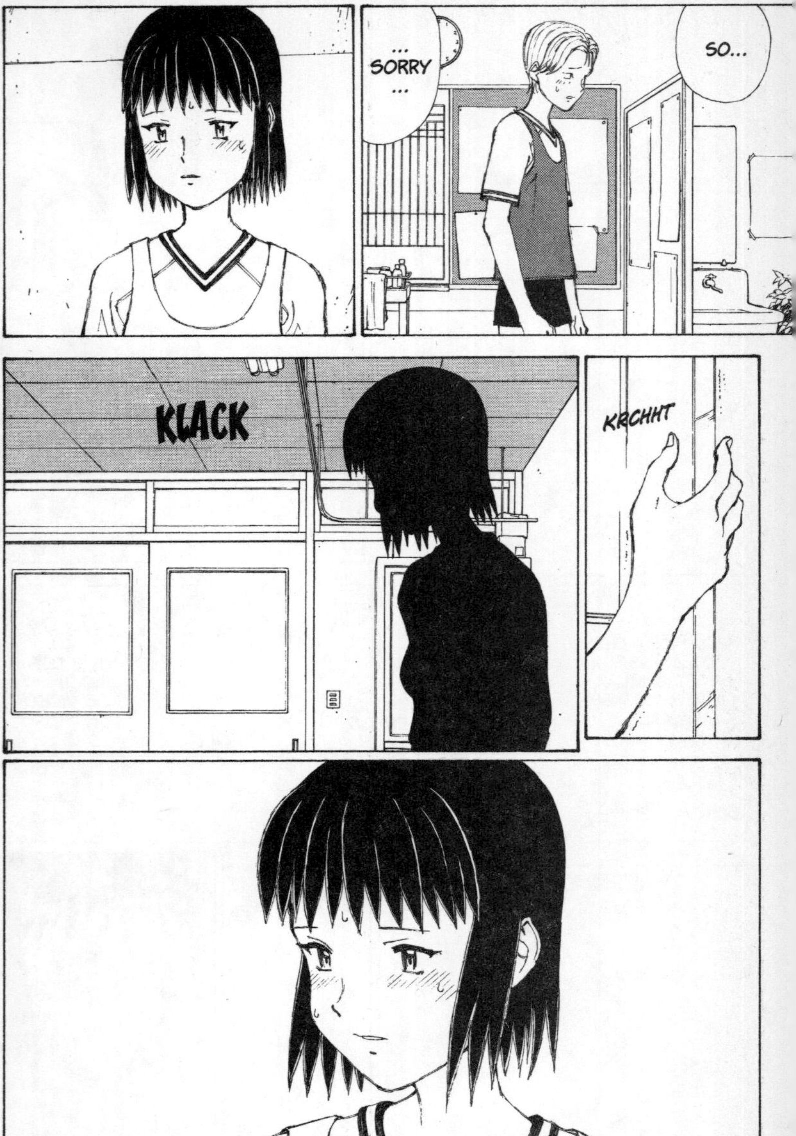
... SORRY ...
SO...
KLACK
KRCHHT

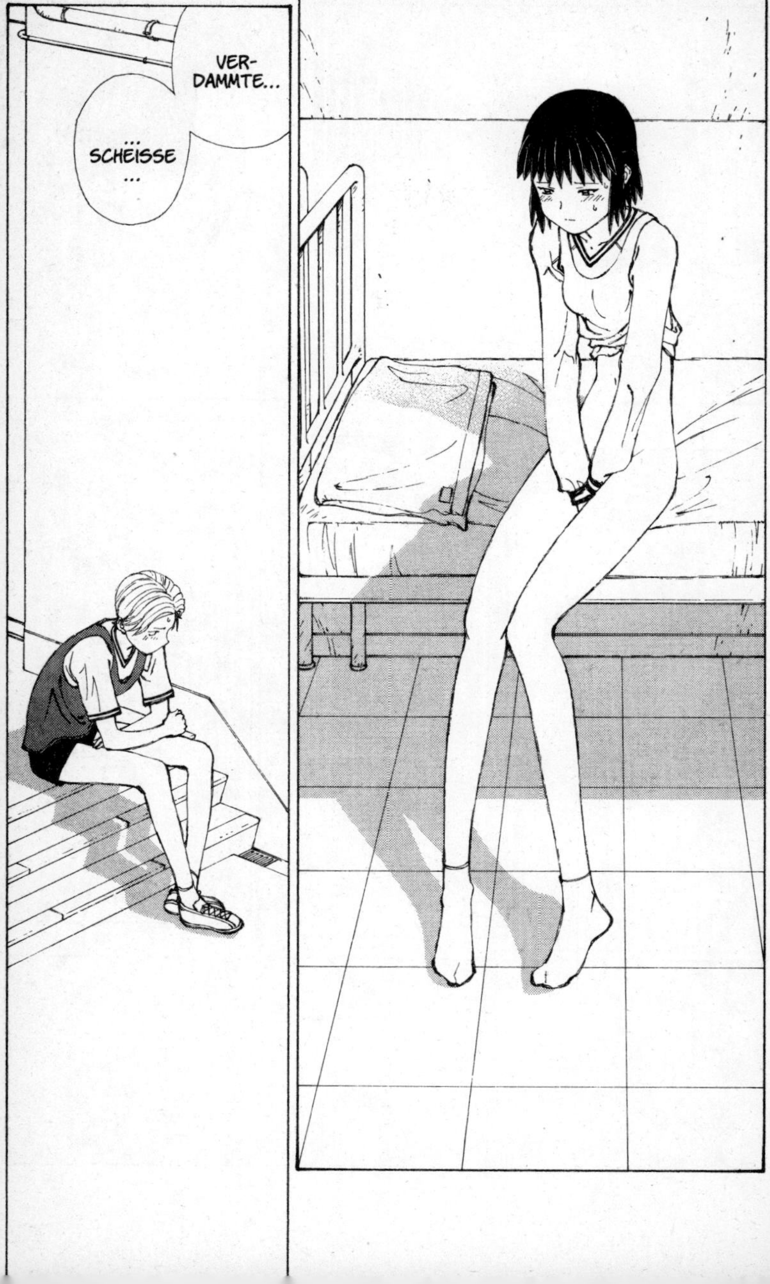
VER-
DAMMTE...
...
SCHEISSE
...

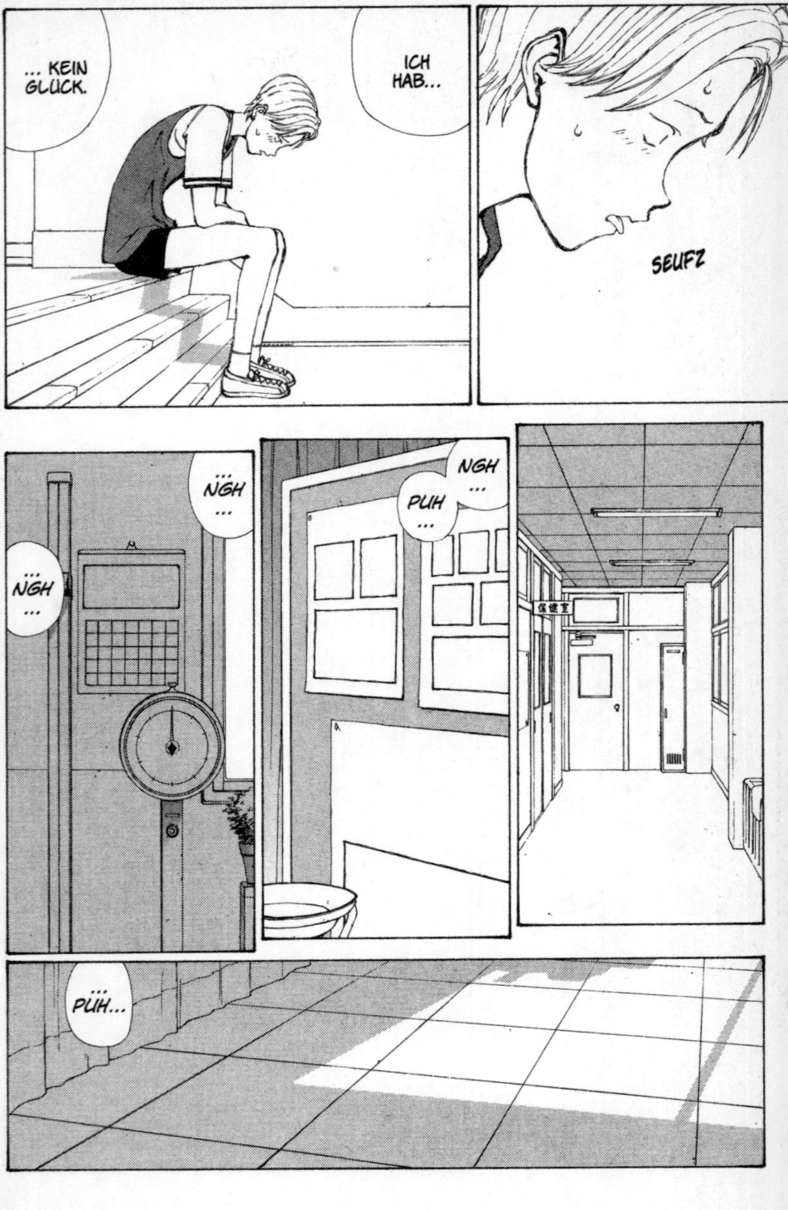
SEUFZ
ICH HAB...
... KEIN GLÜCK.
NGH ...
PUH ...
... NGH ...
... NGH ...
... PUH...

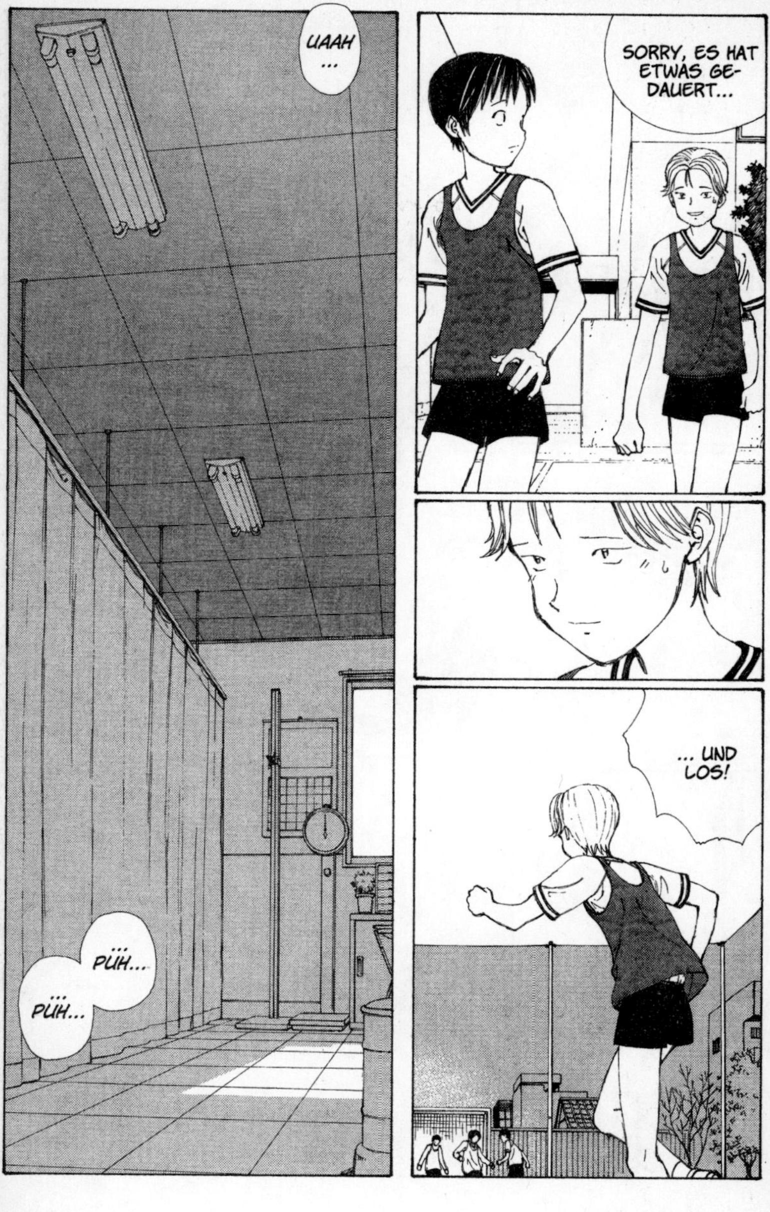
SORRY, ES HAT ETWAS GE-DAUERT...
... UND LOS!
UAAH ...
... PÜH...
... PÜH...

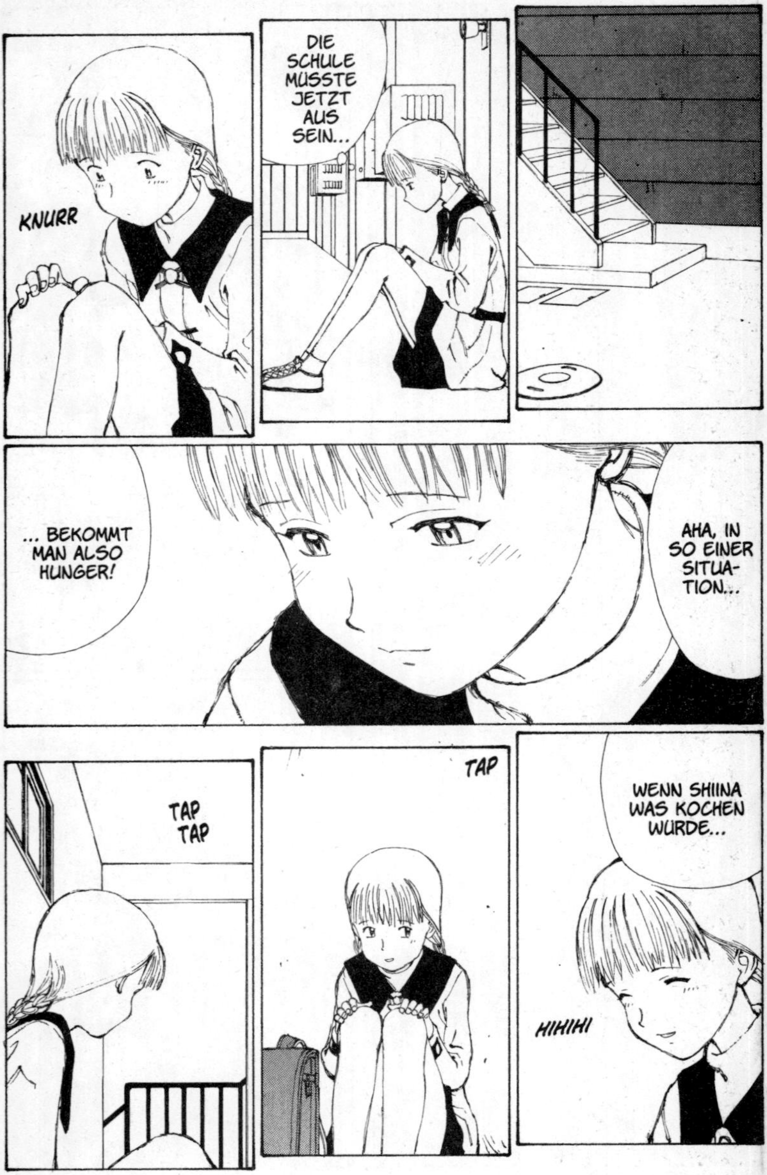

DIE SCHULE MÜSSTE JETZT AUS SEIN...
KNURR
AHA, IN SO EINER SITUATION...
... BEKOMMT MAN ALSO HUNGER!
WENN SHIINA WAS KOCHEN WÜRDE...
HIHIHI
TAP
TAP TAP

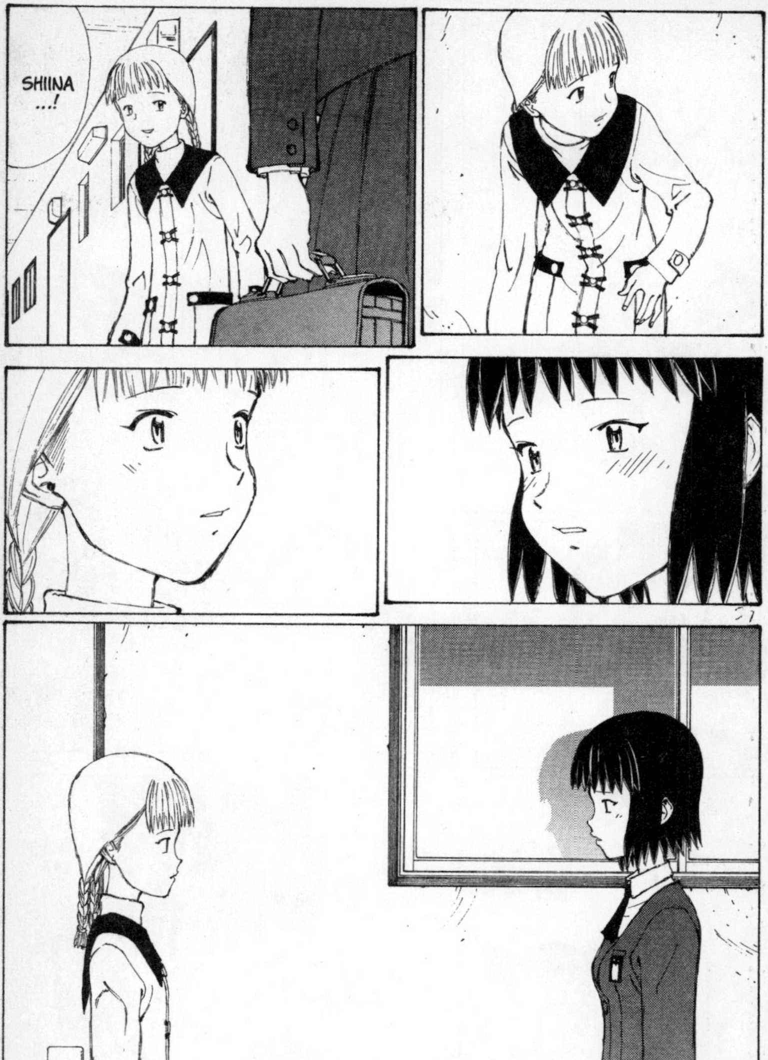
SHIINA
...!

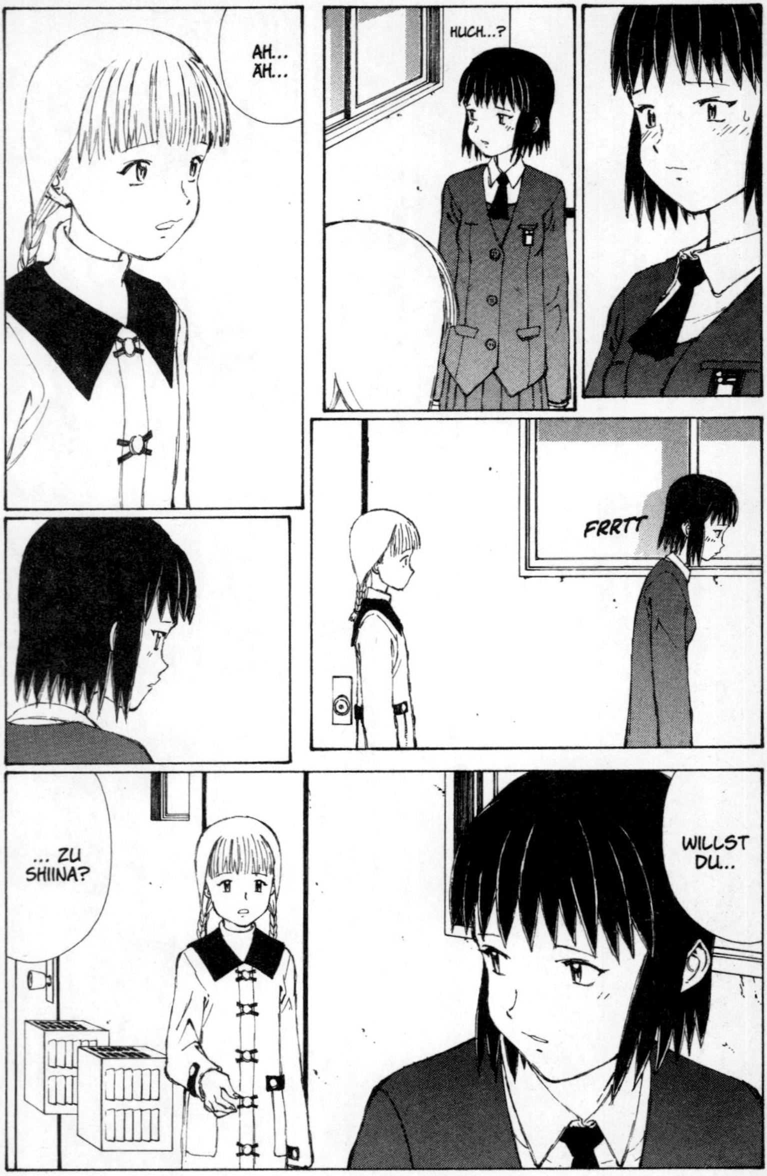
HUCH...?
AH... ÄH...
FRRTT
WILLST DU...
... ZU SHIINA?

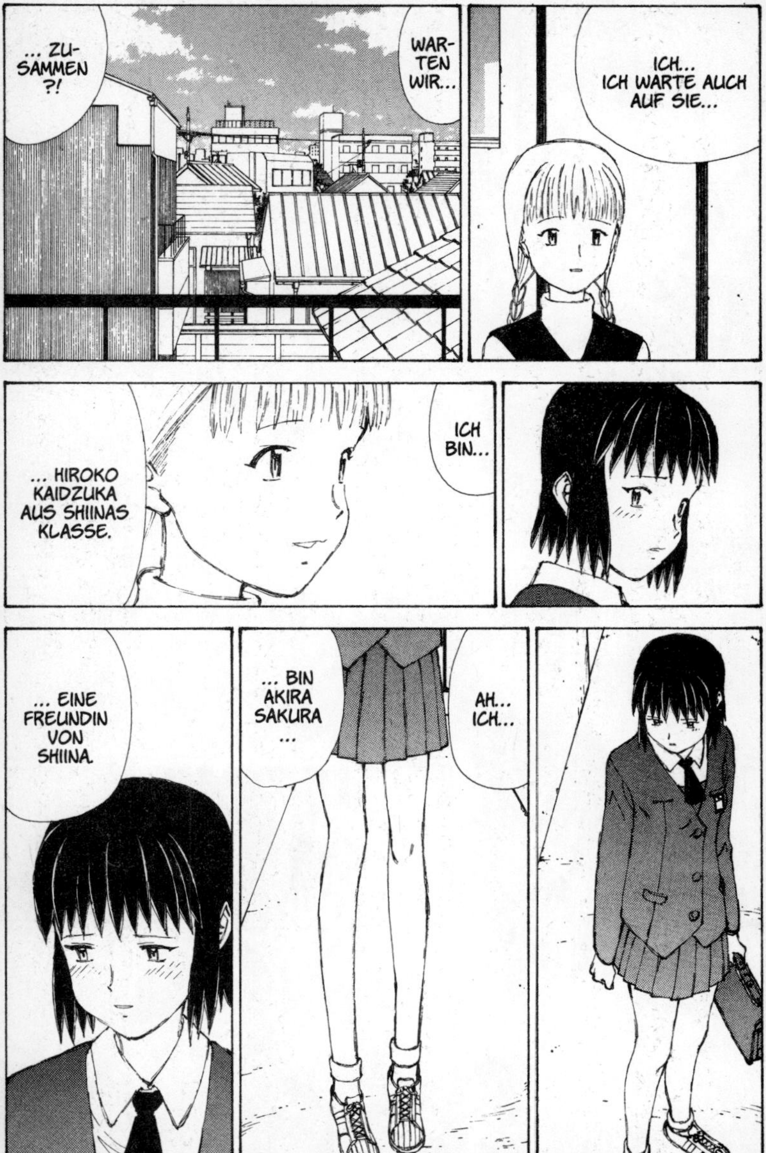
ICH... ICH WARTE AUCH AUF SIE...
WAR-TEN WIR...
... ZU-SAMMEN ?!
ICH BIN...
... HIROKO KAIDZUKA AUS SHIINAS KLASSE.
AH... ICH...
... BIN AKIRA SAKURA ...
... EINE FREUNDIN VON SHIINA.

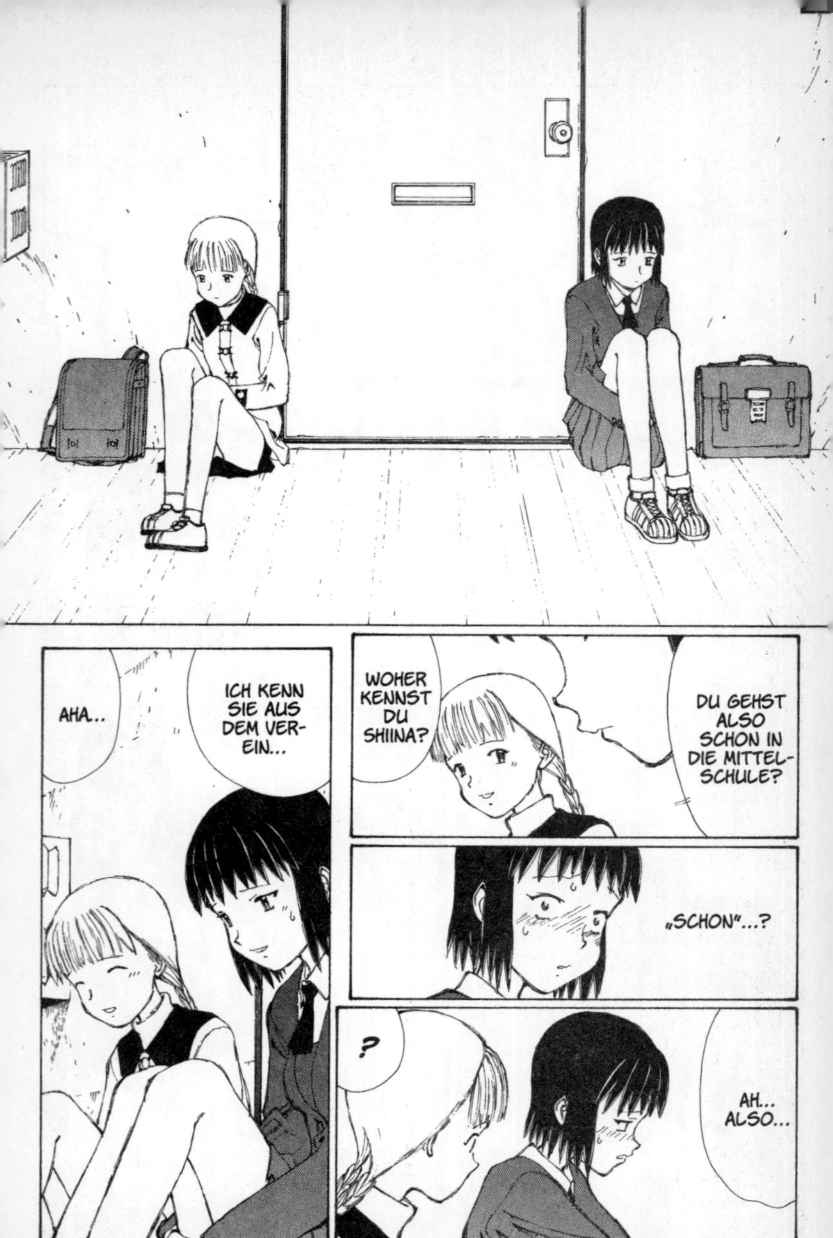
WOHER KENNST DU SHIINA?
ICH KENN SIE AUS DEM VER-EIN...
AHA...
DU GEHST ALSO SCHON IN DIE MITTEL-SCHULE?
„SCHON"...?
?
AH... ALSO...

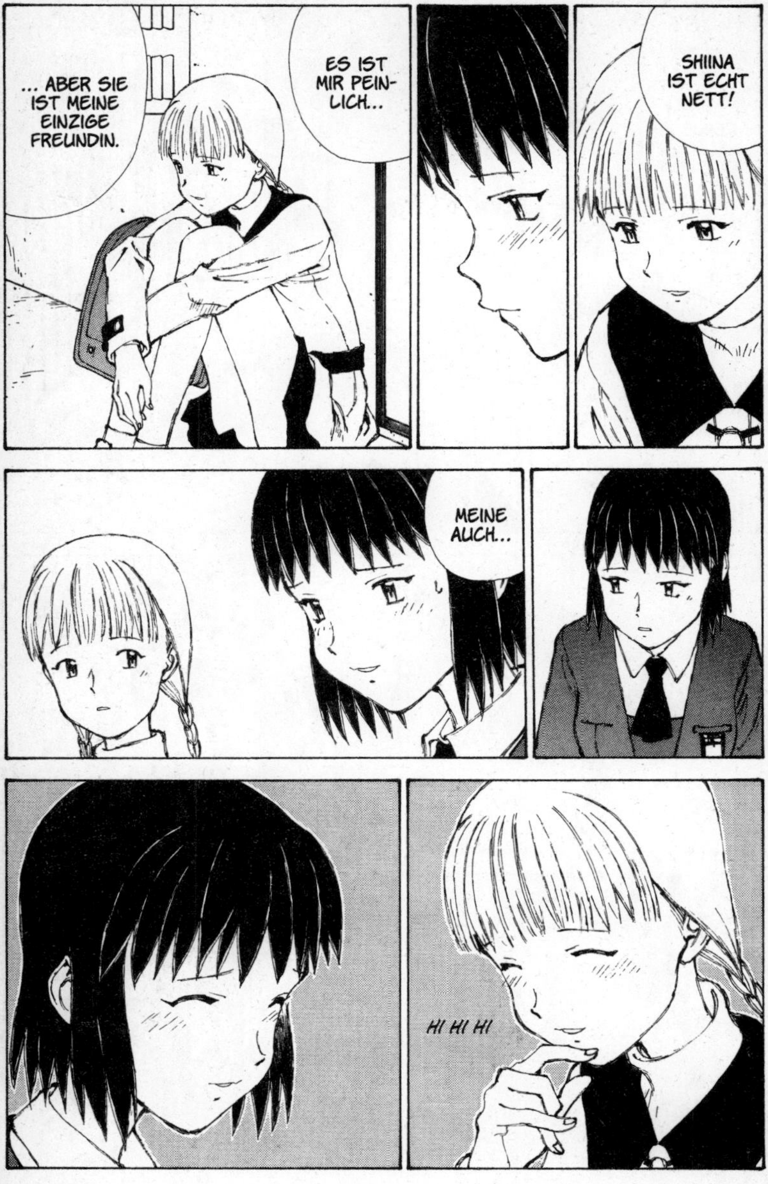
SHIINA IST ECHT NETT!
ES IST MIR PEIN-LICH...
... ABER SIE IST MEINE EINZIGE FREUNDIN.
MEINE AUCH...
HI HI HI

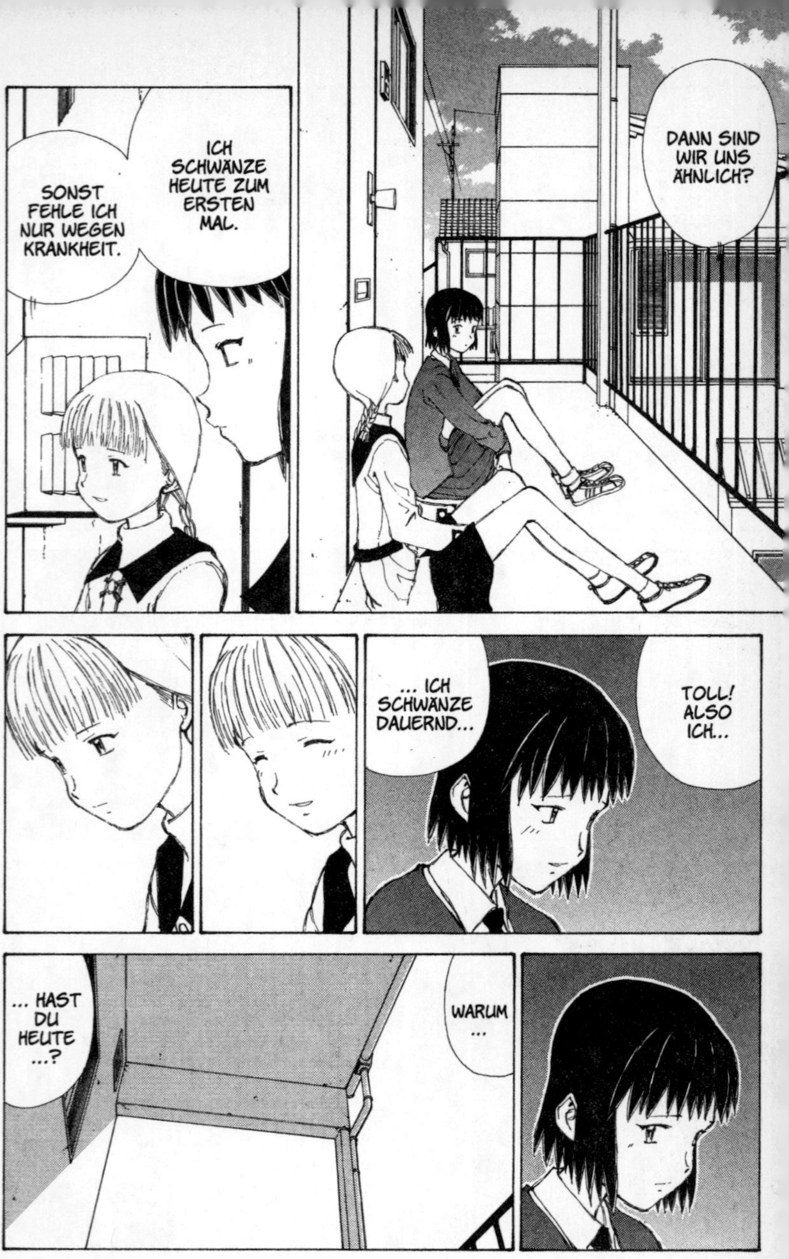
DANN SIND WIR UNS ÄHNLICH?
ICH SCHWÄNZE HEUTE ZUM ERSTEN MAL.
SONST FEHLE ICH NUR WEGEN KRANKHEIT.
TOLL! ALSO ICH...
... ICH SCHWÄNZE DAUERND...
WARUM ...
... HAST DU HEUTE ...?

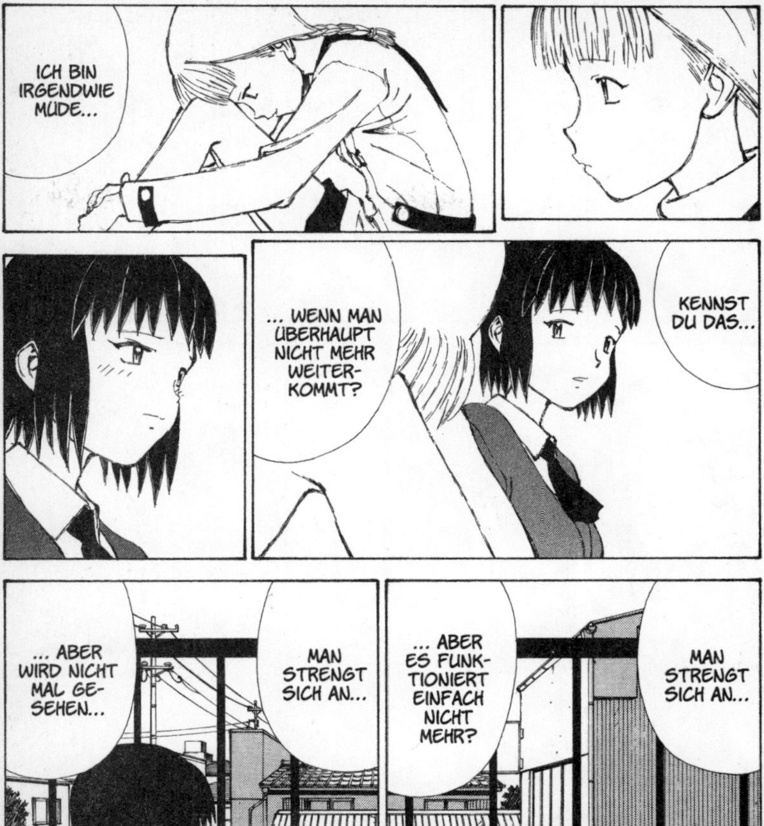
ICH BIN IRGENDWIE MÜDE...
KENNST DU DAS...
... WENN MAN ÜBERHAUPT NICHT MEHR WEITER-KOMMT?
MAN STRENGT SICH AN...
... ABER ES FUNK-TIONIERT EINFACH NICHT MEHR?
MAN STRENGT SICH AN...
... ABER WIRD NICHT MAL GE-SEHEN...

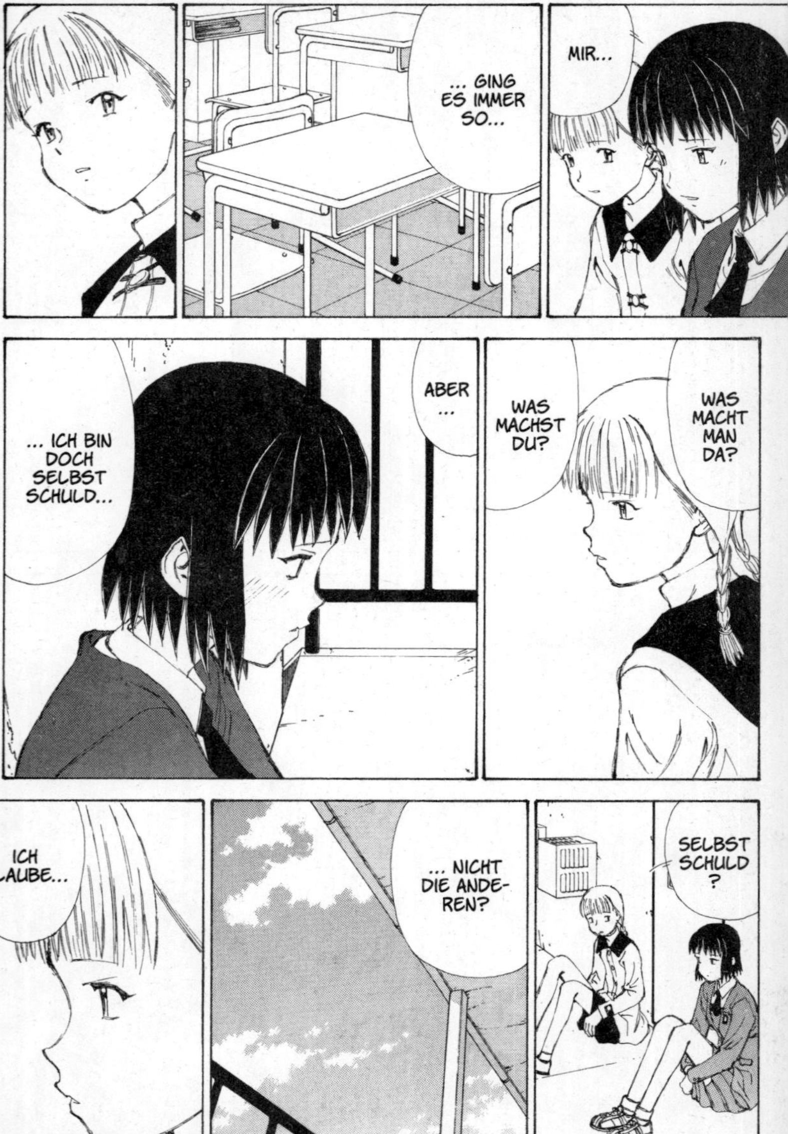
MIR...
... GING ES IMMER SO...
WAS MACHT MAN DA?
WAS MACHST DU?
ABER ...
... ICH BIN DOCH SELBST SCHULD...
SELBST SCHULD ?
... NICHT DIE ANDE-REN?
ICH GLAUBE...

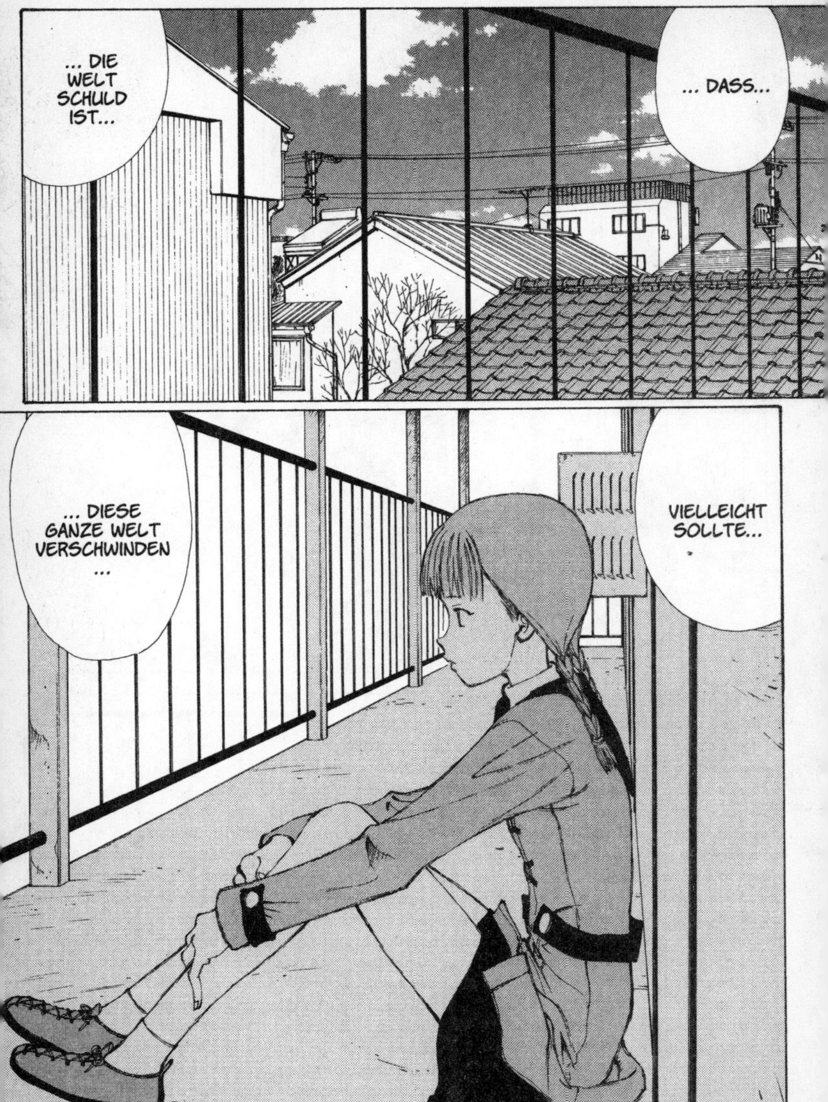
... DASS...
... DIE WELT SCHULD IST...
VIELLEICHT SOLLTE...
... DIESE GANZE WELT VERSCHWINDEN ...

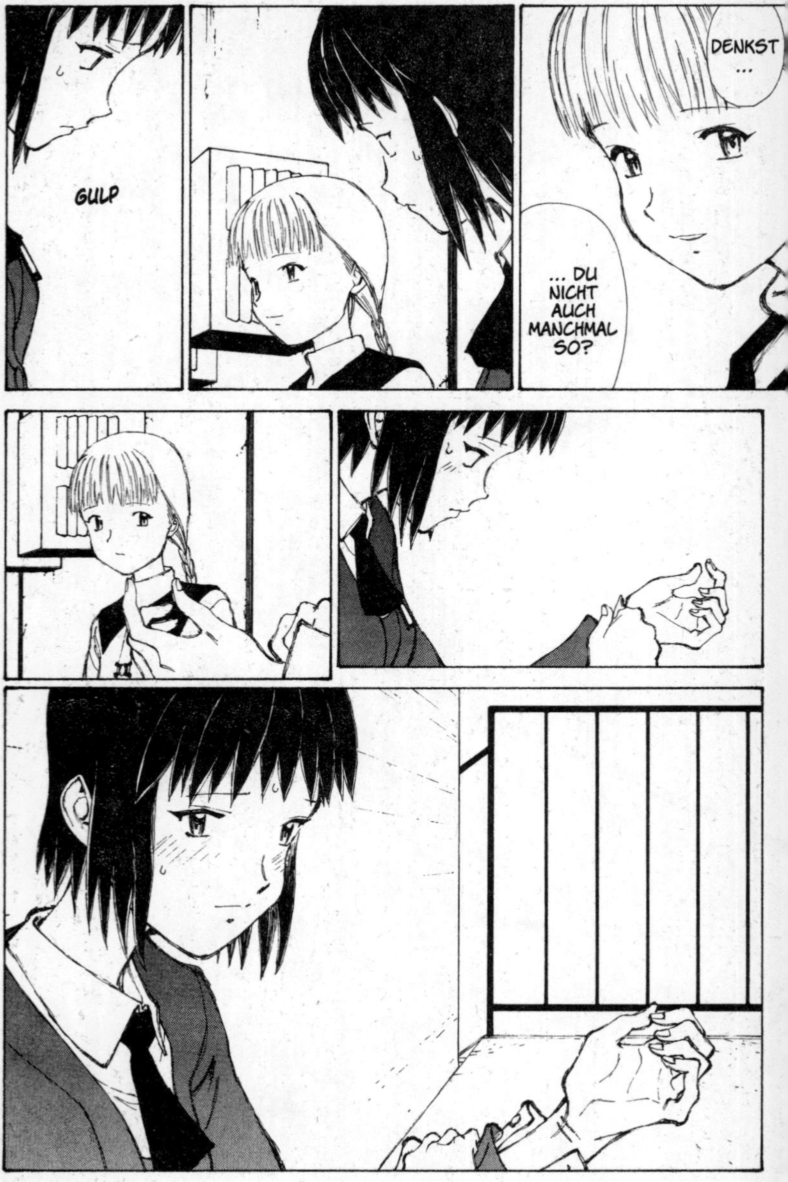
DENKST ...
... DU NICHT AUCH MANCHMAL SO?
GULP

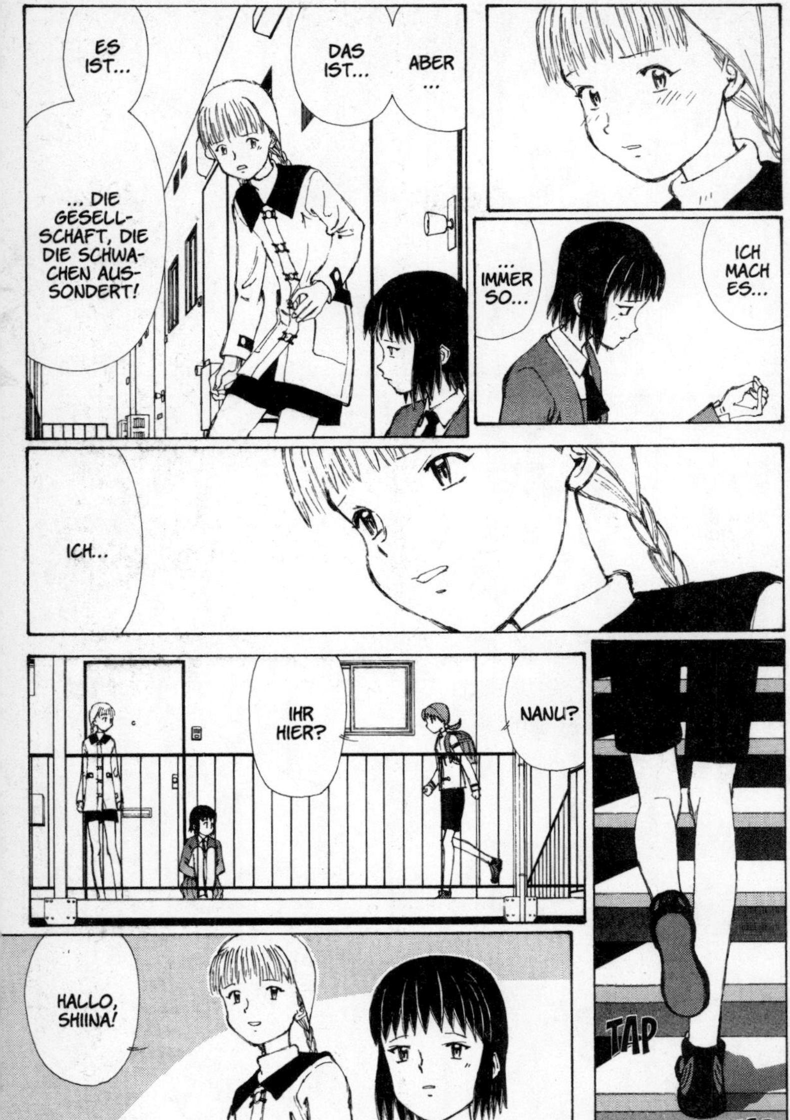
ICH MACH ES...
... IMMER SO...
ABER ...
DAS IST...
ES IST...
... DIE GESELL-SCHAFT, DIE DIE SCHWA-CHEN AUS-SONDERT!
ICH...
TAP
TAP
NANU?
IHR HIER?
HALLO, SHIINA!

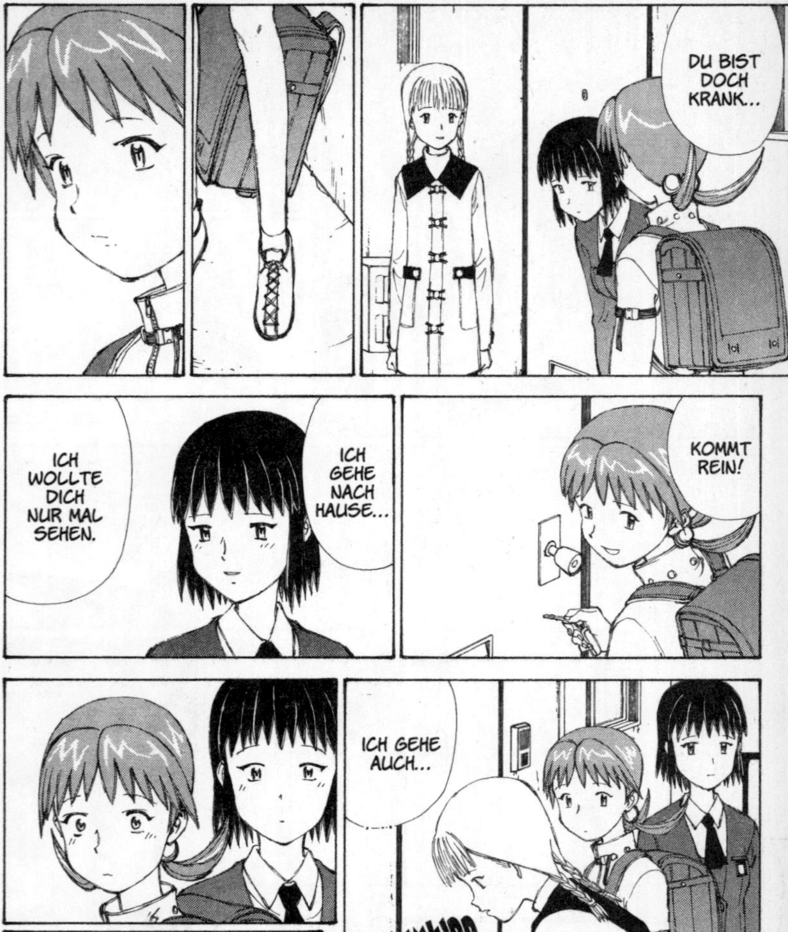
DU BIST DOCH KRANK...
KOMMT REIN!
ICH GEHE NACH HAUSE...
ICH WOLLTE DICH NUR MAL SEHEN.
ICH GEHE AUCH...
KNURR

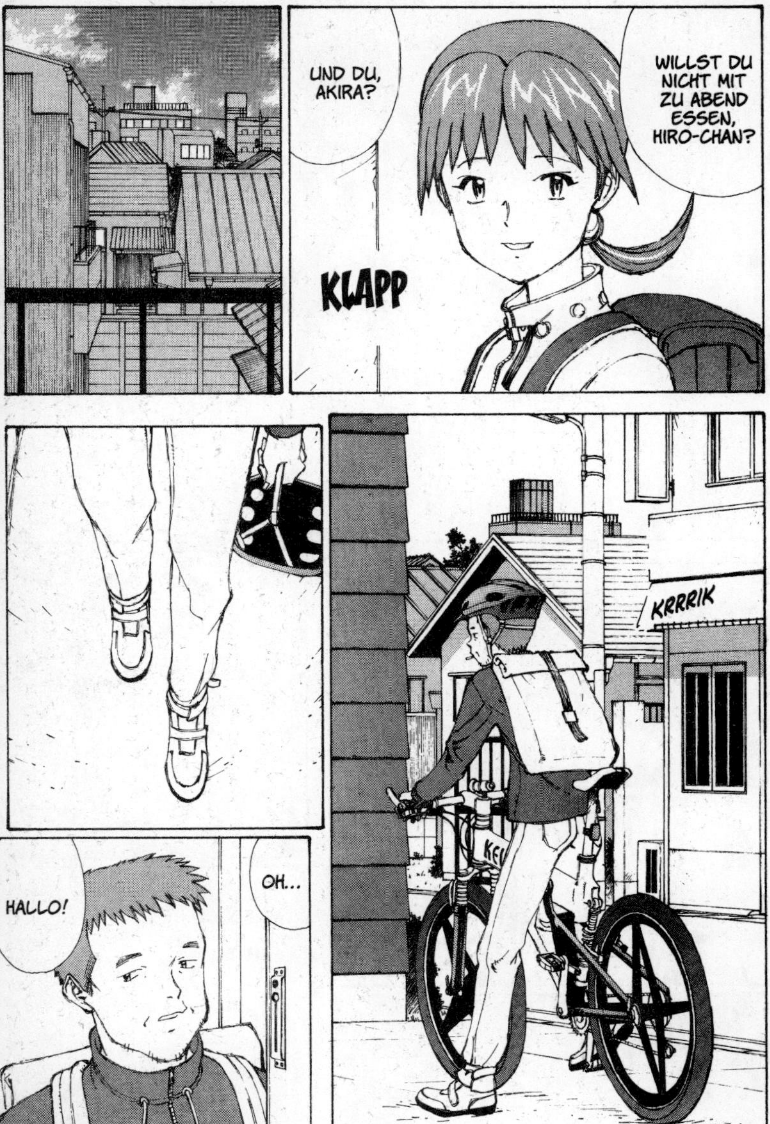
WILLST DU NICHT MIT ZU ABEND ESSEN, HIRO-CHAN?
UND DU, AKIRA?
KLAPP
KRRRIK
OH...
HALLO!

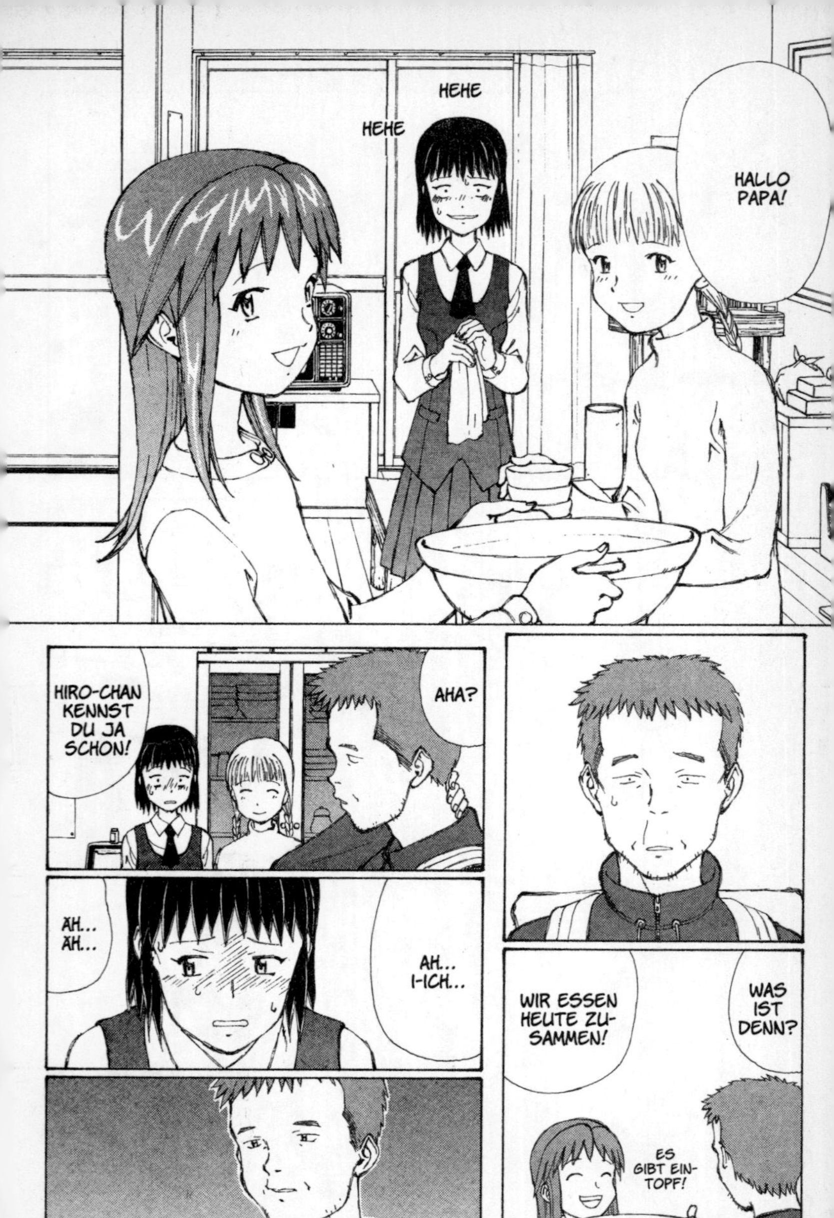

HALLO PAPA!
HEHE
HEHE
AHA?
HIRO-CHAN KENNST DU JA SCHON!
AH... I-ICH...
ÄH... ÄH...
WAS IST DENN?
WIR ESSEN HEUTE ZU-SAMMEN!
ES GIBT EIN-TOPF!

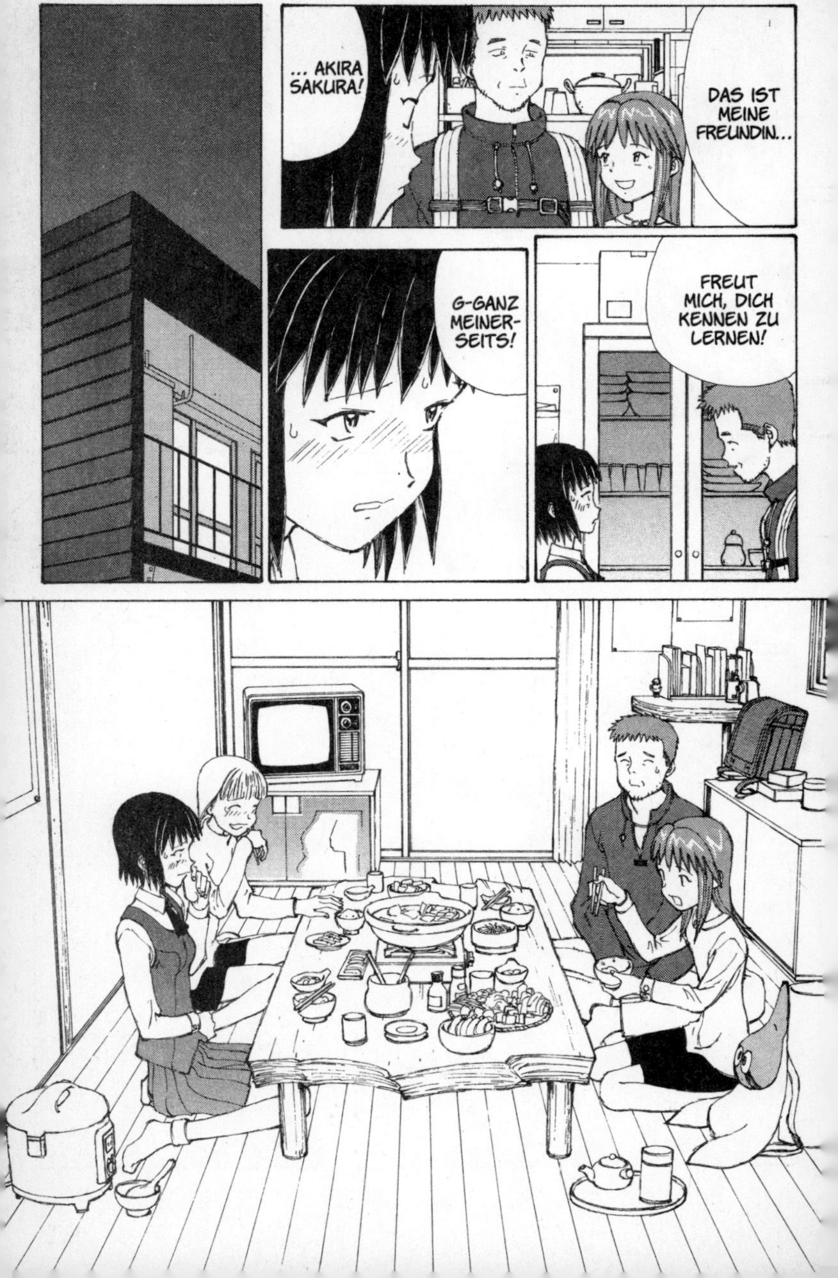
DAS IST MEINE FREUNDIN...
... AKIRA SAKURA!
FREUT MICH, DICH KENNEN ZU LERNEN!
G-GANZ MEINER-SEITS!

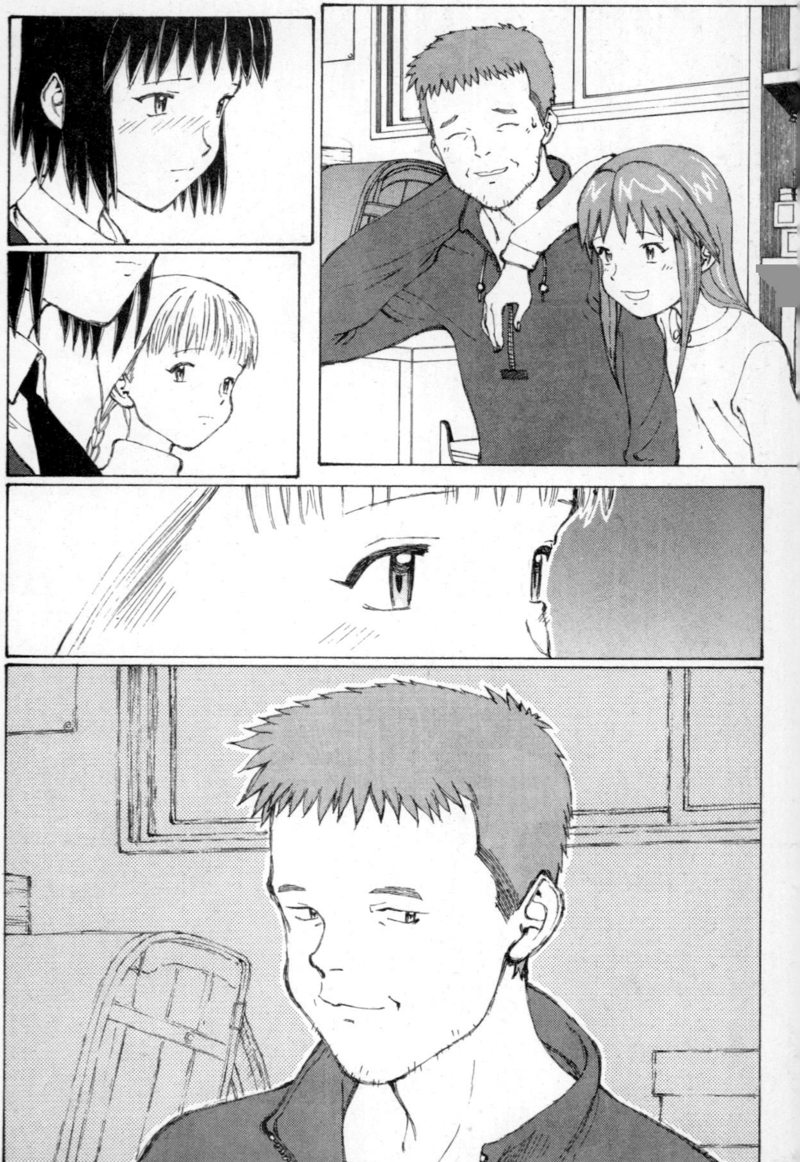

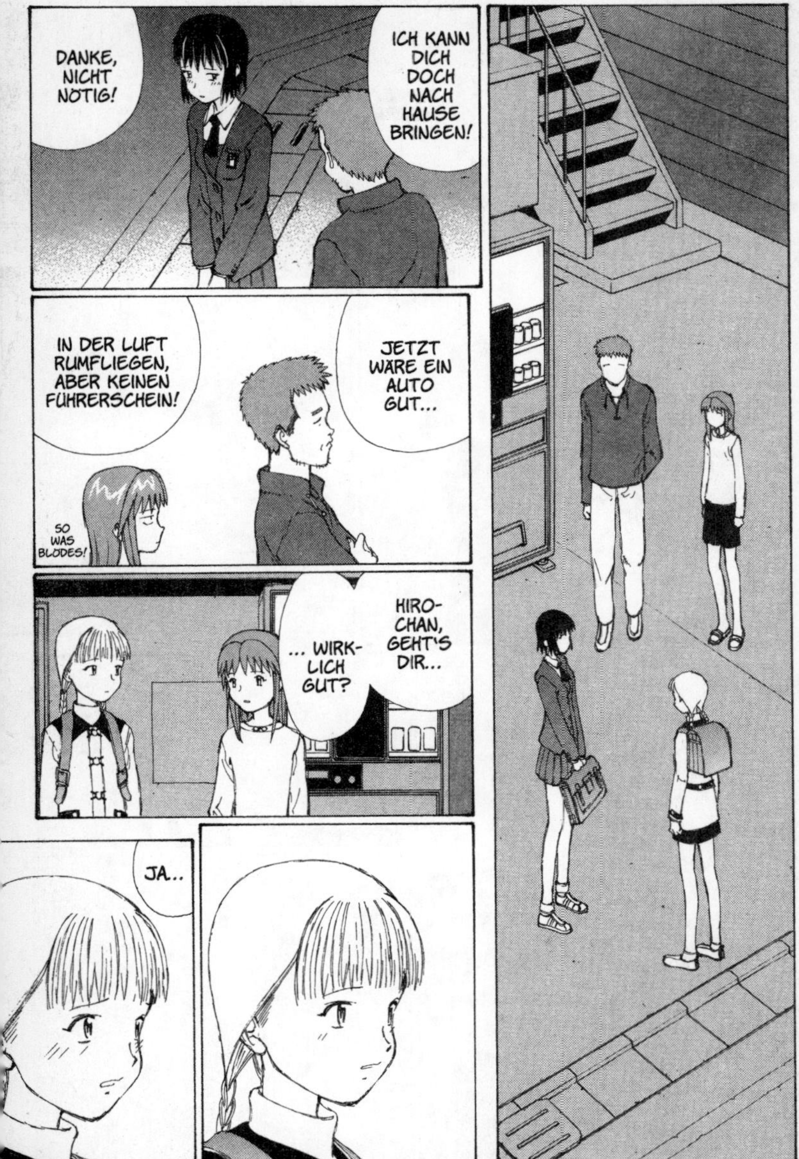
ICH KANN DICH DOCH NACH HAUSE BRINGEN!
DANKE, NICHT NÖTIG!
JETZT WÄRE EIN AUTO GUT...
IN DER LUFT RUMFLIEGEN, ABER KEINEN FÜHRERSCHEIN!
SO WAS BLÖDES!
HIRO-CHAN, GEHT'S DIR...
... WIRK-LICH GUT?
JA...

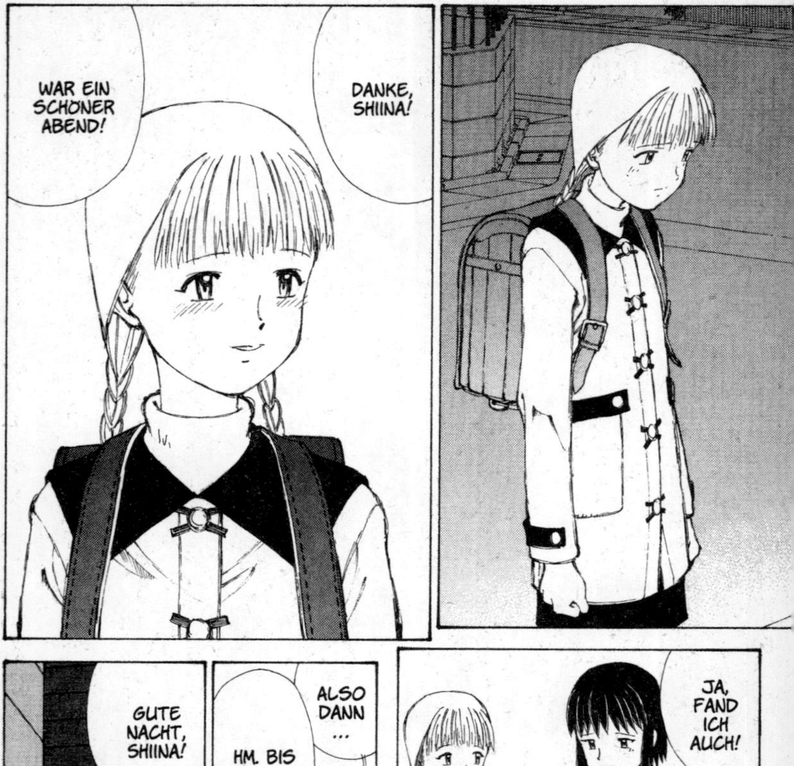
DANKE, SHIINA!
WAR EIN SCHÖNER ABEND!
JA, FAND ICH AUCH!
ICH KONNTE...
... MAL DIE SEELE BAUMELN LASSEN ...
ALSO DANN ...
HM. BIS MORGEN!
GUTE NACHT, SHIINA!
GUTE NACHT!

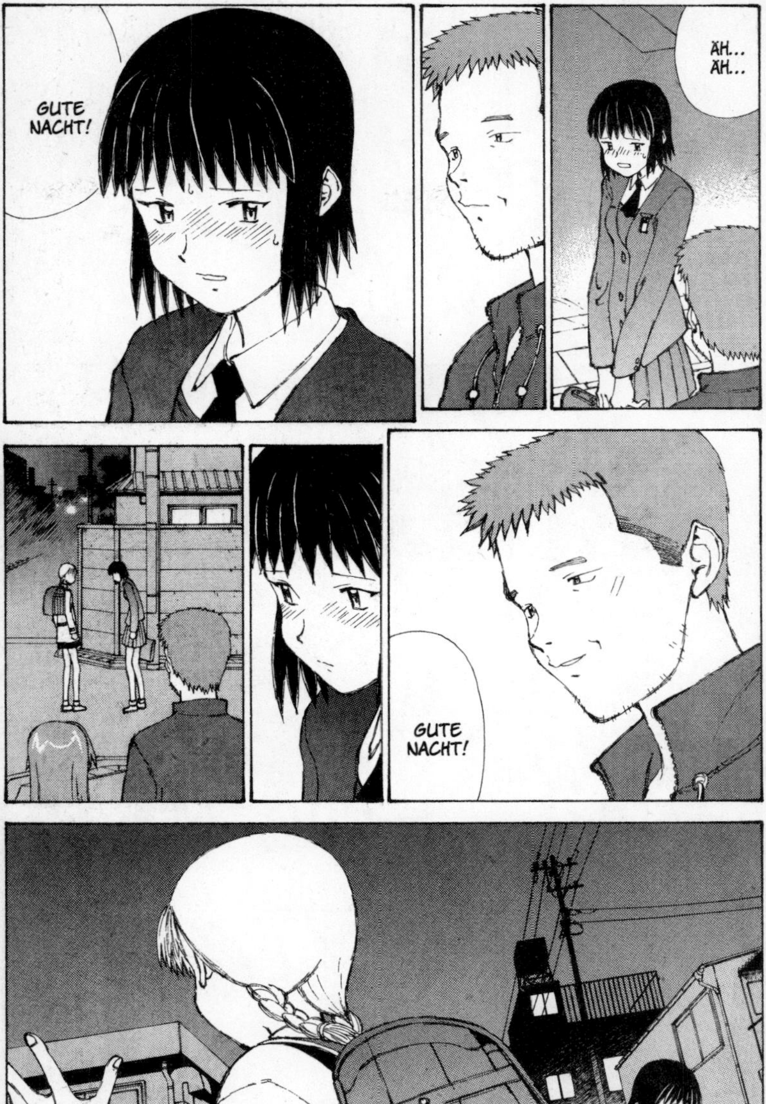
ÄH...
ÄH...
GUTE
NACHT!
GUTE
NACHT!

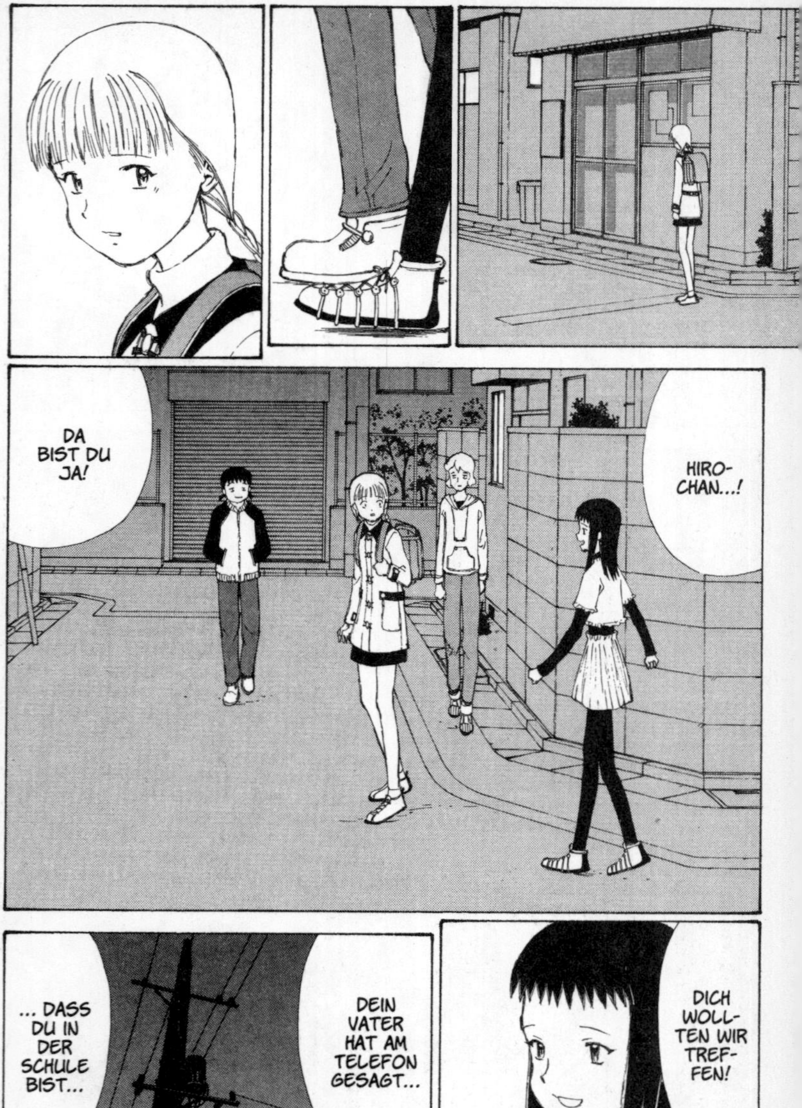
HIRO-CHAN...!
DA BIST DU JA!
DICH WOLLTEN WIR TREFFEN!
DEIN VATER HAT AM TELEFON GESAGT...
... DASS DU IN DER SCHULE BIST...

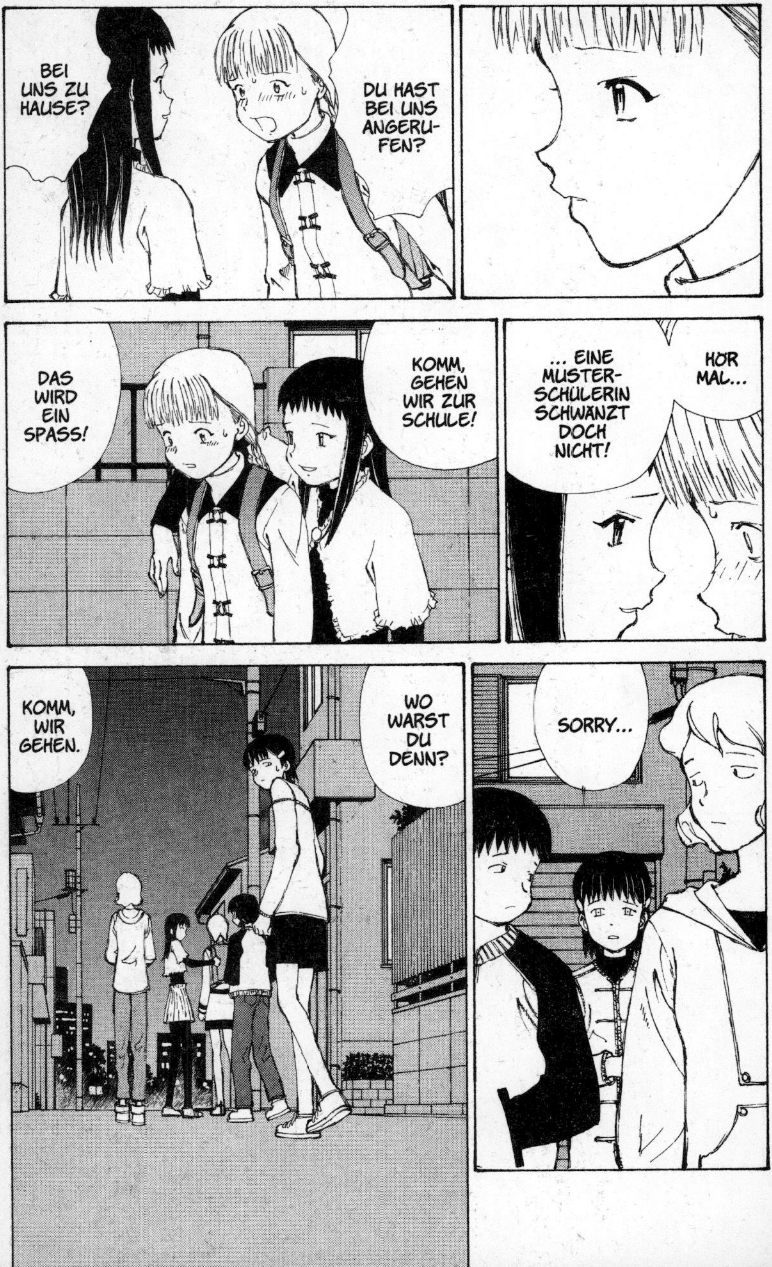

DU HAST BEI UNS ANGERUFEN?
BEI UNS ZU HAUSE?
HÖR MAL...
... EINE MUSTERSCHÜLERIN SCHWÄNZT DOCH NICHT!
KOMM, GEHEN WIR ZUR SCHULE!
DAS WIRD EIN SPASS!
SORRY...
WO WARST DU DENN?
KOMM, WIR GEHEN.

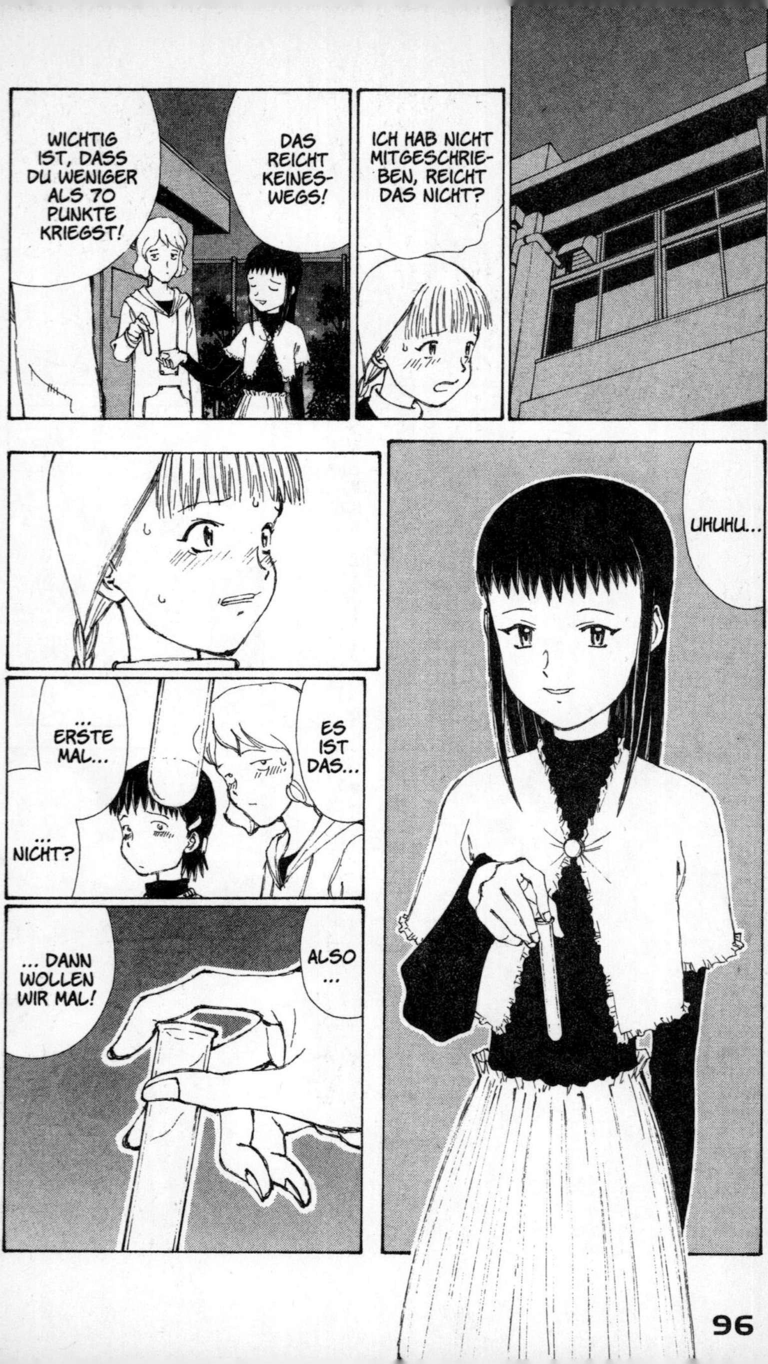
ICH HAB NICHT MITGESCHRIEBEN, REICHT DAS NICHT?
DAS REICHT KEINESWEGS!
WICHTIG IST, DASS DU WENIGER ALS 70 PUNKTE KRIEGST!
UHUHU...
ES IST DAS...
... ERSTE MAL...
... NICHT?
ALSO ...
... DANN WOLLEN WIR MAL!

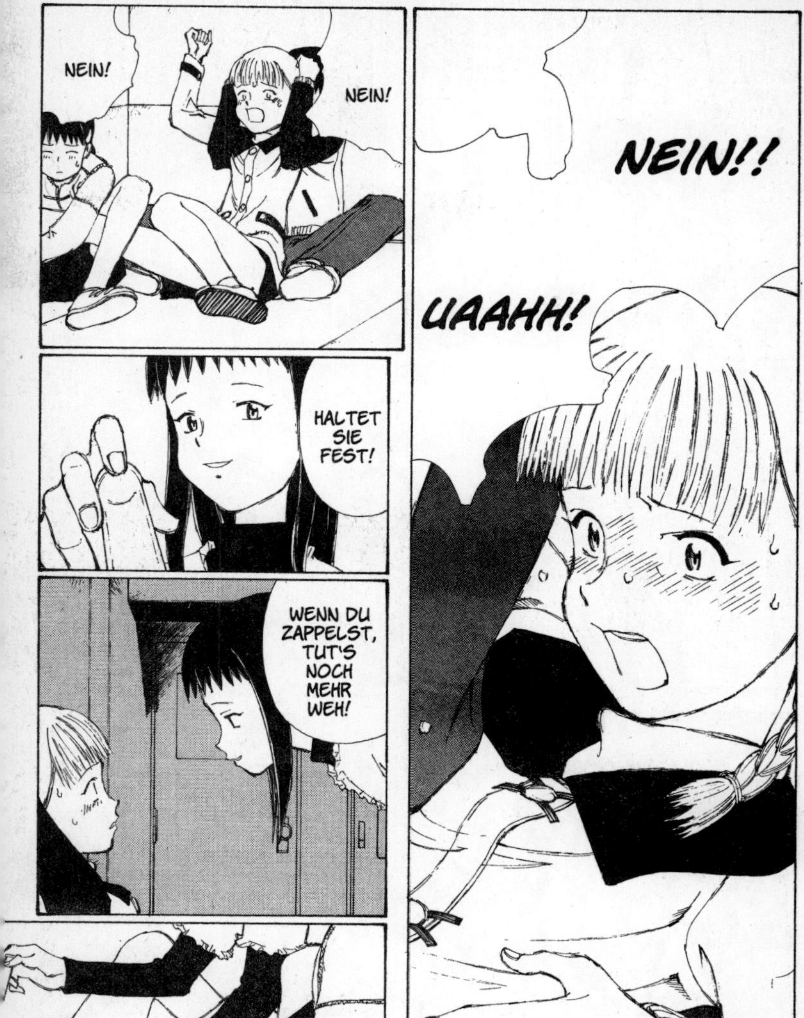
NEIN!
NEIN!
HALTET SIE FEST!
WENN DU ZAPPELST, TUT'S NOCH MEHR WEH!
NEIN!!
UAAHH!

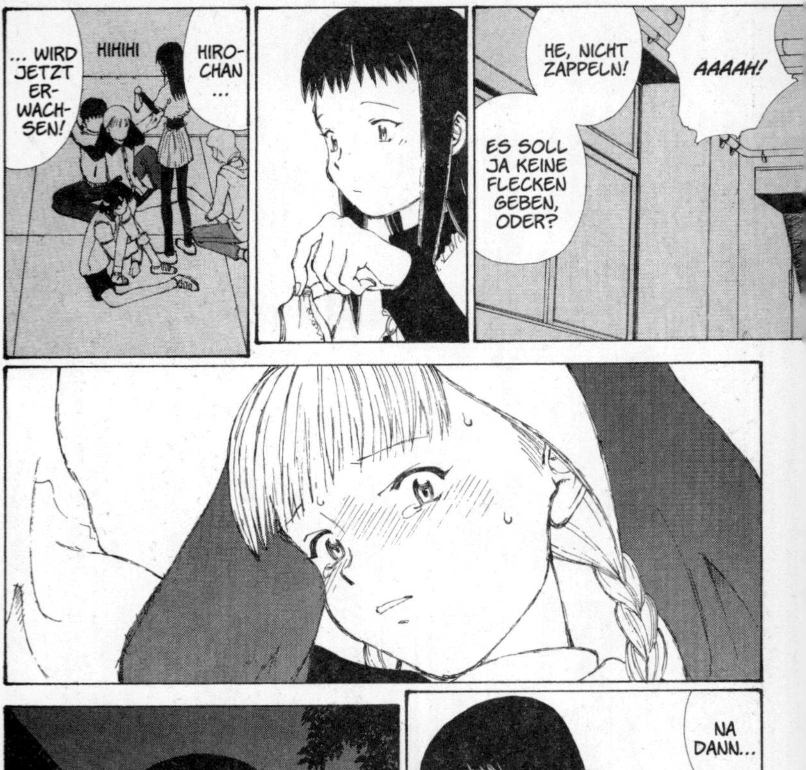
AAAAH!
HE, NICHT ZAPPELN!
ES SOLL JA KEINE FLECKEN GEBEN, ODER?
HIRO-CHAN ...
HIHIHI
... WIRD JETZT ER-WACHSEN!
NA DANN...

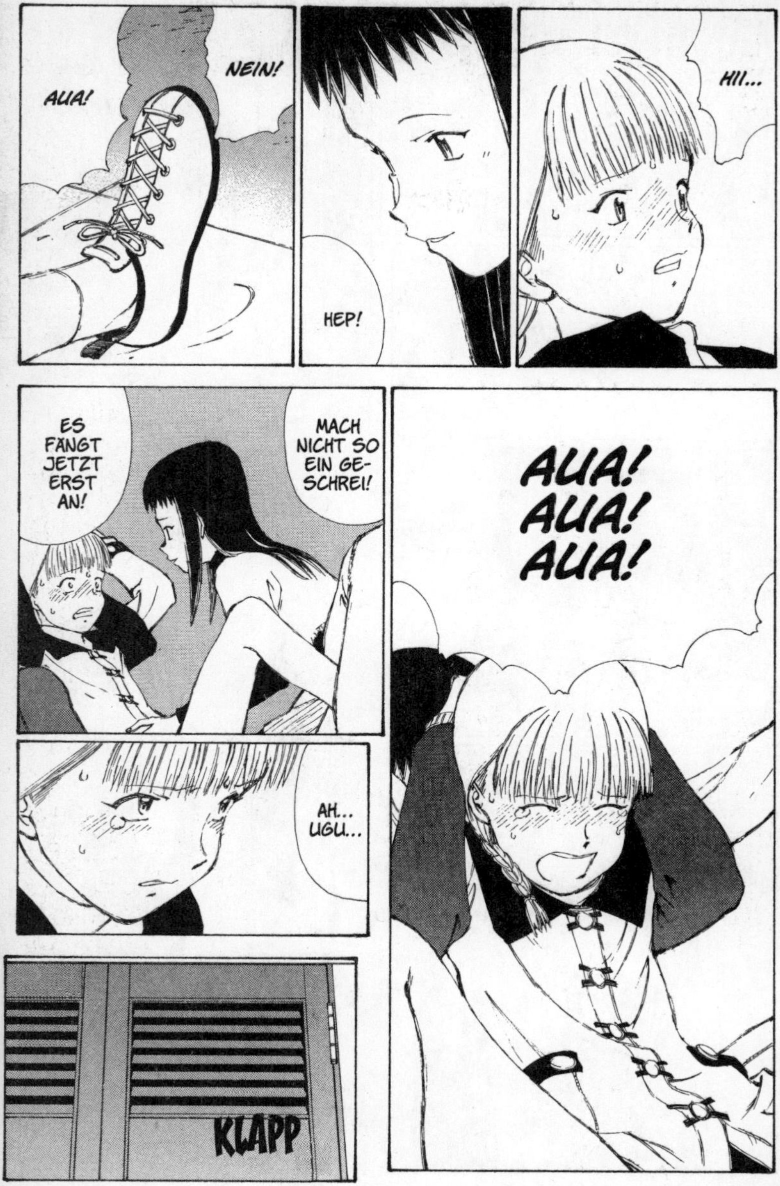
HII...
HEP!
NEIN!
AUA!
AUA! AUA! AUA!
MACH NICHT SO EIN GE-SCHREI!
ES FÄNGT JETZT ERST AN!
AH... UGU...
KLAPP

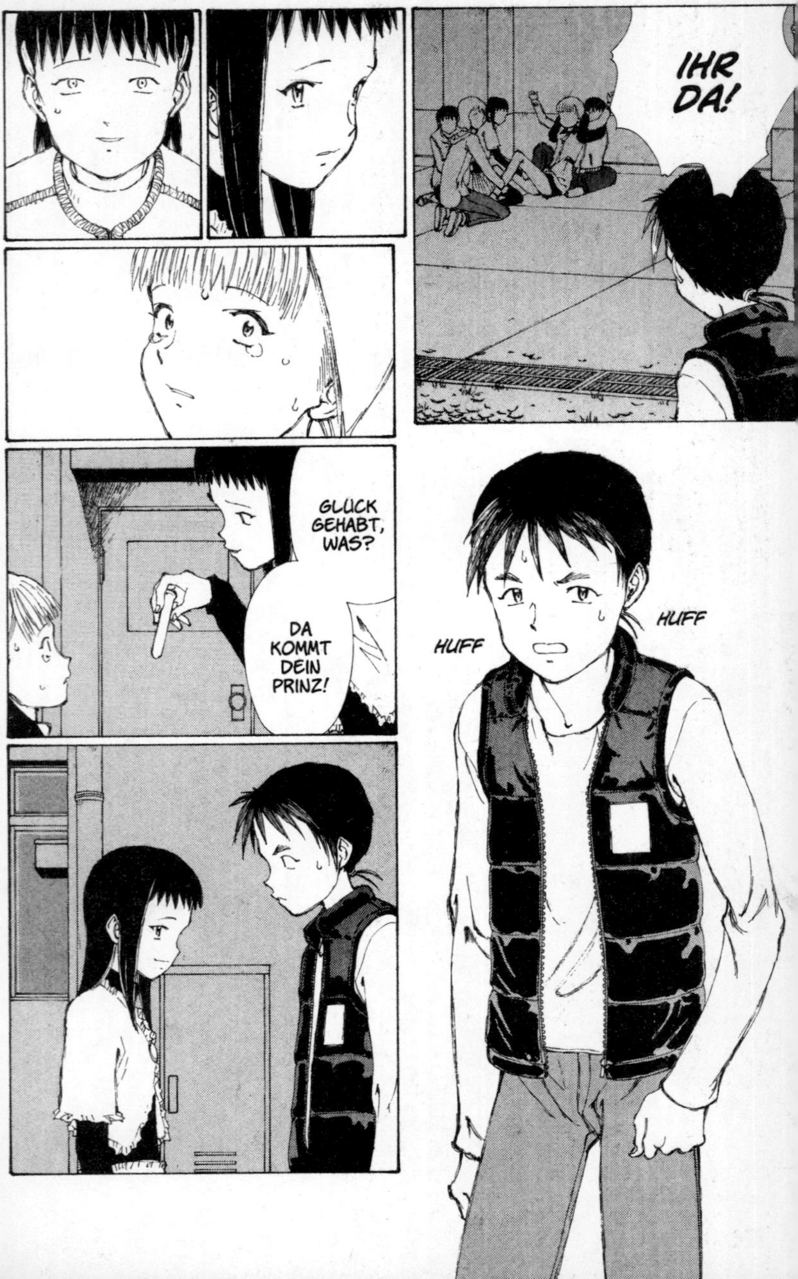
IHR DA!
GLÜCK GEHABT, WAS?
DA KOMMT DEIN PRINZ!
HUFF
HUFF

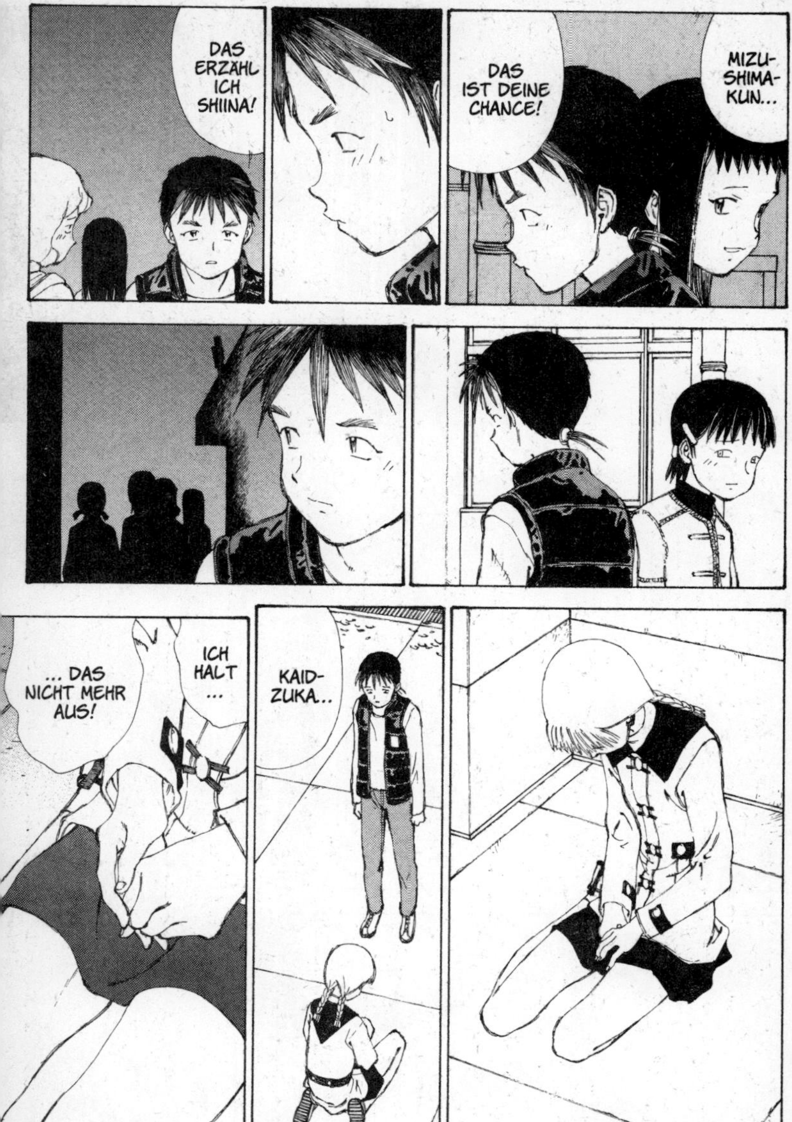
MIZU-SHIMA-KUN...
DAS IST DEINE CHANCE!
DAS ERZÄHL ICH SHIINA!
KAID-ZUKA...
ICH HALT ...
... DAS NICHT MEHR AUS!

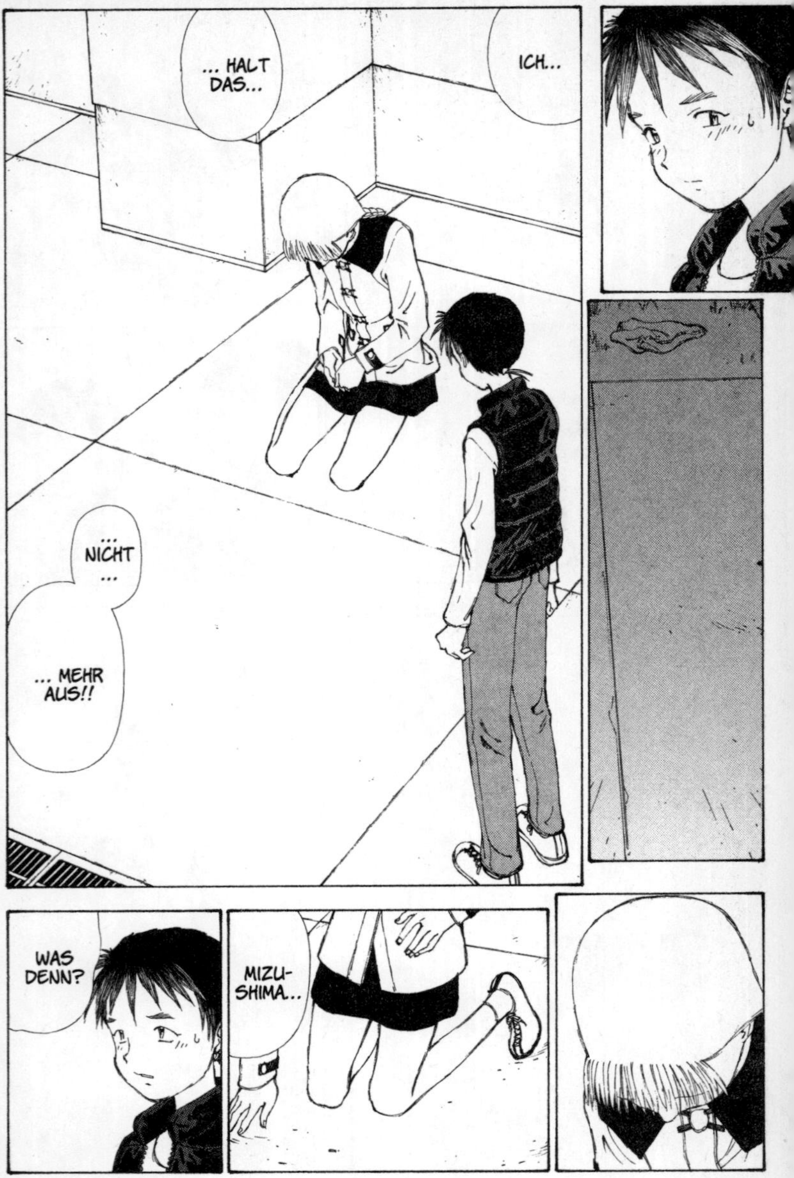
ICH...
... HALT DAS...
... NICHT ...
... MEHR AUS!!
MIZU-SHIMA...
WAS DENN?

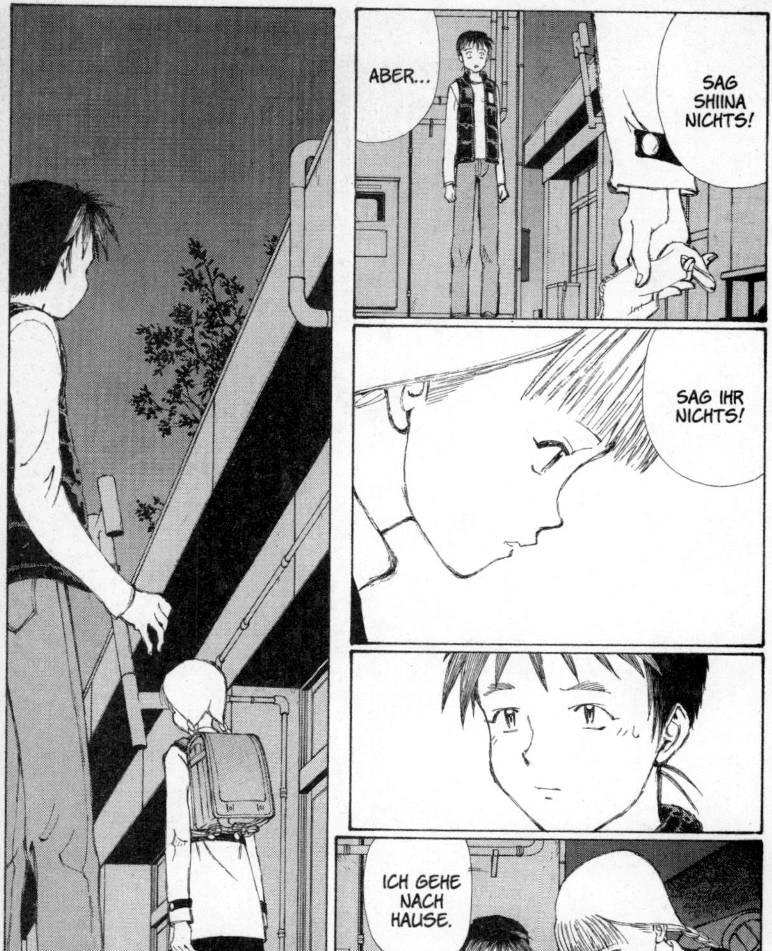
SAG SHIINA NICHTS!
ABER...
SAG IHR NICHTS!
ICH GEHE NACH HAUSE.

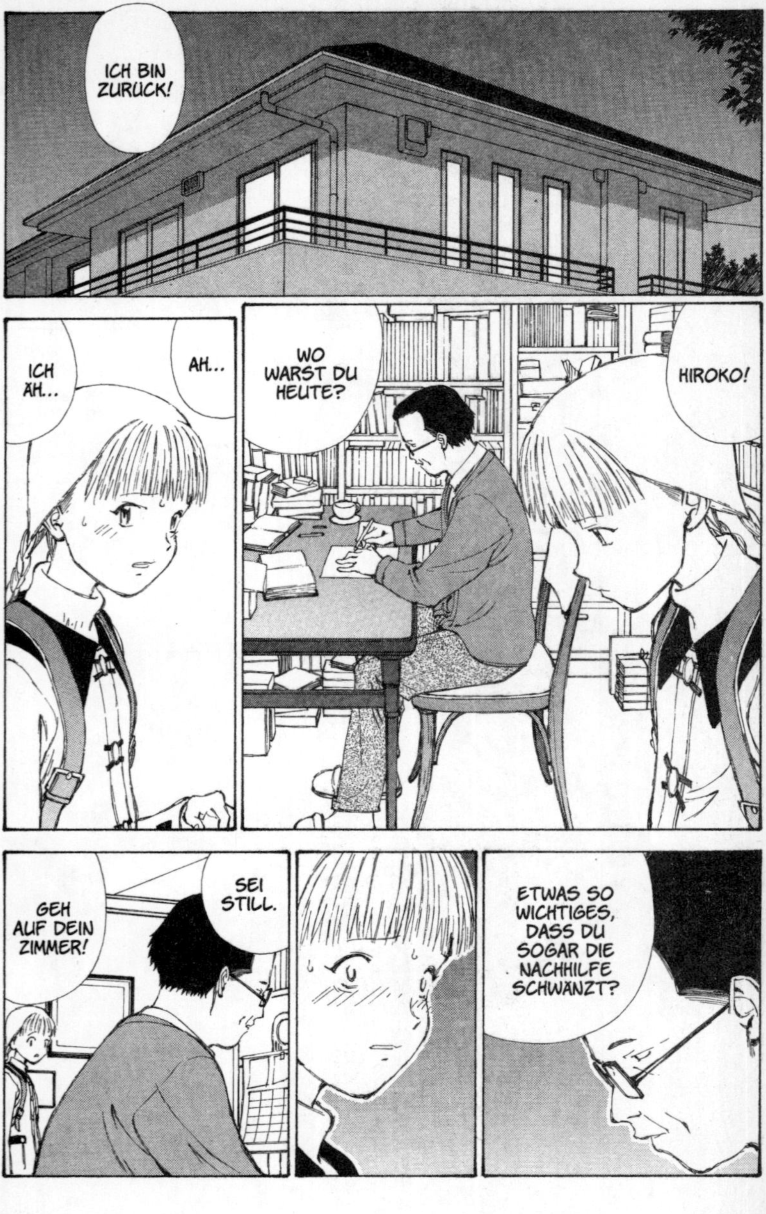
ICH BIN ZURÜCK!
HIROKO!
WO WARST DU HEUTE?
AH...
ICH ÄH...
ETWAS SO WICHTIGES, DASS DU SOGAR DIE NACHHILFE SCHWÄNZT?
SEI STILL.
GEH AUF DEIN ZIMMER!

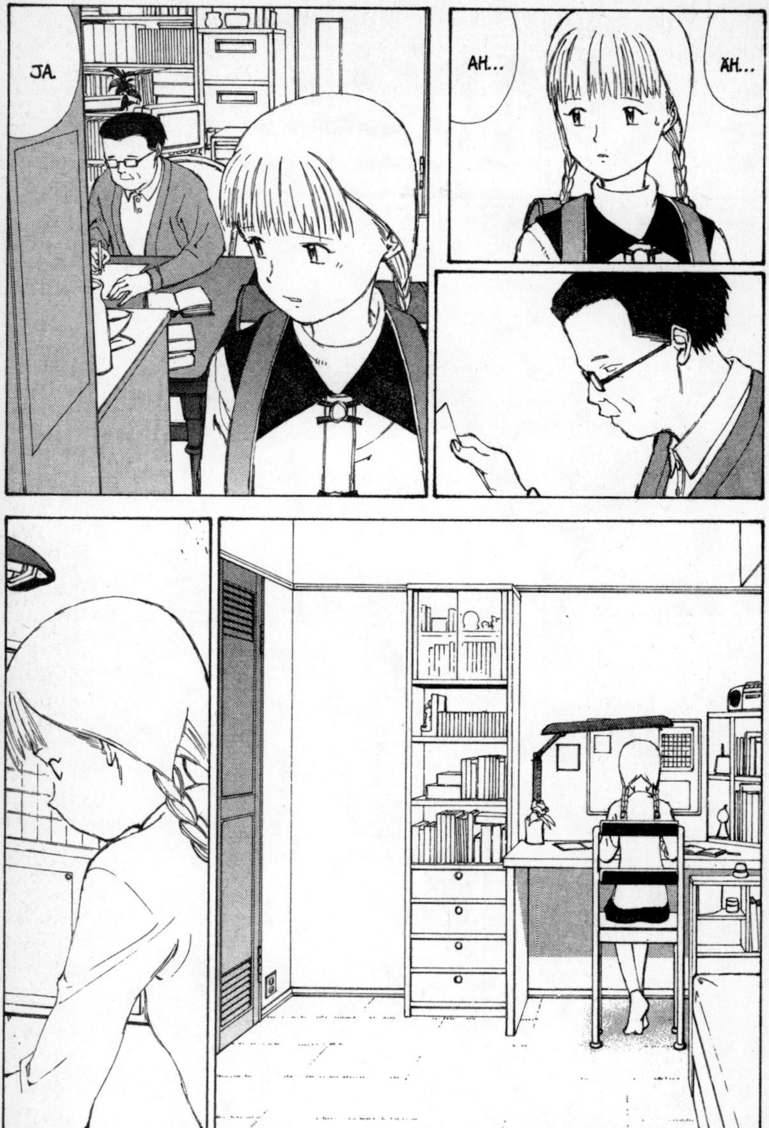
JA.
ÄH...
AH...

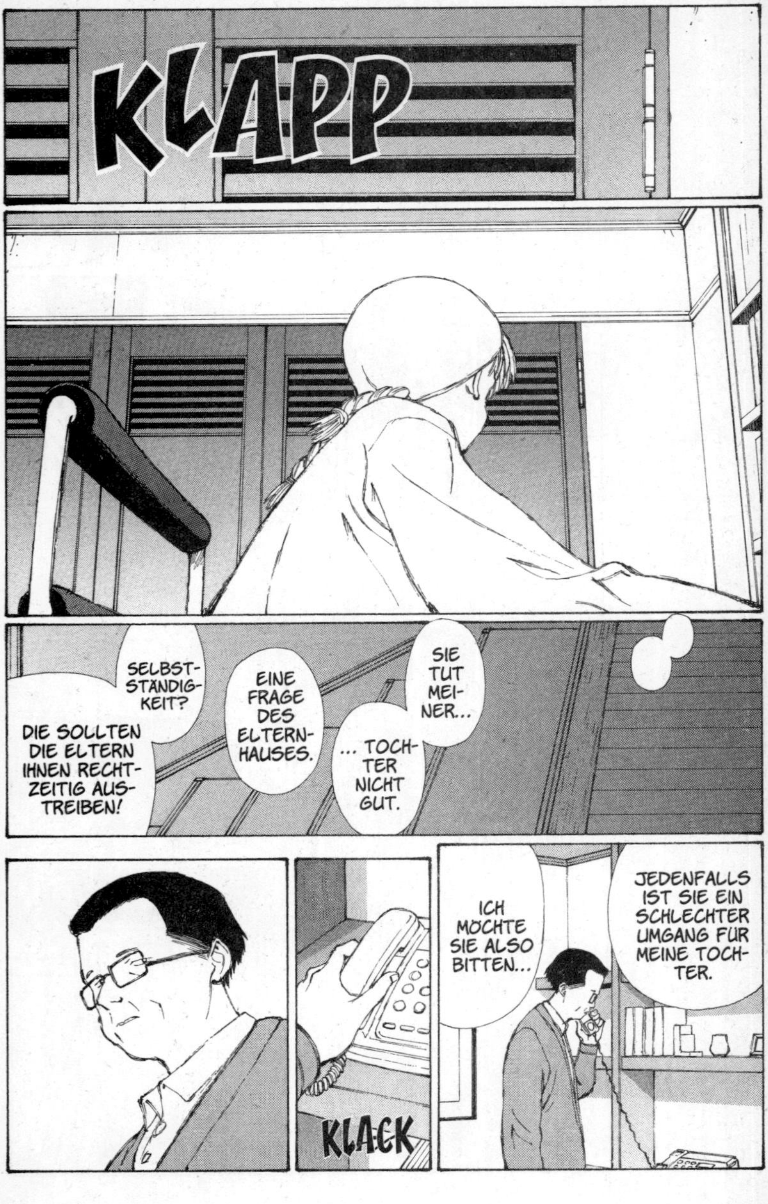
KLAPP
SIE TUT MEINER...
... TOCHTER NICHT GUT.
EINE FRAGE DES ELTERNHAUSES.
SELBSTSTÄNDIGKEIT?
DIE SOLLTEN DIE ELTERN IHNEN RECHTZEITIG AUSTREIBEN!
JEDENFALLS IST SIE EIN SCHLECHTER UMGANG FÜR MEINE TOCHTER.
ICH MÖCHTE SIE ALSO BITTEN...
KLACK

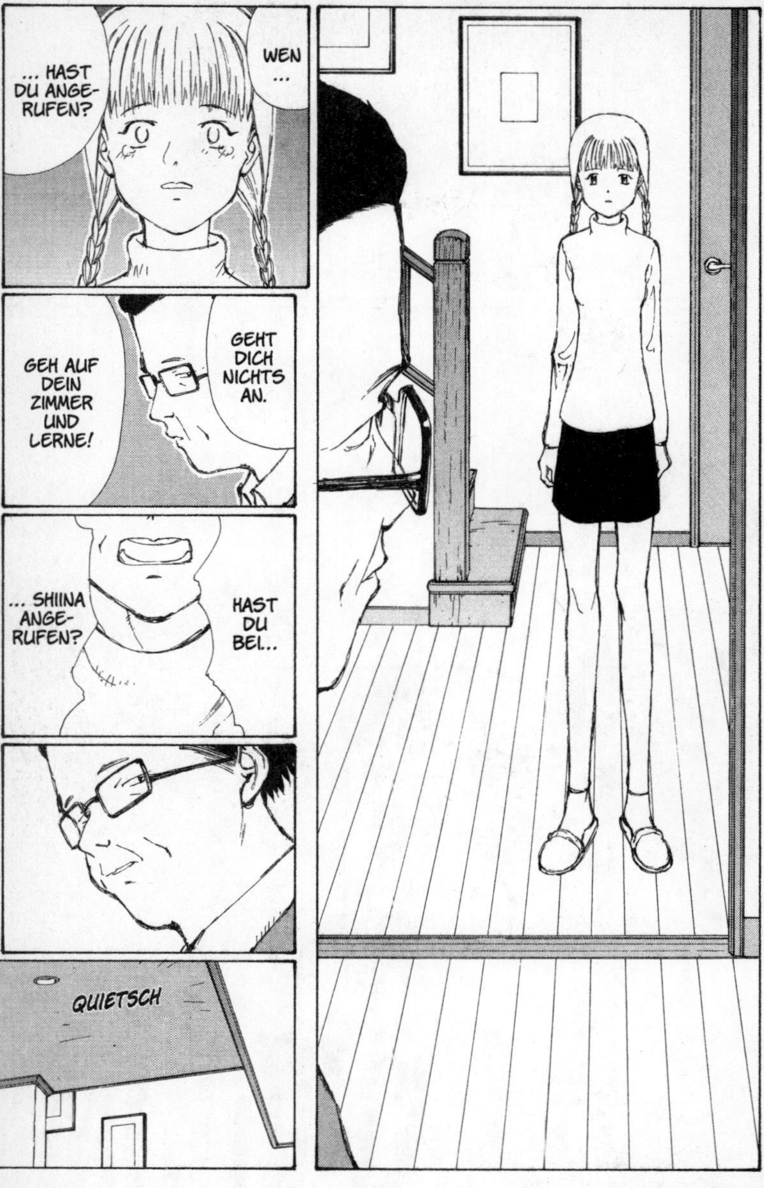
WEN ...
... HAST DU ANGE-RUFEN?
GEHT DICH NICHTS AN.
GEH AUF DEIN ZIMMER UND LERNE!
HAST DU BEI...
... SHIINA ANGE-RUFEN?
QUIETSCH

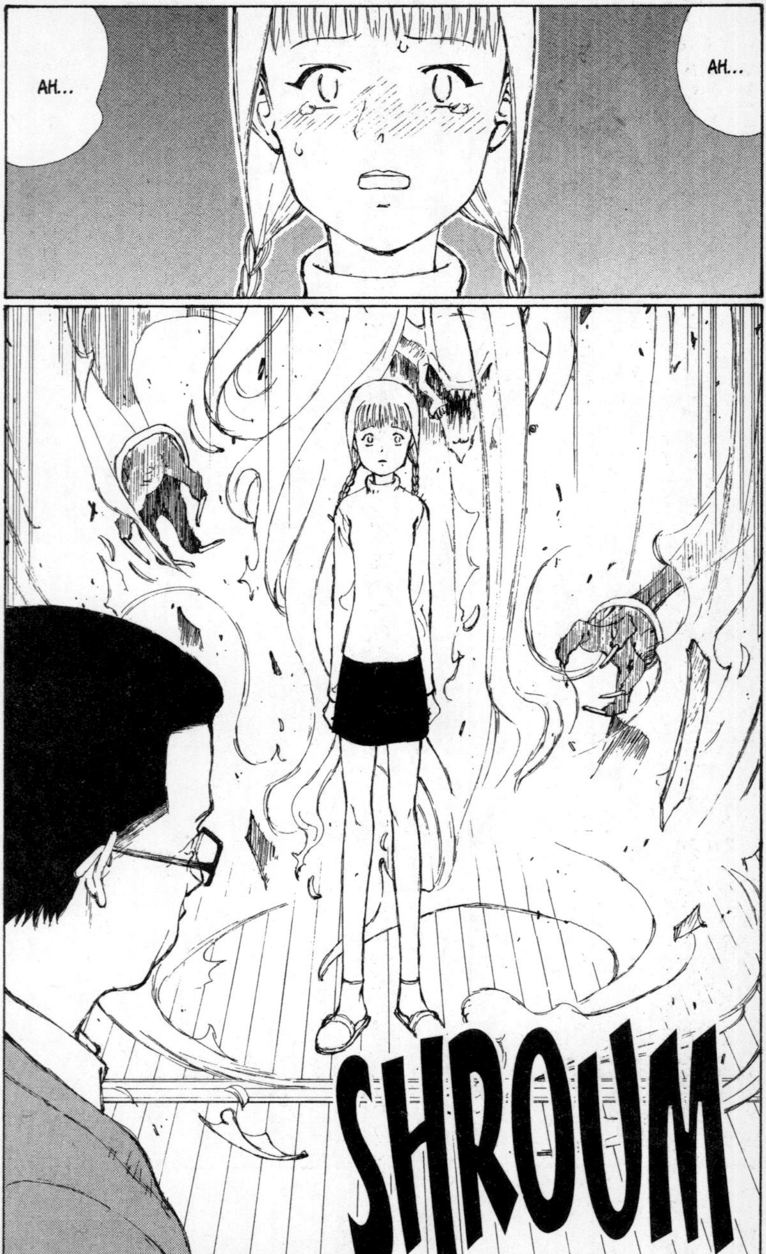
AH...
AH...
SHROUM

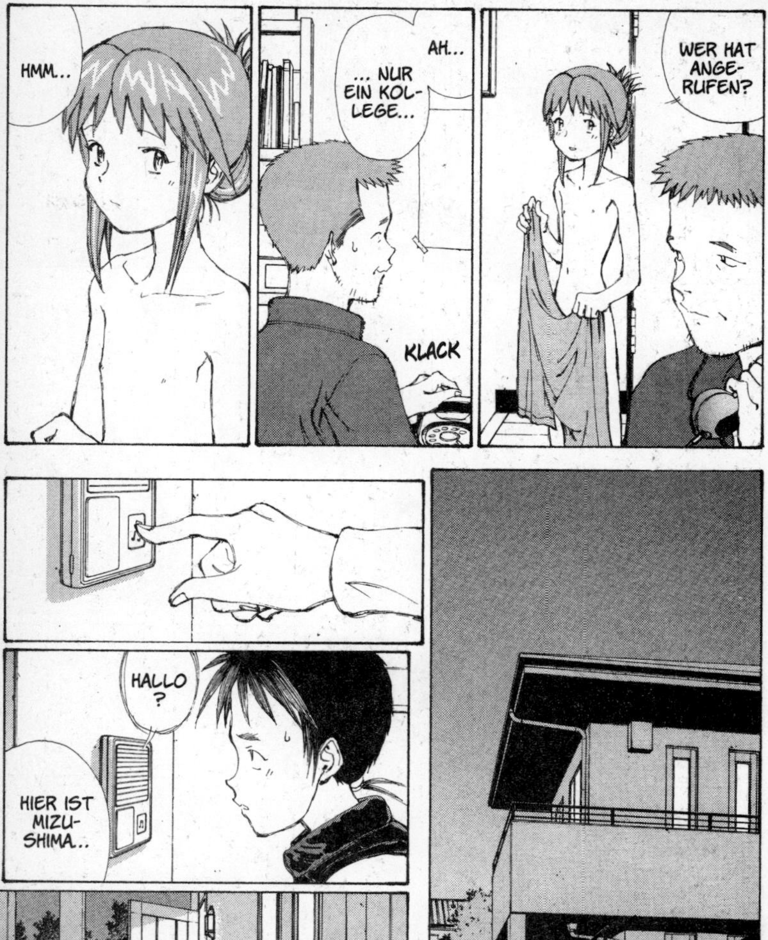
WER HAT ANGE-RUFEN?
AH...
... NUR EIN KOL-LEGE...
KLACK
HMM...
HALLO ?
HIER IST MIZU-SHIMA..

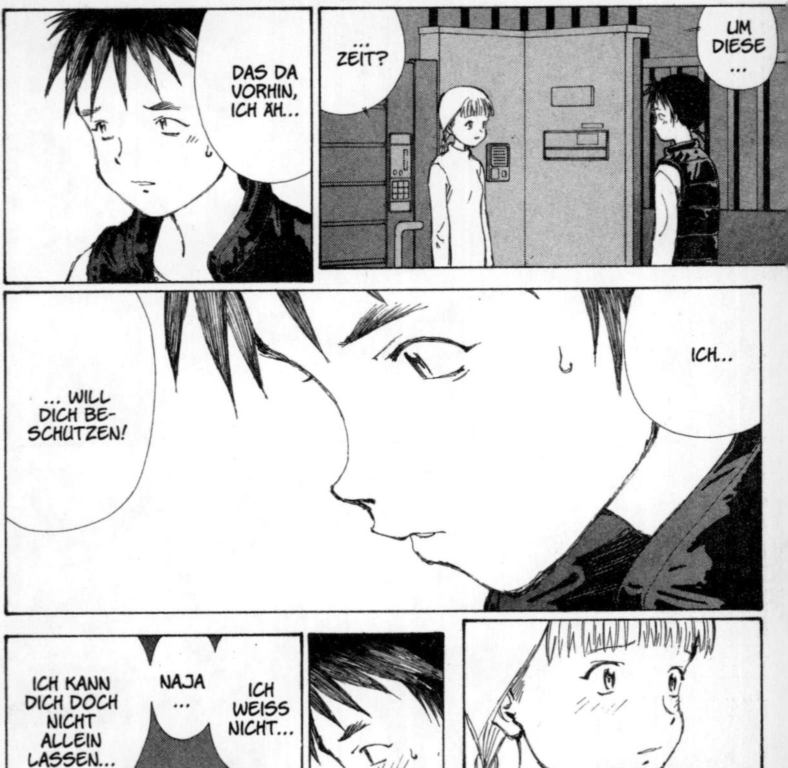
UM DIESE ...
... ZEIT?
DAS DA VORHIN, ICH ÄH...
ICH...
... WILL DICH BE-SCHÜTZEN!
ABER ...
... DU BIST DOCH IN SHIINA VERLIEBT, ODER?
ICH WEISS NICHT...
NAJA ...
ICH KANN DICH DOCH NICHT ALLEIN LASSEN...

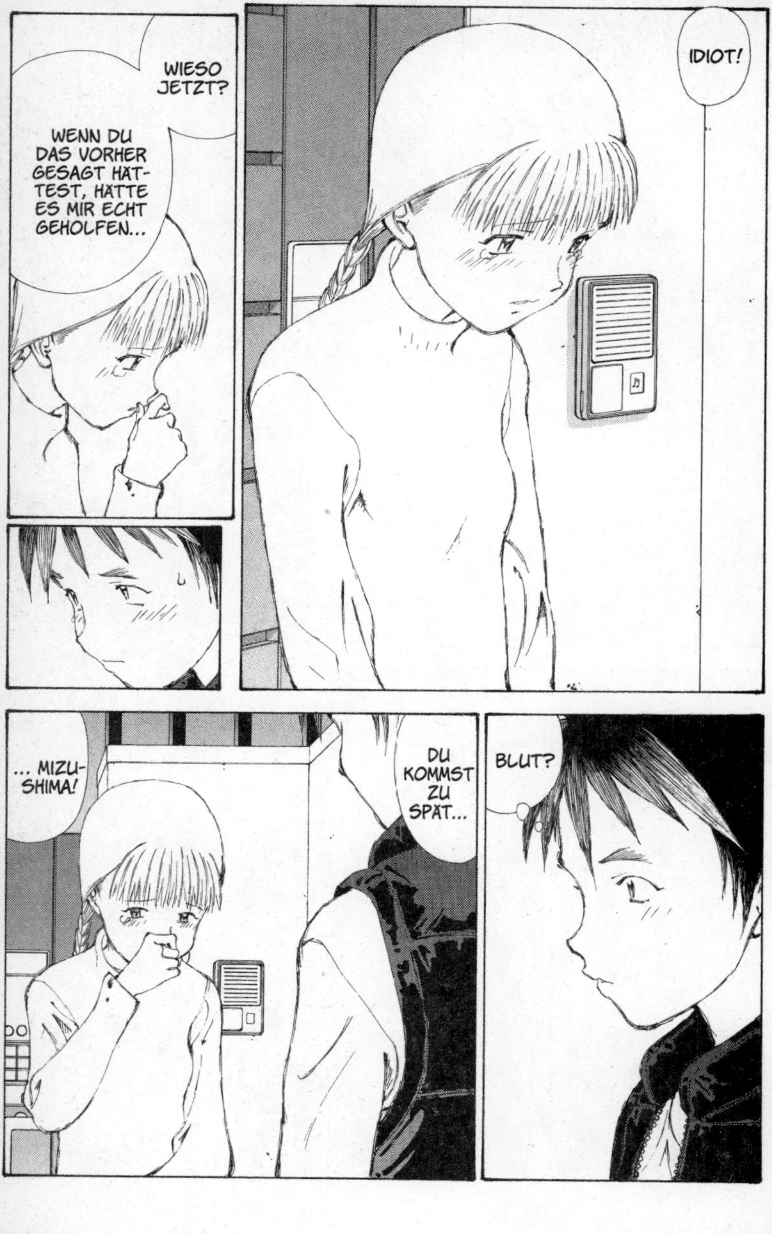
IDIOT!
WIESO JETZT?
WENN DU DAS VORHER GESAGT HÄTTEST, HÄTTE ES MIR ECHT GEHOLFEN...
BLUT?
DU KOMMST ZU SPÄT...
... MIZUSHIMA!

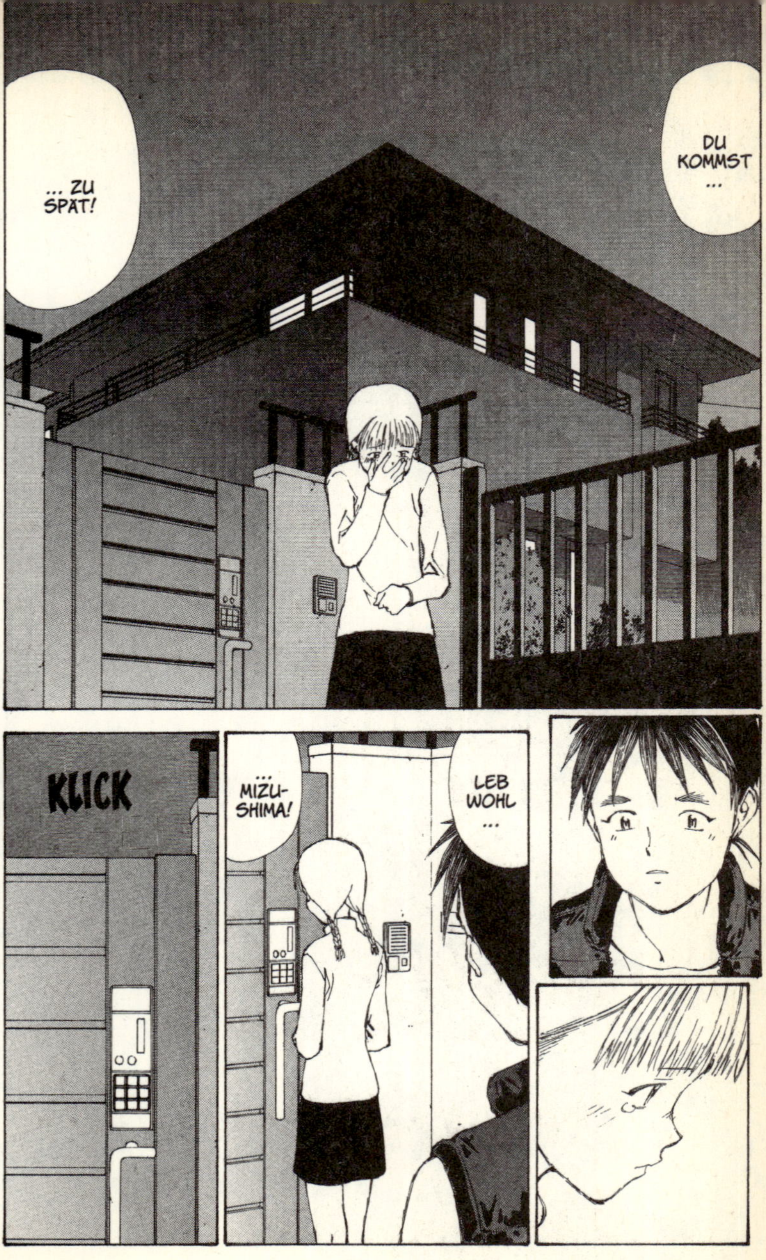
DU KOMMST ...
... ZU SPÄT!
LEB WOHL ...
... MIZUSHIMA!
KLICK

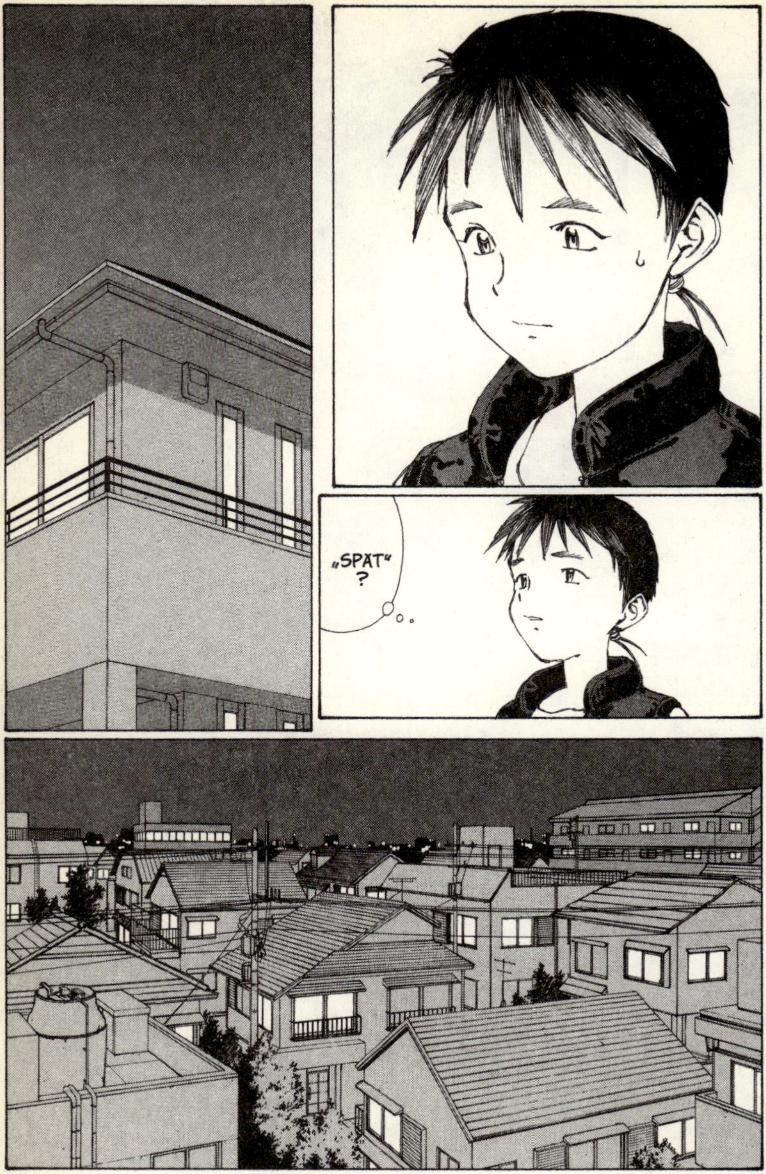
„SPÄT“
?

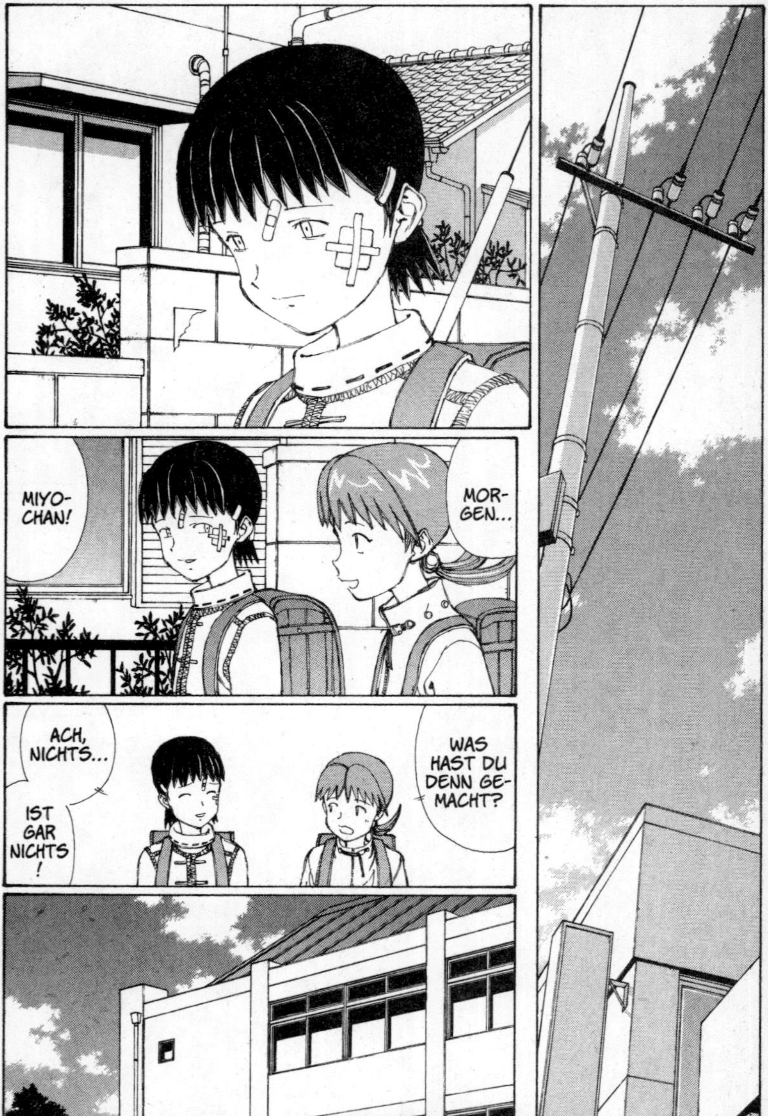
MORGEN...
MIYO-CHAN!
WAS HAST DU DENN GEMACHT?
ACH, NICHTS...
IST GAR NICHTS!

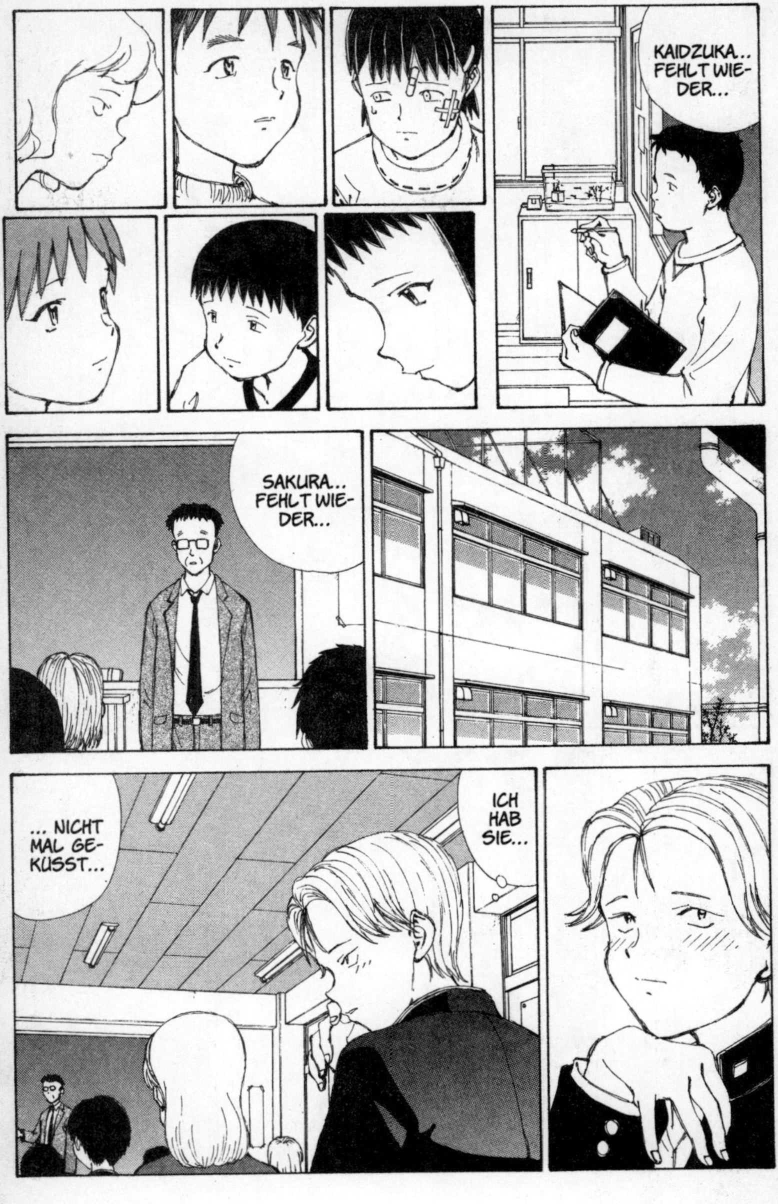
KAIDZUKA... FEHLT WIEDER...
SAKURA... FEHLT WIEDER...
ICH HAB SIE...
... NICHT MAL GEKÜSST...

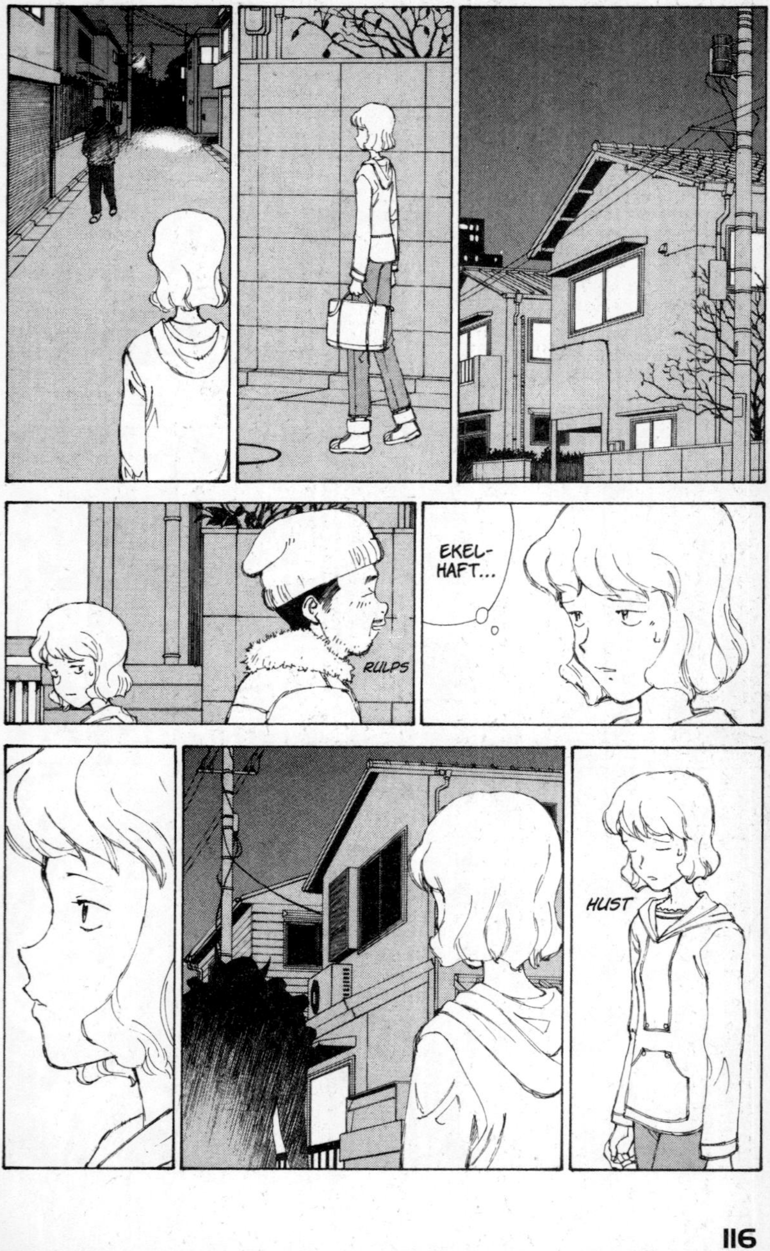
RÜLPS
EKEL-
HAFT...
HUST

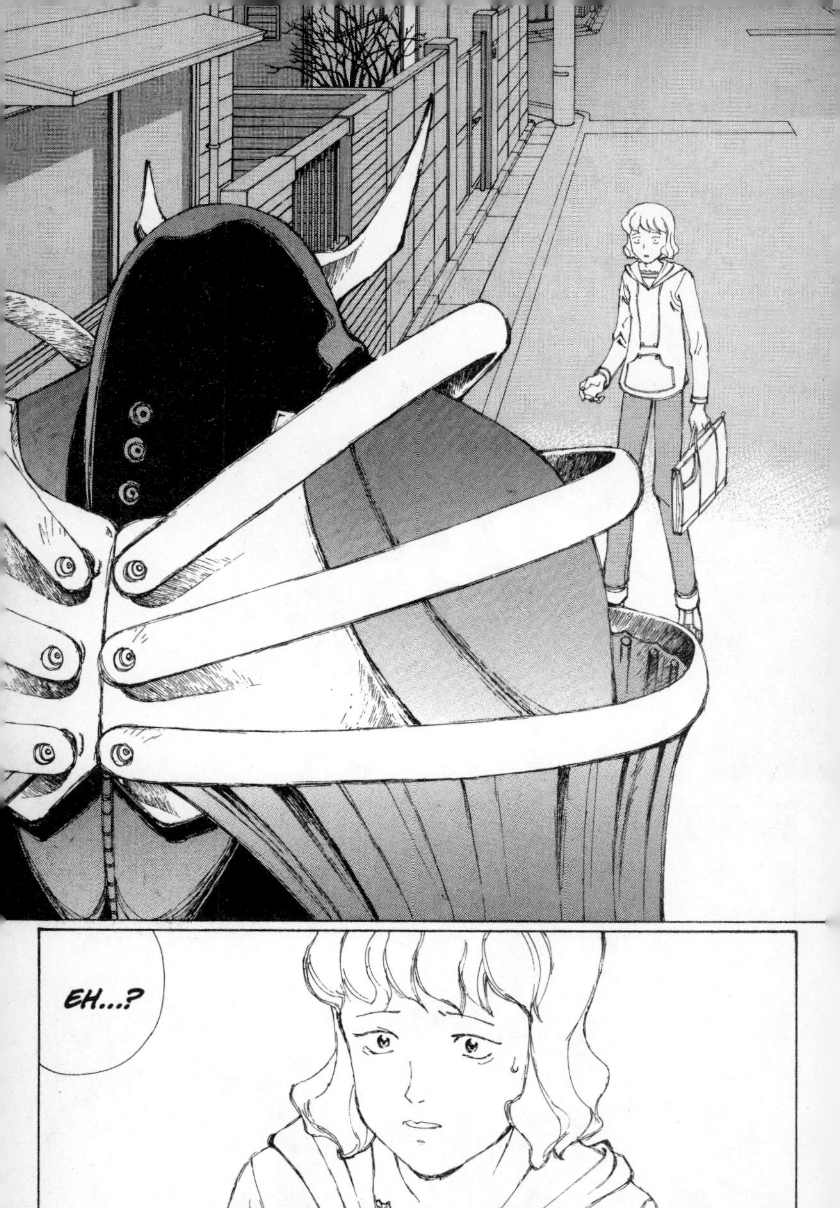
EH...?

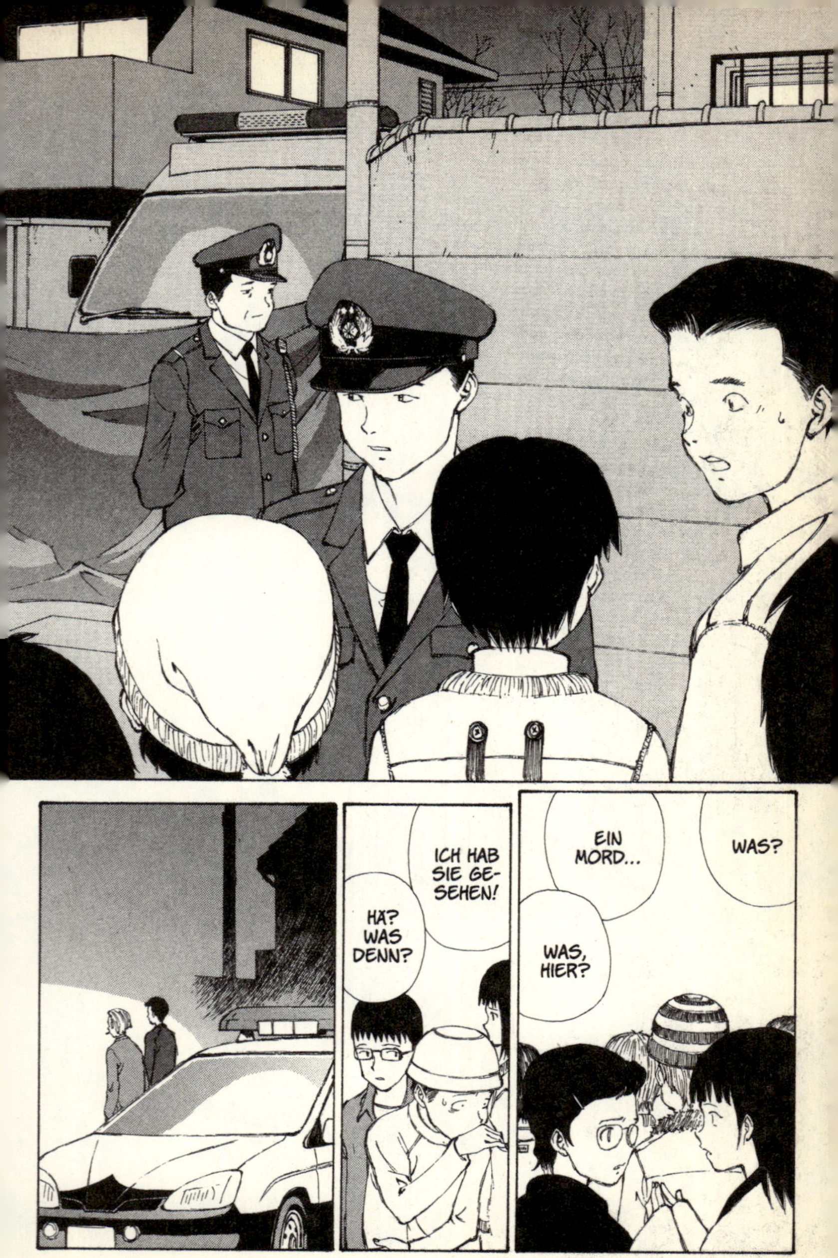
WAS?
EIN MORD...
WAS, HIER?
ICH HAB SIE GE-SEHEN!
HÄ? WAS DENN?

ICH BIN JA...
... SCHON LANGE BEI DER POLIZEI...
... ABER SO ETWAS...
... ÜBLES HABE ICH NOCH NIE GESEHEN!

MAN KANN KAUM NOCH...
... ERKENNEN, DASS DAS MAL EIN MENSCH WAR!
SO ZERSTÜCKELT ...
WAS IST? KOMA-SAN!
DER AUGENZEUGE HAT SICH ETWAS BERUHIGT.
ICH REDE MIT IHM..
KÖNNEN SIE DEN TÄTER BESCHREIBEN?

DAS... DAS WAR KEIN MENSCH!
EIN...
... TEUFEL...
... WAR DAS!
TEUFEL?
DER TÄTER?
DAS OPFER IST IDENTIFIZIERT, HIGUCHI-SAN!
MIHAYA OZAKI...
... ELF JAHRE ALT...
Mihaya Ozaki, 11 Jahre, Goka-Grundschule, 6. Klasse

WIE LIEF ES MIT DEM REAGENZGLAS, AKI?
UND ?!
OH...
ES HAT FUNKTIONIERT! MEIN BRUDER IST HALT SUPER...
DIE REGENWÜRMER WAREN JA NICHT GENUG...
DA KÖNNEN WIR IMMER NOCH DIE ANDERE SACHE MACHEN!
ES REICHT, WENN DU SO TUST, ALS OB...
ABER GEH NICHT ZU WEIT DABEI.
JA JA, SCHON GUT!
DAS IST MIR IRGENDWIE UNHEIMLICH...

ALLEIN DIE VORSTELLUNG, DASS DU NUR SO TUST, ALS OB... IRGENDWIE KRANK.
WENN DU SIE ERNSTHAFT VERLETZT, IST DAS WIRKLICH NICHT MEHR WITZIG.
KLAR, KEIN PROBLEM!
SO EIN BÖSES MÄDCHEN BIN ICH JA NUN AUCH NICHT.
WENN DU MEINST ...
KRRRRK
WAS WAR DAS FÜR EIN GERÄUSCH ?!

KRASH

WAS...
IST DAS...?!
FSSSH

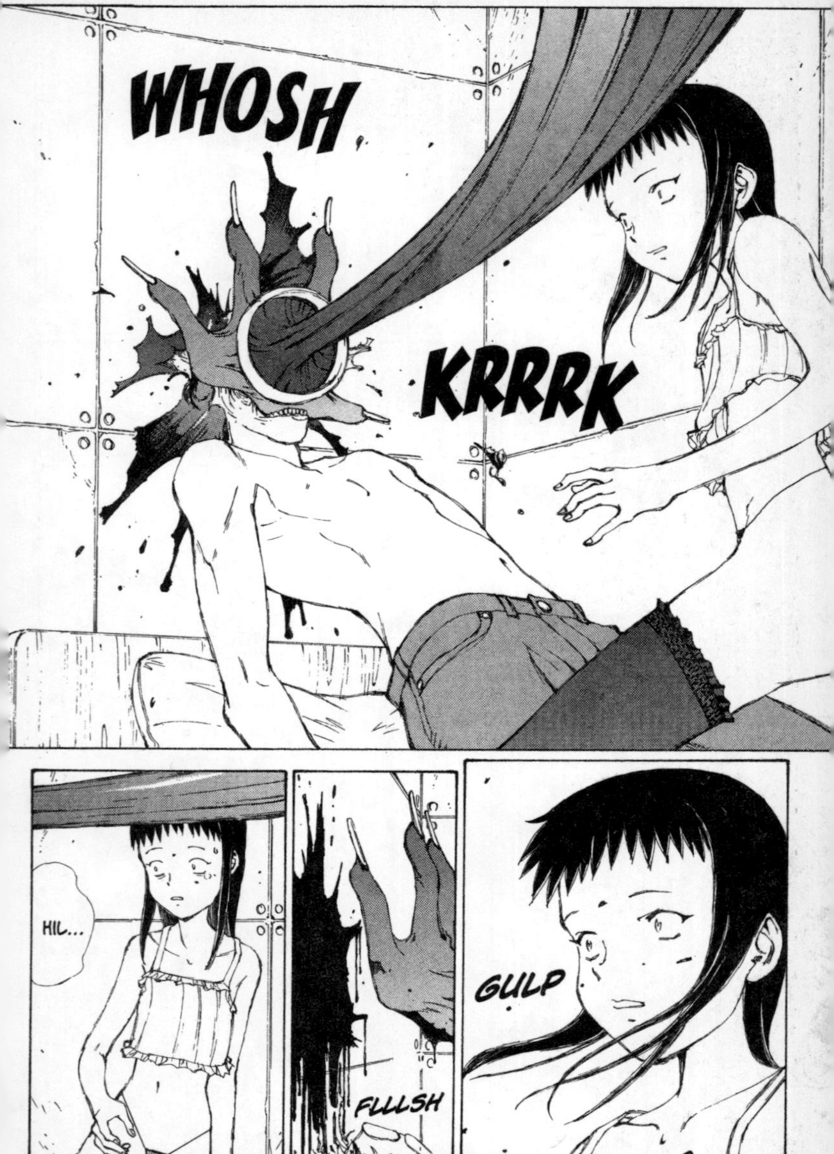
WHOSH
KRRRK
GULP
FLLLSH
HIL...

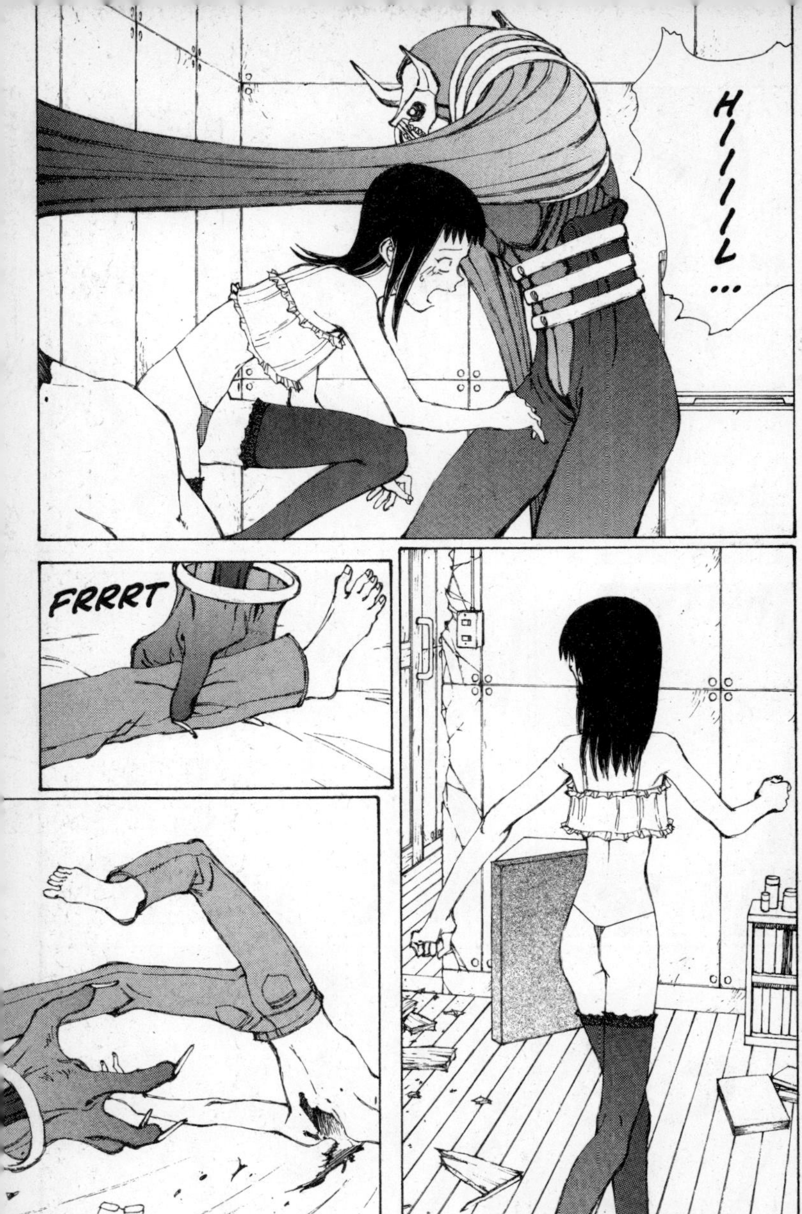
HIIIIL...
FRRRT

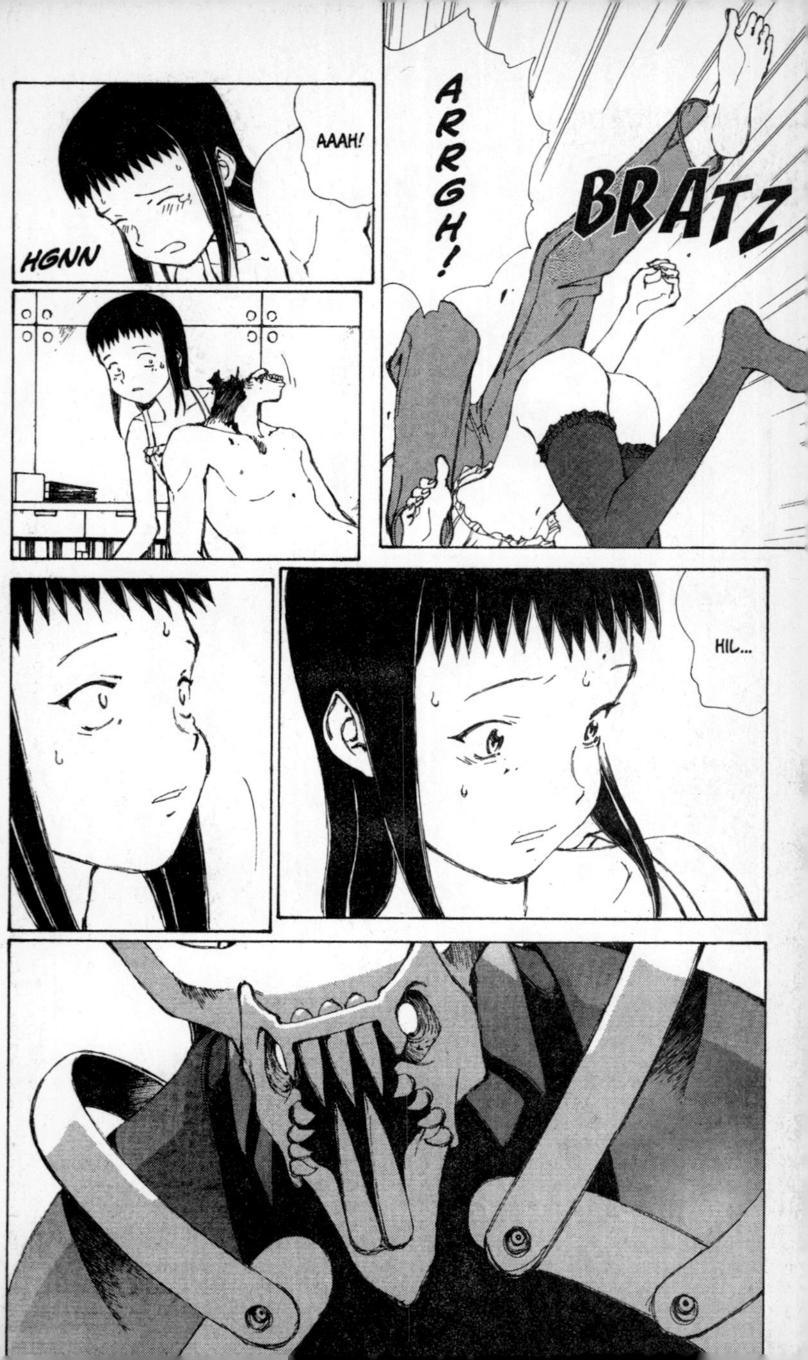
ARRGH!
BRATZ
AAAH!
HGNN
HIL...

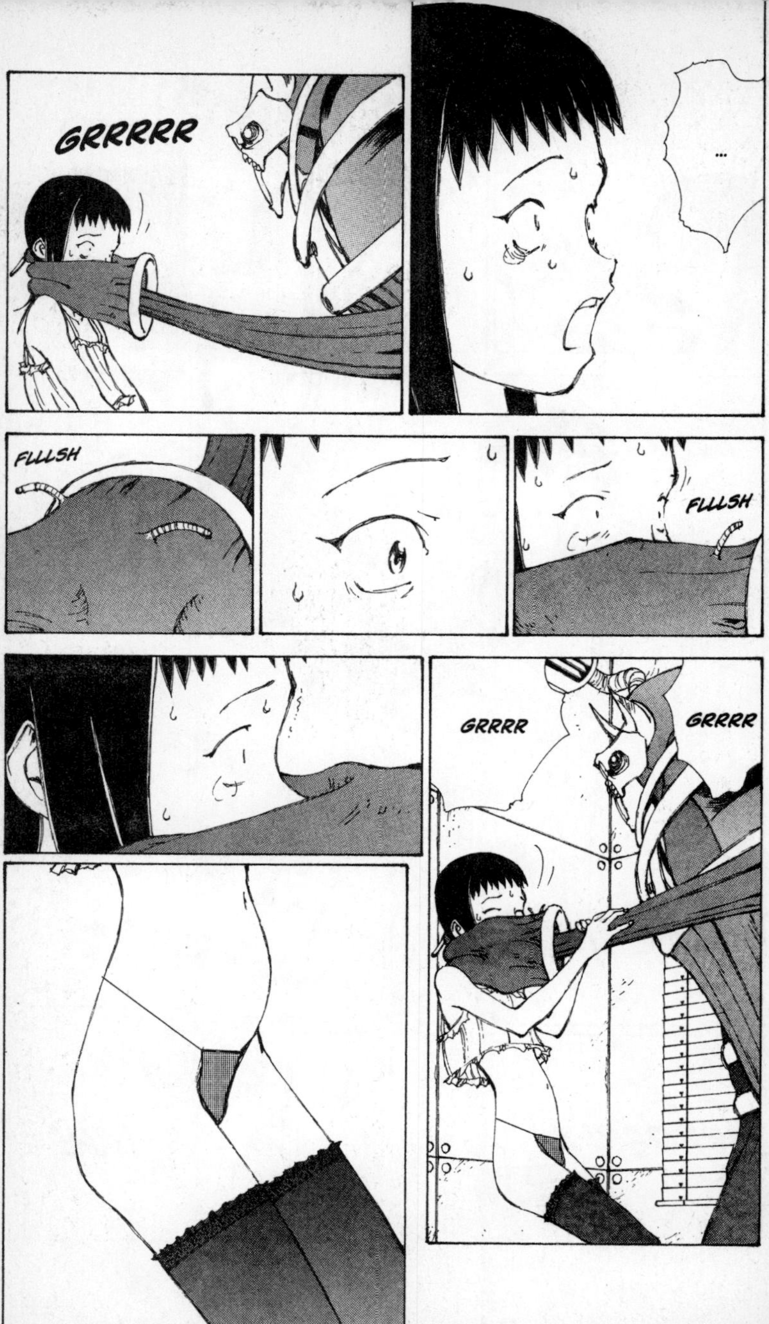
...
GRRRRR
FLLLSH
FLLLSH
GRRRR
GRRRR

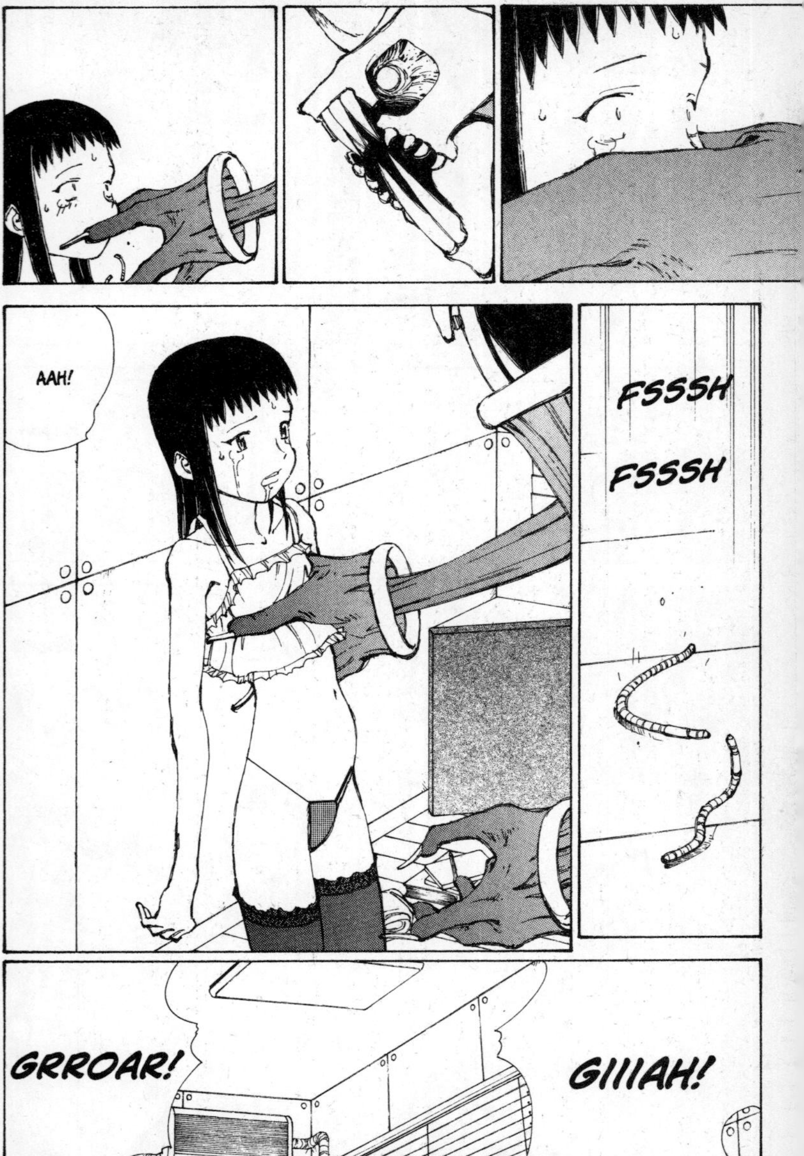
AAH!
FSSSH
FSSSH
GRROAR!
GIIIAH!

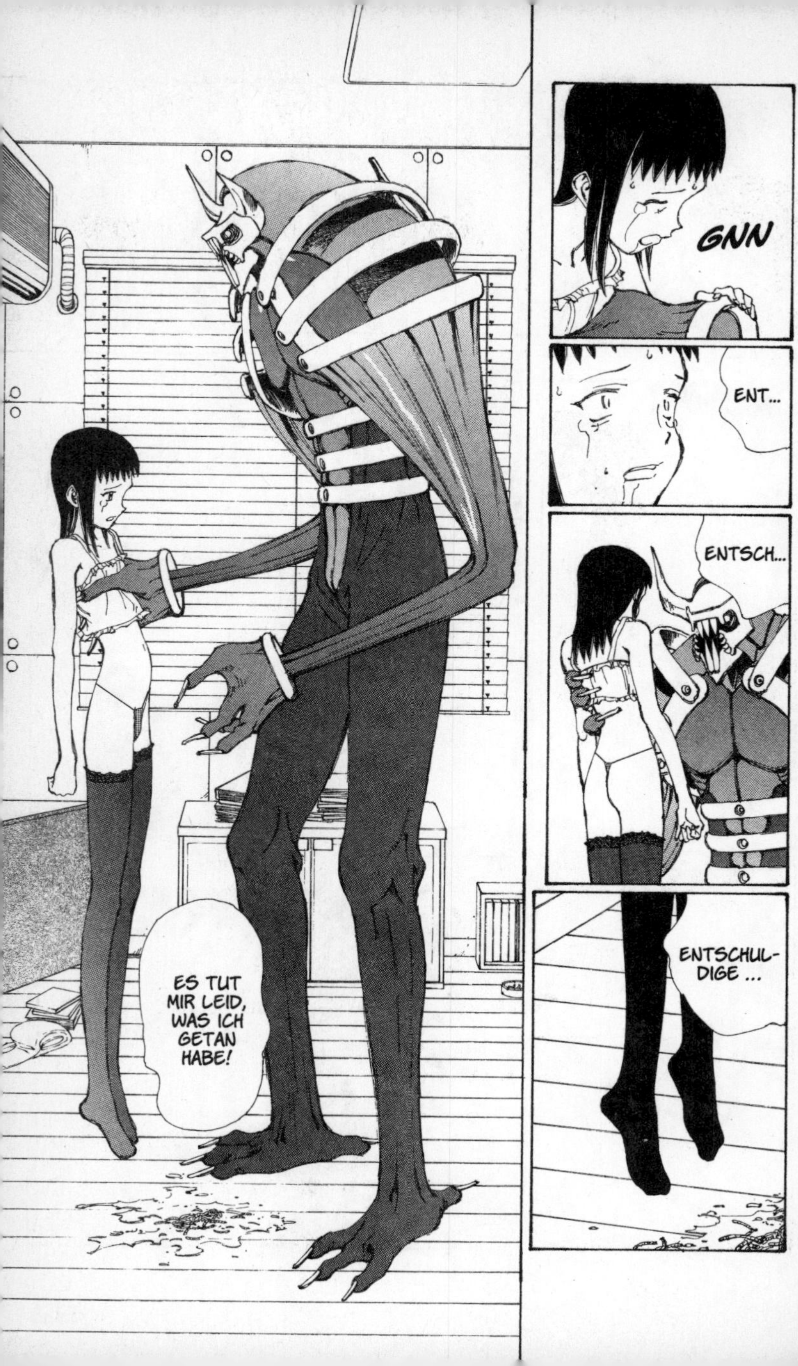
GNN
ENT...
ENTSCH...
ENTSCHUL-DIGE ...
ES TUT MIR LEID, WAS ICH GETAN HABE!

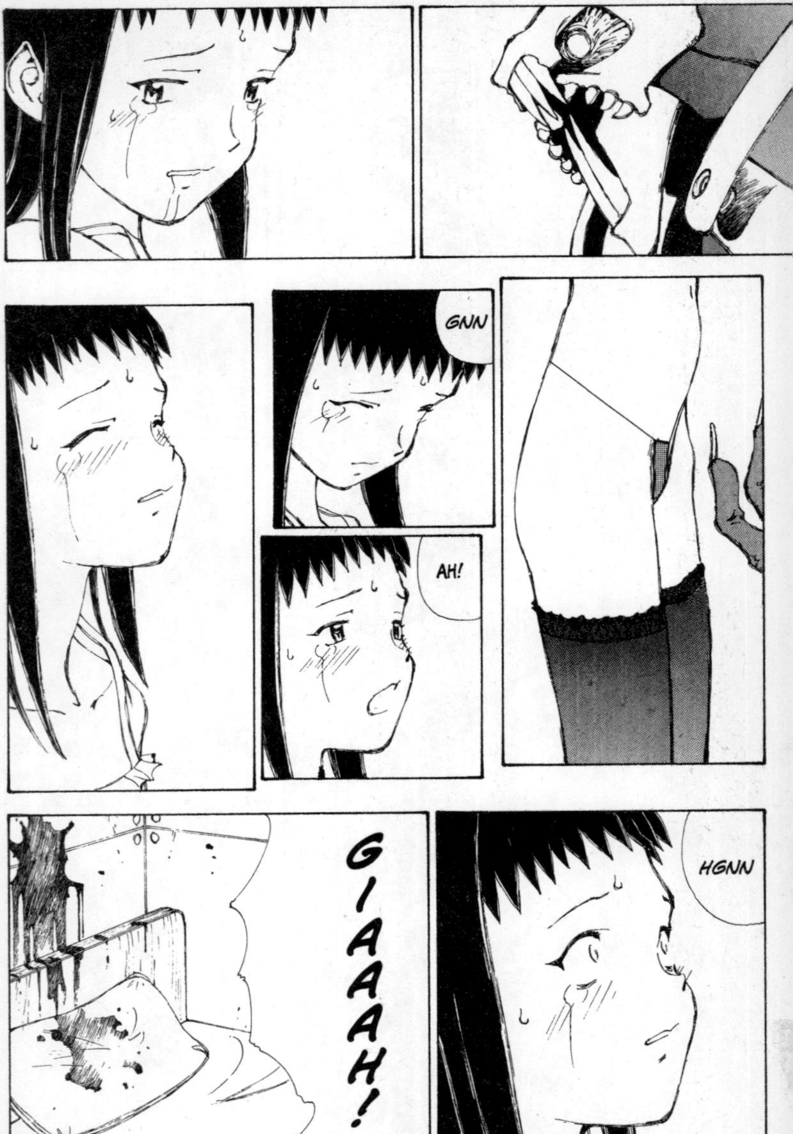
GNN
AH!
HGNN
GIAAAAH!

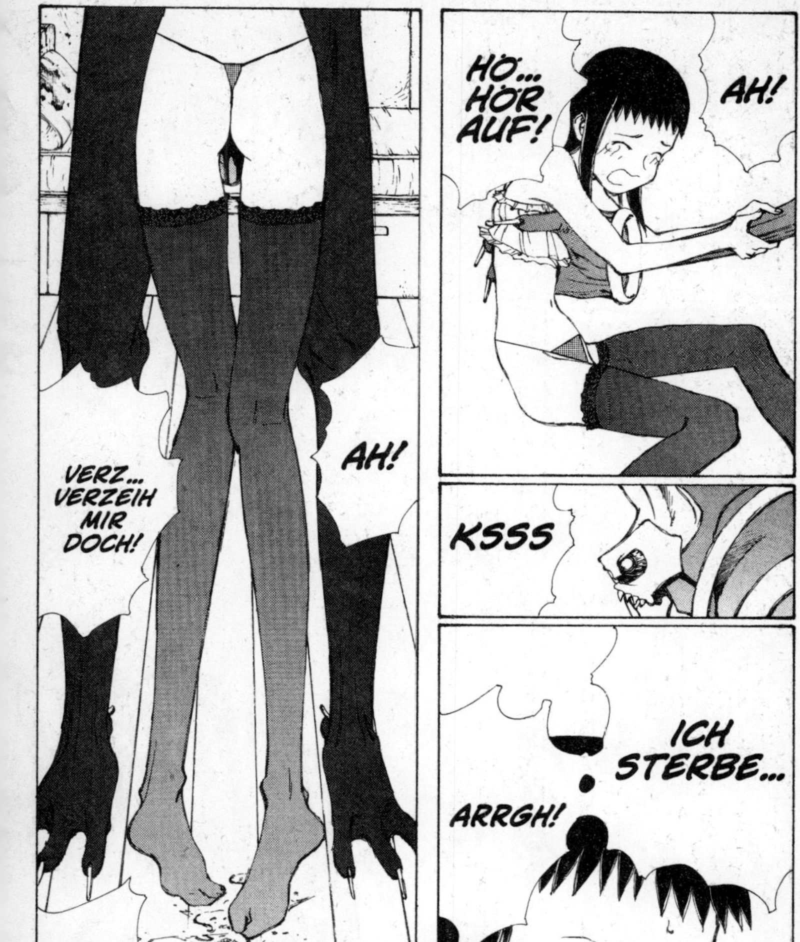
AH!
HÖ... HÖR AUF!
KSSS
ICH STERBE...
ARRGH!
AH!
VERZ... VERZEIH MIR DOCH!
ARGH

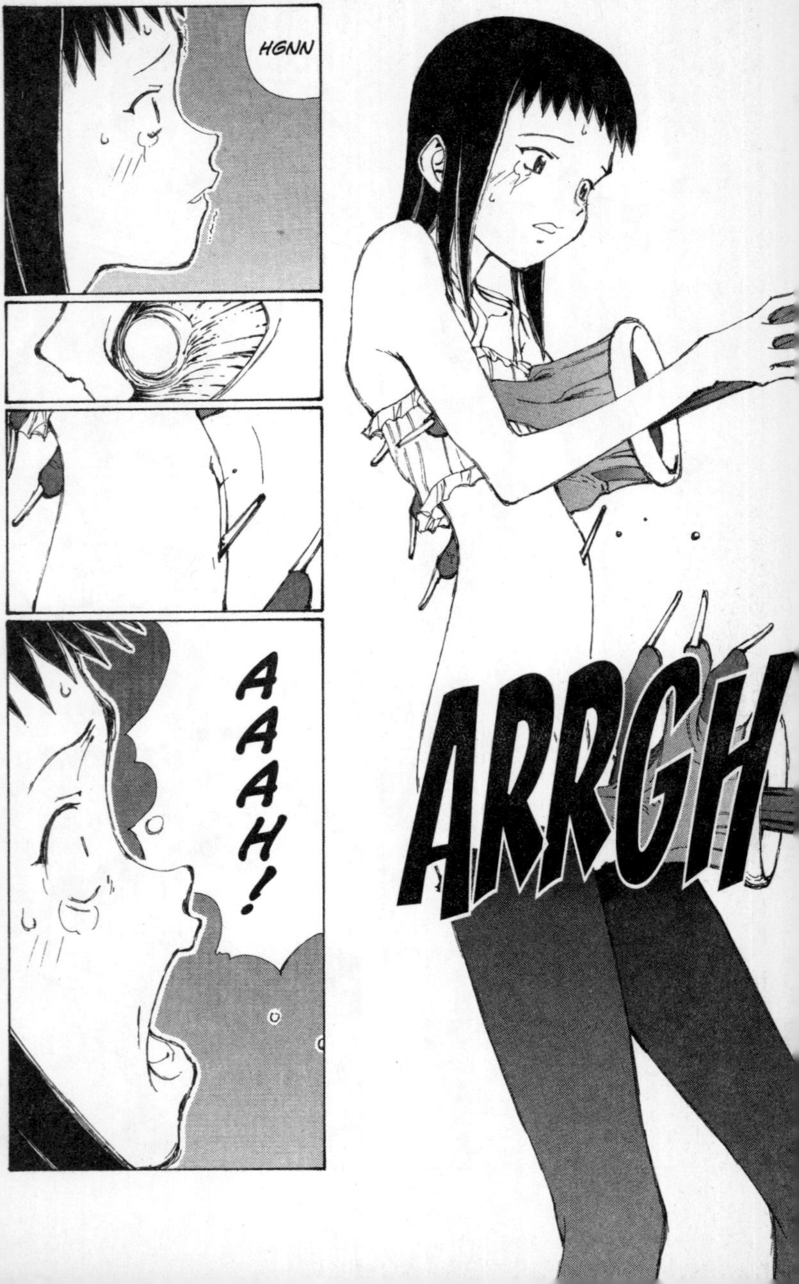
ARRGH
HGNN
AAAAH!

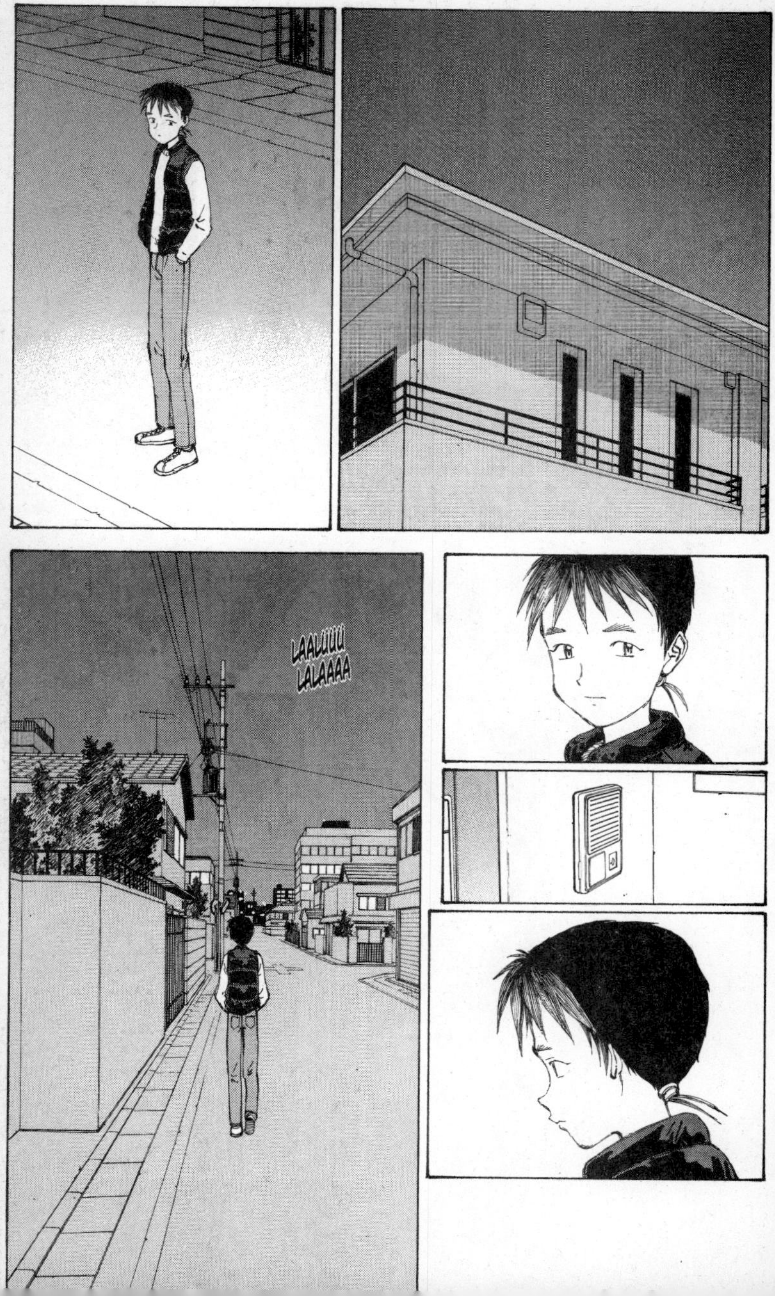
LAALUUU
LALAAAA

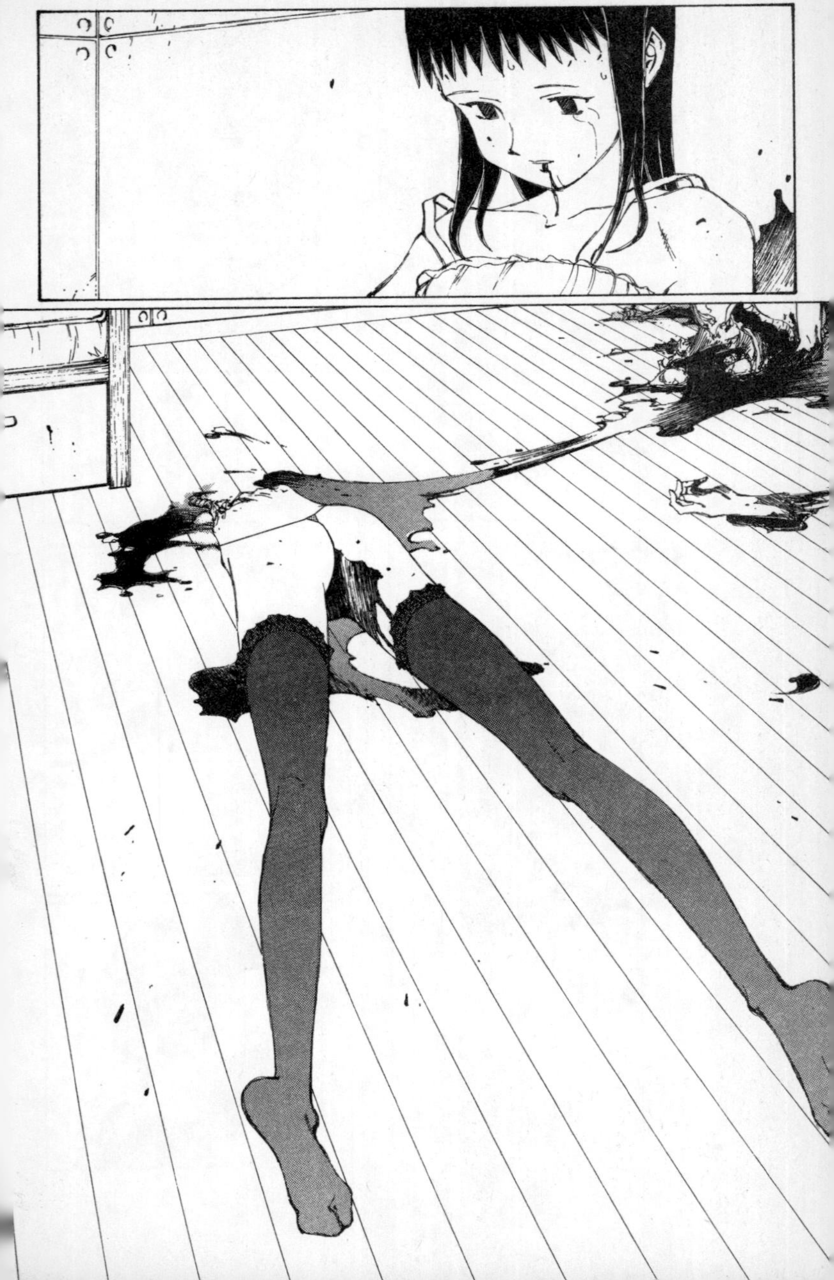

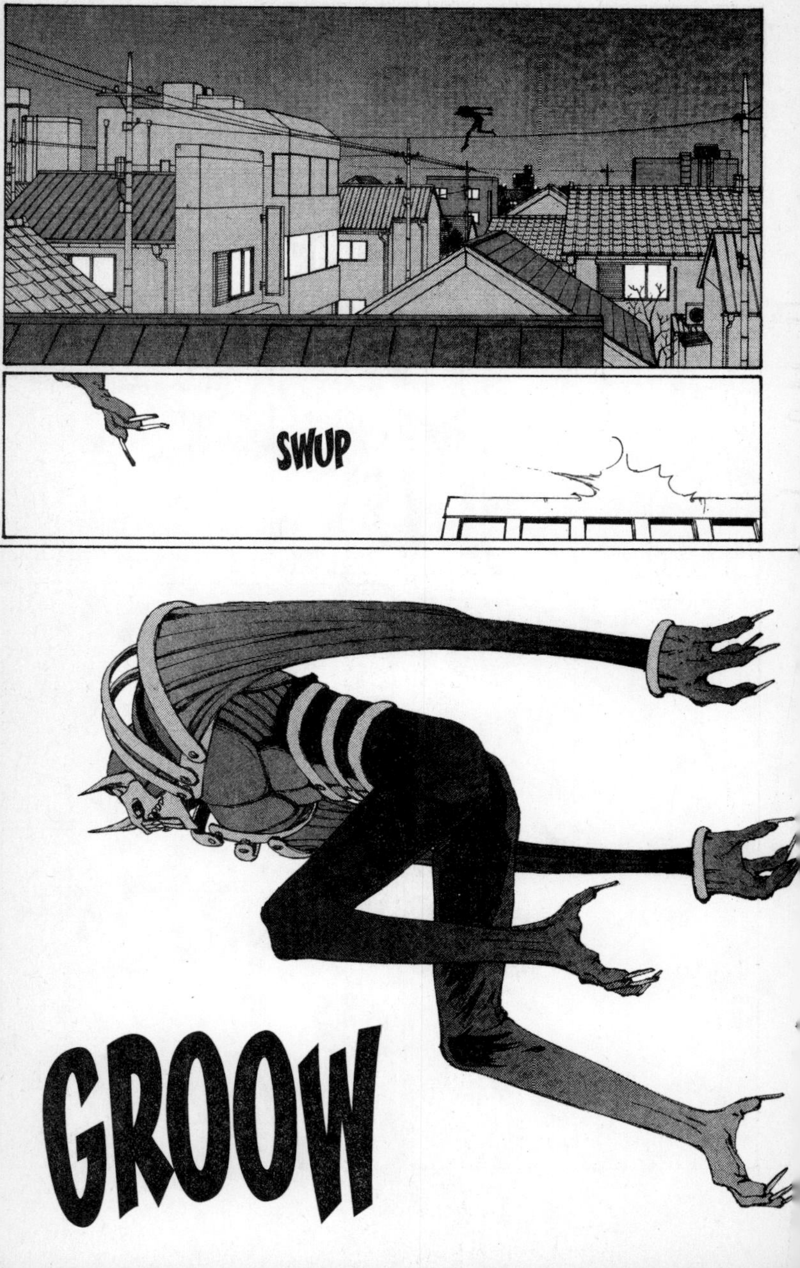
SWUP
GROOW

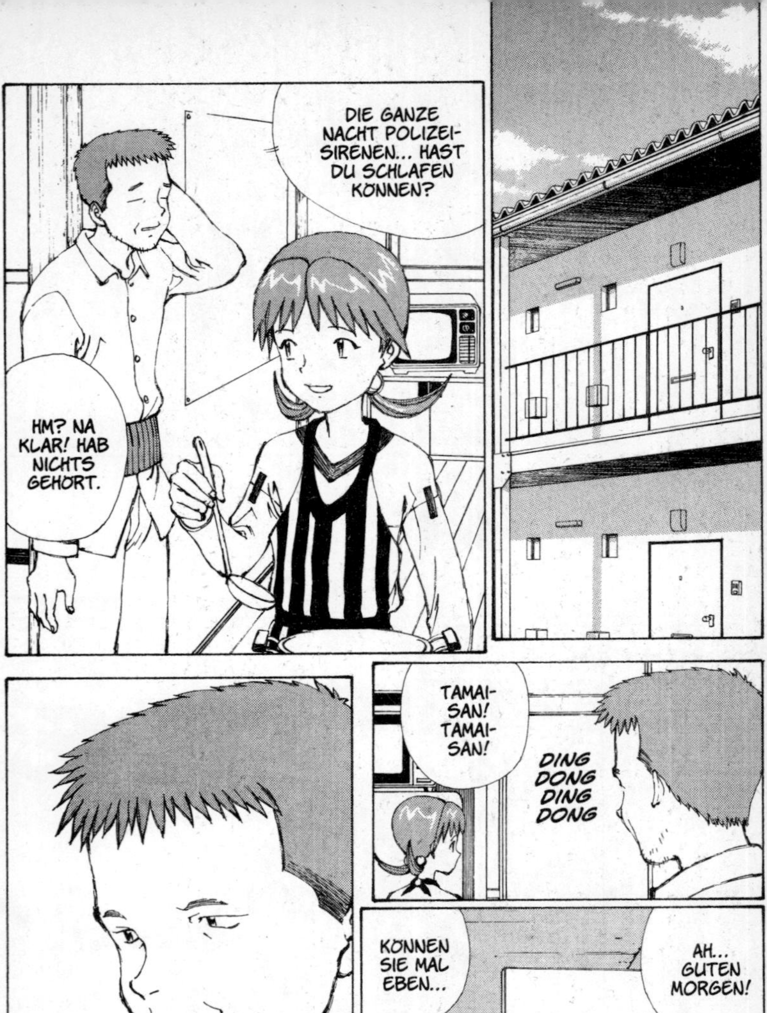
DIE GANZE NACHT POLIZEI-SIRENEN... HAST DU SCHLAFEN KÖNNEN?
HM? NA KLAR! HAB NICHTS GEHÖRT.
TAMAI-SAN! TAMAI-SAN!
DING DONG DING DONG
AH... GUTEN MORGEN!
KÖNNEN SIE MAL EBEN...
WAS?

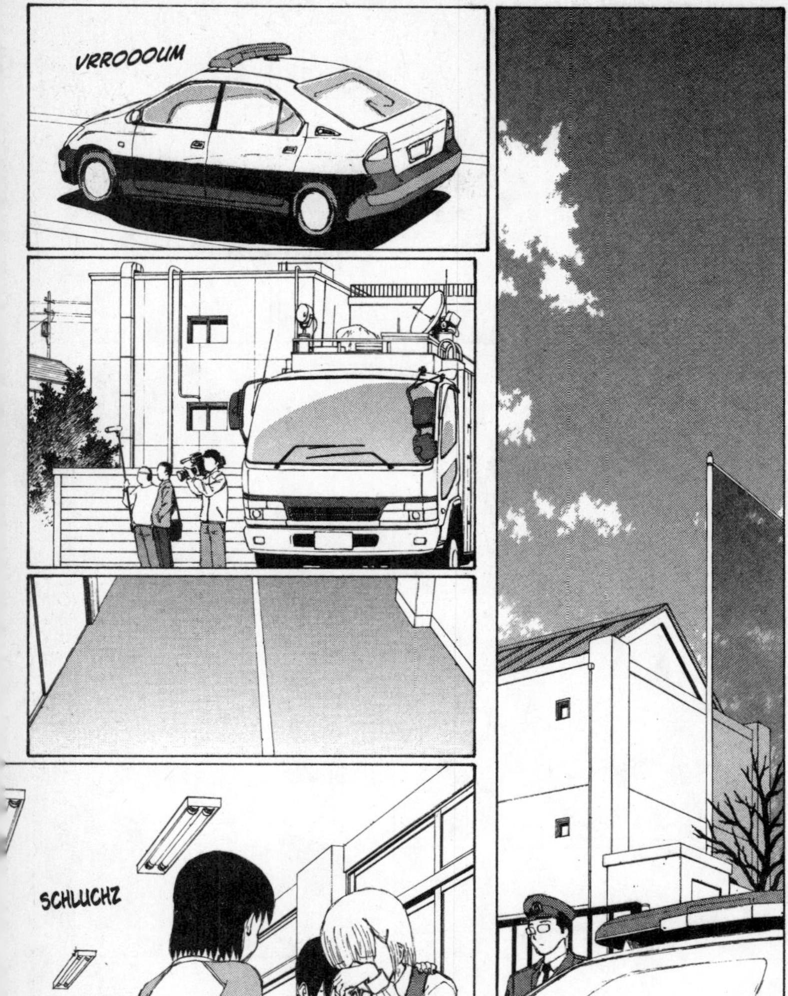
VRROOOUM
SCHLUCHZ

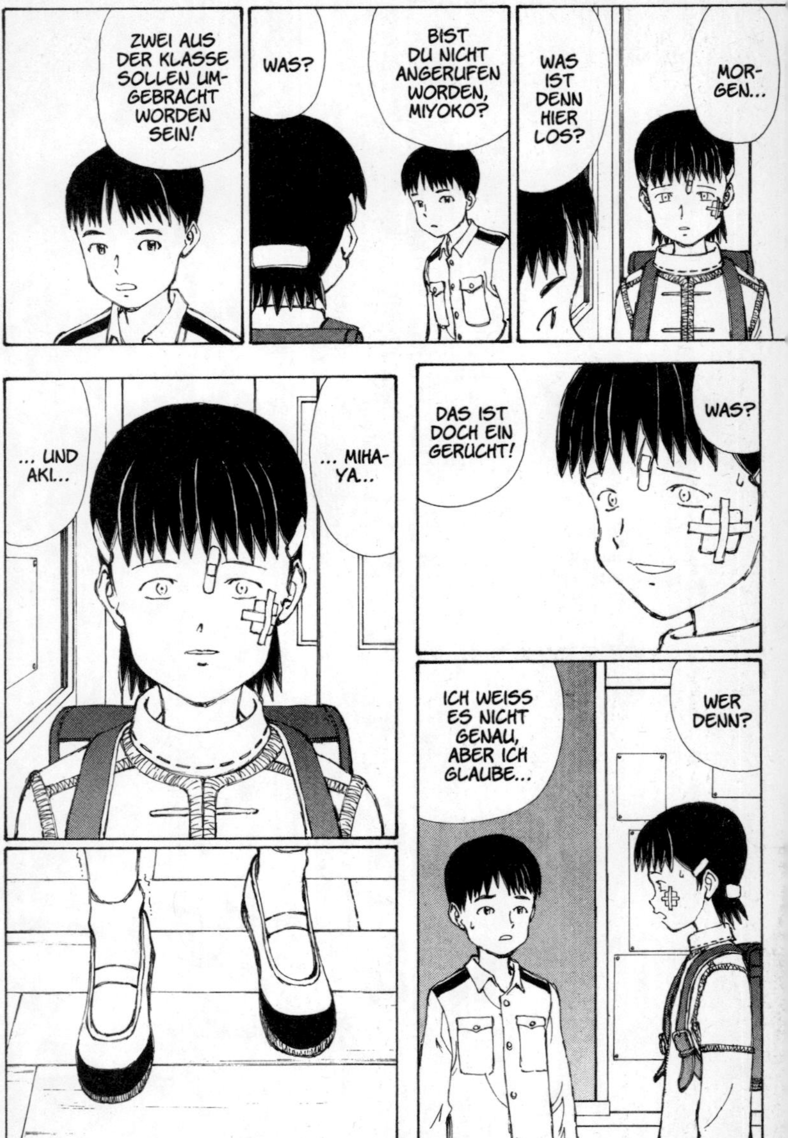
MOR-GEN...
WAS IST DENN HIER LOS?
BIST DU NICHT ANGERUFEN WORDEN, MIYOKO?
WAS?
ZWEI AUS DER KLASSE SOLLEN UM-GEBRACHT WORDEN SEIN!
WAS?
DAS IST DOCH EIN GERÜCHT!
WER DENN?
ICH WEISS ES NICHT GENAU, ABER ICH GLAUBE...
... MIHA-YA...
... UND AKI...

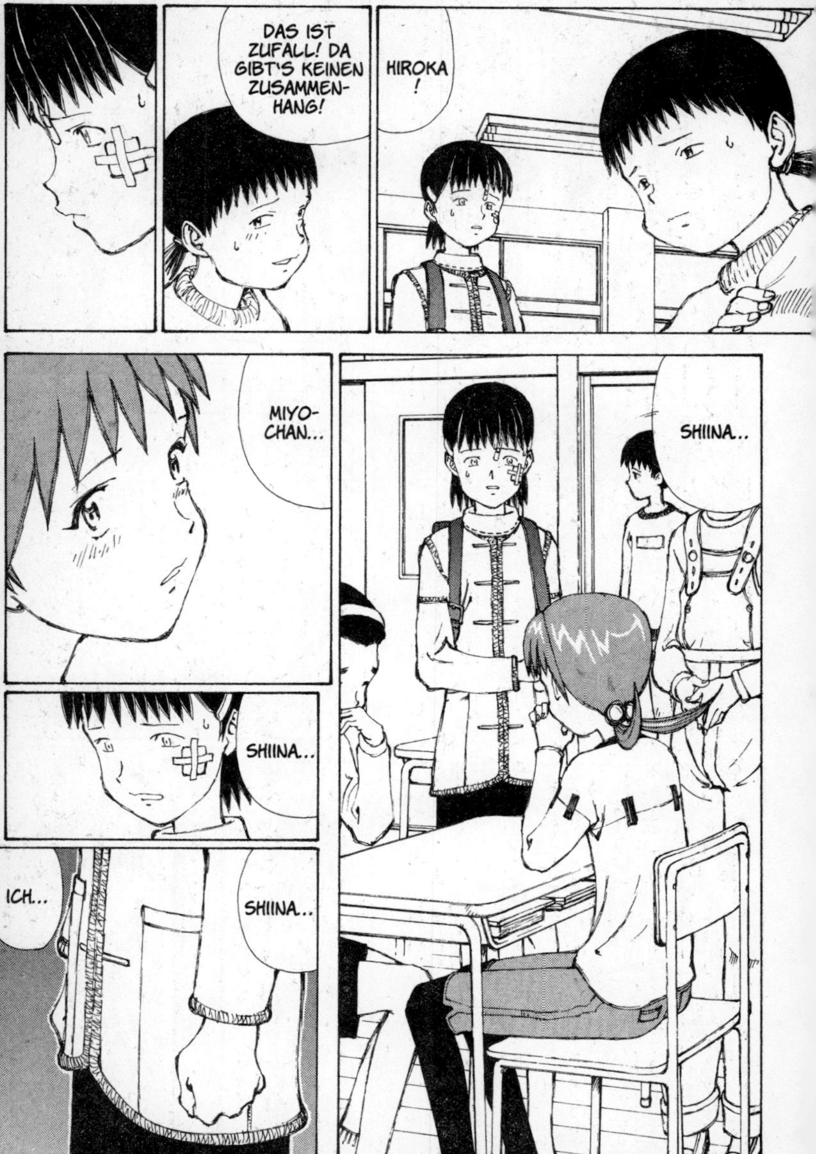
HIROKA!
DAS IST ZUFALL! DA GIBT'S KEINEN ZUSAMMENHANG!
SHIINA...
MIYO-CHAN...
SHIINA...
SHIINA...
ICH...

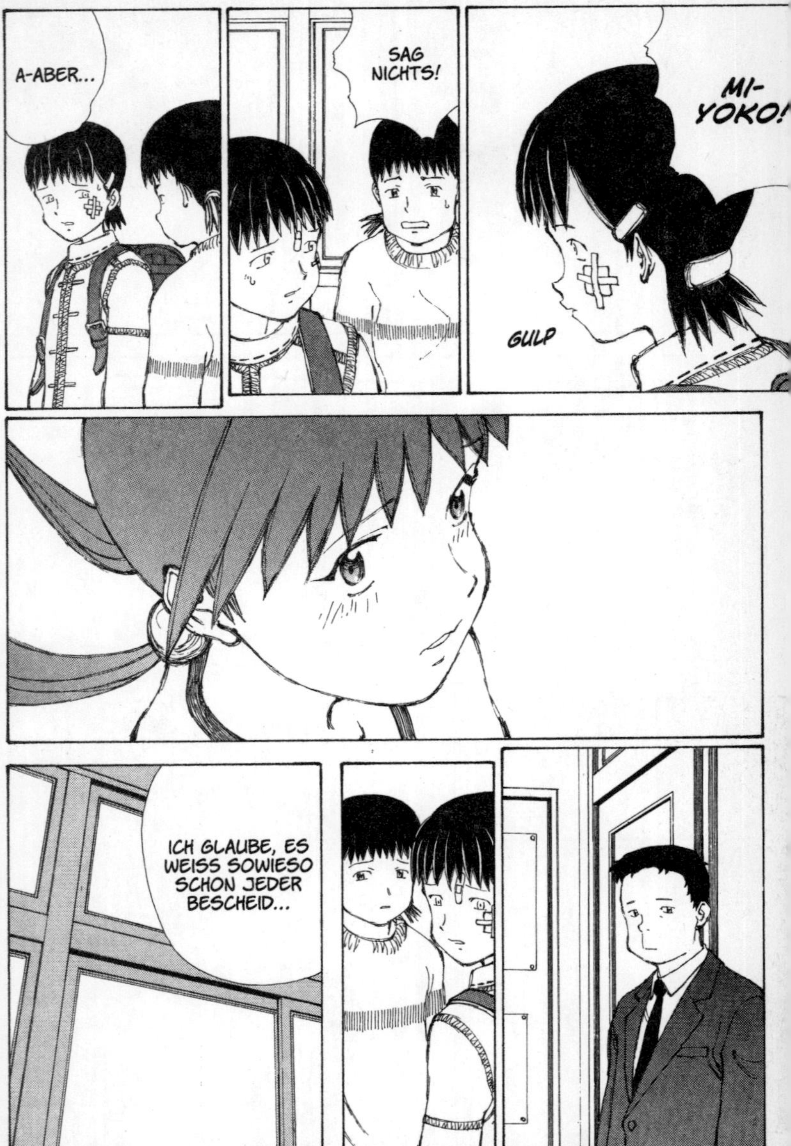
MI-YOKO!
GULP
SAG NICHTS!
A-ABER...
ICH GLAUBE, ES WEISS SOWIESO SCHON JEDER BESCHEID...

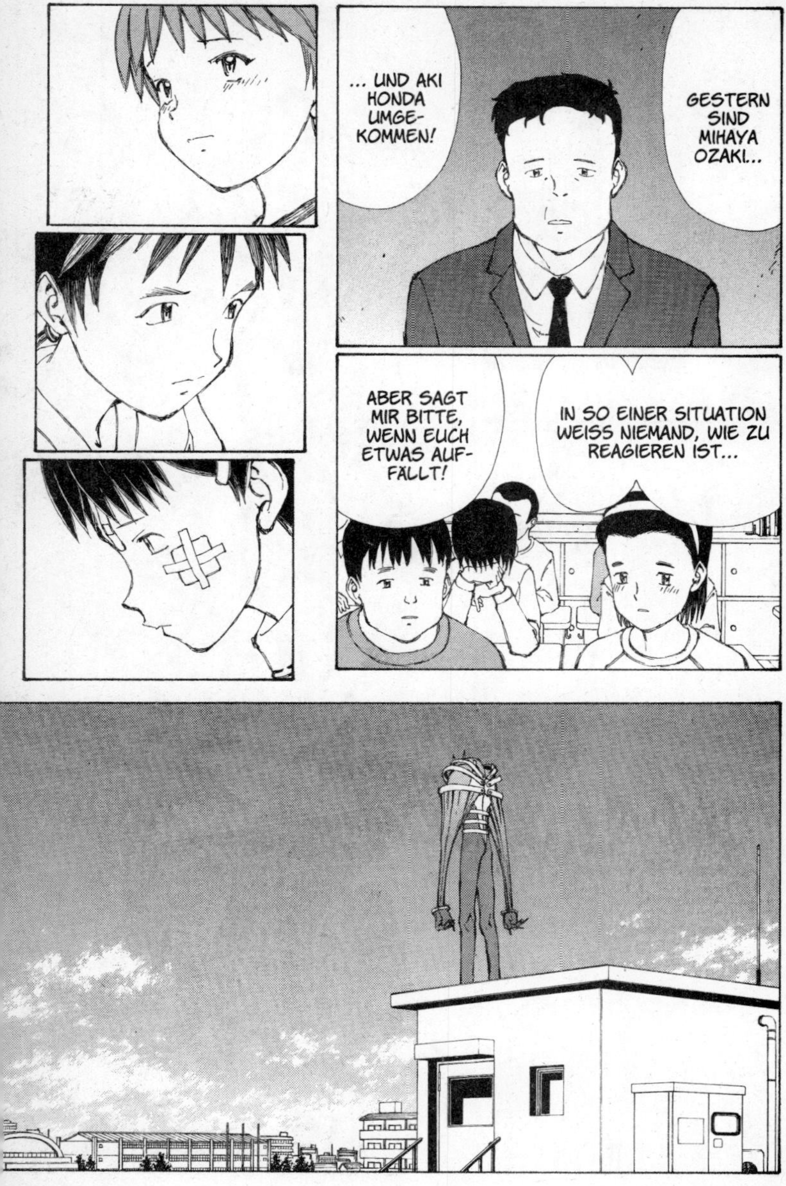

GESTERN SIND MIHAYA OZAKI...
... UND AKI HONDA UMGE-KOMMEN!
IN SO EINER SITUATION WEISS NIEMAND, WIE ZU REAGIEREN IST...
ABER SAGT MIR BITTE, WENN EUCH ETWAS AUF-FÄLLT!

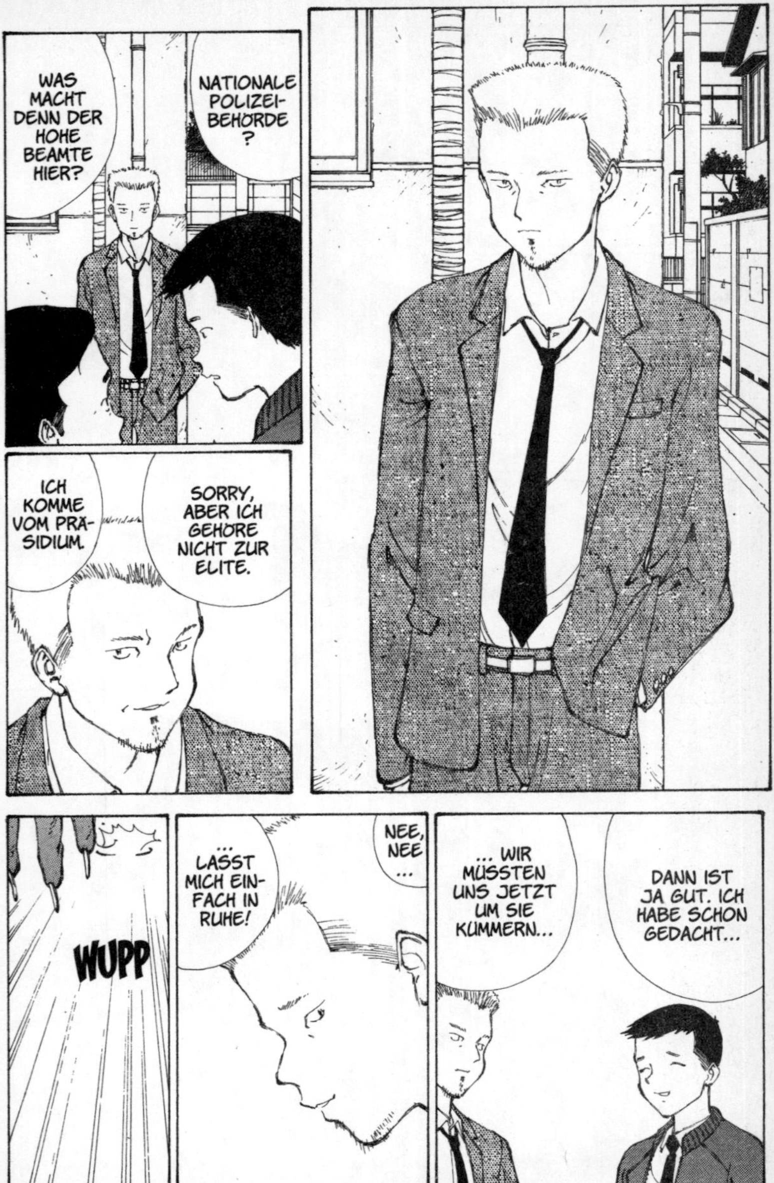
NATIONALE POLIZEI-BEHÖRDE ?
WAS MACHT DENN DER HOHE BEAMTE HIER?
SORRY, ABER ICH GEHÖRE NICHT ZUR ELITE.
ICH KOMME VOM PRÄ-SIDIUM.
DANN IST JA GUT. ICH HABE SCHON GEDACHT...
... WIR MÜSSTEN UNS JETZT UM SIE KUMMERN...
NEE, NEE ...
... LASST MICH EIN-FACH IN RUHE!
WUPP

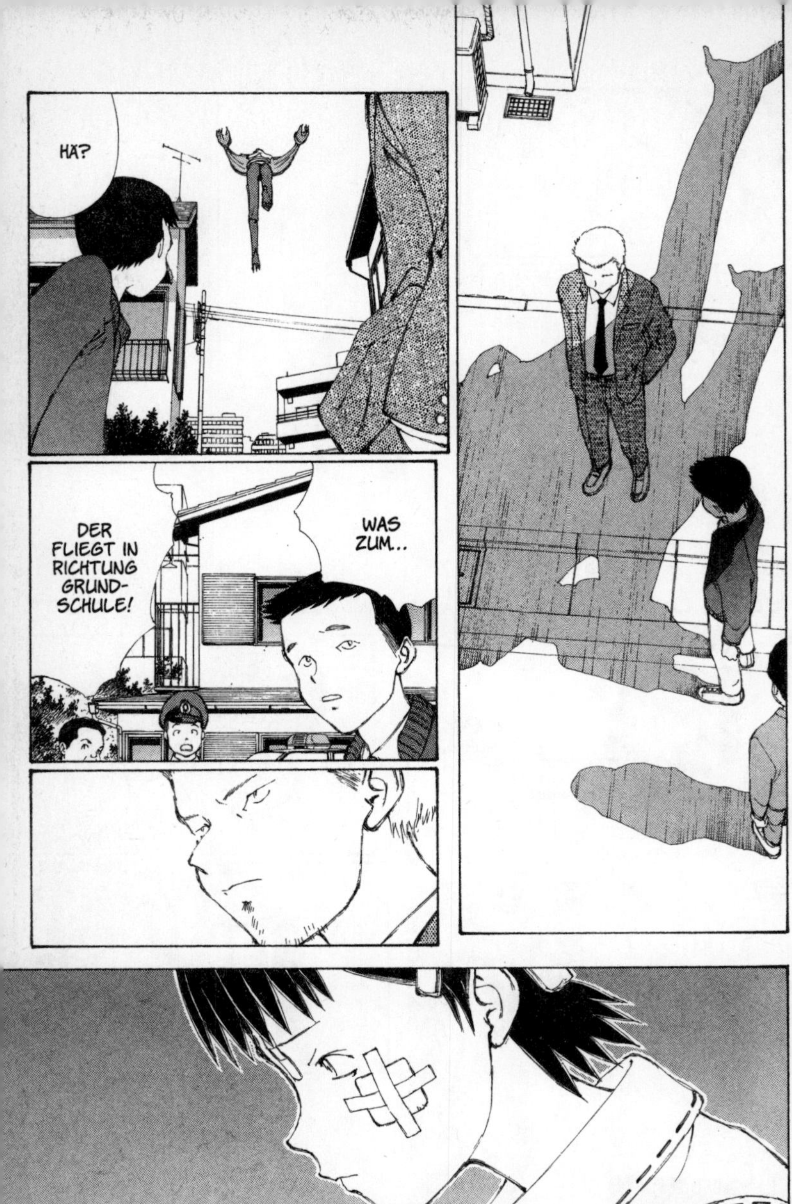
HÄ?
WAS ZUM...
DER FLIEGT IN RICHTUNG GRUND-SCHULE!

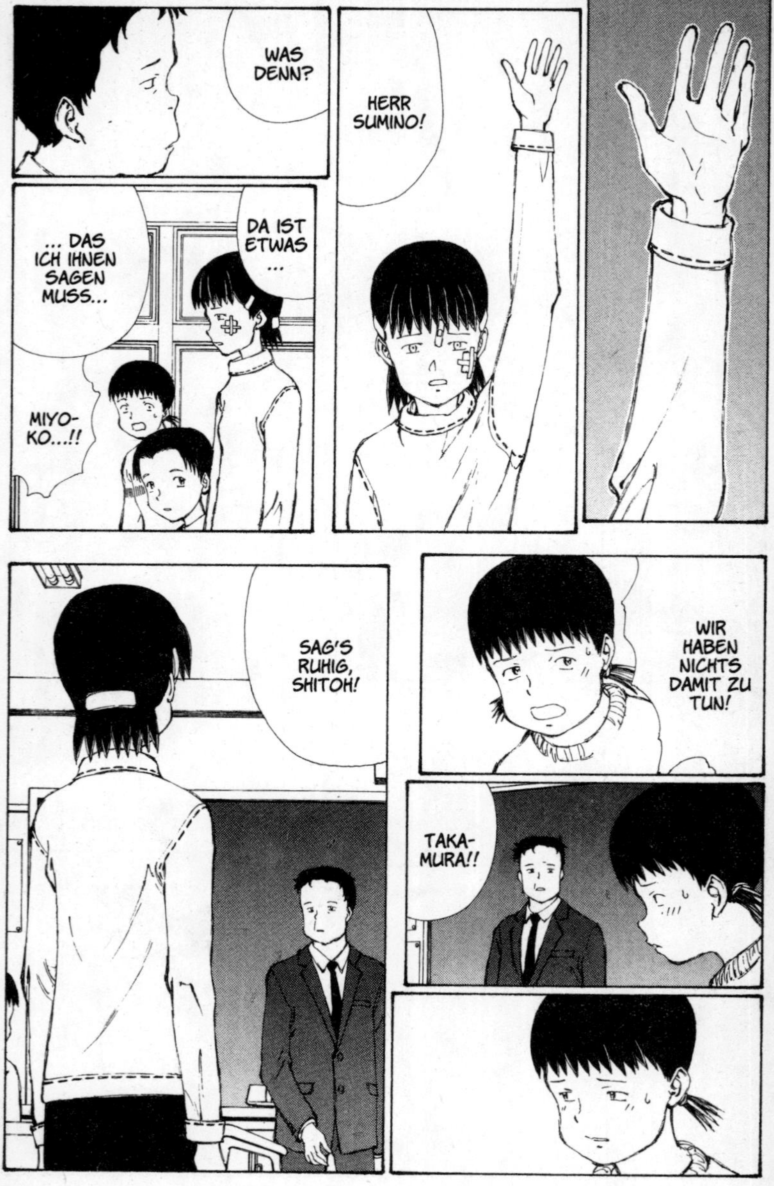
HERR SUMINO!
WAS DENN?
DA IST ETWAS ...
... DAS ICH IHNEN SAGEN MUSS...
MIYO-KO...!!
WIR HABEN NICHTS DAMIT ZU TUN!
TAKA-MURA!!
SAG'S RUHIG, SHITOH!

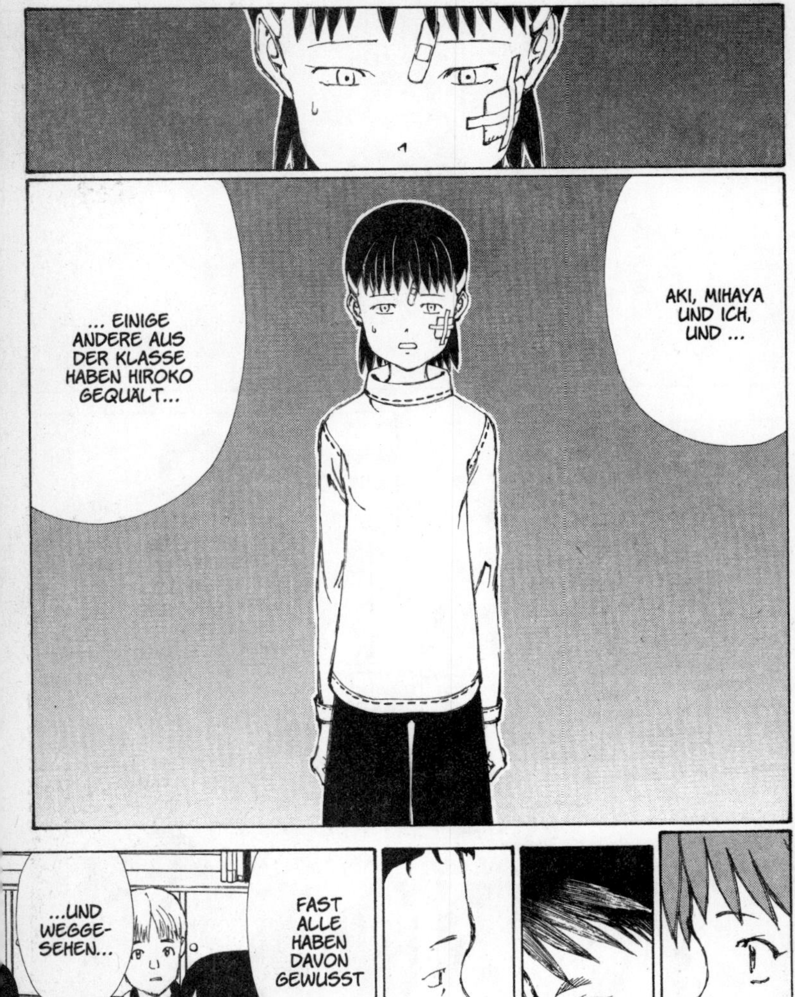
AKI, MIHAYA UND ICH, UND ...
... EINIGE ANDERE AUS DER KLASSE HABEN HIROKO GEQUÄLT...
FAST ALLE HABEN DAVON GEWUSST ...
...UND WEGGE-SEHEN...

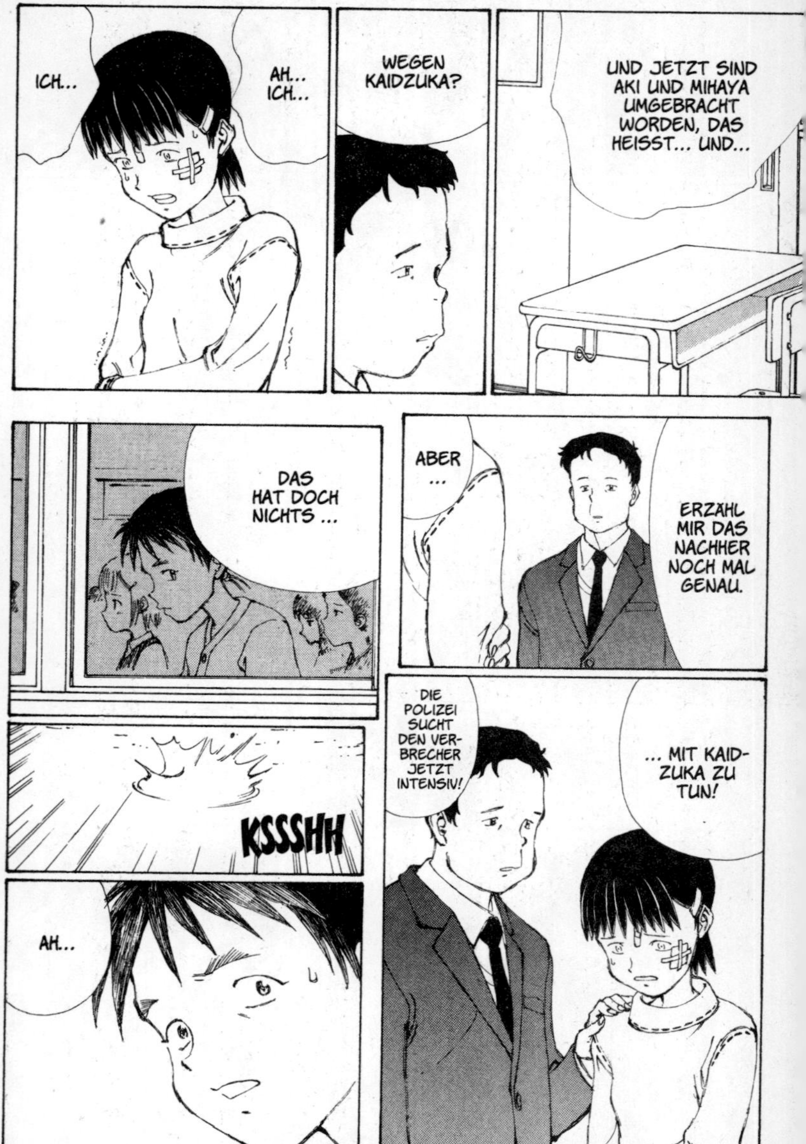
UND JETZT SIND AKI UND MIHAYA UMGEBRACHT WORDEN, DAS HEISST... UND...
WEGEN KAIDZUKA?
AH... ICH...
ICH...
ERZÄHL MIR DAS NACHHER NOCH MAL GENAU.
ABER ...
DAS HAT DOCH NICHTS ...
... MIT KAID-ZUKA ZU TUN!
DIE POLIZEI SUCHT DEN VER-BRECHER JETZT INTENSIV!
KSSSHH
AH...

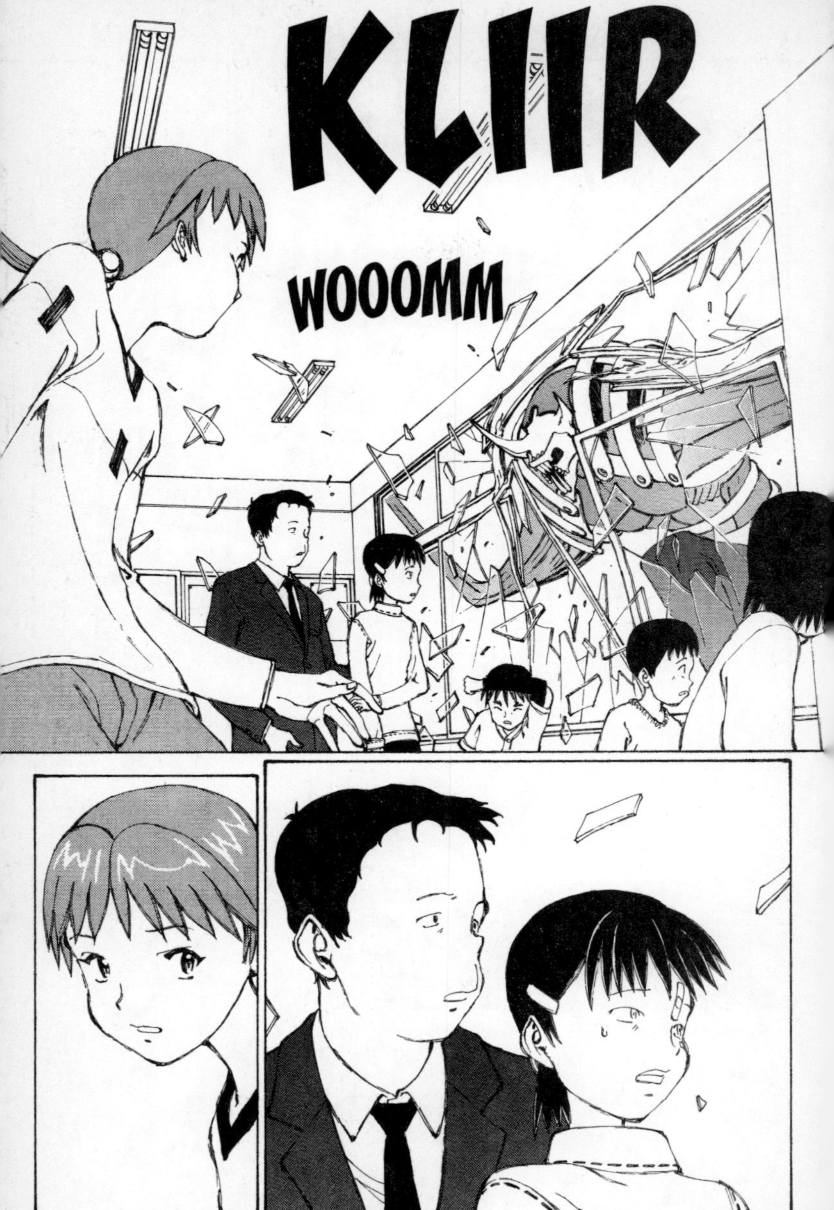
KLIIR
WOOOMM

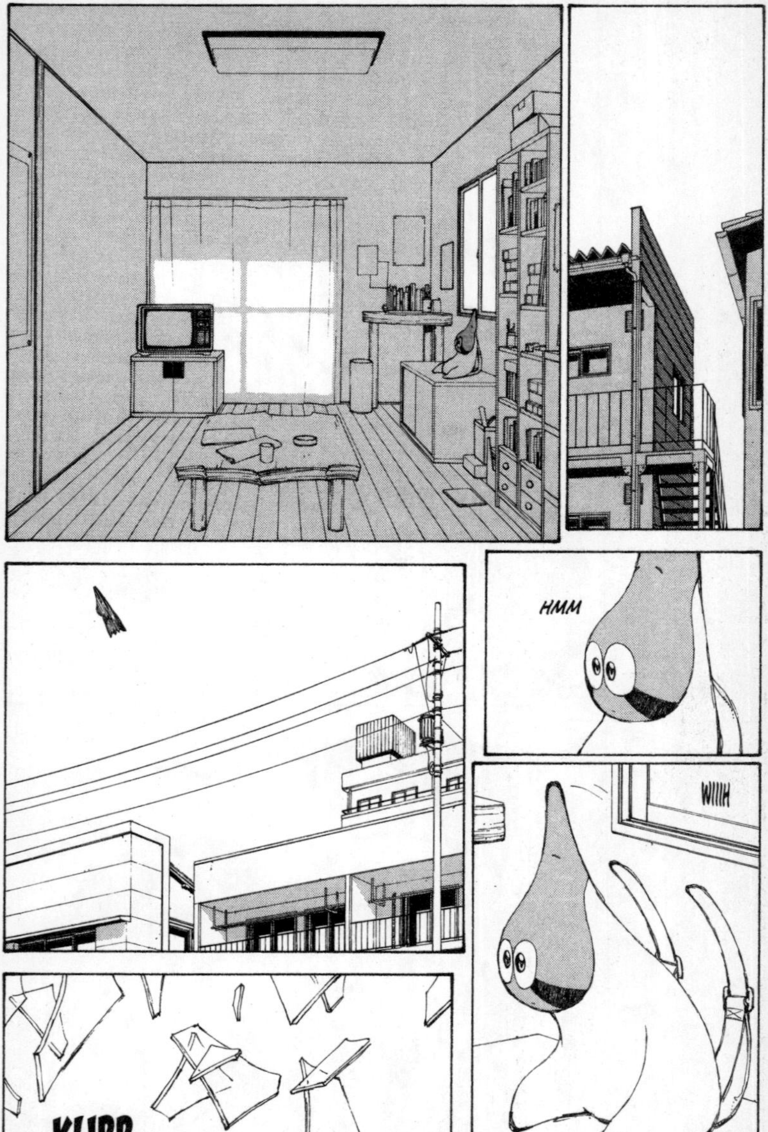
HMM
WIIIH
KLIRR

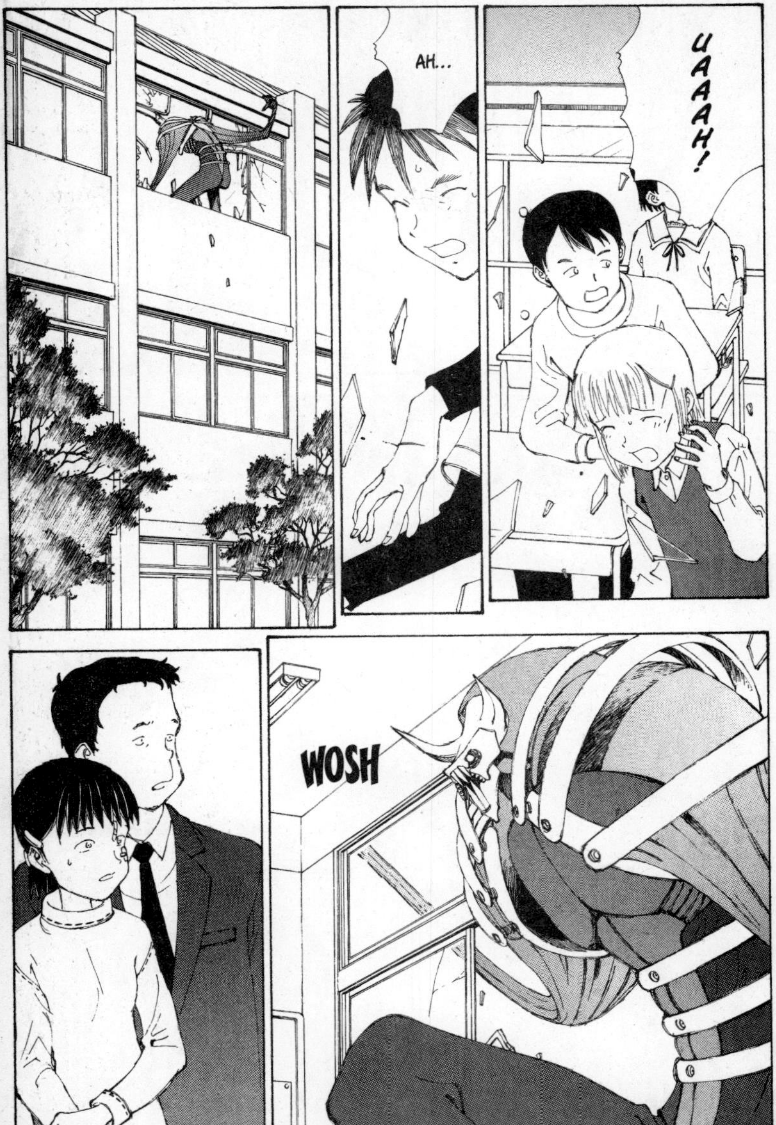
UAAAAH!
AH...
WOSH

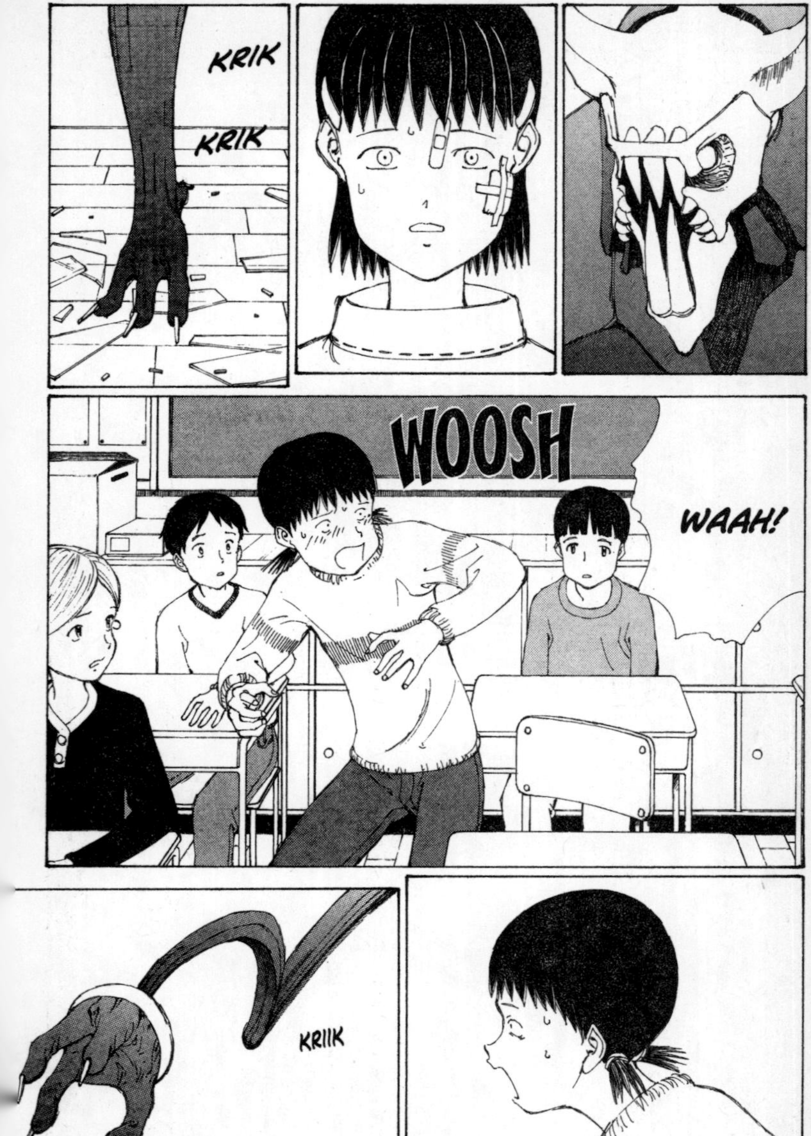
KRIK
KRIK
WOOSH
WAAH!
KRIIK

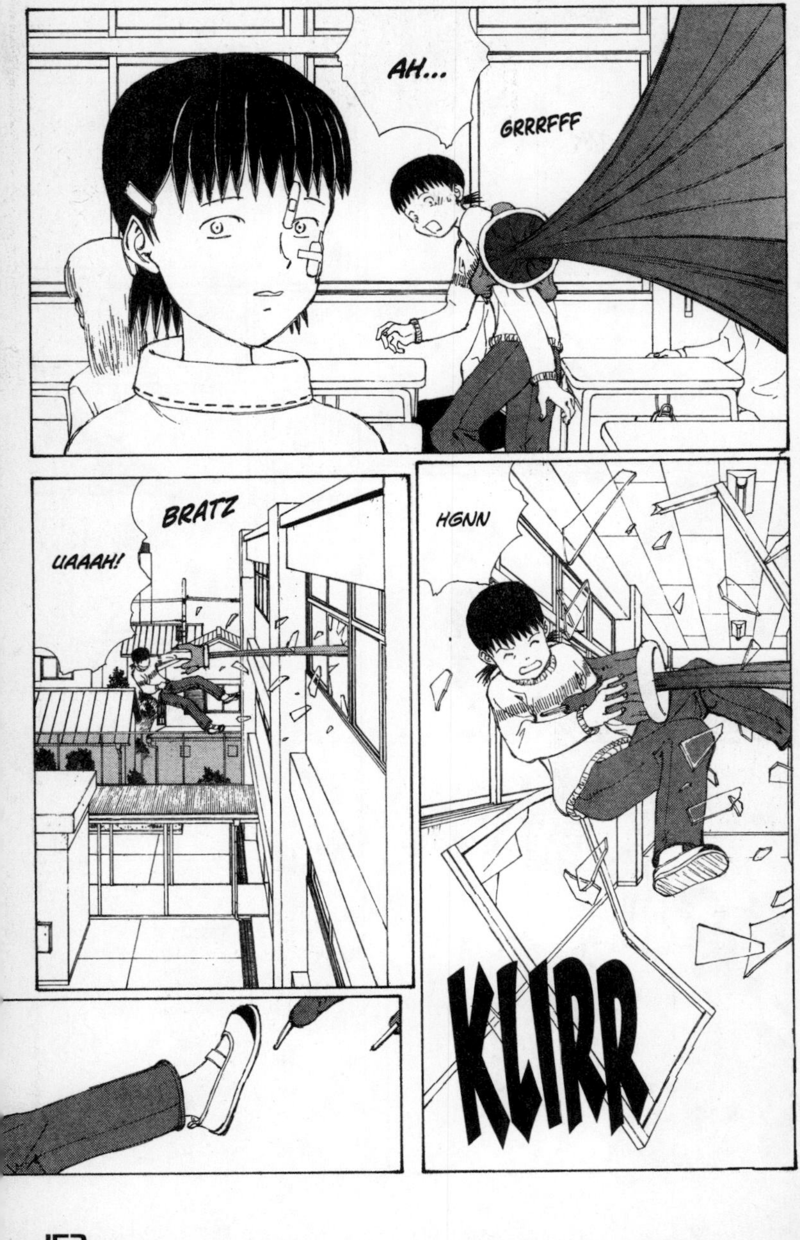

GRRRFFF
AH...
HGNN
KLIRR
BRATZ
UAAAH!

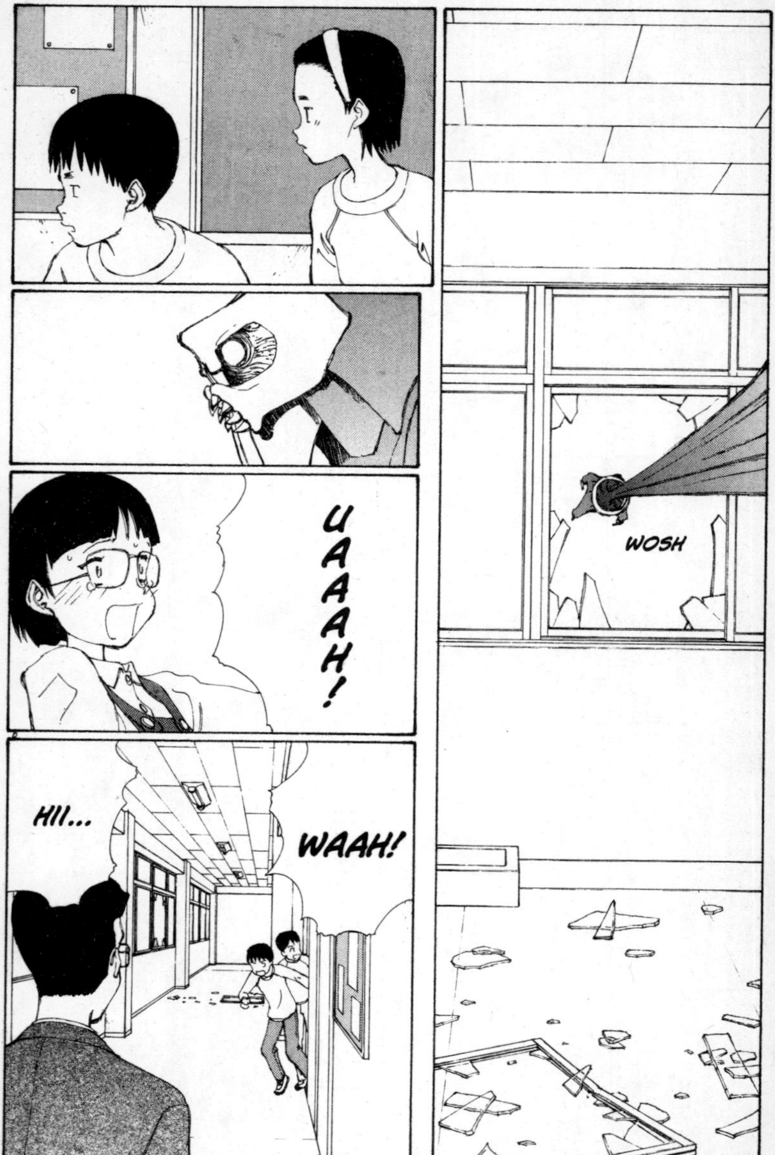
WOSH
UAAAAH!
WAAH!
HII...

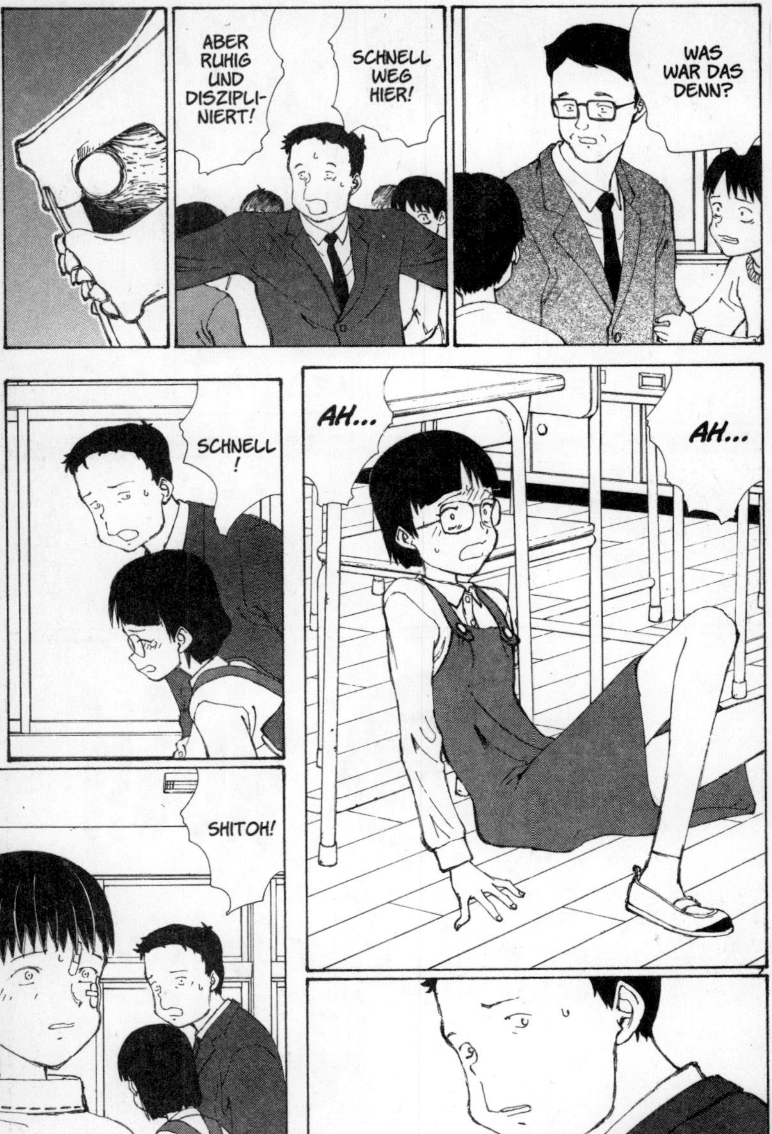
WAS WAR DAS DENN?
SCHNELL WEG HIER!
ABER RUHIG UND DISZIPLI-NIERT!
AH...
AH...
SCHNELL!
SHITOH!

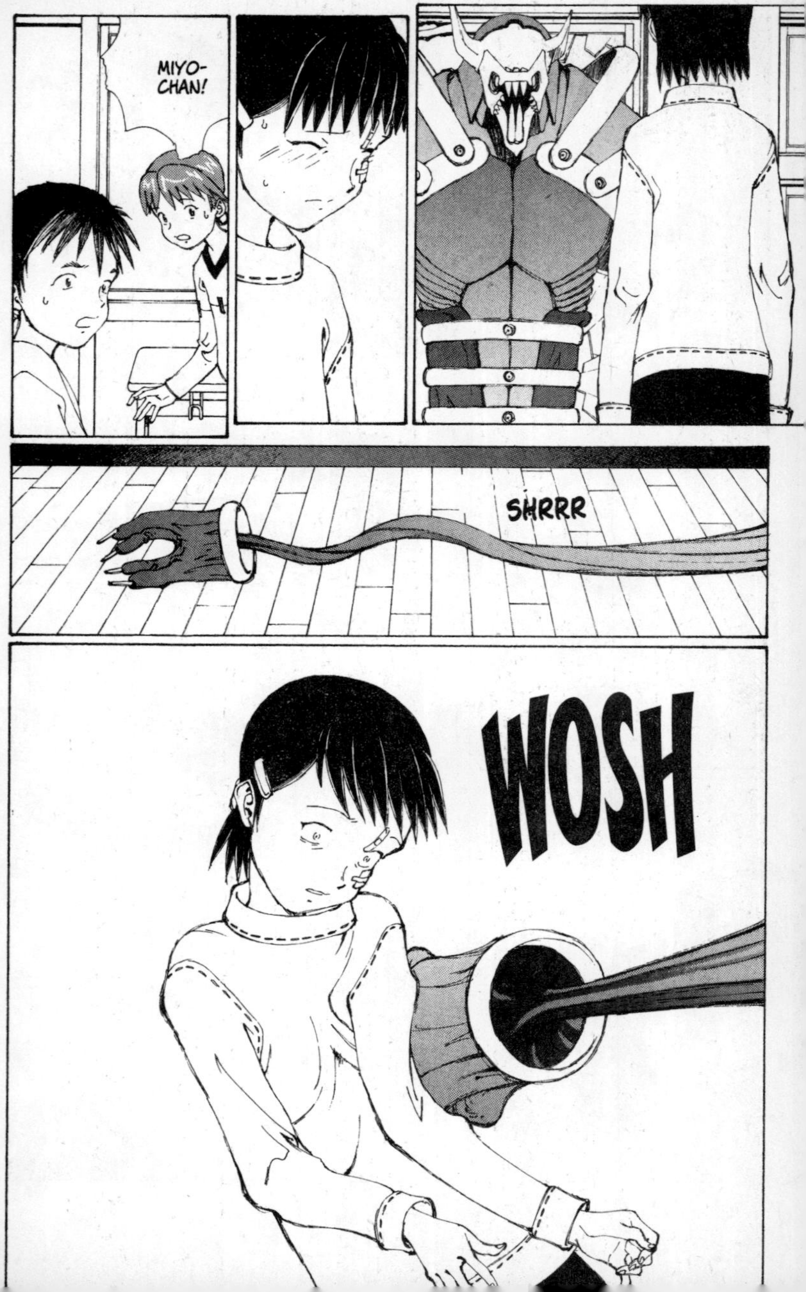
MIYO-
CHAN!
SHRRR
WOSH

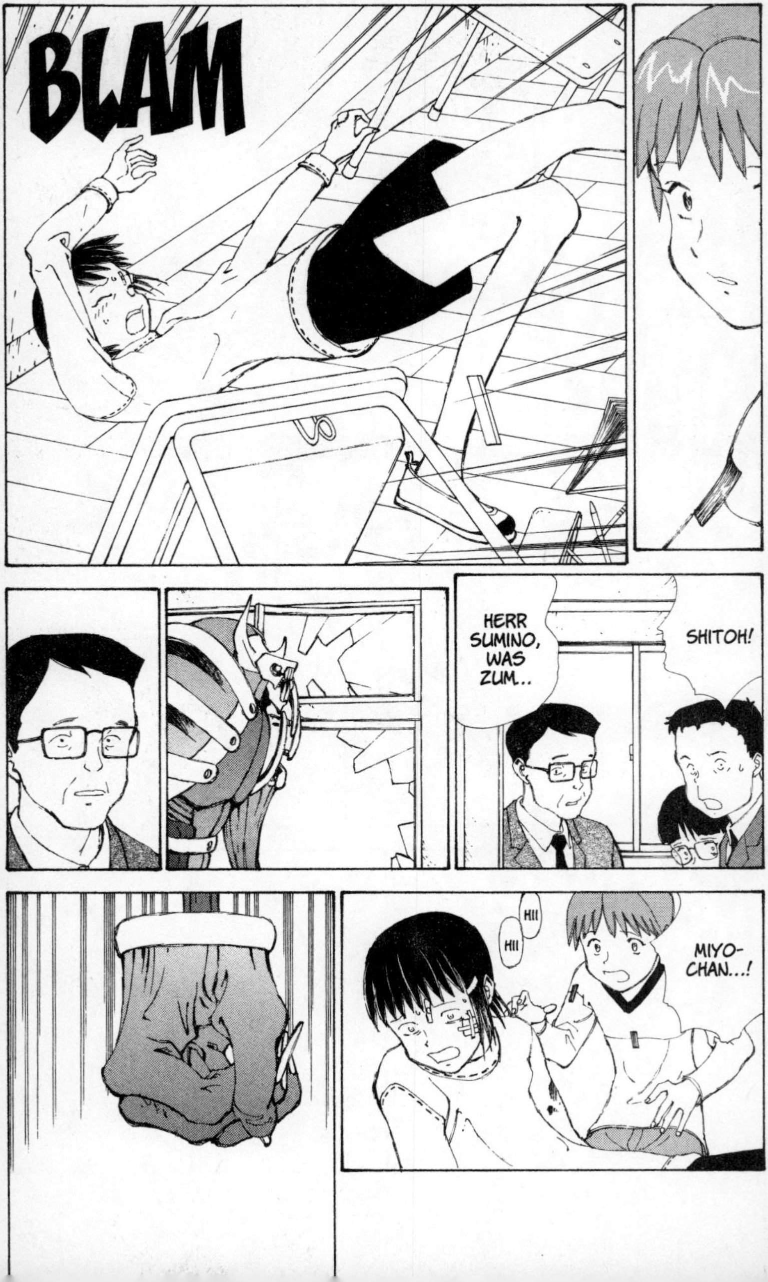
BLAM
SHITOH!
HERR SUMINO, WAS ZUM..
MIYO-CHAN...!
HII
HII

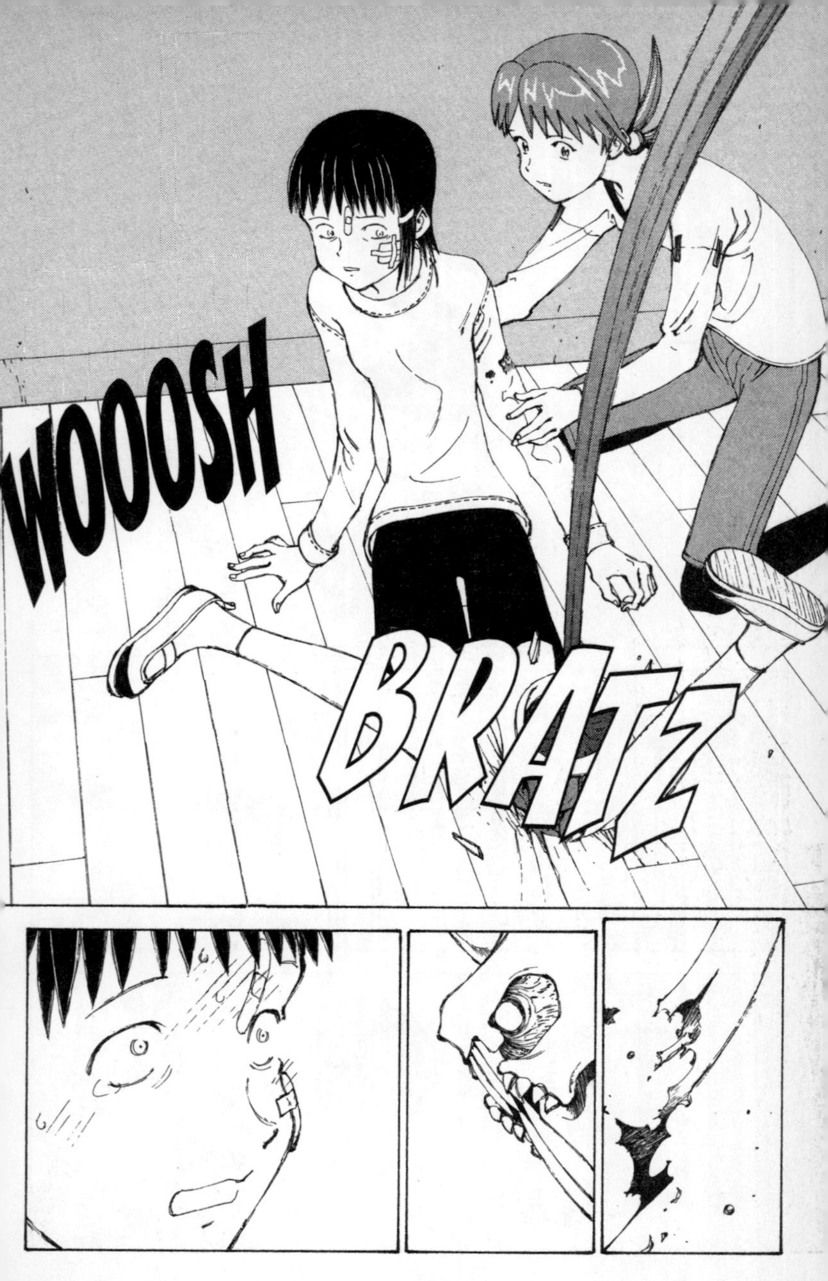
WOOOSH
BRATZ

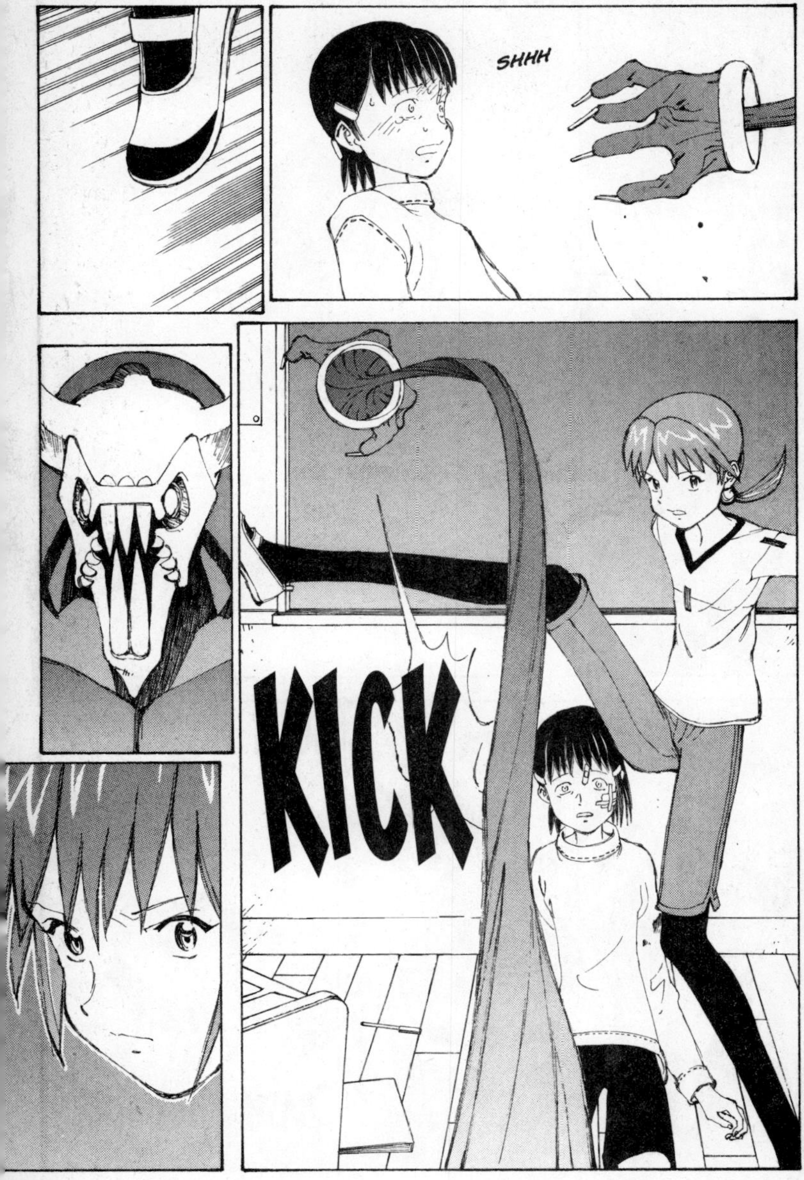
SHHH
KICK

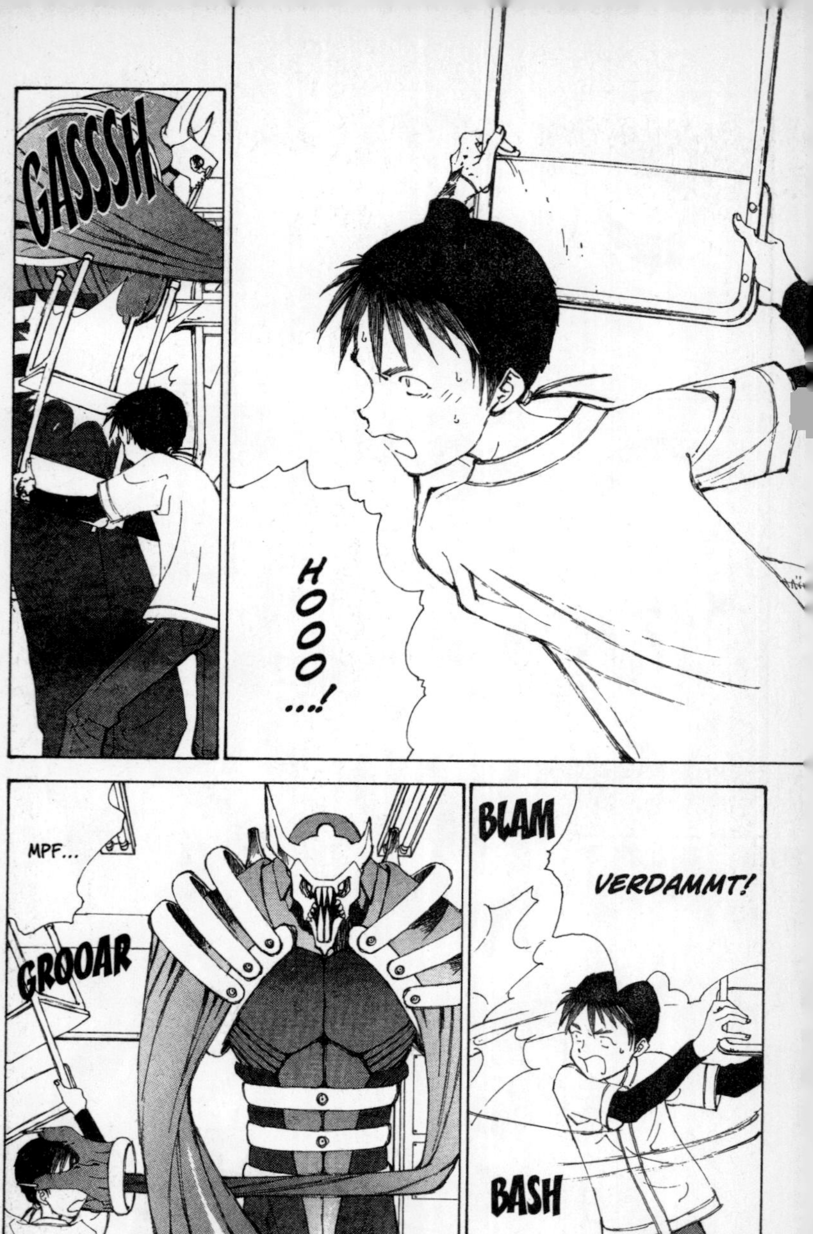
HOOOO ...!
GASSSH
BLAM
VERDAMMT!
BASH
MPF...
GROOAR

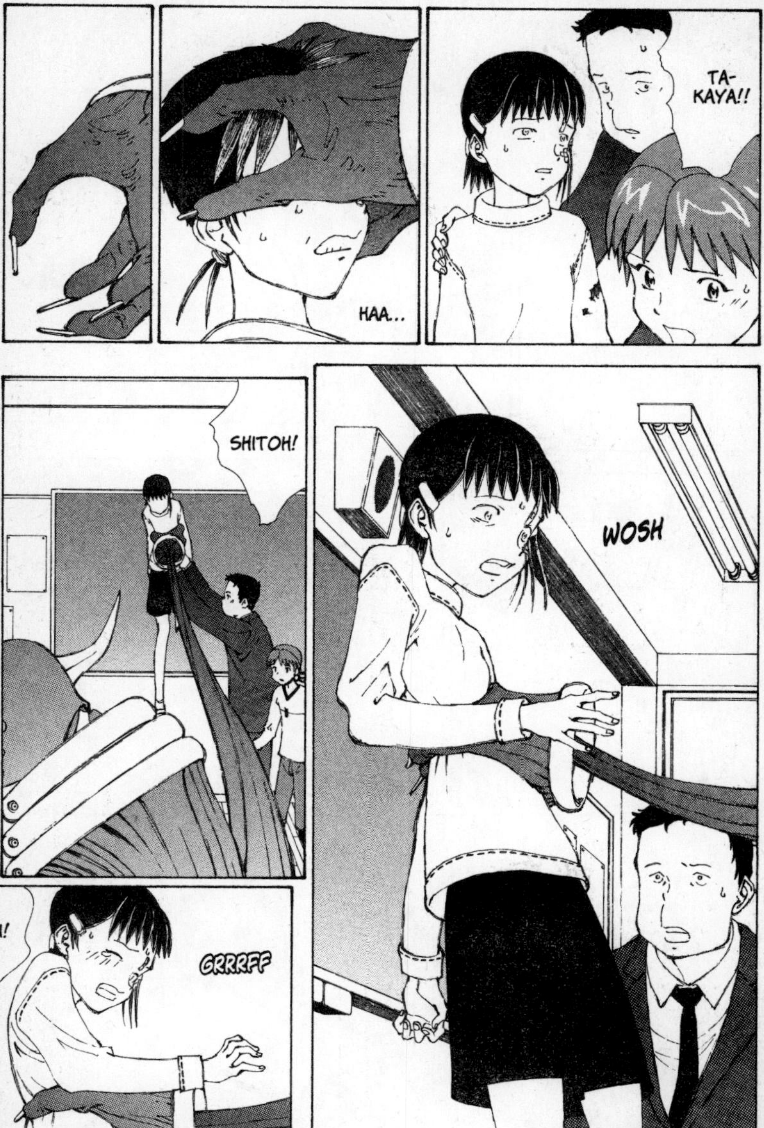
TA-
KAYA!!
HAA...
WOSH
SHITOH!
AU!
GRRRFF

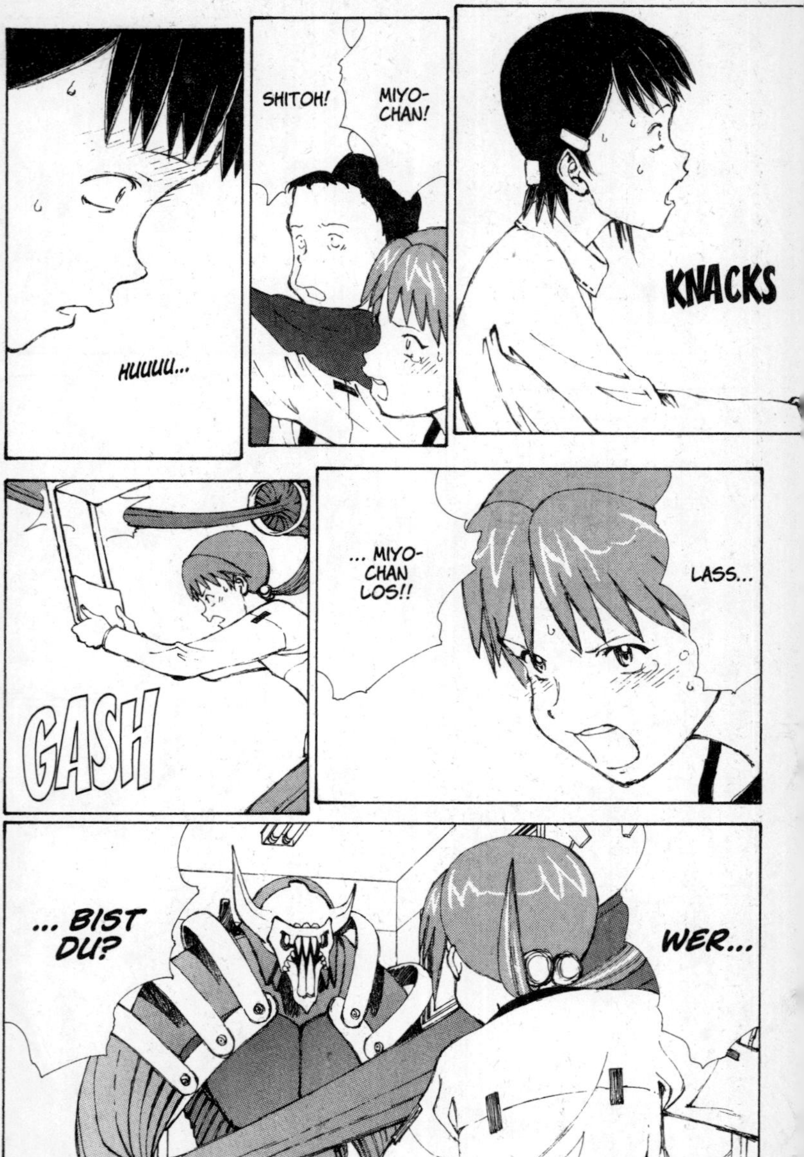
KNACKS
MIYO-CHAN!
SHITOH!
HUUUU...
LASS...
... MIYO-CHAN LOS!!
GASH
WER...
... BIST DU?

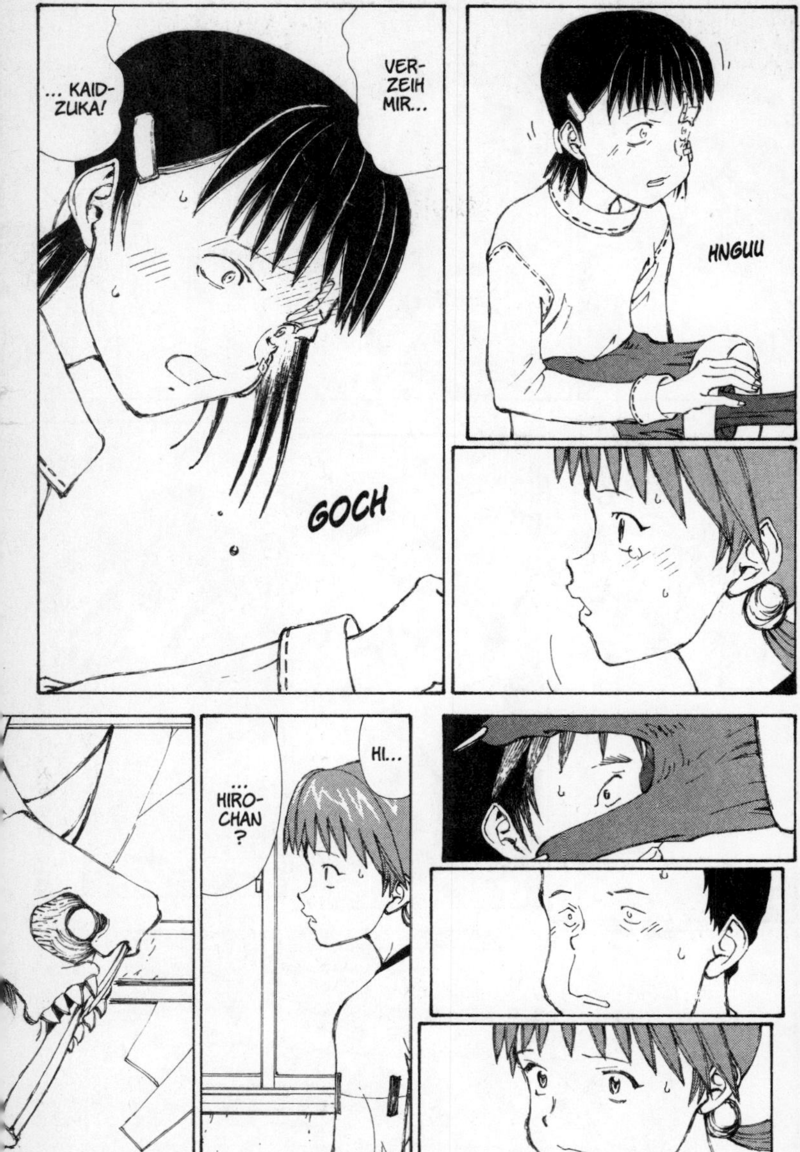

VER-
ZEIH
MIR...
... KAID-
ZUKA!
HNGUU
GOCH
HI...
... HIRO-
CHAN
?

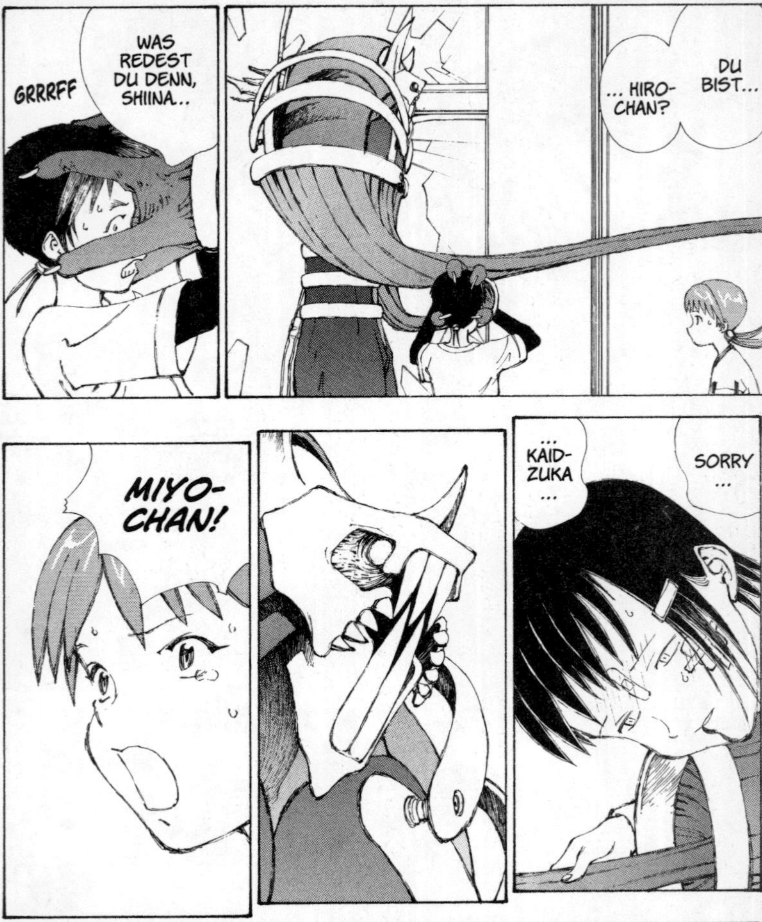
DU BIST...
... HIRO-CHAN?
WAS REDEST DU DENN, SHIINA...
GRRRFF
SORRY ...
... KAÏD-ZUKA ...
MIYO-CHAN!

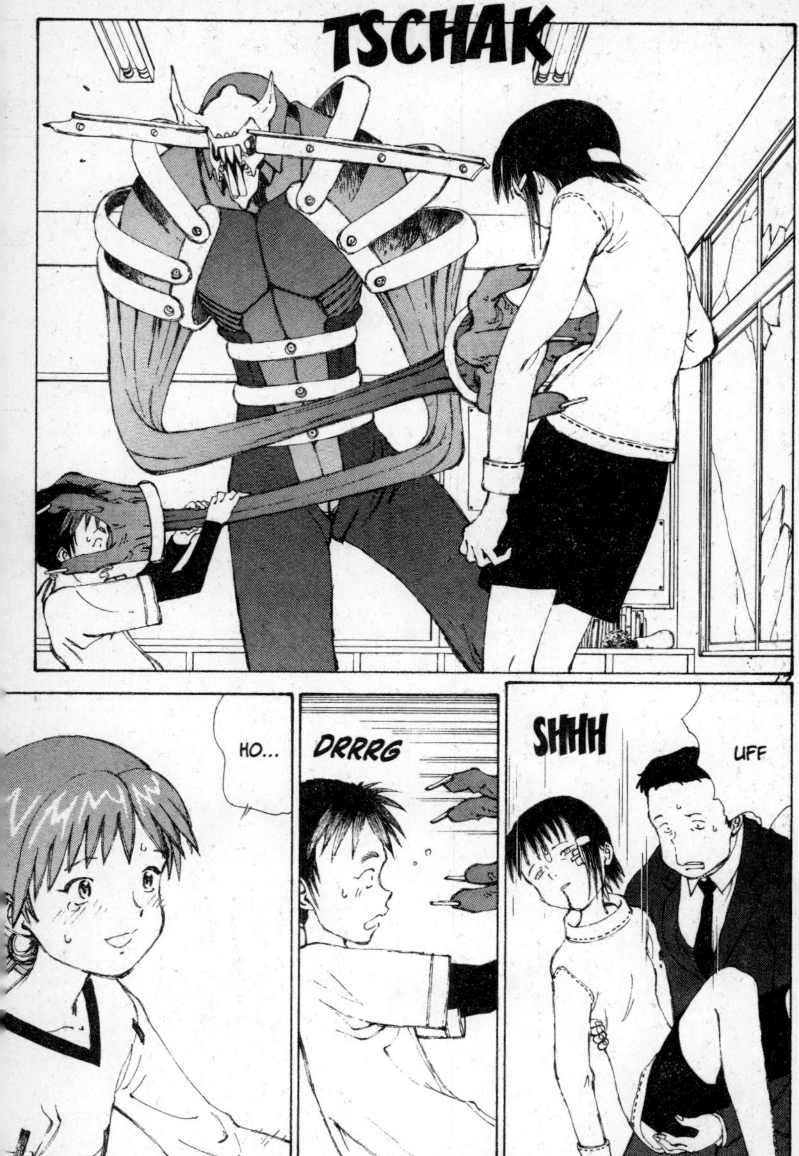
TSCHAK
HO...
DRRRG
SHHH
UFF

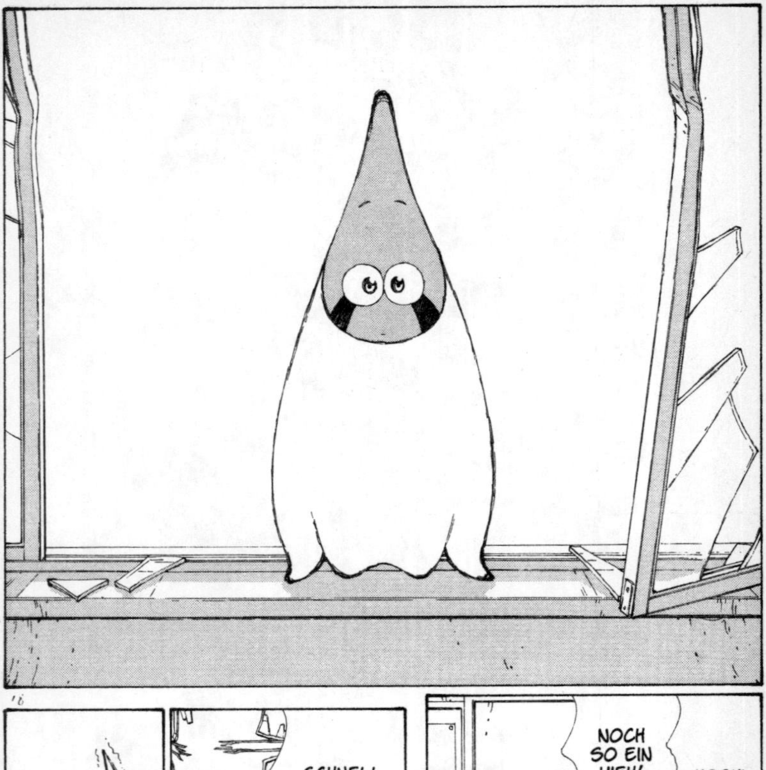
HOSHI-MARU...
NOCH SO EIN VIEH!
SCHNELL, HERR SUMINO!
AH... AH...

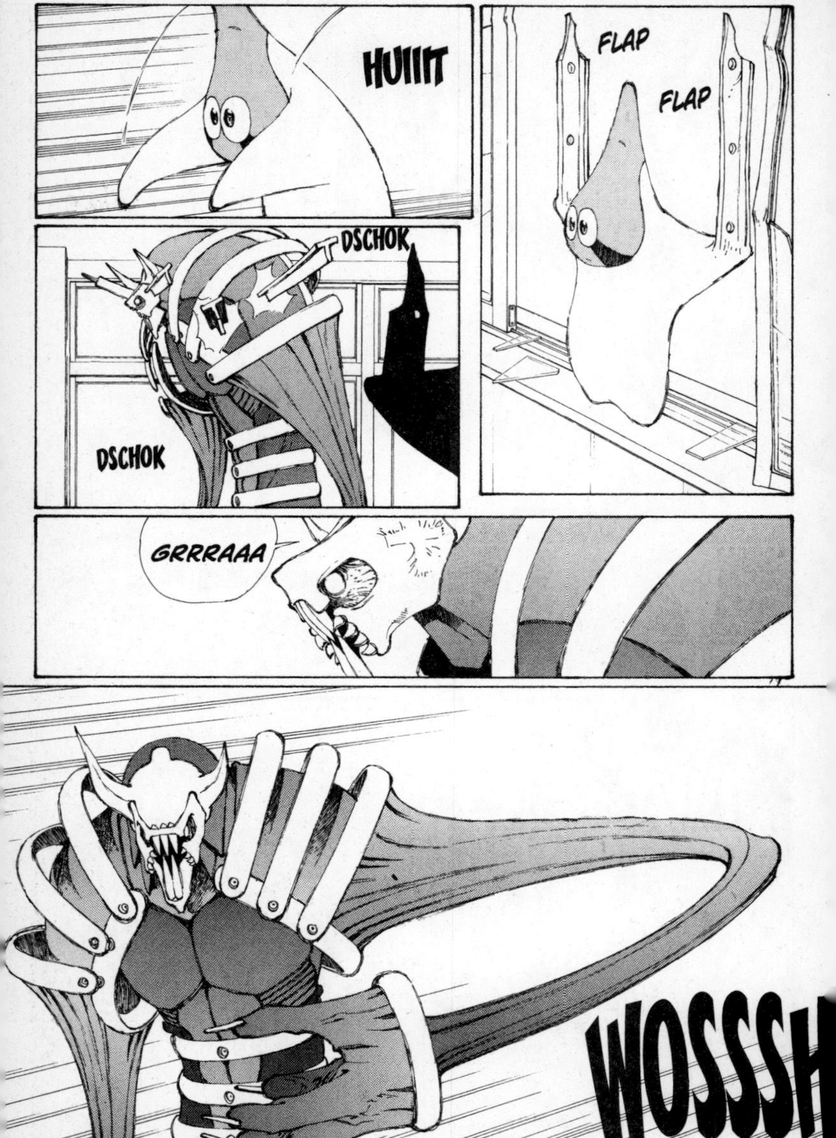
HUIIIT
FLAP
FLAP
DSCHOK
DSCHOK
GRRRAAA
WOSSSH

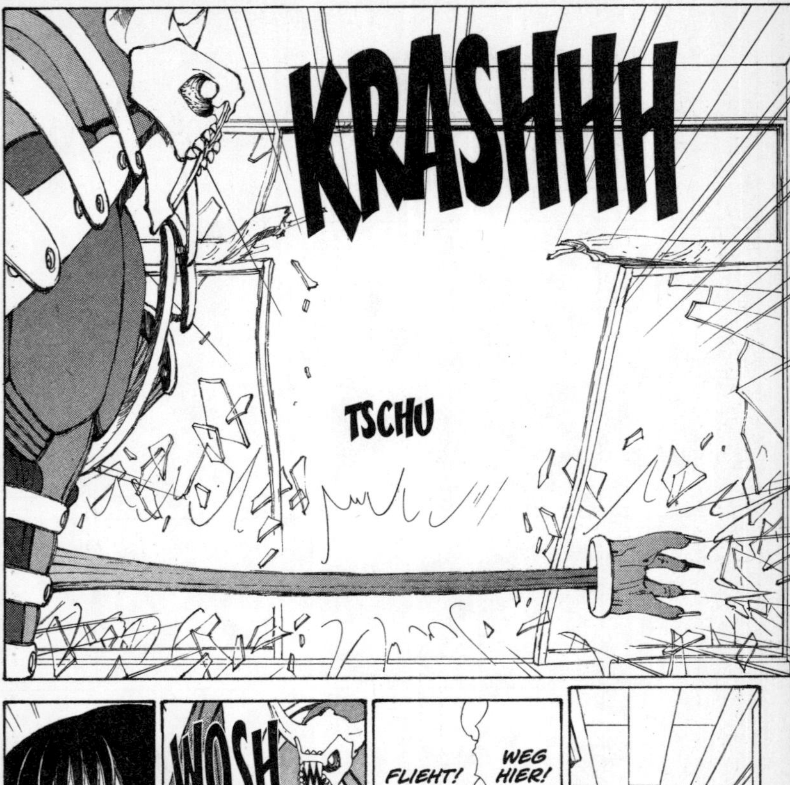
KRASHHH
TSCHU
WEG HIER!
FLIEHT!
WOSH

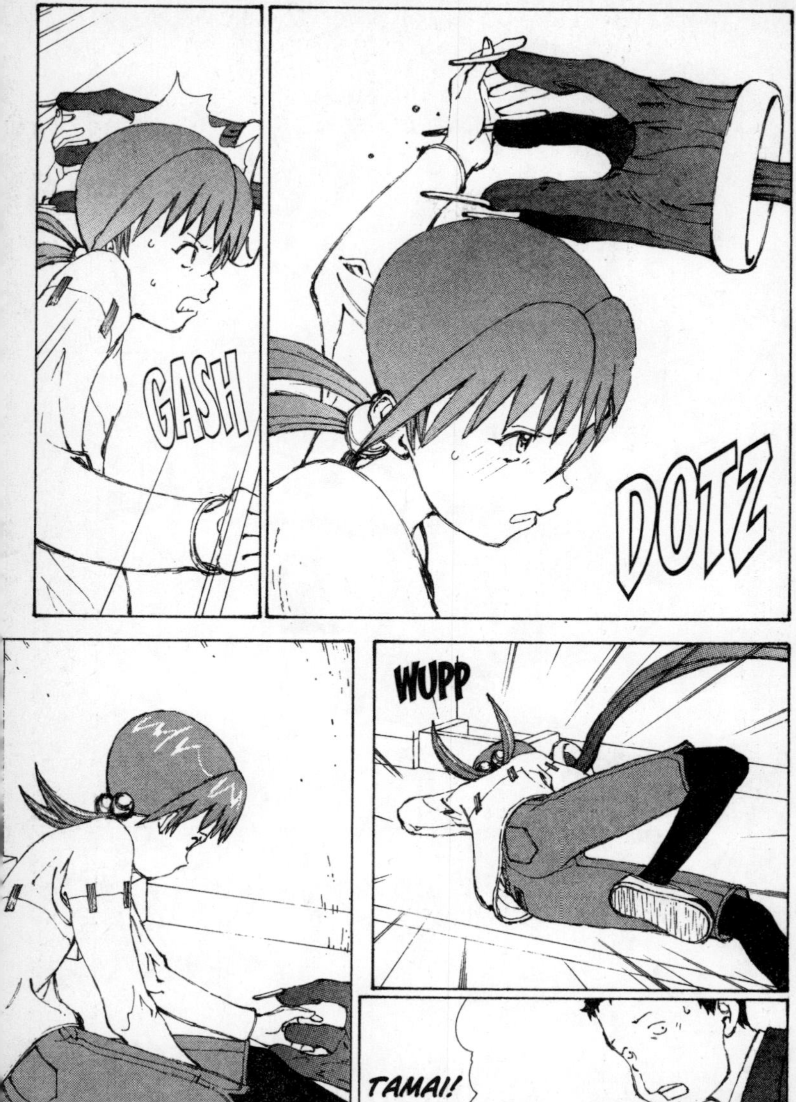
DOTZ
GASH
WUPP
TAMAI!

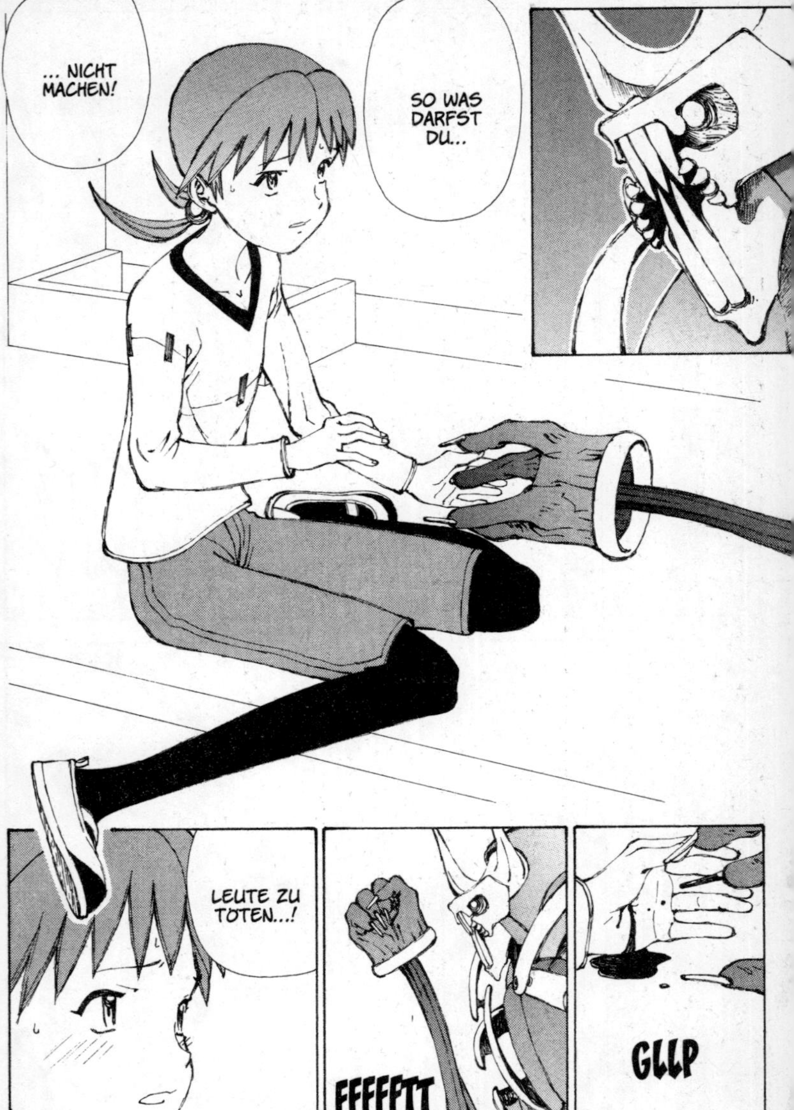
SO WAS
DARFST
DU...
... NICHT
MACHEN!
LEUTE ZU
TÖTEN...!
FFFFFTT
GLLP

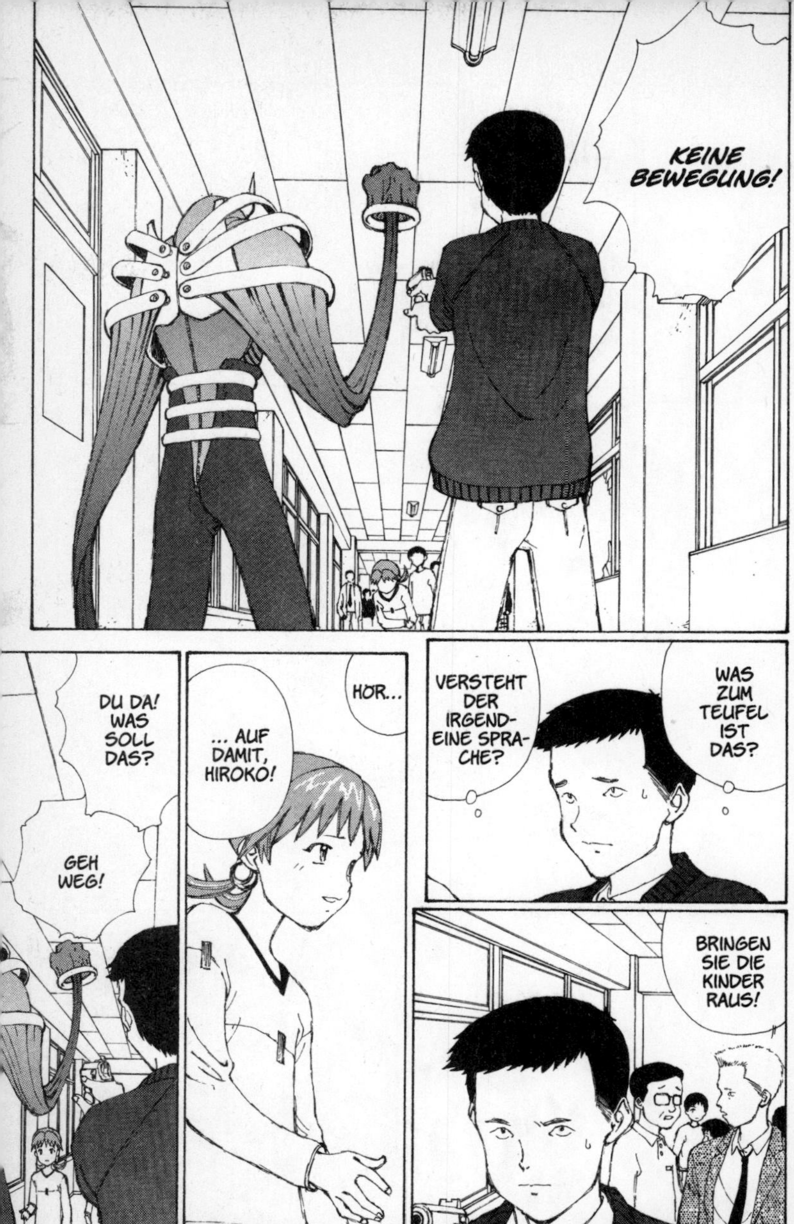
KEINE BEWEGUNG!
WAS ZUM TEUFEL IST DAS?
VERSTEHT DER IRGEND-EINE SPRA-CHE?
BRINGEN SIE DIE KINDER RAUS!
HÖR...
... AUF DAMIT, HIROKO!
DU DA! WAS SOLL DAS?
GEH WEG!

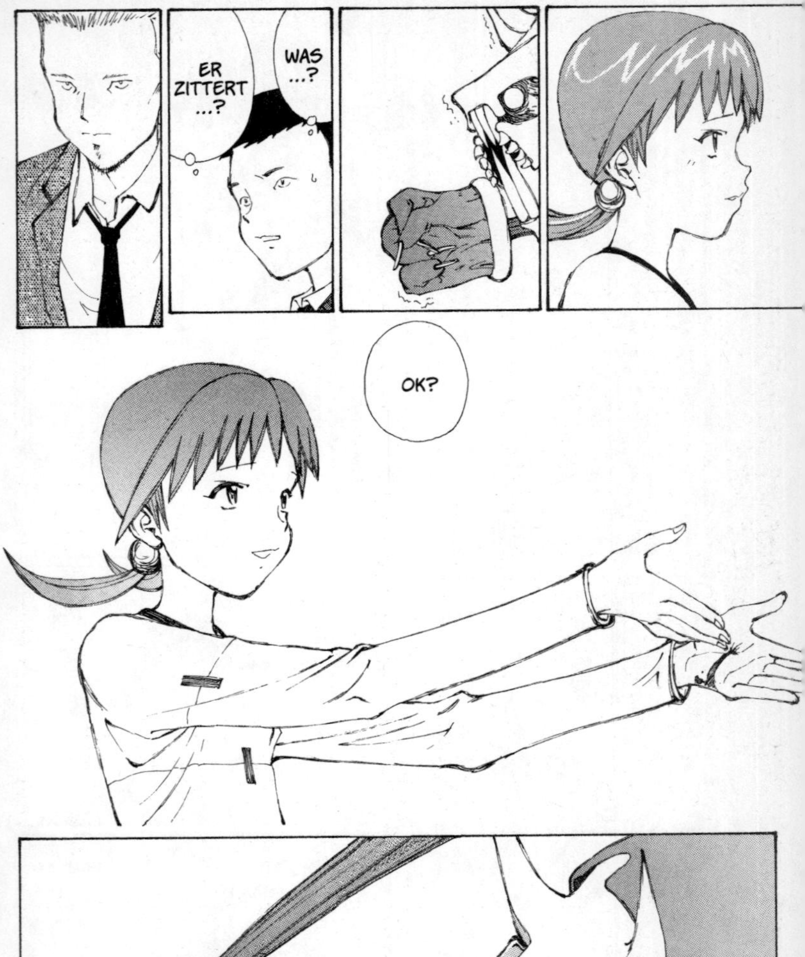
WAS ...?
ER ZITTERT ...?
OK?
WOSH

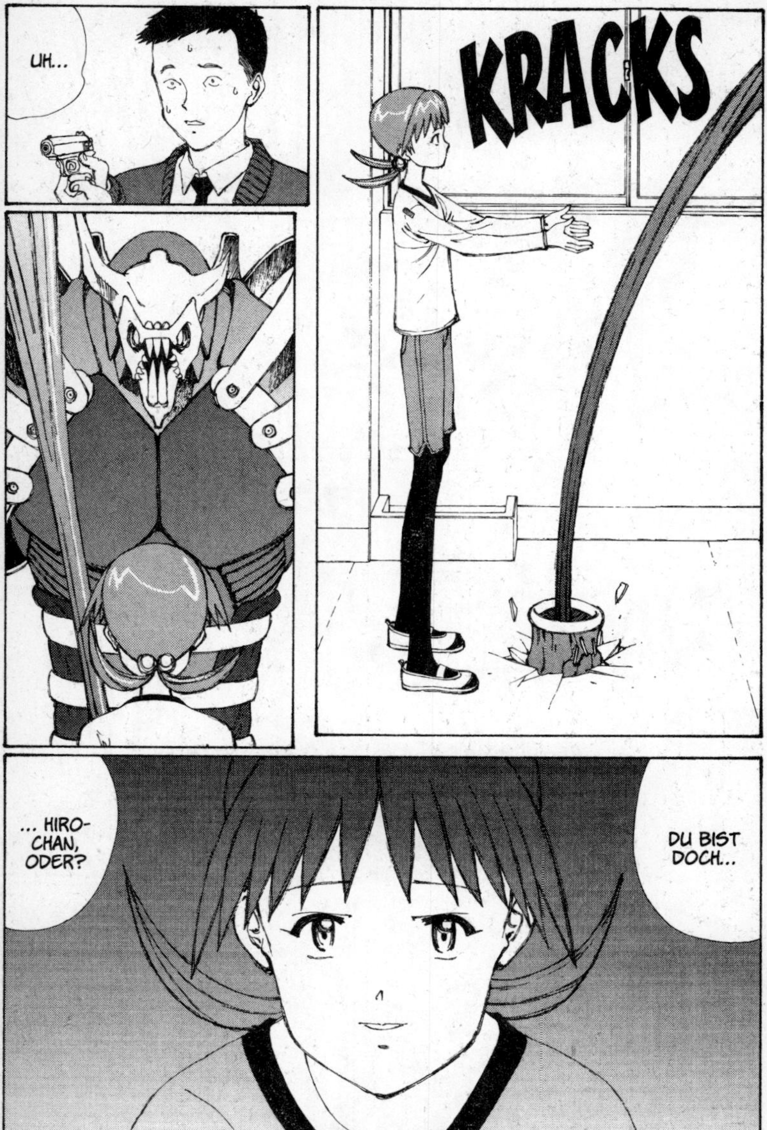
KRACKS
UH...
DU BIST DOCH...
... HIRO-CHAN, ODER?

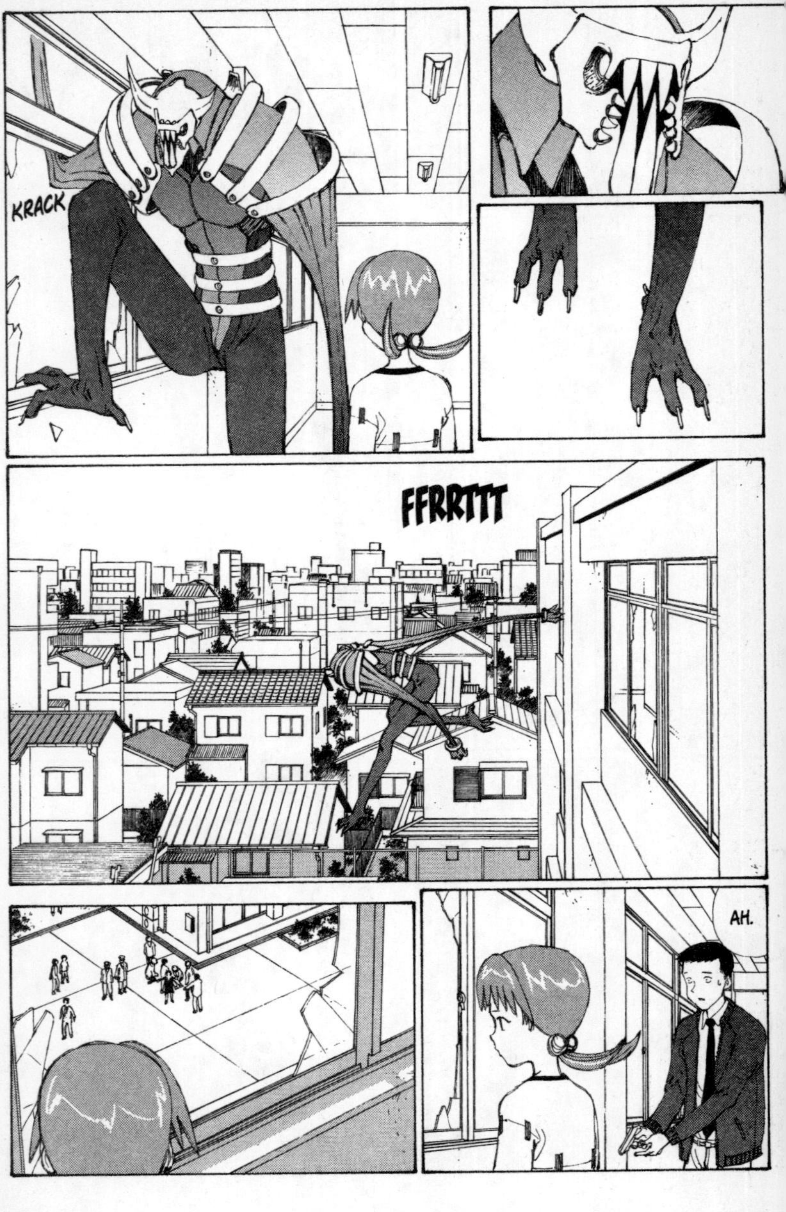
KRACK
FFRRTTT
AH.

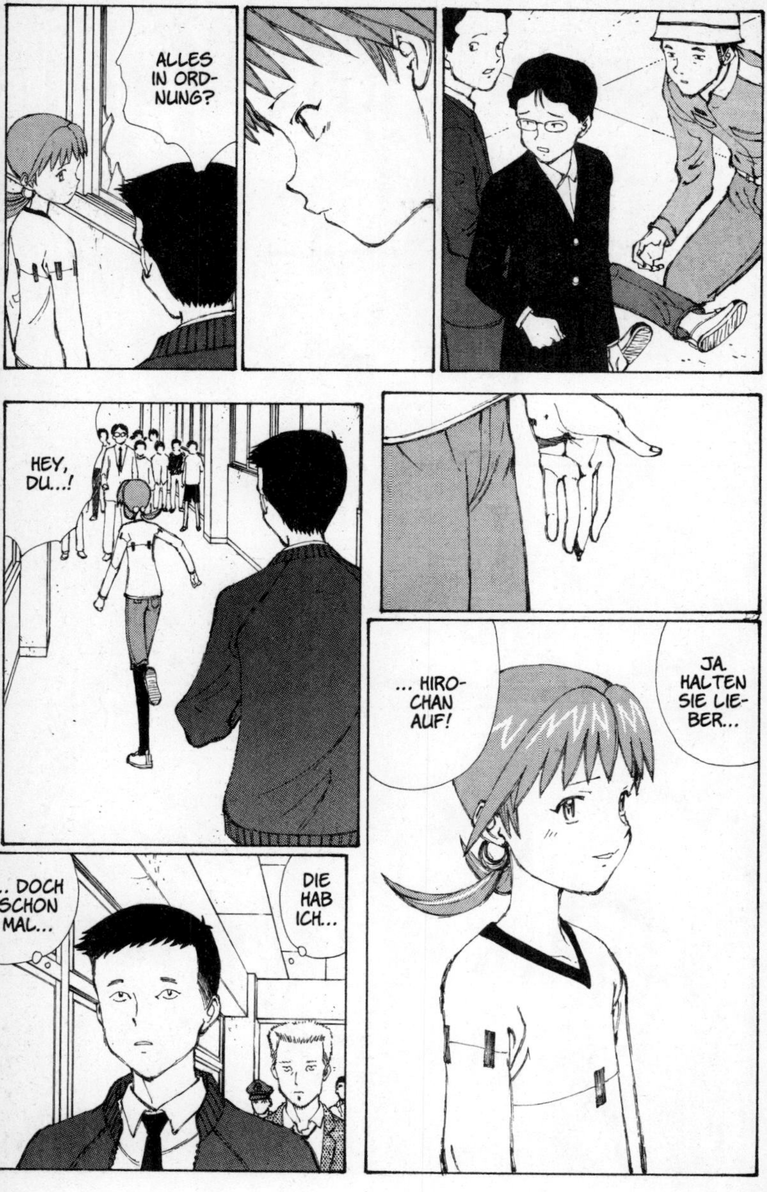
ALLES IN ORDNUNG?
HEY, DU...!
JA. HALTEN SIE LIEBER...
... HIRO-CHAN AUF!
DIE HAB ICH...
... DOCH SCHON MAL...

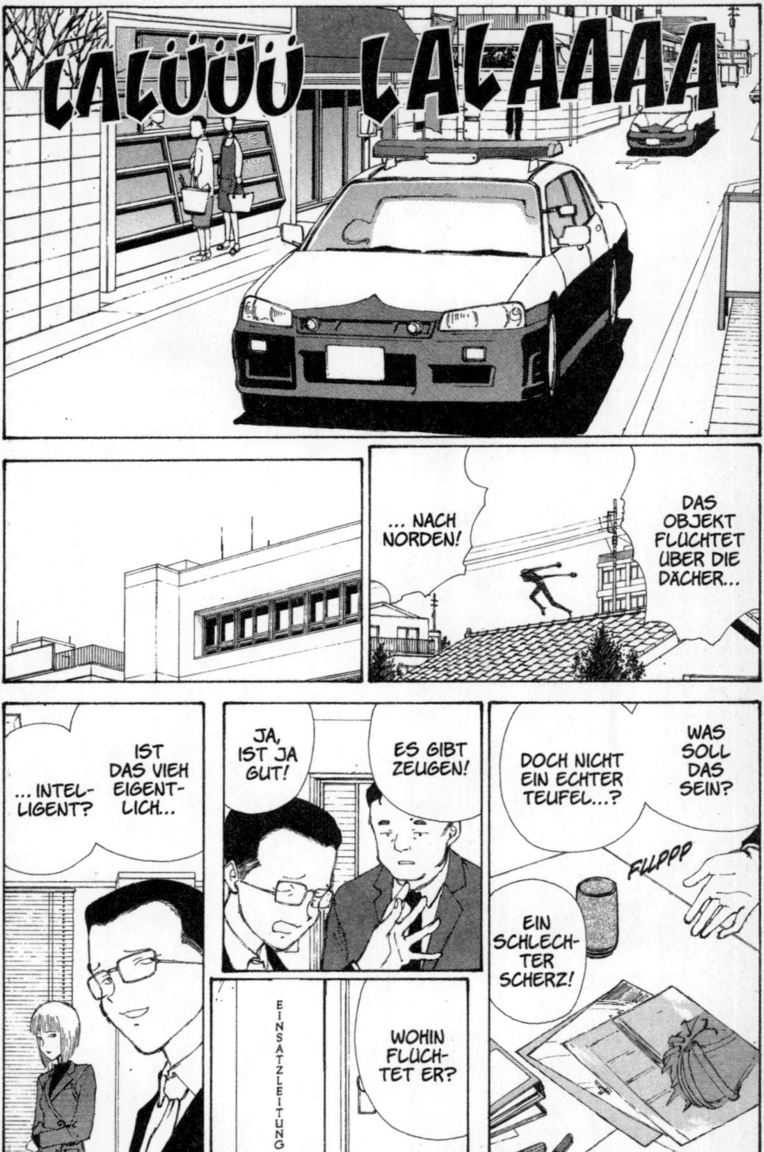

LALÜÜÜ LALAAAA
DAS OBJEKT FLÜCHTET ÜBER DIE DÄCHER...
... NACH NORDEN!
WAS SOLL DAS SEIN?
DOCH NICHT EIN ECHTER TEUFEL...?
FLLPPP
EIN SCHLECHTER SCHERZ!
ES GIBT ZEUGEN!
JA, IST JA GUT!
EINSATZLEITUNG
WOHIN FLÜCHTET ER?
IST DAS VIEH EIGENTLICH...
... INTELLIGENT?

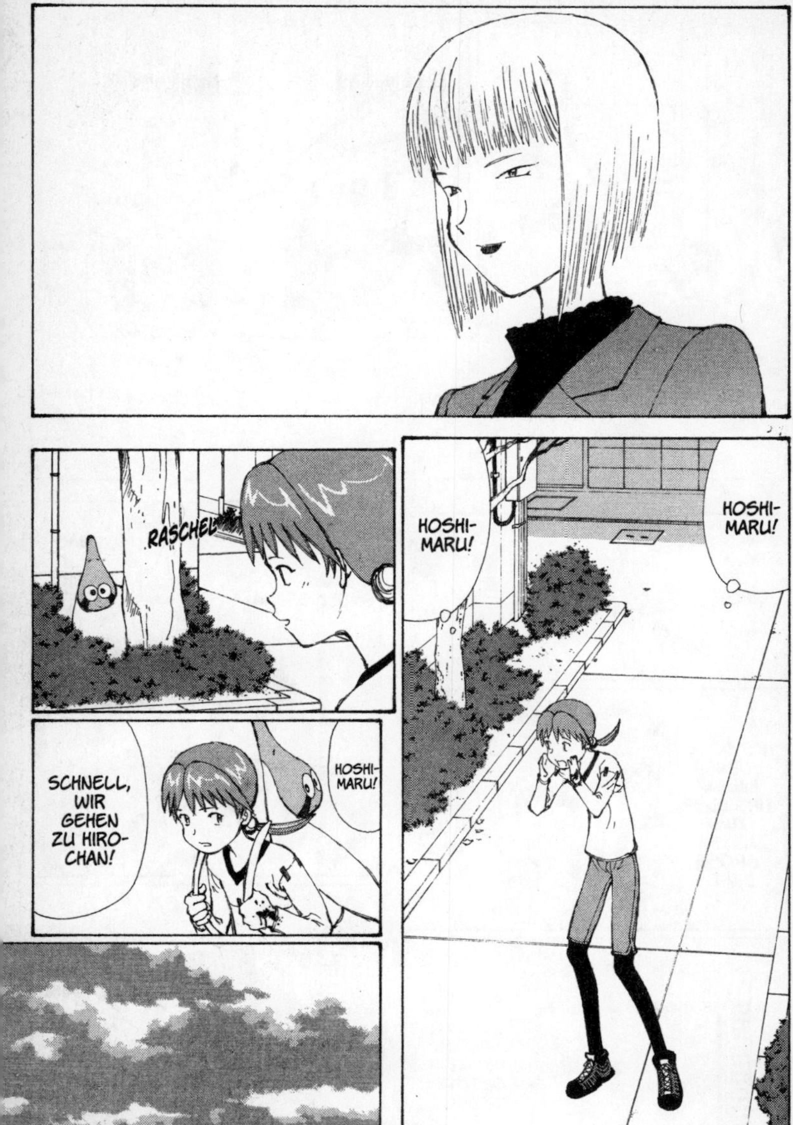
HOSHI-MARU!
HOSHI-MARU!
RASCHEL
HOSHI-MARU!
SCHNELL, WIR GEHEN ZU HIRO-CHAN!

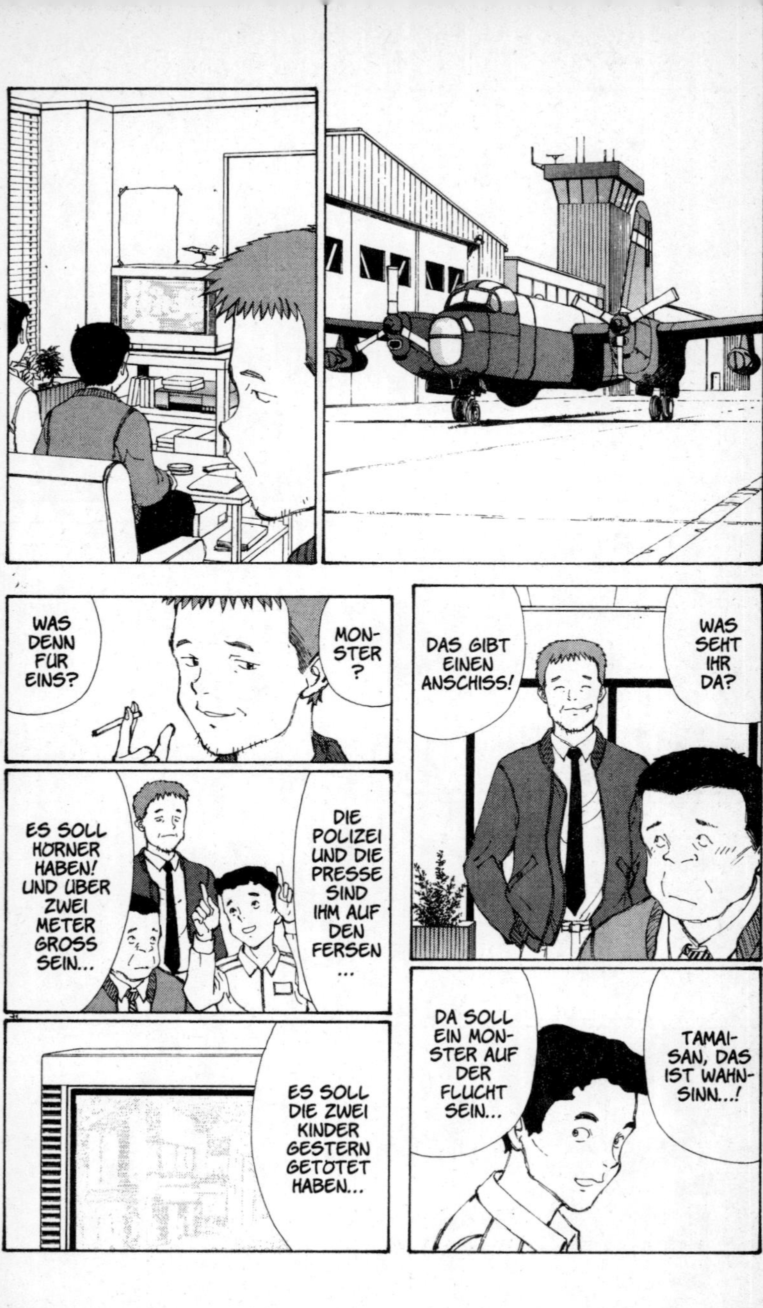
WAS SEHT IHR DA?
DAS GIBT EINEN ANSCHISS!
MONSTER?
WAS DENN FÜR EINS?
DIE POLIZEI UND DIE PRESSE SIND IHM AUF DEN FERSEN...
ES SOLL HÖRNER HABEN! UND ÜBER ZWEI METER GROSS SEIN...
TAMAI-SAN, DAS IST WAHNSINN...!
DA SOLL EIN MONSTER AUF DER FLUCHT SEIN...
ES SOLL DIE ZWEI KINDER GESTERN GETÖTET HABEN...

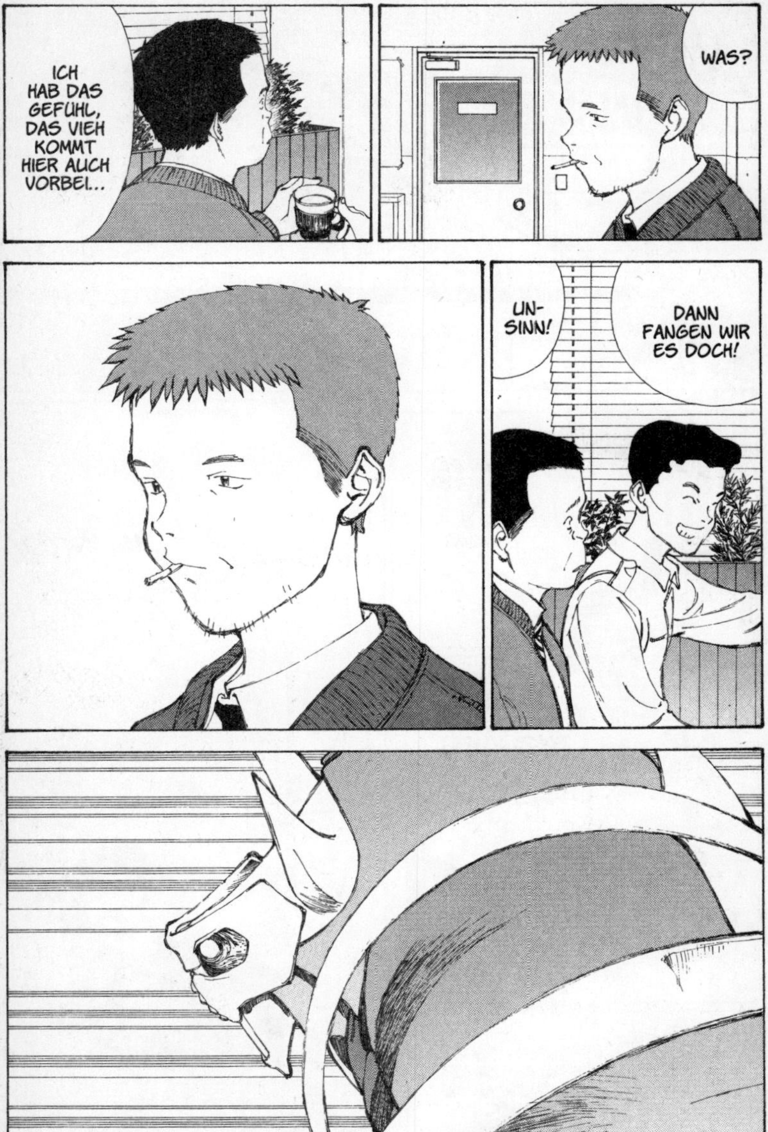
ICH HAB DAS GEFÜHL, DAS VIEH KOMMT HIER AUCH VORBEI...
WAS?
UN-SINN!
DANN FANGEN WIR ES DOCH!

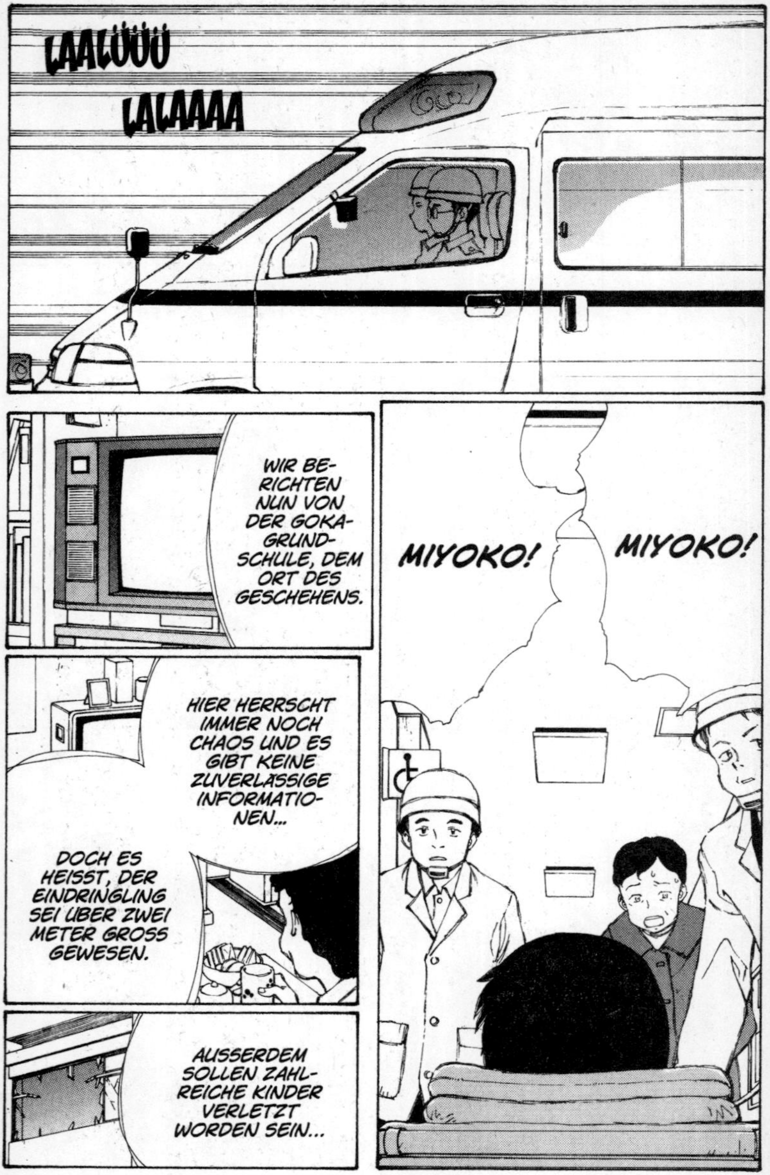
LAALÜÜÜ
LALAAAA
WIR BERICHTEN NUN VON DER GOKA-GRUNDSCHULE, DEM ORT DES GESCHEHENS.
HIER HERRSCHT IMMER NOCH CHAOS UND ES GIBT KEINE ZUVERLÄSSIGE INFORMATIONEN...
DOCH ES HEISST, DER EINDRINGLING SEI ÜBER ZWEI METER GROSS GEWESEN.
AUSSERDEM SOLLEN ZAHLREICHE KINDER VERLETZT WORDEN SEIN...
MIYOKO!
MIYOKO!

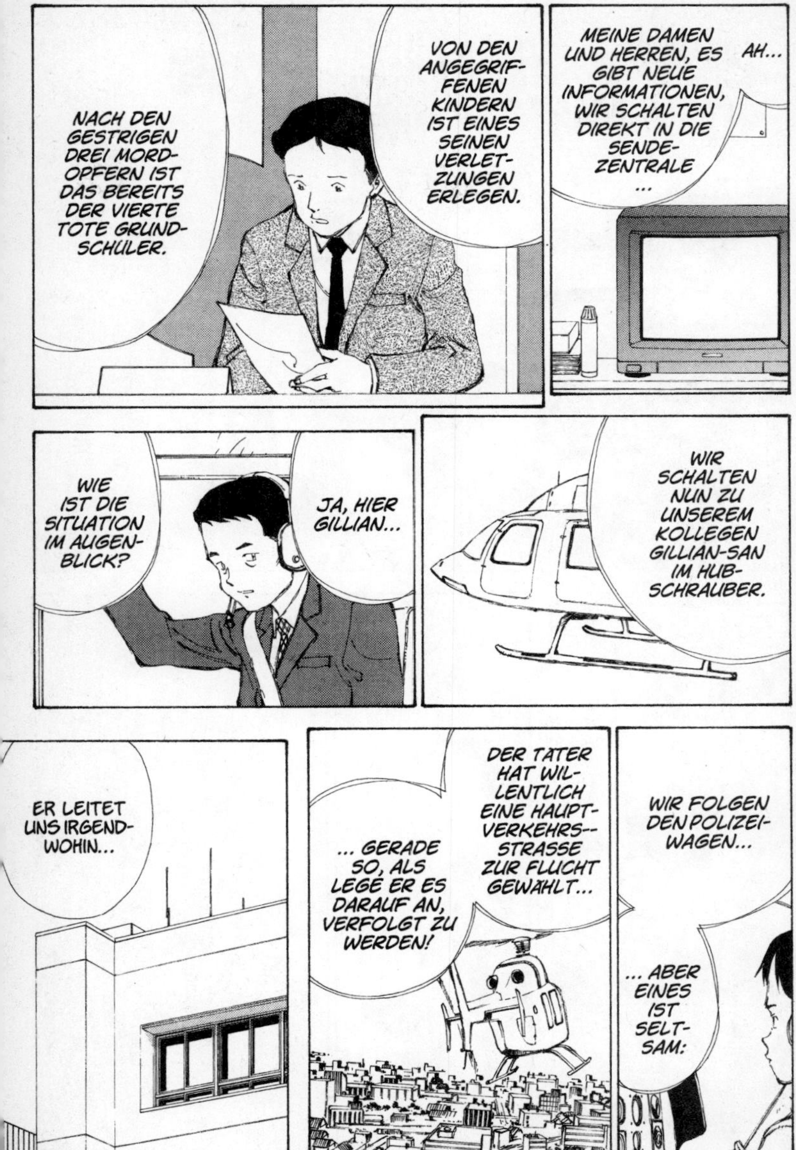
AH...
MEINE DAMEN UND HERREN, ES GIBT NEUE INFORMATIONEN, WIR SCHALTEN DIREKT IN DIE SENDEZENTRALE ...
VON DEN ANGEGRIFFENEN KINDERN IST EINES SEINEN VERLETZUNGEN ERLEGEN.
NACH DEN GESTRIGEN DREI MORDOPFERN IST DAS BEREITS DER VIERTE TOTE GRUNDSCHÜLER.
WIR SCHALTEN NUN ZU UNSEREM KOLLEGEN GILLIAN-SAN IM HUBSCHRAUBER.
JA, HIER GILLIAN...
WIE IST DIE SITUATION IM AUGENBLICK?
WIR FOLGEN DEN POLIZEIWAGEN...
... ABER EINES IST SELTSAM:
DER TATER HAT WILLENTLICH EINE HAUPTVERKEHRS-STRASSE ZUR FLUCHT GEWÄHLT...
... GERADE SO, ALS LEGE ER ES DARAUF AN, VERFOLGT ZU WERDEN!
ER LEITET UNS IRGENDWOHIN...

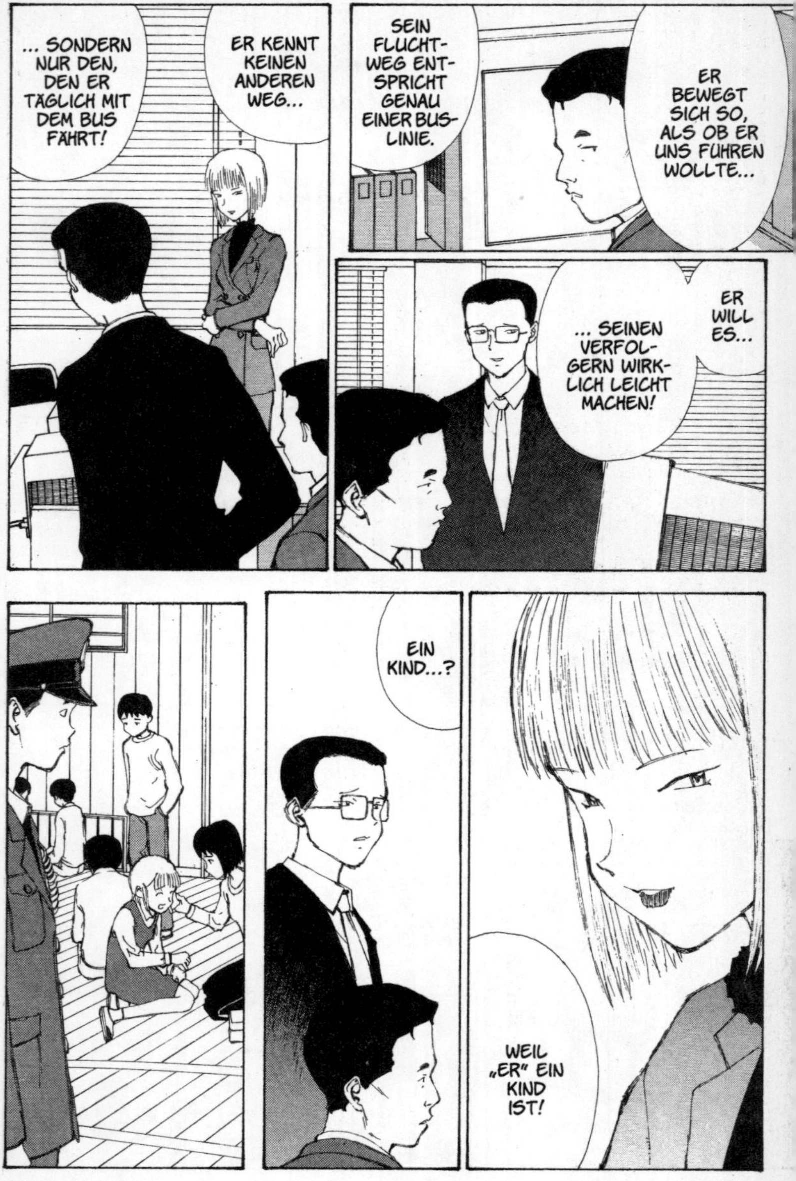
ER BEWEGT SICH SO, ALS OB ER UNS FÜHREN WOLLTE...
SEIN FLUCHTWEG ENTSPRICHT GENAU EINER BUSLINIE.
ER KENNT KEINEN ANDEREN WEG...
... SONDERN NUR DEN, DEN ER TÄGLICH MIT DEM BUS FÄHRT!
ER WILL ES...
... SEINEN VERFOLGERN WIRKLICH LEICHT MACHEN!
WEIL „ER" EIN KIND IST!
EIN KIND...?

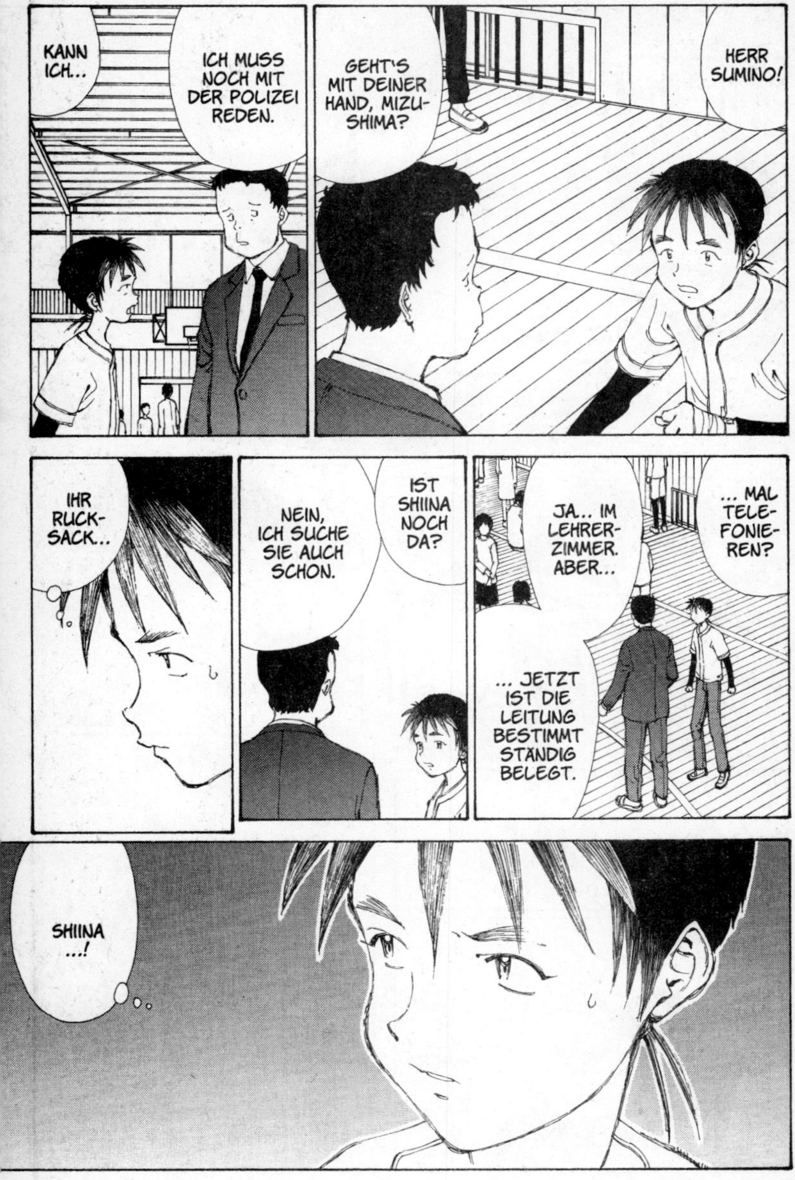
HERR SUMINO!
GEHT'S MIT DEINER HAND, MIZU-SHIMA?
ICH MUSS NOCH MIT DER POLIZEI REDEN.
KANN ICH...
... MAL TELE-FONIE-REN?
JA... IM LEHRER-ZIMMER. ABER...
... JETZT IST DIE LEITUNG BESTIMMT STÄNDIG BELEGT.
IST SHIINA NOCH DA?
NEIN, ICH SUCHE SIE AUCH SCHON.
IHR RUCK-SACK...
SHIINA ...!

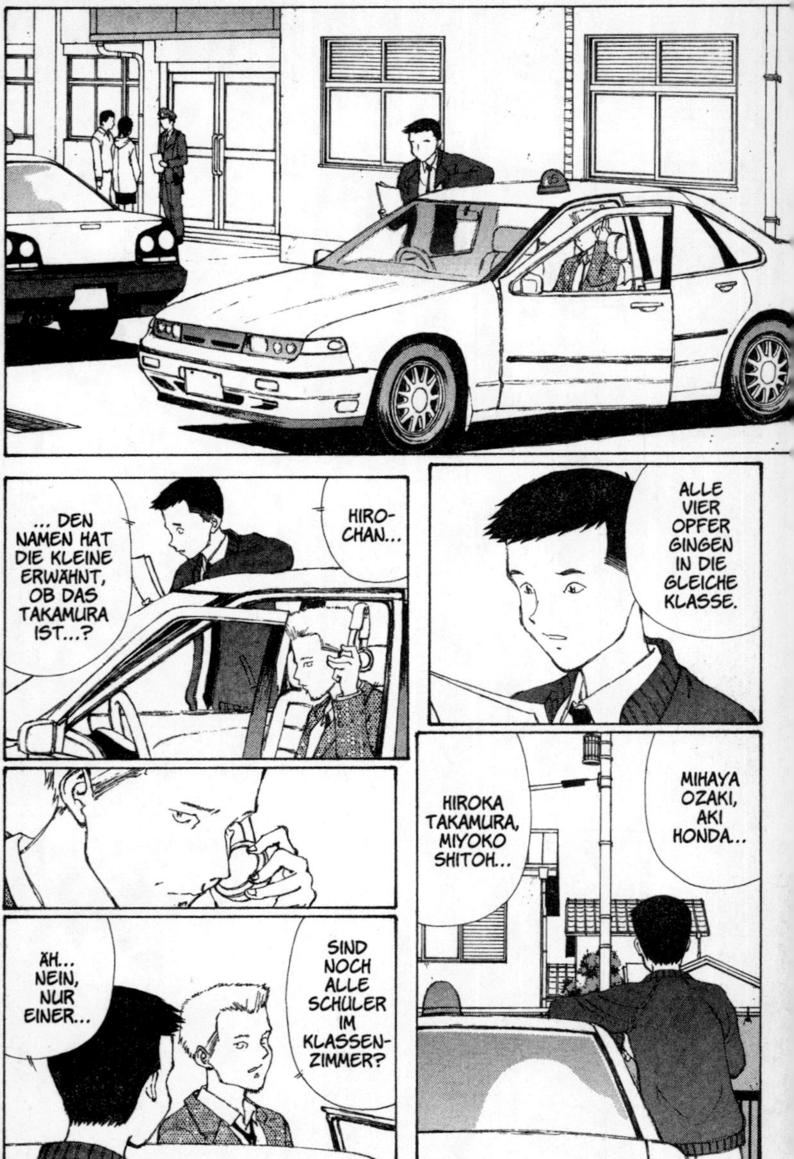
ALLE VIER OPFER GINGEN IN DIE GLEICHE KLASSE.
MIHAYA OZAKI, AKI HONDA...
HIROKA TAKAMURA, MIYOKO SHITOH...
HIRO-CHAN...
... DEN NAMEN HAT DIE KLEINE ERWÄHNT, OB DAS TAKAMURA IST...?
SIND NOCH ALLE SCHÜLER IM KLASSENZIMMER?
ÄH... NEIN, NUR EINER...

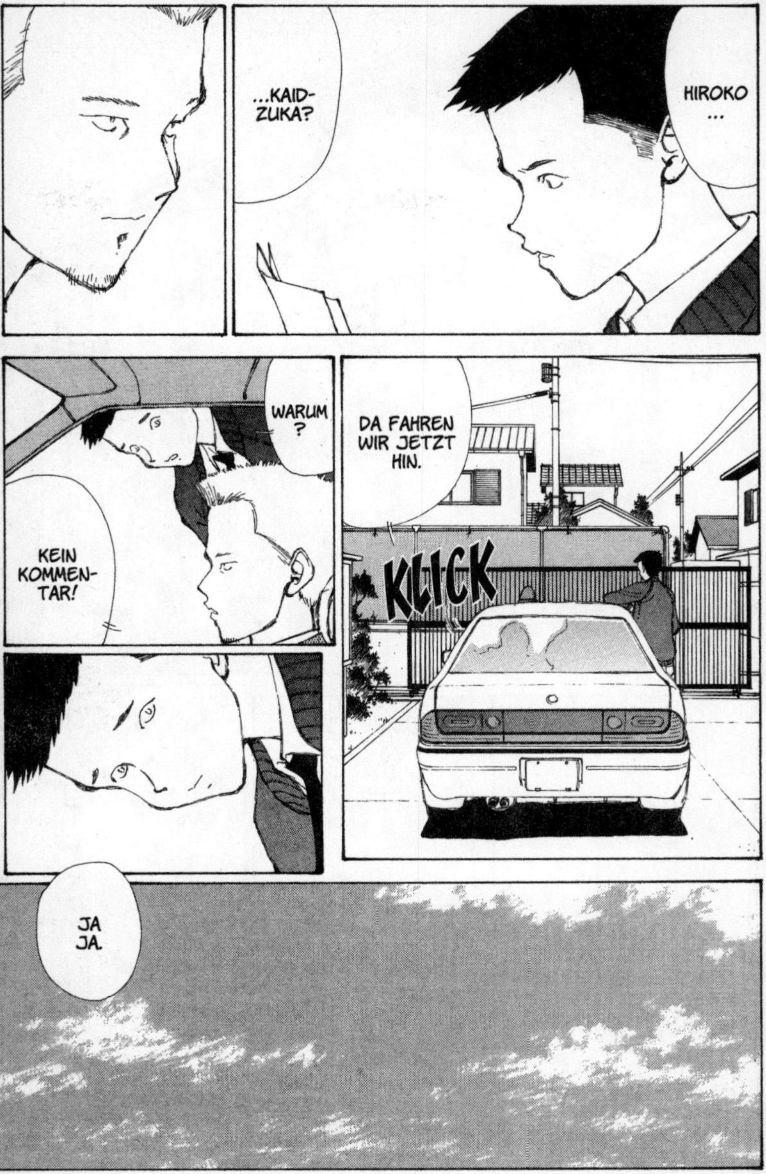
HIROKO ...
...KAID-ZUKA?
DA FAHREN WIR JETZT HIN.
KLICK
WARUM ?
KEIN KOMMEN-TAR!
JA JA.

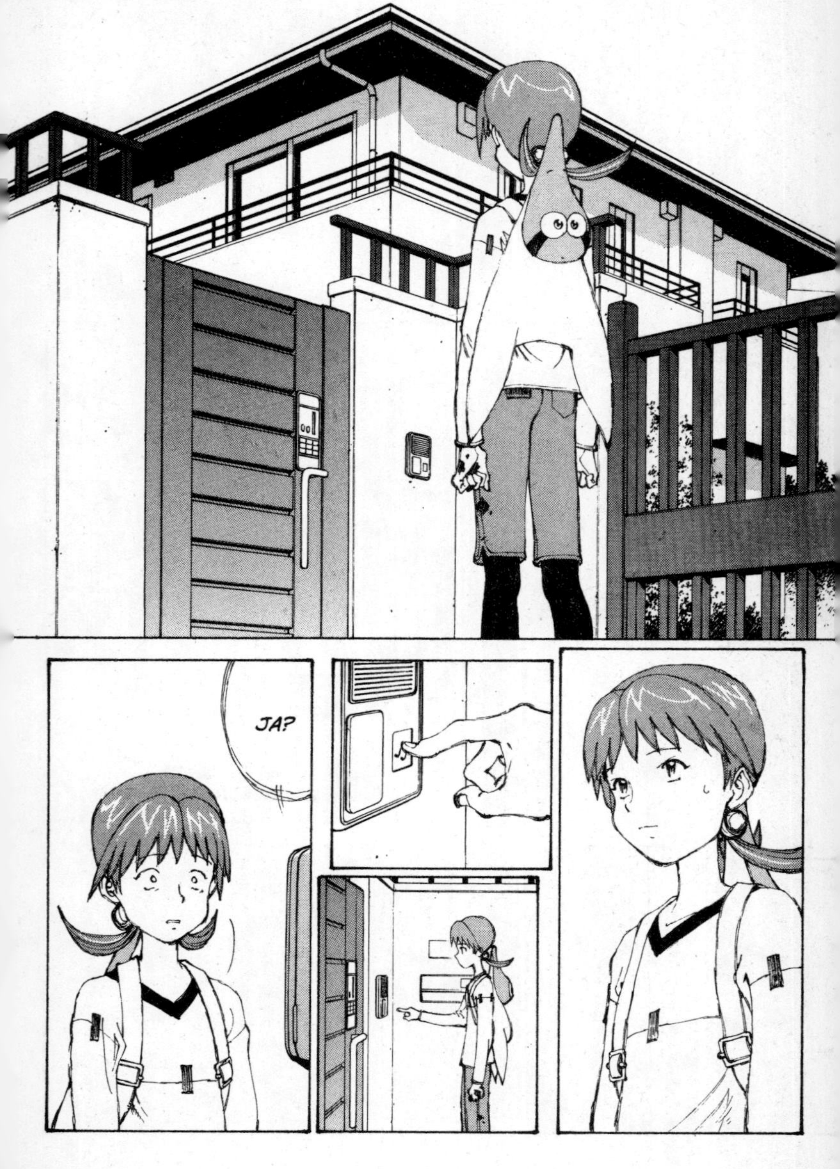
JA?

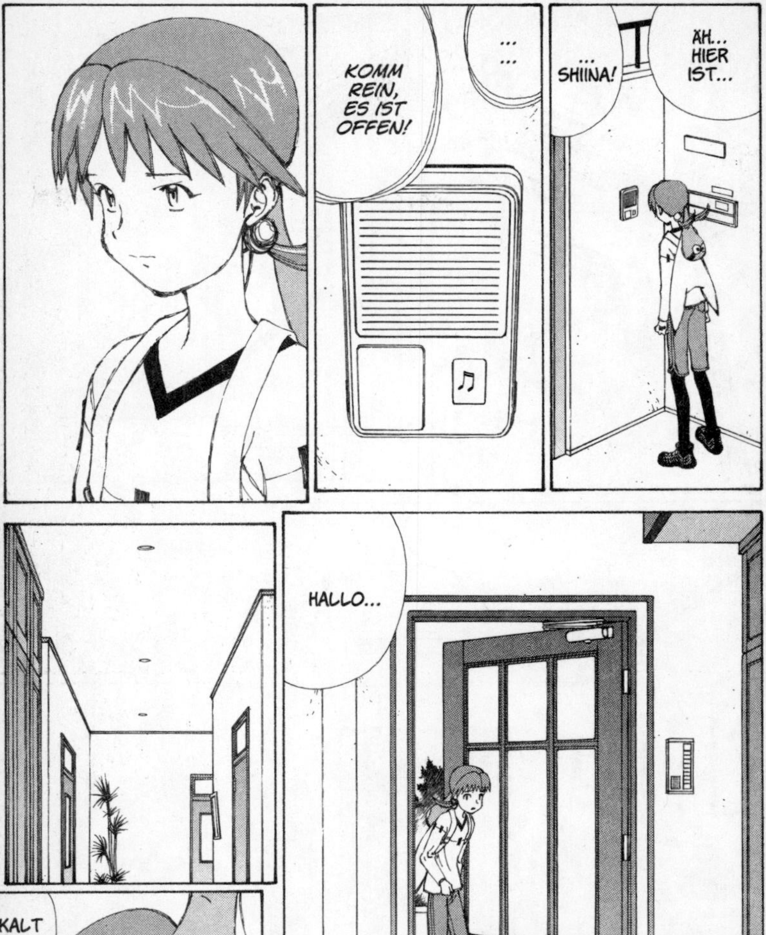
ÄH... HIER IST...
... SHIINA!
... ...
KOMM REIN, ES IST OFFEN!
HALLO...
KALT HIER...

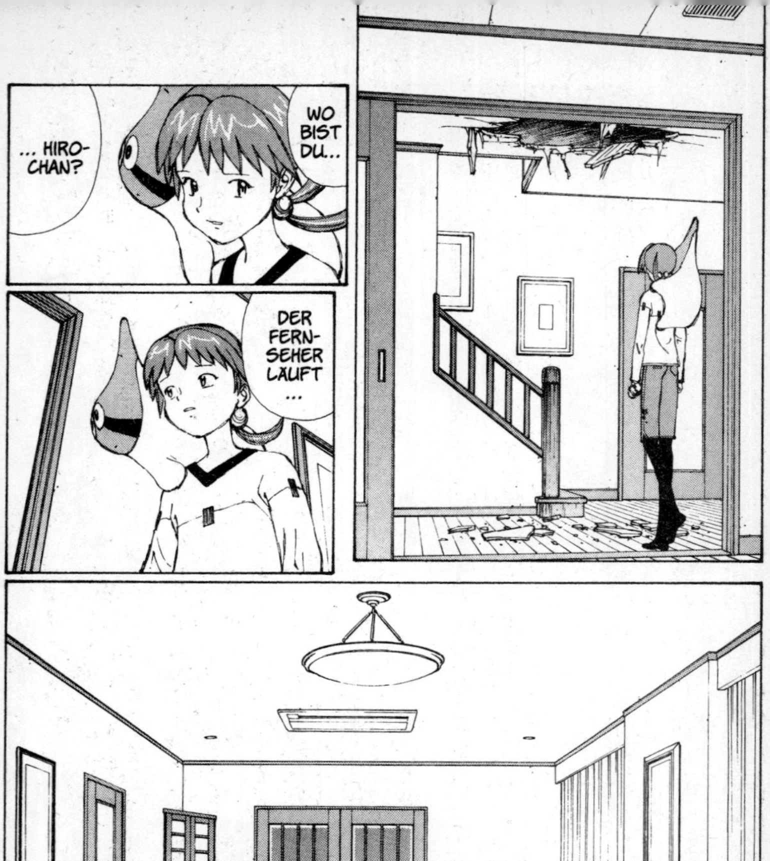
WO BIST DU...
... HIRO-CHAN?
DER FERNSEHER LÄUFT ...

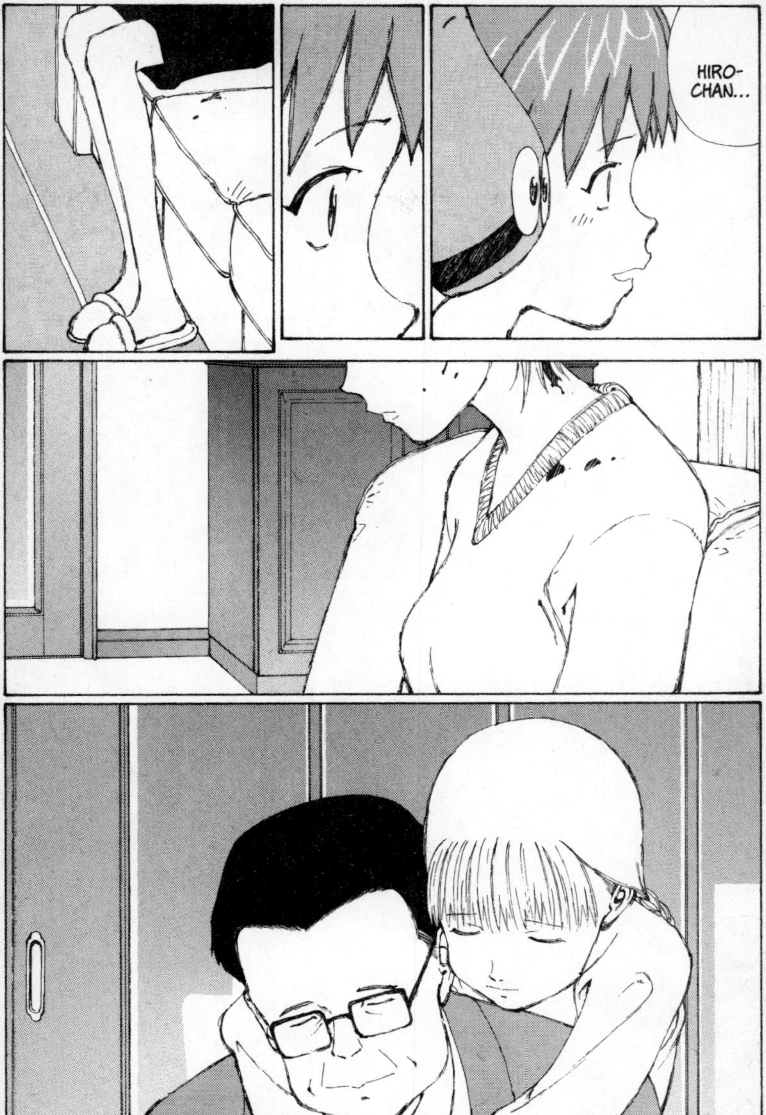
HIRO-
CHAN...

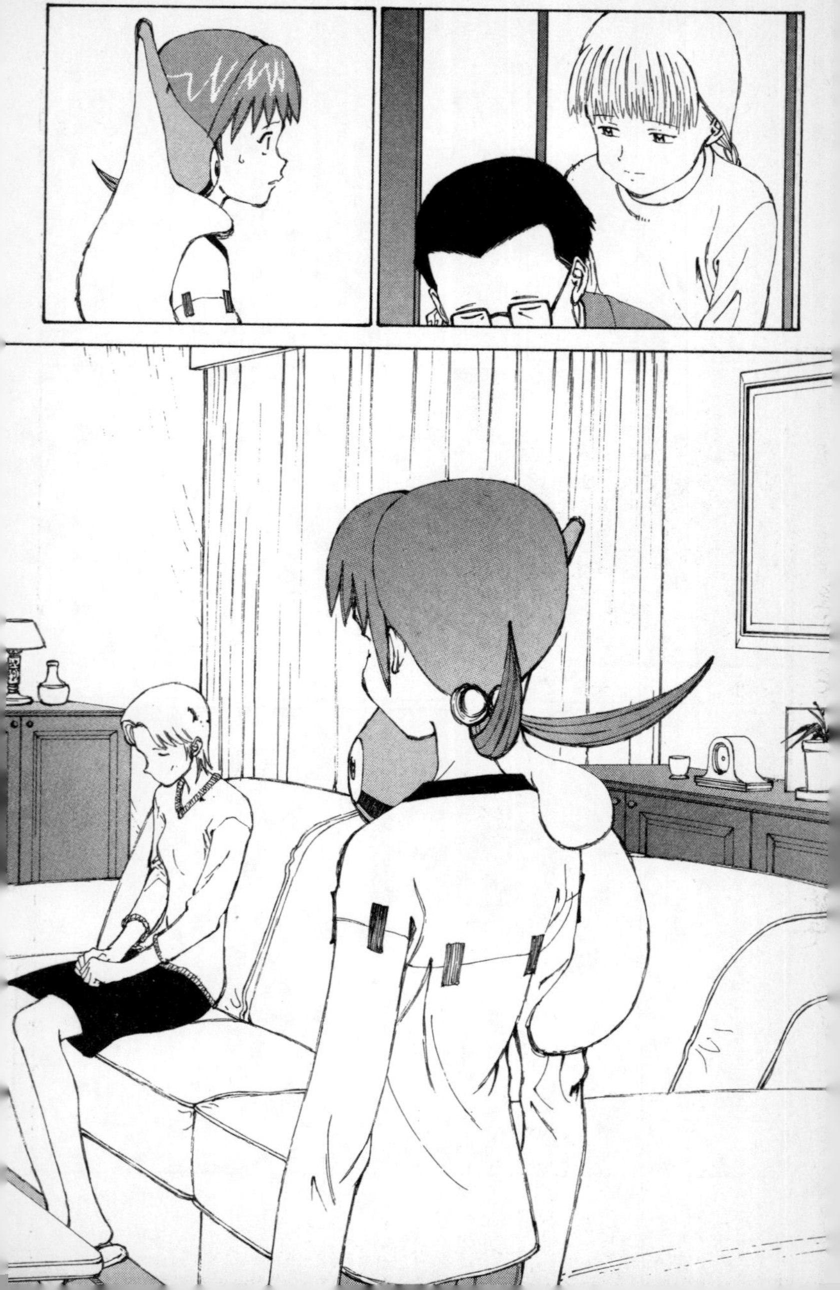

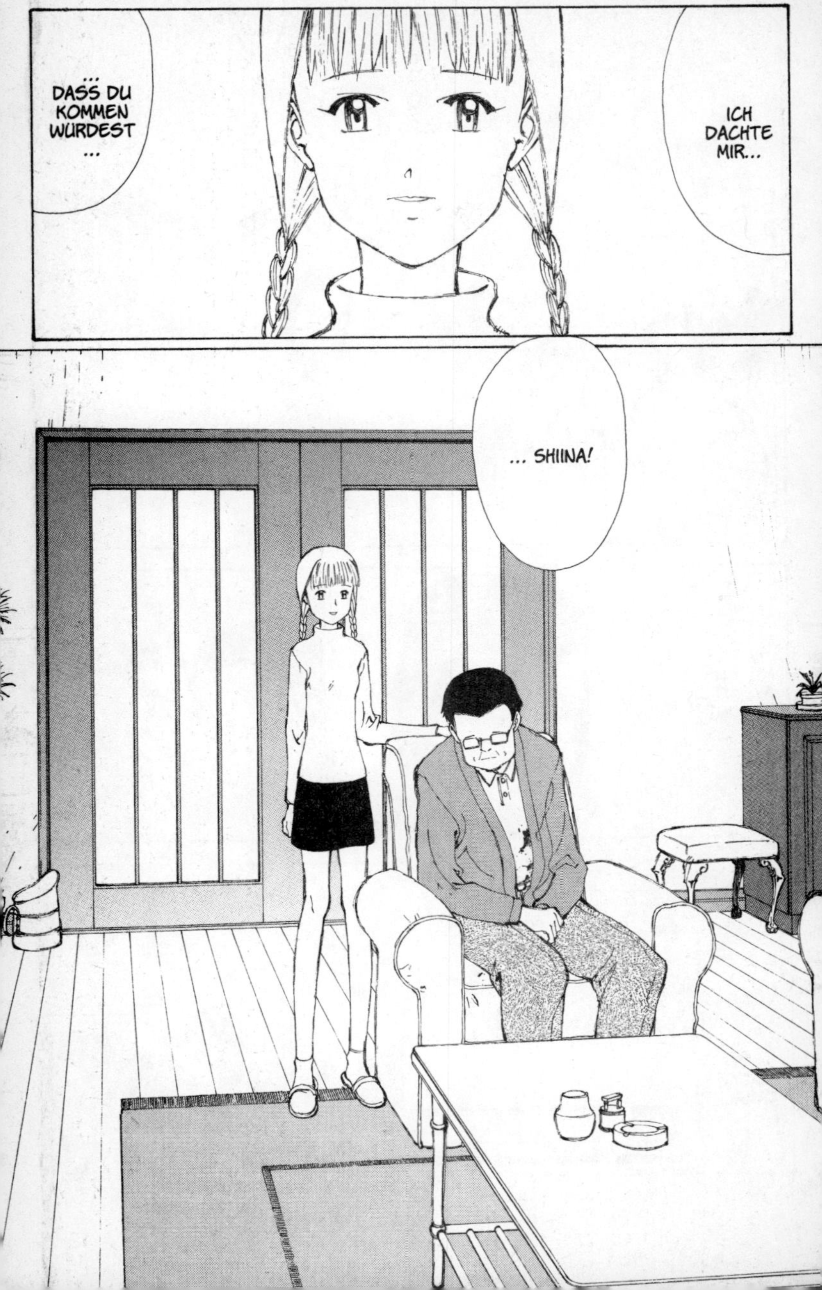
ICH DACHTE MIR...
... DASS DU KOMMEN WÜRDEST ...
... SHIINA!

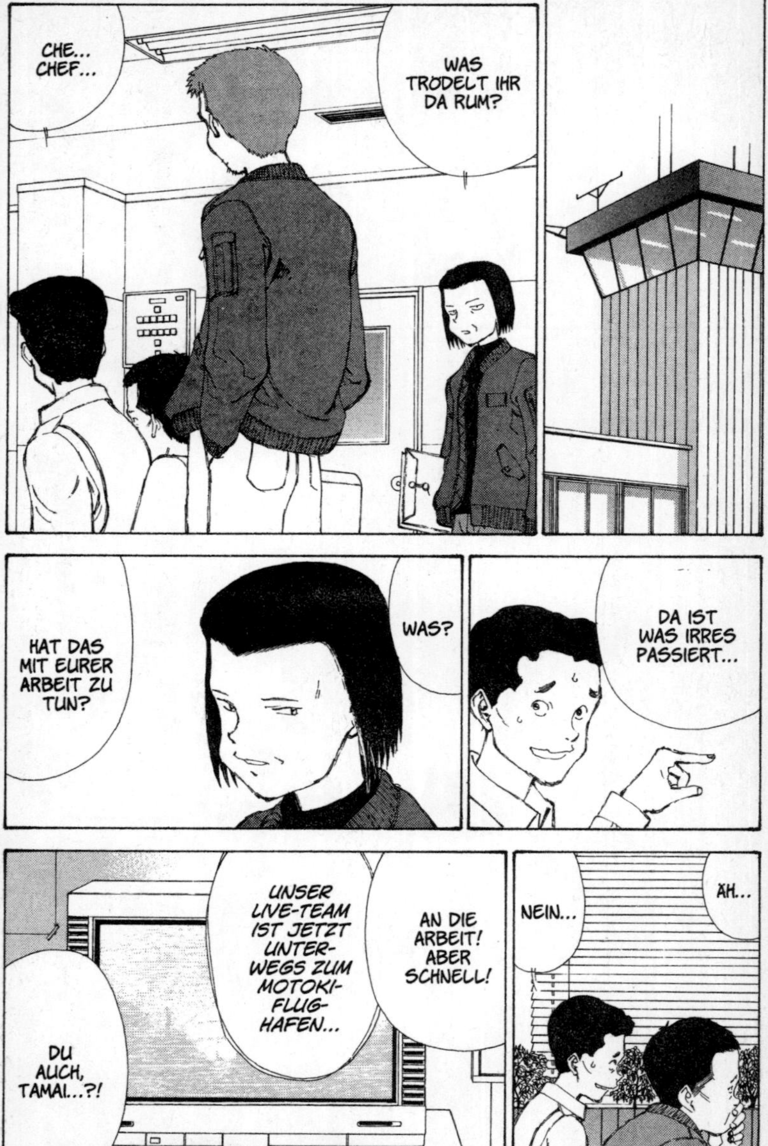
WAS TRÖDELT IHR DA RUM?
CHE... CHEF...
DA IST WAS IRRES PASSIERT...
WAS?
HAT DAS MIT EURER ARBEIT ZU TUN?
ÄH...
NEIN...
AN DIE ARBEIT! ABER SCHNELL!
UNSER LIVE-TEAM IST JETZT UNTER-WEGS ZUM MOTOKI-FLUG-HAFEN...
DU AUCH, TAMAI...?!

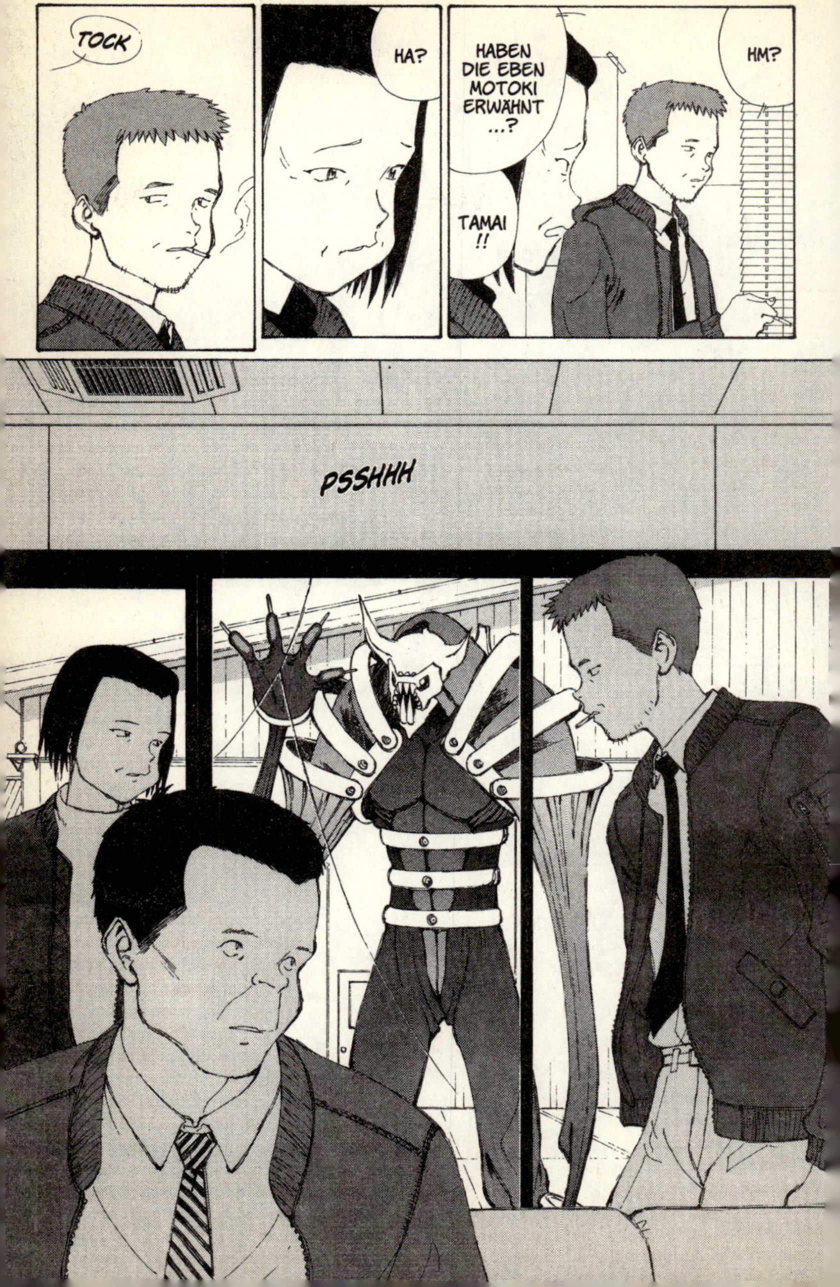
TOCK
HA?
HM?
HABEN DIE EBEN MOTOKI ERWÄHNT ...?
TAMAI !!
PSSHHH

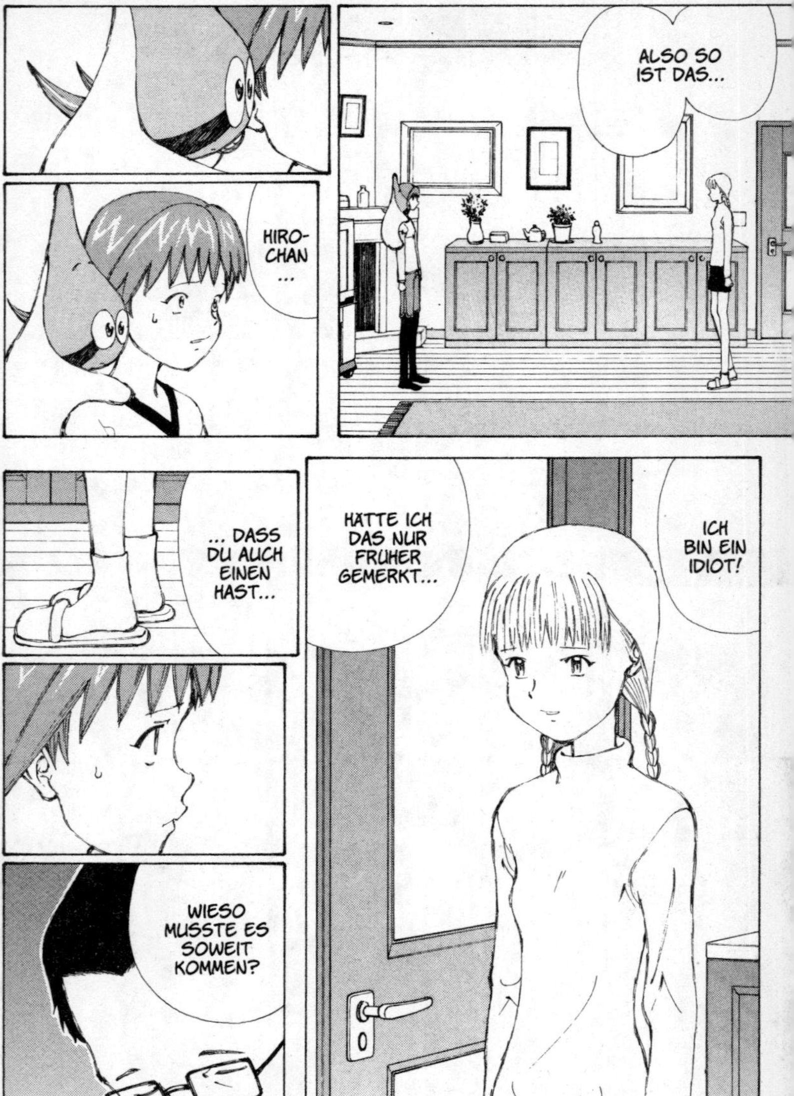
ALSO SO IST DAS...
HIRO-CHAN ...
ICH BIN EIN IDIOT!
HÄTTE ICH DAS NUR FRÜHER GEMERKT...
... DASS DU AUCH EINEN HAST...
WIESO MUSSTE ES SOWEIT KOMMEN?

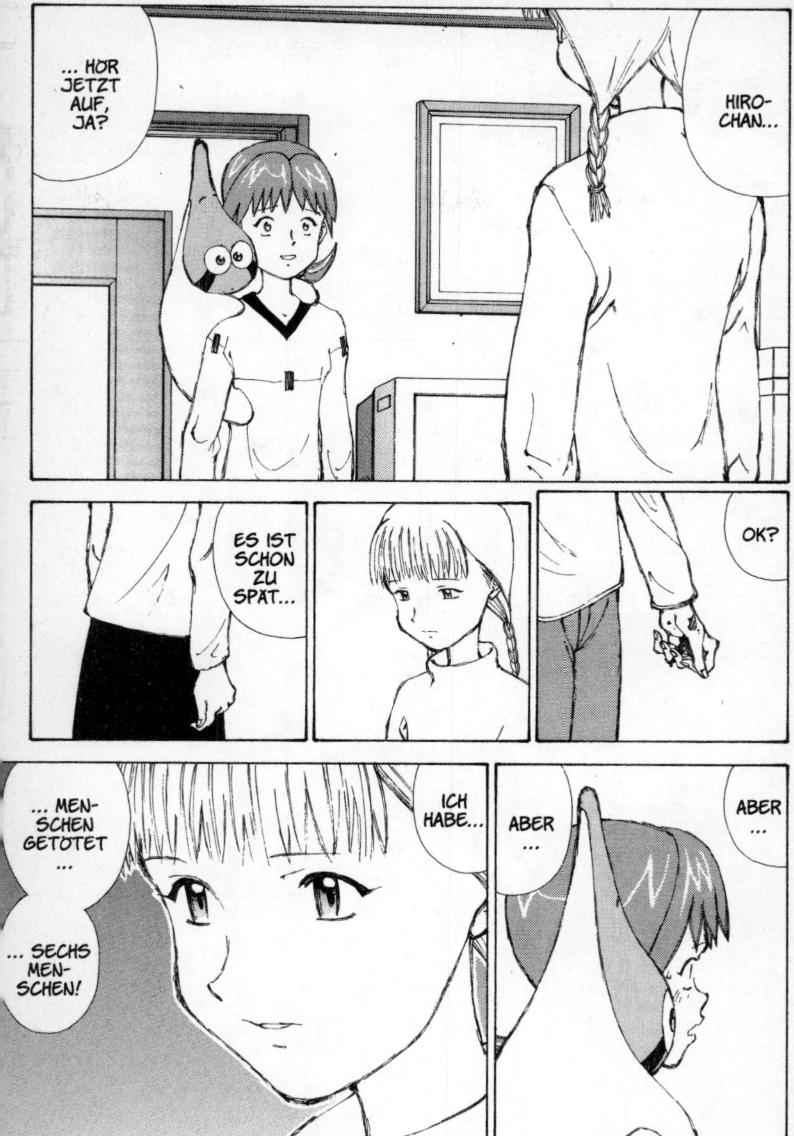
HIRO-CHAN...
... HÖR JETZT AUF, JA?
OK?
ES IST SCHON ZU SPÄT...
ABER ...
ABER ...
ICH HABE...
... MENSCHEN GETÖTET ...
... SECHS MENSCHEN!

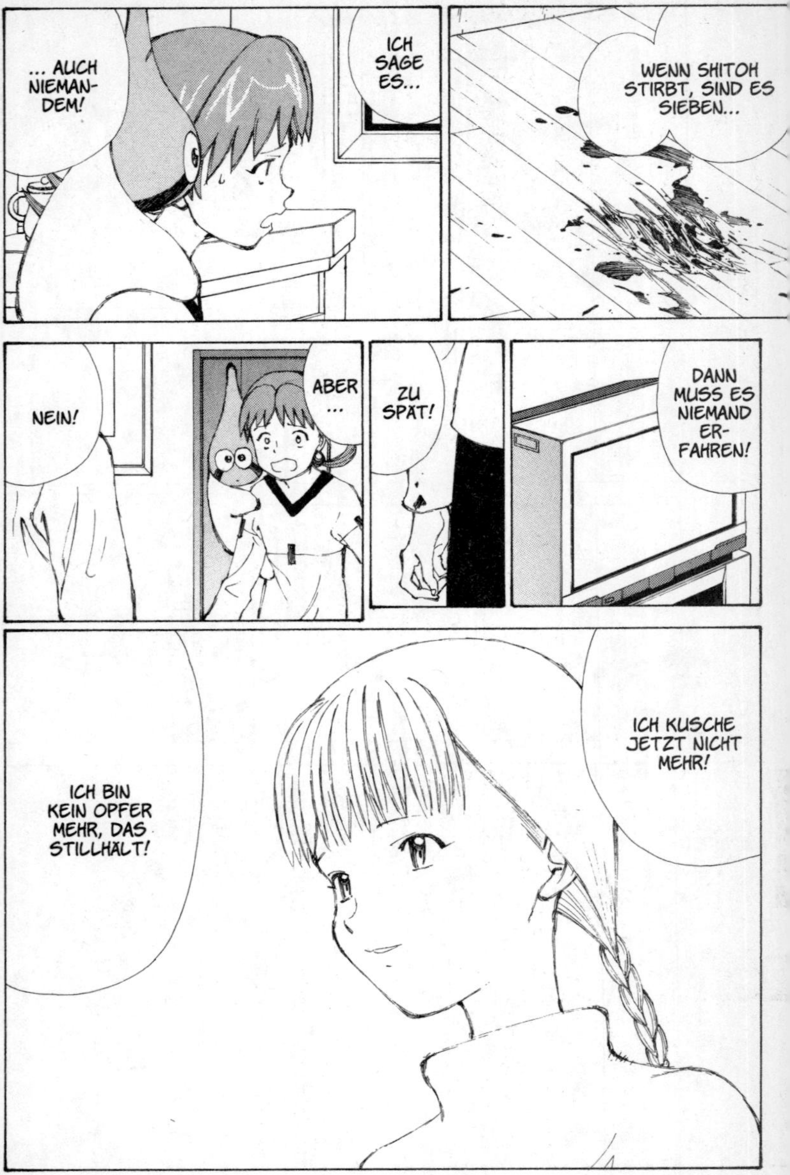
WENN SHITOH STIRBT, SIND ES SIEBEN...
ICH SAGE ES...
... AUCH NIEMAN-DEM!
DANN MUSS ES NIEMAND ER-FAHREN!
ZU SPÄT!
ABER ...
NEIN!
ICH KUSCHE JETZT NICHT MEHR!
ICH BIN KEIN OPFER MEHR, DAS STILLHÄLT!

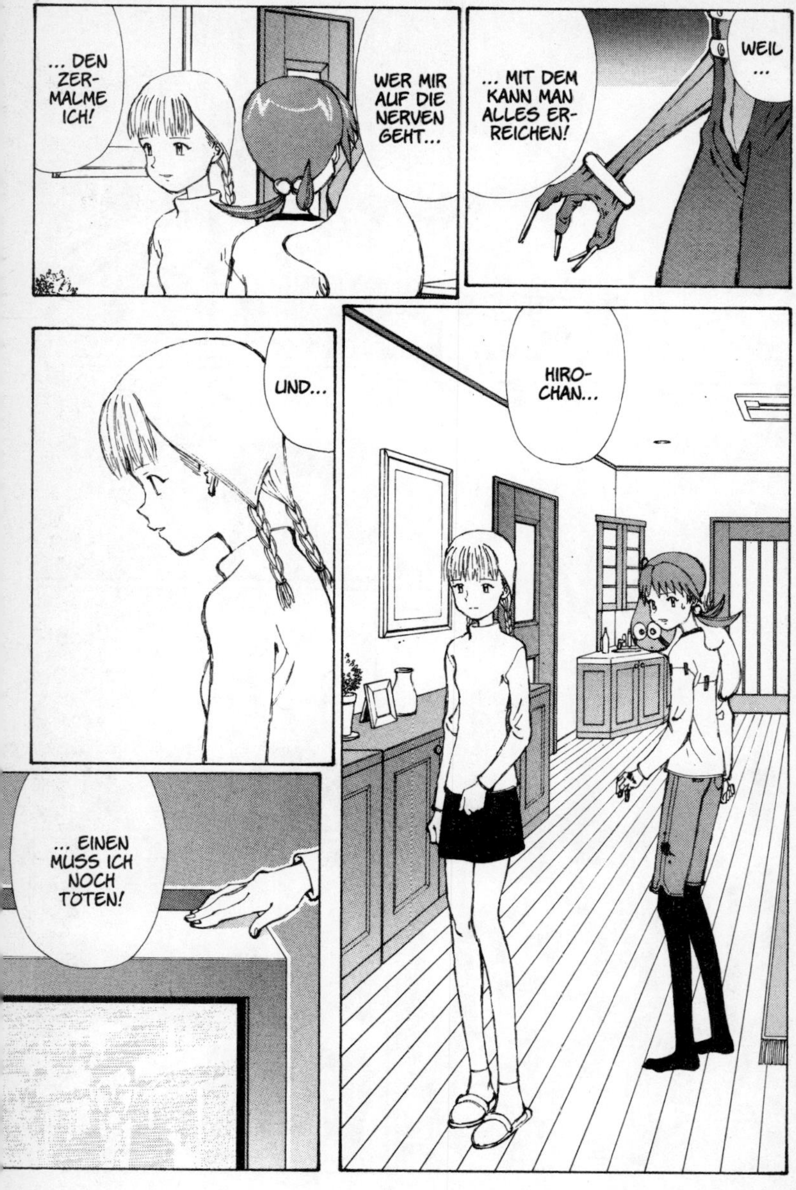
WEIL ...
... MIT DEM KANN MAN ALLES ER-REICHEN!
WER MIR AUF DIE NERVEN GEHT...
... DEN ZER-MALME ICH!
HIRO-CHAN...
UND...
... EINEN MUSS ICH NOCH TÖTEN!

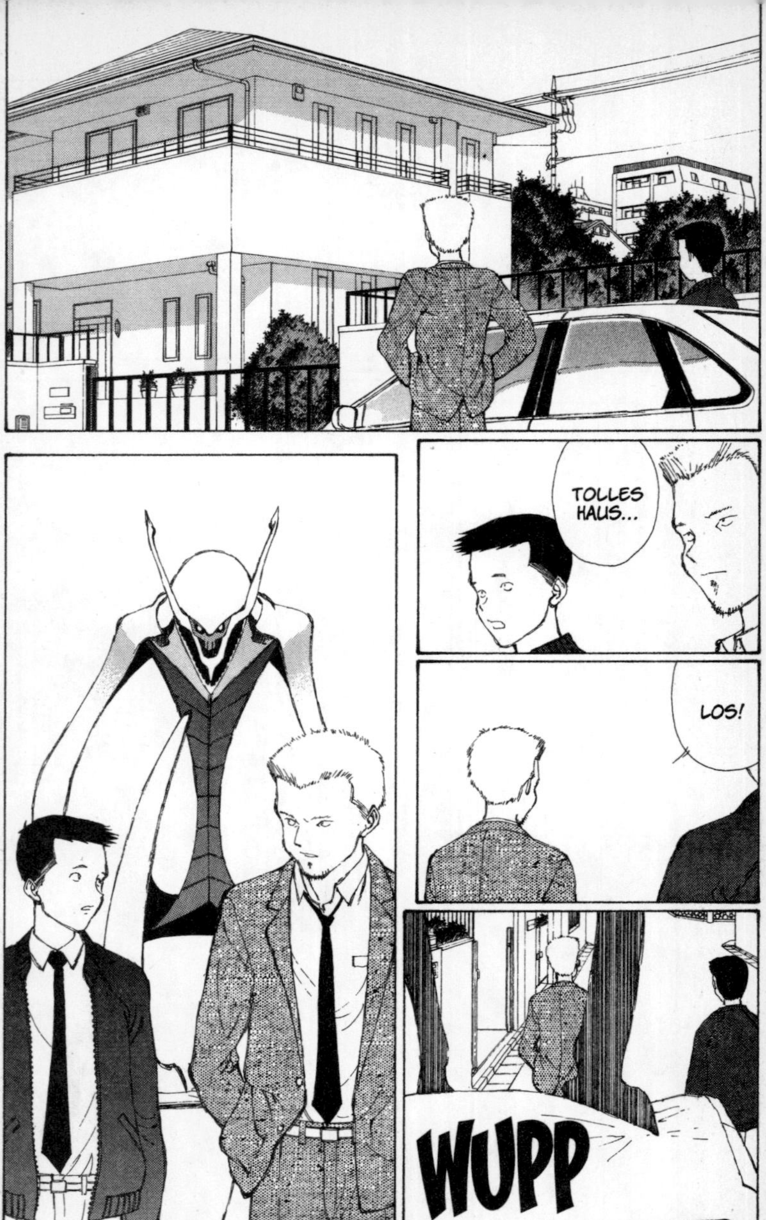
TOLLES HAUS...
LOS!
WUPP

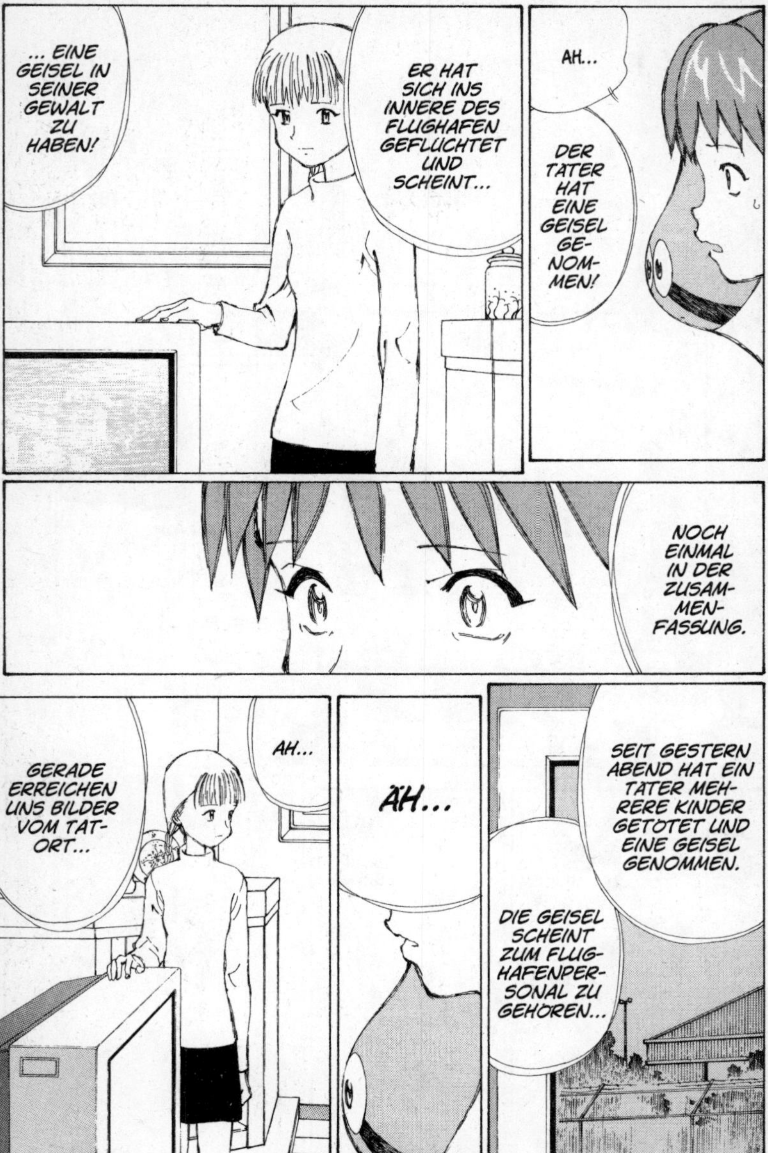
AH...
DER TATER HAT EINE GEISEL GE-NOM-MEN!
ER HAT SICH INS INNERE DES FLUGHAFEN GEFLUCHTET UND SCHEINT...
... EINE GEISEL IN SEINER GEWALT ZU HABEN!
NOCH EINMAL IN DER ZUSAM-MEN-FASSUNG.
SEIT GESTERN ABEND HAT EIN TATER MEH-RERE KINDER GETOTET UND EINE GEISEL GENOMMEN.
DIE GEISEL SCHEINT ZUM FLUG-HAFENPER-SONAL ZU GEHOREN...
ÄH...
AH...
GERADE ERREICHEN UNS BILDER VOM TAT-ORT...

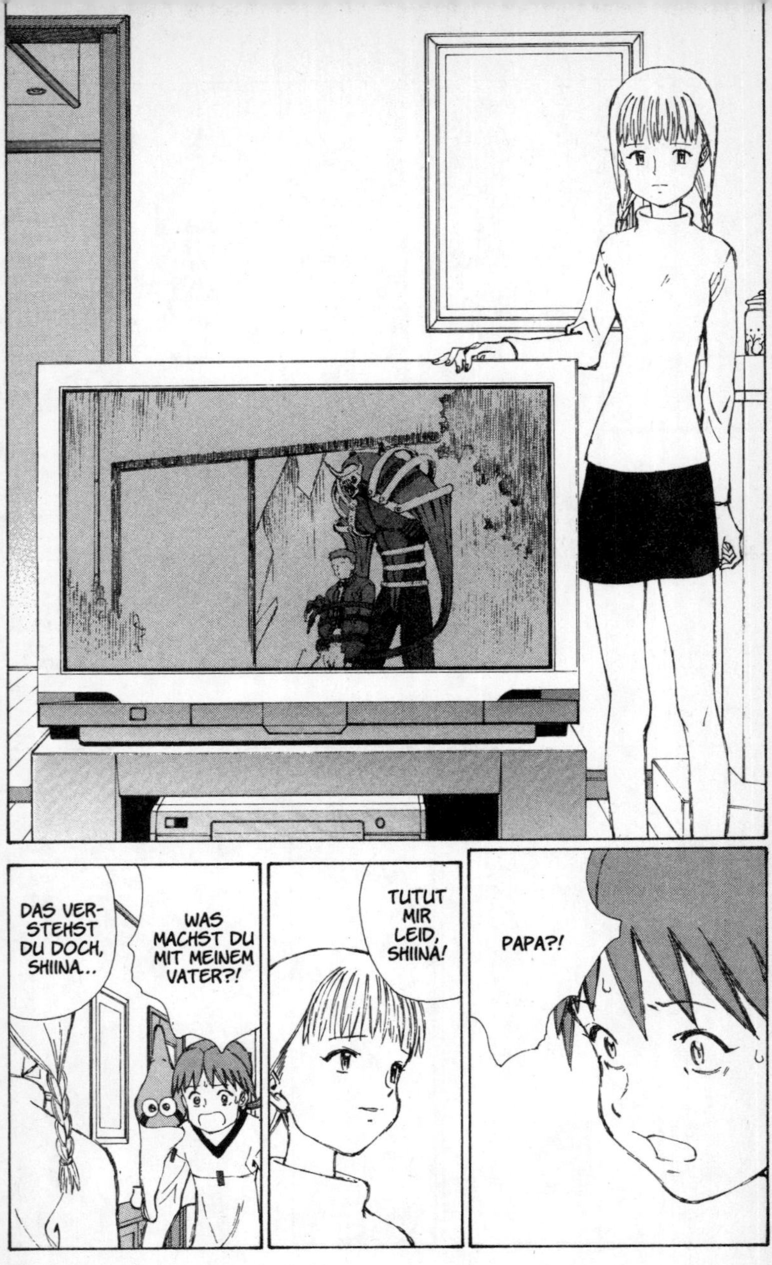
PAPA?!
TUTUT MIR LEID, SHIINA!
WAS MACHST DU MIT MEINEM VATER?!
DAS VERSTEHST DU DOCH, SHIINA...

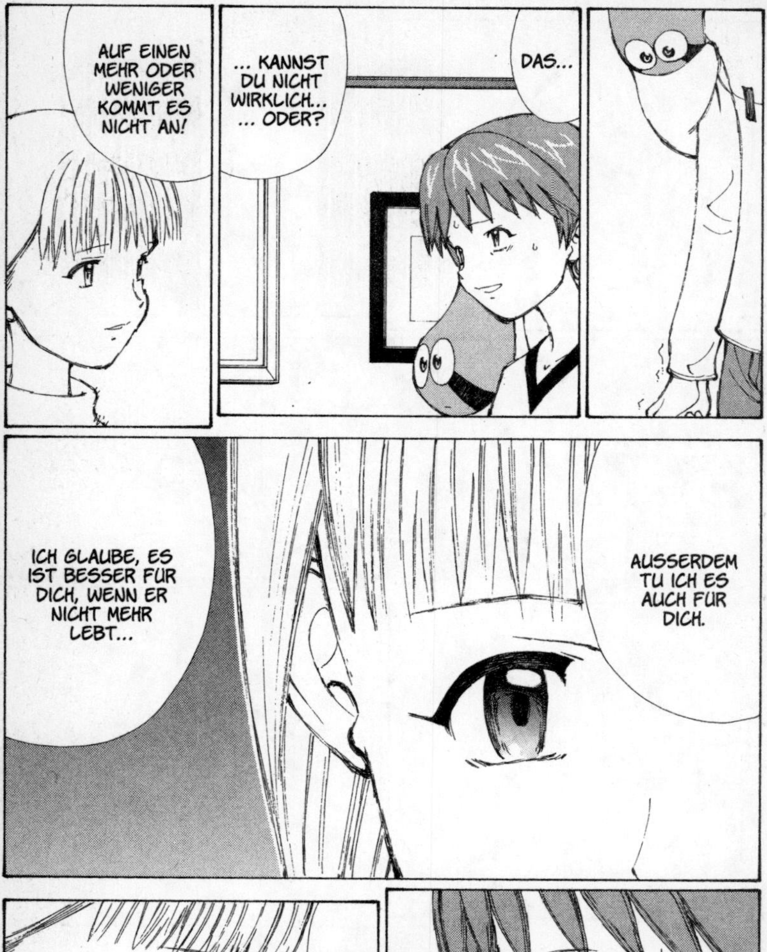
DAS...
... KANNST DU NICHT WIRKLICH... ... ODER?
AUF EINEN MEHR ODER WENIGER KOMMT ES NICHT AN!
AUSSERDEM TU ICH ES AUCH FÜR DICH.
ICH GLAUBE, ES IST BESSER FÜR DICH, WENN ER NICHT MEHR LEBT...
ALSO ...

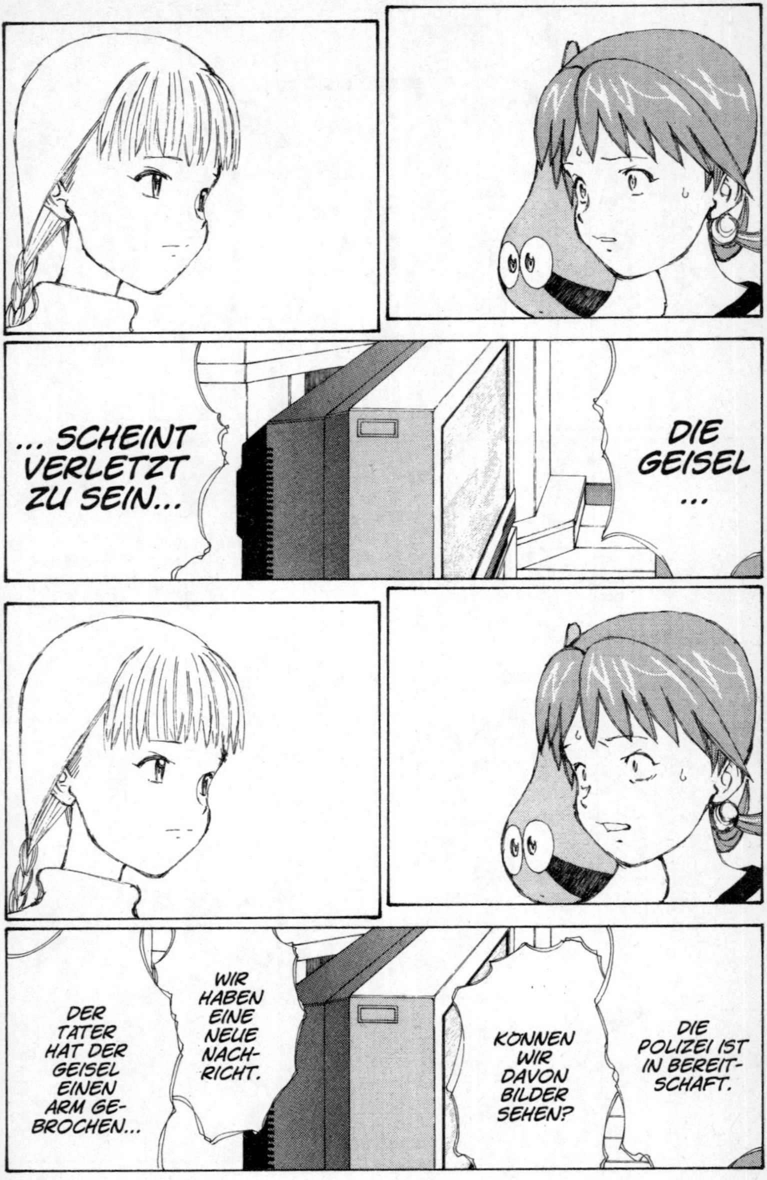
DIE GEISEL ...
... SCHEINT VERLETZT ZU SEIN...
DIE POLIZEI IST IN BEREIT-SCHAFT.
KONNEN WIR DAVON BILDER SEHEN?
WIR HABEN EINE NEUE NACH-RICHT.
DER TATER HAT DER GEISEL EINEN ARM GE-BROCHEN...

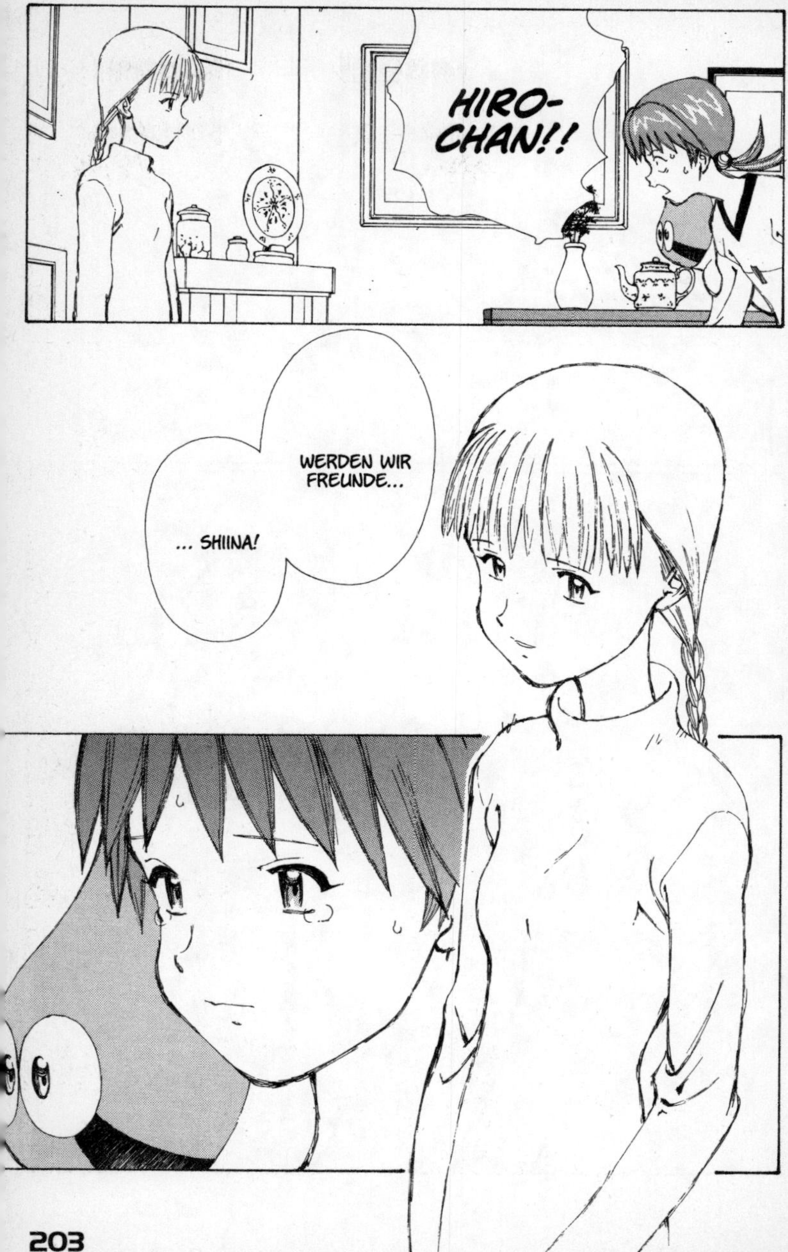
HIRO-CHAN!!
WERDEN WIR FREUNDE...
... SHIINA!

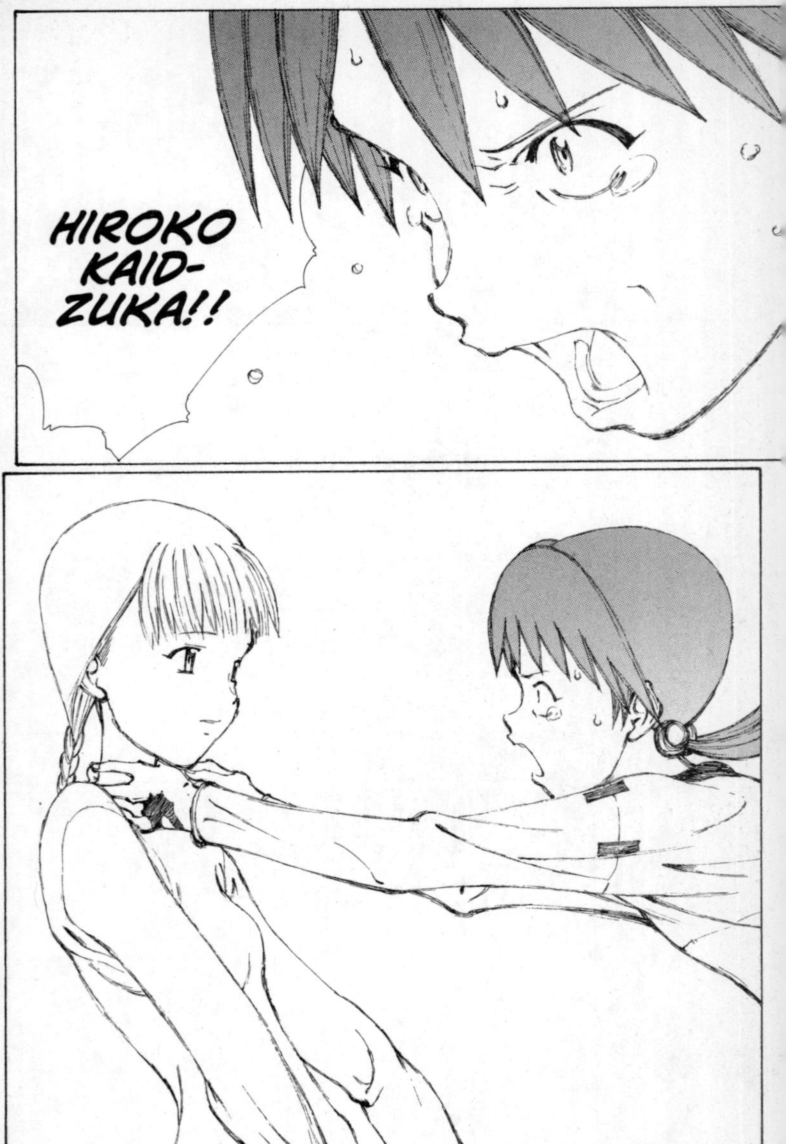
HIROKO KAID-ZUKA!!

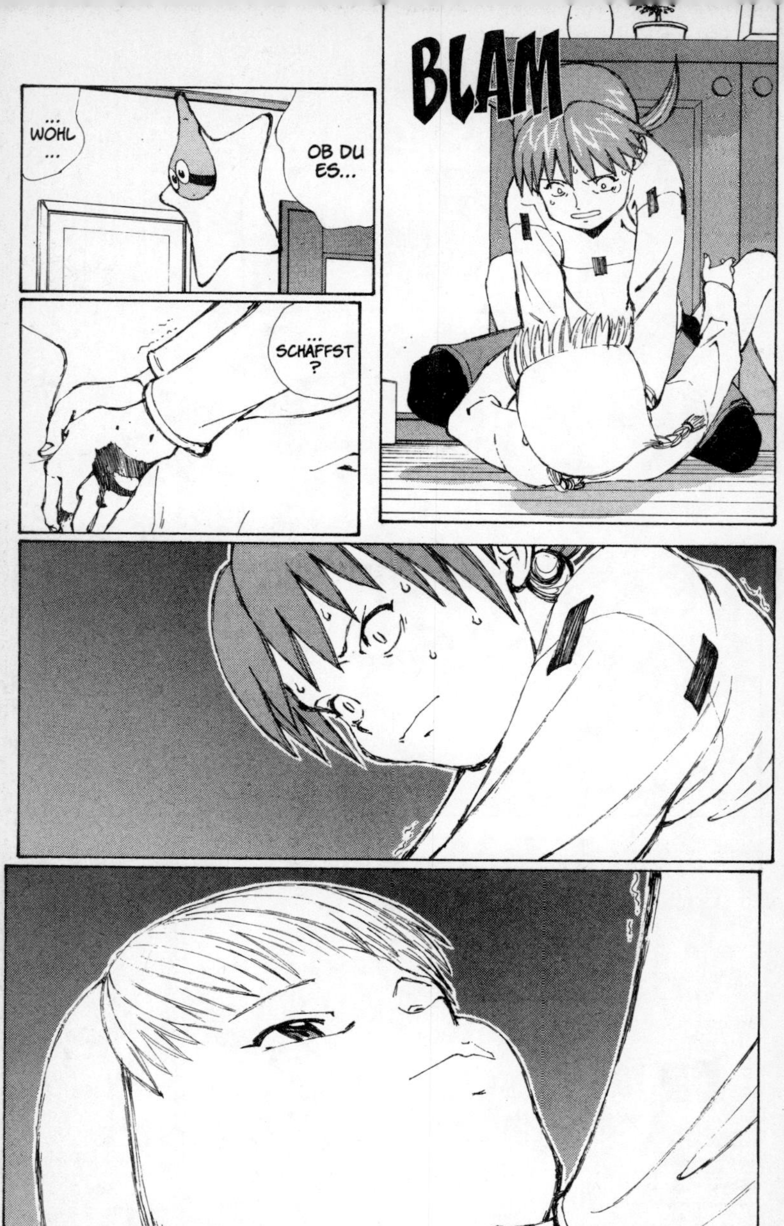
BLAM
OB DU ES...
... WÖHL ...
... SCHÄFFST ?

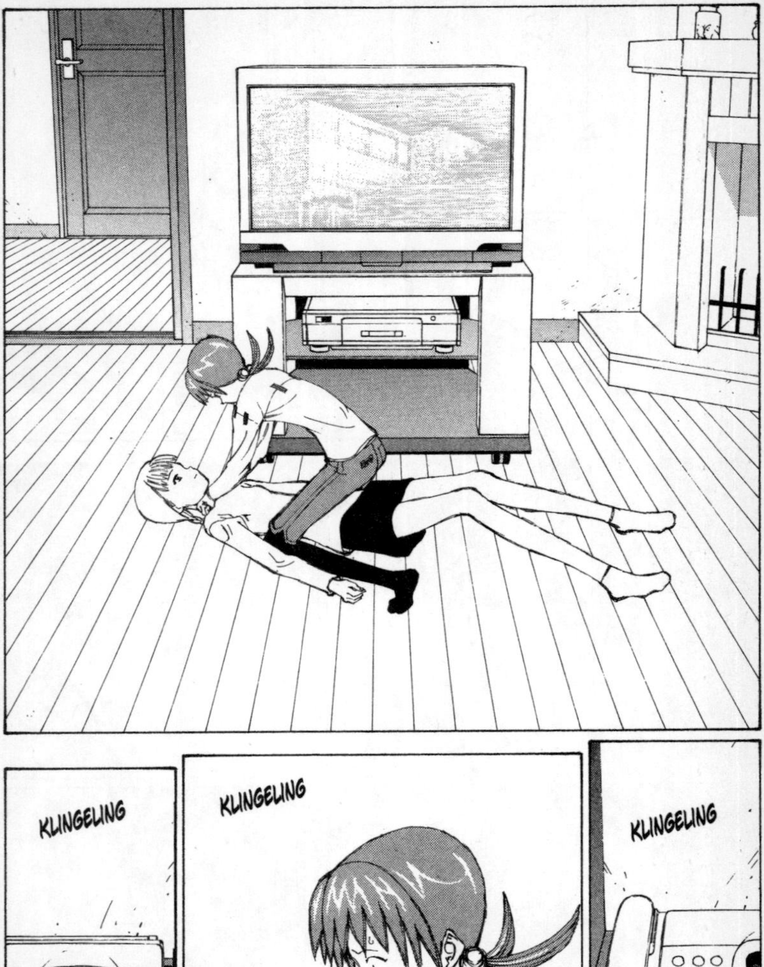
KLINGELING
KLINGELING
GULP
KLINGELING

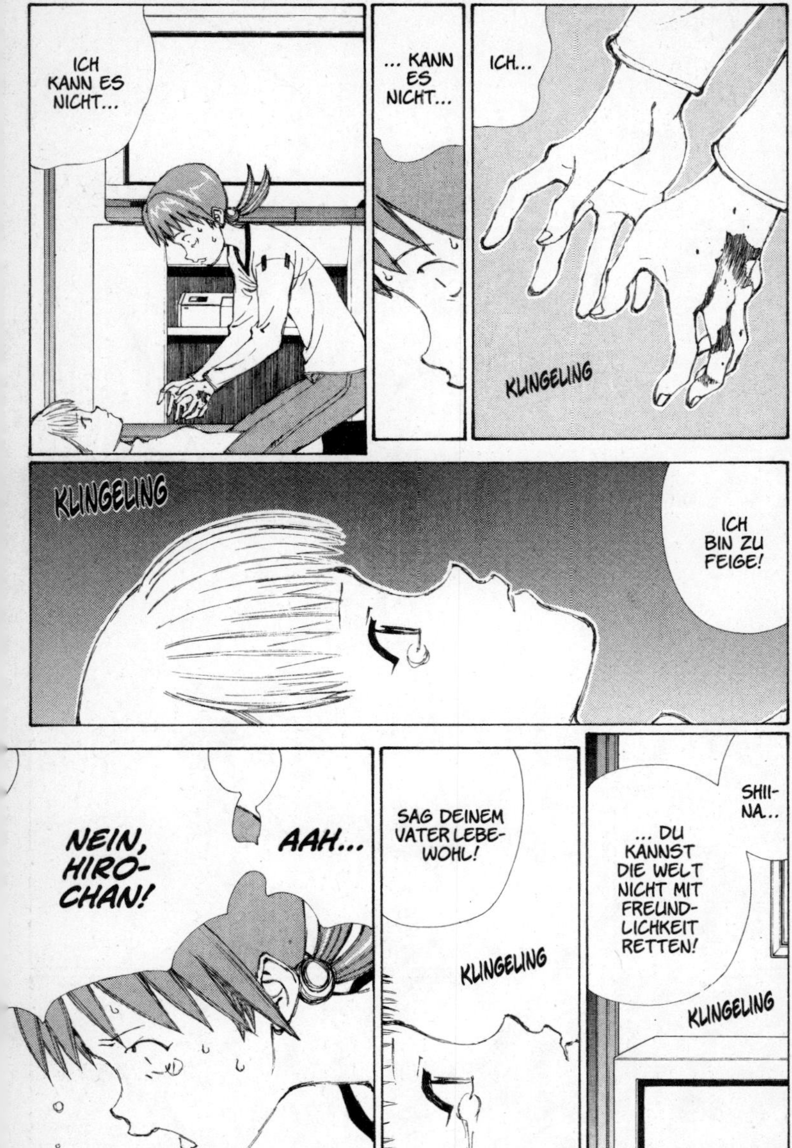
ICH...
... KANN ES NICHT...
KLINGELING
ICH KANN ES NICHT...
ICH BIN ZU FEIGE!
KLINGELING
SHIINA...
... DU KANNST DIE WELT NICHT MIT FREUNDLICHKEIT RETTEN!
KLINGELING
SAG DEINEM VATER LEBEWOHL!
KLINGELING
AAH...
NEIN, HIRO-CHAN!

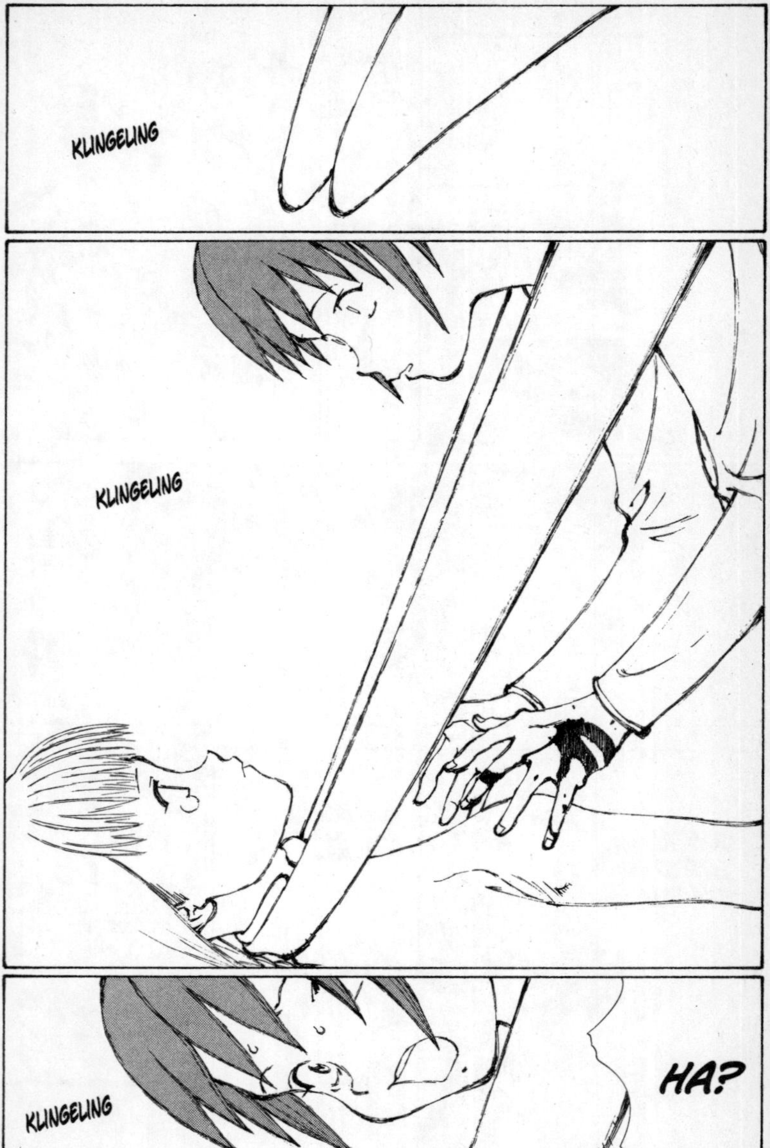
KLINGELING
KLINGELING
HA?
KLINGELING

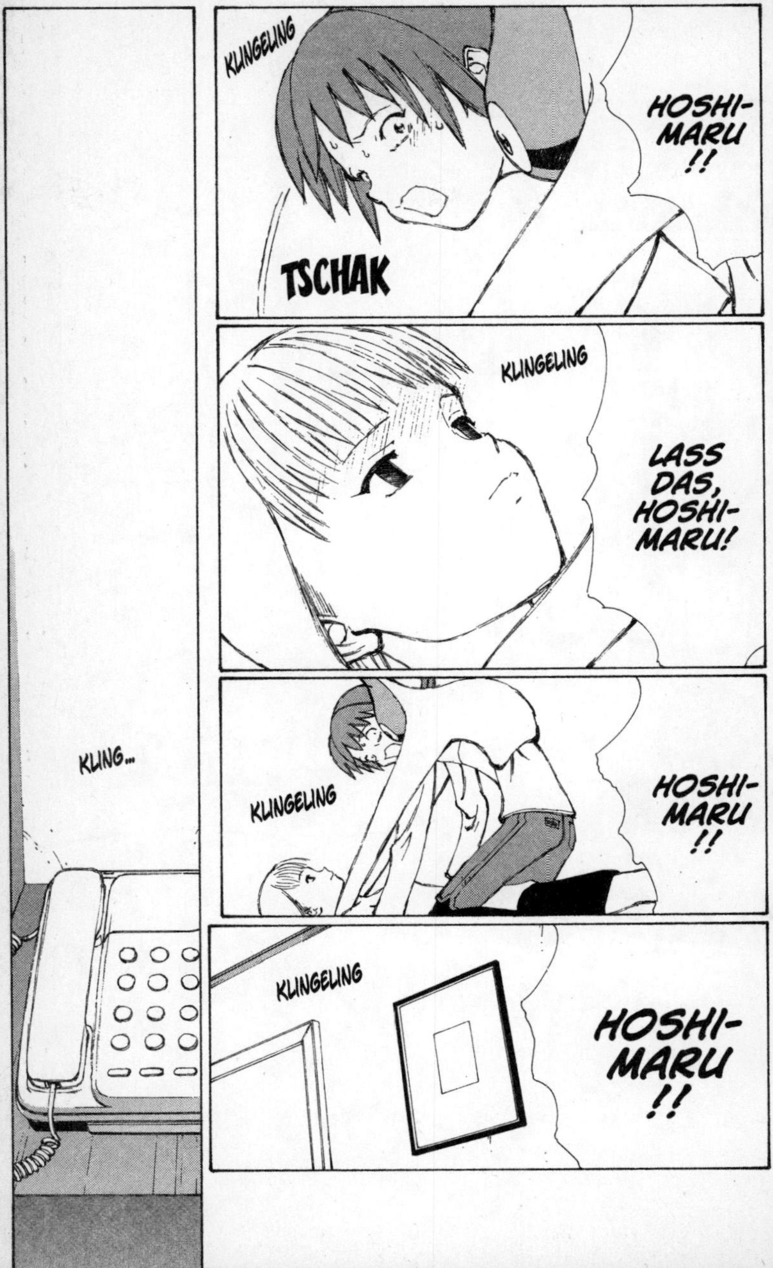
HOSHI-MARU !!
KLINGELING
TSCHAK
LASS DAS, HOSHI-MARU!
KLINGELING
HOSHI-MARU !!
KLINGELING
HOSHI-MARU !!
KLINGELING
KLING...

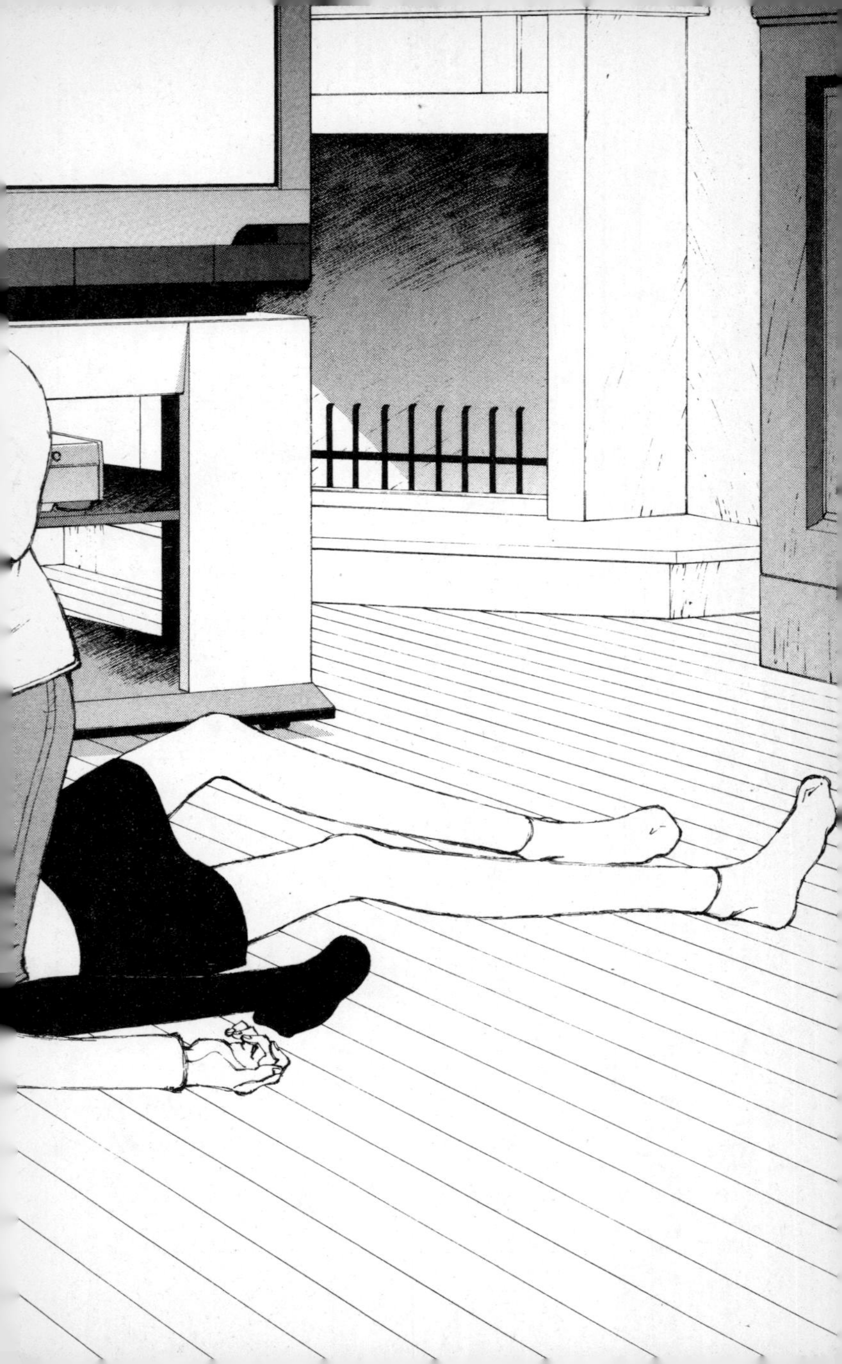

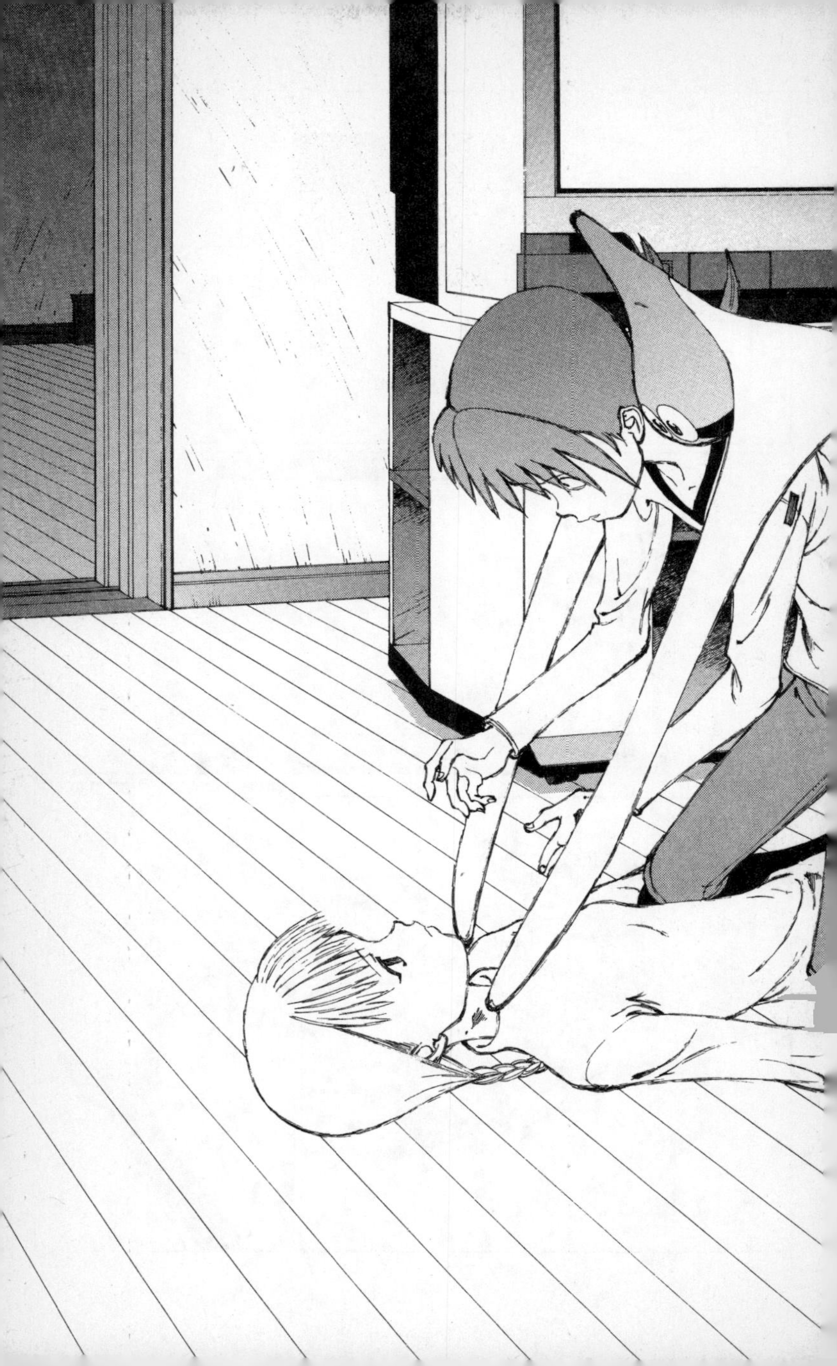

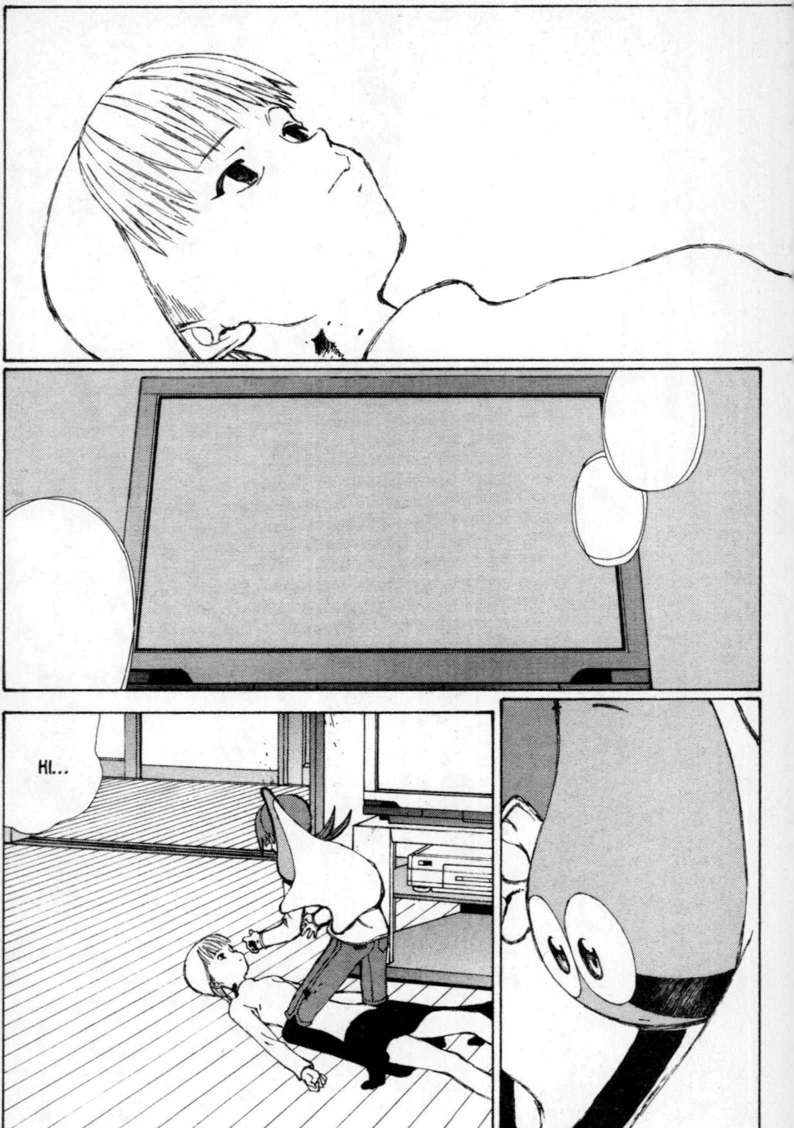
HI...

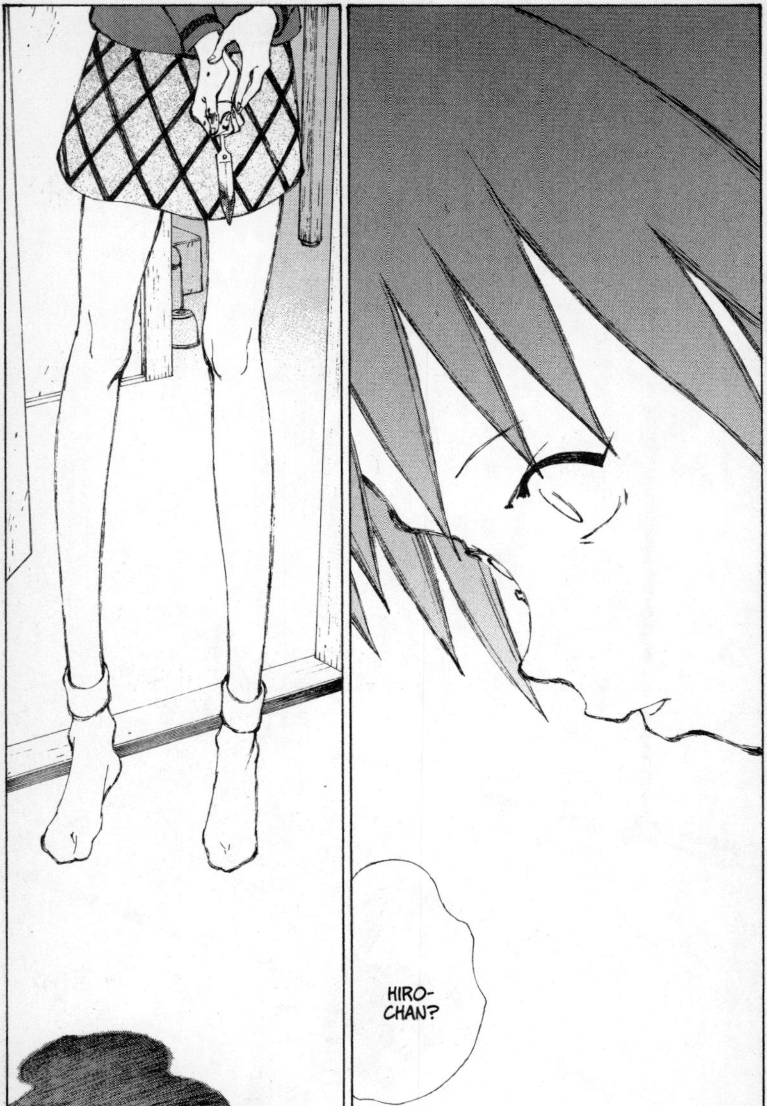
HIRO-
CHAN?

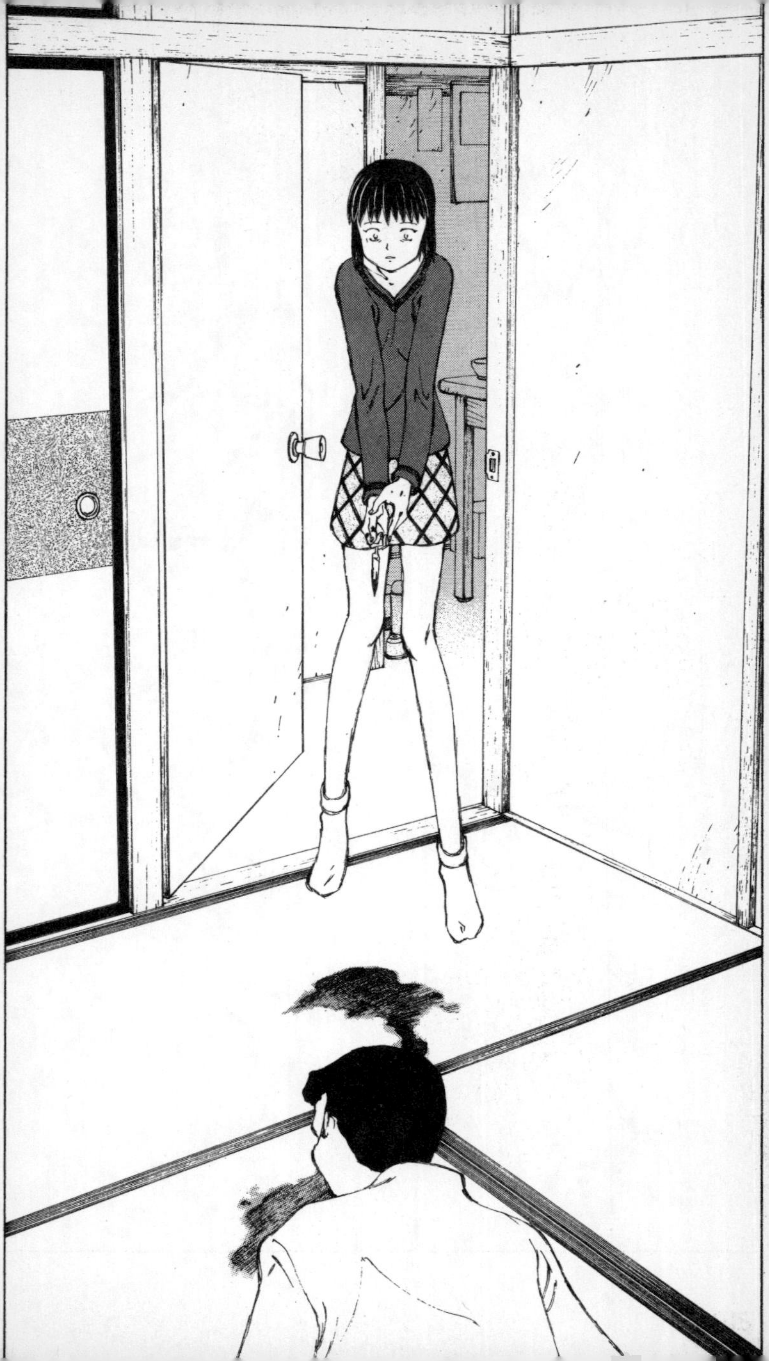

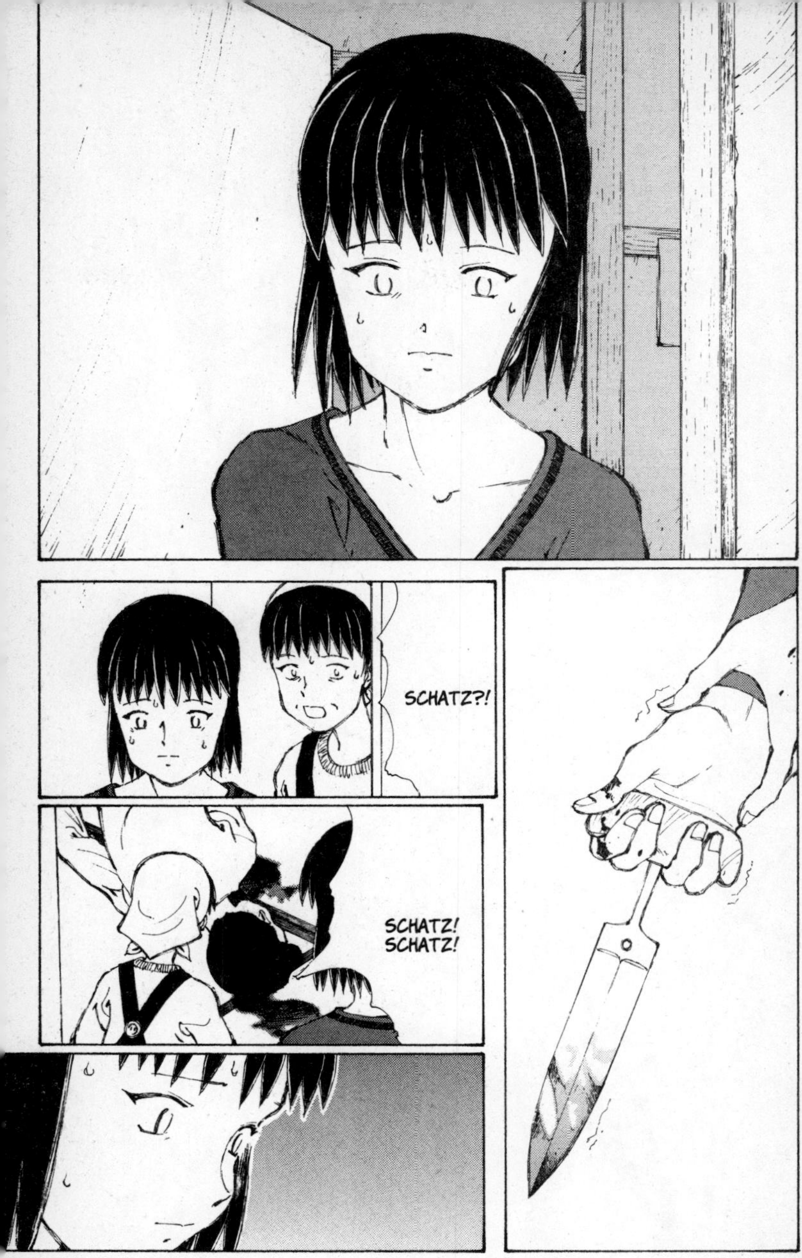
SCHATZ?!
SCHATZ!
SCHATZ!

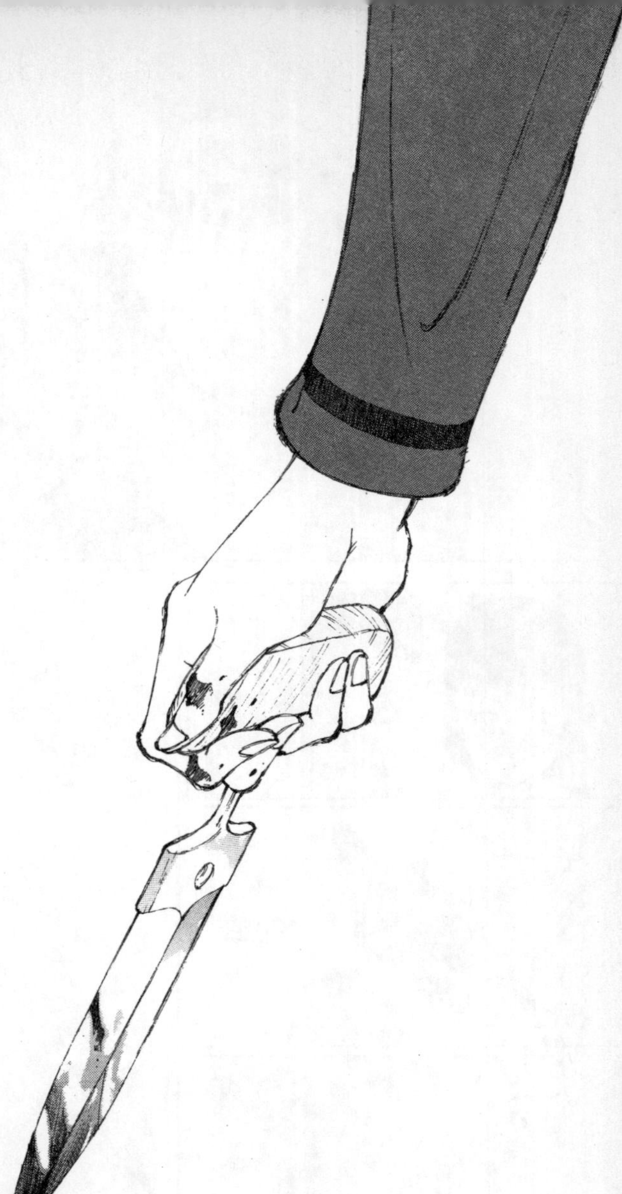

Zum Thema Ijime - Mobbing unter Schülern

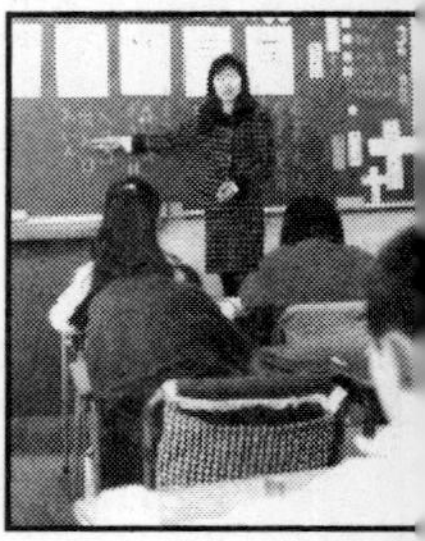

Vielleicht wundern sich einige Leser über die heftigen Gewaltszenen in diesem Naru Taru-Band. Im folgenden Beitrag sollten die Geschehnisse der Geschichte erläutert werden, denn der Autor Mohiro Kitoh stellt nicht einfach nur die Quälerei eines jungen Mädchens dar, sondern weist damit auf ein reales gesellschaftliches Phänomen in Japan hin: „Ijime", das bedeutet soviel wie Mobbing unter Schülern und wurde in den vergangenen Jahren in vielen Presseberichten beschrieben.

„Ijime" in Naru Taru

In Naru Taru (Band 6) heißt das Opfer Hiroko Kaidzuka. Mit ihren super Schulnoten ist sie das perfekte Angriffsziel für die Clique um Aki Honda. Auch die Strenge ihres ehrgeizigen Vaters treiben Hiroko in die Enge. Schließlich endet der Konflikt für sie in einer klassischen „Ijime"-Konstellation: mit einer Gewalt ausübenden Tätergruppe, mit zahlreichen Zuschauern und einem Opfer. Shiina erscheint später als Vermittlerin in der eskalierten Situation. Doch die gequälte Hiroko sieht keinen Ausweg aus ihren verschiedenen, sich widersprechenden Verpflichtungen.
In der Geschichte von Mohiro Kitoh schlägt das Opfer also zurück. Der Manga-Zeichner stellt die Rache Hirokos noch dazu außerordentlich drastisch dar: Innerhalb der Rahmenhandlung von Naru Taru bedient sich das Mädchen nicht eines freundlichen Drachenkindes, sondern erscheint als ausgewachsenes, amoklaufendes Monster... (Dazu muss man vielleicht wissen, dass solche gewalttätigen Darstellungen in der japanischen Gesellschaft niemals als gewaltverherrlichend beurteilt würden. Im Gegensatz zur westlichen Auffassung sieht man in solchen Bildern eine Art Ventil oder Entlastung von Gewaltphantasien.)

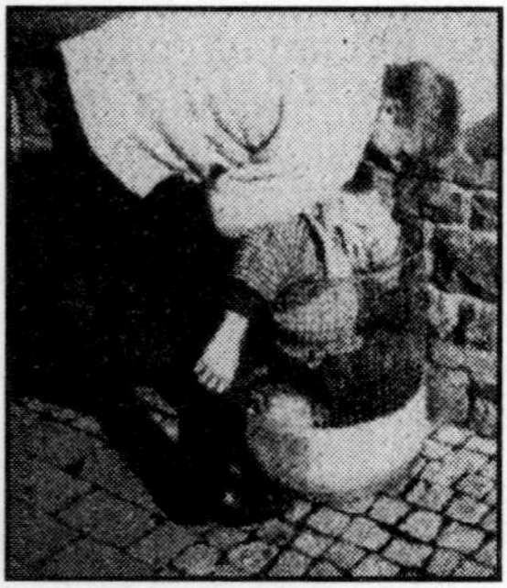

Gesellschaftliche Realität

„Ijime" ist seit den 80er Jahren ins Licht der japanischen Öffentlichkeit gerückt: „Ijime“ geschieht besonders häufig an Mittelschulen: Eine Gruppe stärkerer Schüler schikaniert und quält einen schwächeren. Das kann verschiedene Formen annehmen, neben physischer ist es vor allem psychische Gewalt (lächerlich machen, bewusste Ignoranz, Demütigungen) und Erpressung durch immer höhere Geldforderungen.

Immer wieder wird über aufsehenerregende Einzelfälle berichtet (nach denen die Story in Naru Taru sogar ziemlich realistisch anmutet...). Rein statistisch gesehen ist das Phänomen (inklusive schlimmer Folgen wie Schülerselbstmorden) seit 1985 rückläufig und auch im internationalen Vergleich nicht herausragend. Doch für den betroffenen Einzelnen kann es traumatische Wirkungen haben. Dabei ist es kein rein japanisches Problem, im angelsächsischen Sprachraum spricht man von „bullying“, auf deutsch nennt man es „Mobbing“ oder schlichtweg „Drangsalieren“.

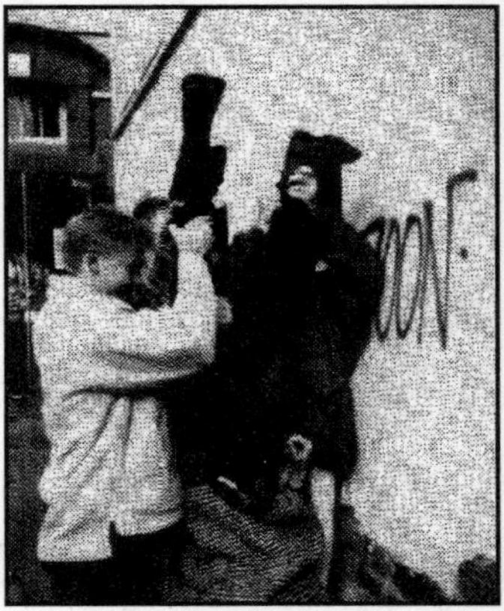

Nachdem Fälle von „bullying“ auch in Großbritannien und Norwegen von sich reden machten, veranstaltete das japanische Kultusministerium und ein staatliches Forschungsinstitut 1996 ein internationales Symposium zum Thema. Die alarmierenden Meldungen führten u.a. zur Einrichtung von Sorgentelefonen und Beratungsstellen (siehe auch Linkliste). Einer Statistik aus dem Jahre 1997 zufolge gibt aber immerhin ein Drittel der Opfer an, die Quälerei zu erdulden, ohne bei Eltern oder Lehrern Schutz zu suchen. Und weniger als ein Prozent der Betroffenen nimmt die Dienste der Notruf-Hotlines in Anspruch.

Woher kommt die Gewalt?

In Japan wird Ijime mittlerweile als Problem gesehen. Dennoch kann es nicht von gesellschaftlichen Bedingungen (ungeheurer Leistungsdruck und Erziehung zu Konformität und „Harmonie“) losgelöst betrachtet werden. Das traditionelle „Prinzip der harmonischen Kooperation“ wird immer noch höher geschätzt als westliche Ansätze, die das Individuum fördern. Erziehung zu gemeinschaftlicher Verantwortung scheinen in „Ijime“ ihre

Kehrseite zu finden. Kinder sollen selbst in der Freizeit noch nach Gruppenzielen streben (z.B. bei zahlreichen Clubaktivitäten). Es fehlt ihnen häufig an Raum, eigene Wege zu gehen.
In Japan resultiert „Ijime“ vornehmlich aus Gruppensituationen. Takayoshi Doi beschreibt „Ijime“ ausübende Kinder als unauffällig und geradezu brav, wenn sie außerhalb der „Ijime“-Gruppendynamik stehen. Diese Dynamik läßt auch ohne weiteres einen Rollenwechsel zu (wie auf S.16 in diesem Manga über Shimura gezeigt wird). Es sind also gar nicht die „bösen“ Krawallkids, die sich an anderen vergreifen. Freunde von heute können morgen schon Feinde sein. Es ist auch nicht ausschlaggebend, dass „Ijime“-Opfer besonders benachteiligte Außenseiter sind.

„Ijime“ ist keine Diskriminierung im herkömmlichen Sinne, es kann wirklich jeden treffen. In Japan besonders wird hierin ein Ventil gesehen für etwas, was erst recht im späteren Leben gefordert wird: nämlich übermäßige Anpassung an gesellschaftlichen Konformitätsdruck. Auch wenn Deutschland ein anderes Bildungssystem hat als Japan, gibt es hier Mobbing unter Schülern. Deshalb weisen wir am Ende mit einer Linkliste auf spezielle Infos und Beratungsstellen hin.

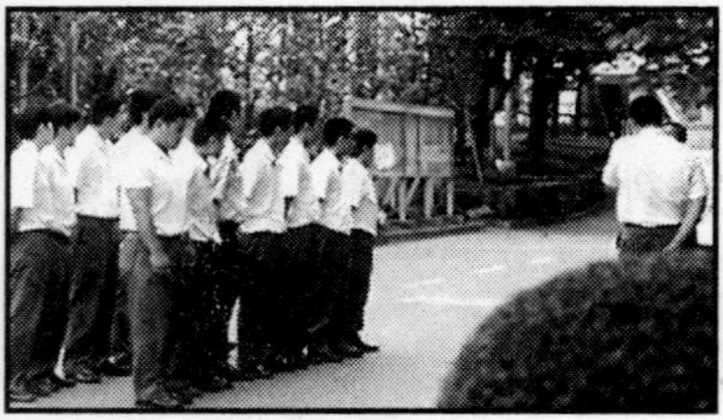

Links zu Infos und Beratungsstellen:

www.kijuchat.de/
Konkrete Hilfe und Beratung für Jugendliche.

www.schueler-mobbing.de/
Eine der besten Seiten zum Thema: mit Definitionen, wie Mobbing entsteht und was man dagegen unternehmen kann, inkl. Adressen von Beratungsstellen.

www.fassmichnichtan.de/projekte/profrm.htm
Konkrete Projekte gegen Gewalt.

www.schulberatung.bayern.de/vpmob.htm
Allgemeine Infos zum Thema, eher für Lehrer oder Eltern...

EDEN
It's an Endless World!
3
Das Meisterwerk von Hiroki Endo!
Weisheiten unter:
www.MangaNet.de
EGMONT MANGA & ANIME 漫画 adult
© 2002 Hiroki Endo. All Rights Reserved.

Sutoppu!

Stopp!

Das ist der Schluss des Mangas. Fangt bitte am anderen Ende an! Und nun genug der Vorrede, jetzt geht's los mit Naru Taru!

Ever Manga Team